人民共和國文化與文學叢書

九　編

李　怡　主編

第**1**冊

詩性散文

陳　劍　輝　著

花木蘭文化事業有限公司

國家圖書館出版品預行編目資料

詩性散文／陳劍輝 著 -- 初版 -- 新北市：花木蘭文化事業有
限公司，2021〔民110〕
目 4+264 面；19×26 公分
（人民共和國文化與文學叢書 九編；第1冊）
ISBN 978-986-518-499-5（精裝）
1. 中國文學 2. 散文 3. 文學理論
820.8 110011109

ISBN-978-986-518-499-5

9 789865 184995

人民共和國文化與文學叢書
九 編 第 一 冊 ISBN：978-986-518-499-5

詩性散文

作 者	陳劍輝
主 編	李 怡
企 劃	四川大學中國詩歌研究院
總 編 輯	杜潔祥
副總編輯	楊嘉樂
編 輯	許郁翎、張雅淋、潘玟靜 美術編輯 陳逸婷
印 刷	普羅文化出版廣告事業
出 版	花木蘭文化事業有限公司
發 行 人	高小娟
聯絡地址	235 新北市中和區中安街七二號十三樓
	電話：02-2923-1455／傳真：02-2923-1452
網 址	http://www.huamulan.tw 信箱 service@huamulans.com
初 版	2021 年 9 月
全書字數	229158 字
定 價	九編 12 冊（精裝）台幣 30,000 元

詩性散文

陳劍輝　著

作者簡介

陳劍輝，現為廣州大學文學思想研究中心資深特聘教授，曾任華南師範大學文學院二級教授、博士生導師、編輯出版系主任、中國現當代散文研究中心主任。學術兼職有：廣東省人民政府文史研究館館員、中國作家協會會員、廣東省散文研究會會長，廣東省現代文學研究會、廣東省當代文學學會副會長。係國務院特殊津貼專家、全國魯迅文學獎散文獎終評評委，《中國當代文學研究》編委。出版有《新時期文學思潮》《散文文體論》《現代散文文體觀念與文體形態》《散文文化與中華民族精神》《中國現代散文的詩學建構》《詩性想像》《九十年代中國散文現象》《文學的星河時代》《文學的本體世界》《海外華文文學史》（合著）《海外華文文學史初編》《20世紀中國文學批評史》（合著）《嶺南現當代散文史》等 15 部專著。在《中國社會科學》《文學評論》等刊發表學術論文 300 多篇。其中有 20 多篇被《新華文摘》和《中國社會科學文摘》轉載。先後獲得教育部「中國高校人文社會科學優秀成果獎」三等獎二次，廣東省「廣東省哲學社會科學優秀成果獎」一等獎二次；二等獎二次。其他項獎等 10 項。

提　　要

　　這是一部具有原創性、探索性，又有深厚詩學內涵的散文理論專著。作者圍繞「詩性散文」這一中心展開深入的理論思考。詩性散文，主要指散文要具備詩的品質和特性。它是散文的一種精神氣質，一種最富心靈性的藝術表達，一種自由自適的心境和狀態，也是一種彌漫著月光般的至純至美的情緒。散文的詩性，一方面離不開日常生活，離不開直逼事物本質的精神力度、詩性智慧和生命衝動；另一方面還需融進詩的藝術感知方式，比如象徵想像、意象的組合、意識的流動、音樂的旋律節奏，乃至通感、變形、時空交錯等等以往被視為詩所專美的藝術表現形式。本書從詩性的產生、主體詩性、文化詩性、形式詩性四方面，對「詩性散文」這一核心範疇展開界說與分析，並建構了自己的散文詩學體系。在詩性散文的運思中，不但論述集中，主旨突出，閃爍著一種鮮明的創新精神，而且文字抒情優美，富於詩性與激情，洋溢著青春的活力和生命情調。

研治文學史的方法與心態——代序

李　怡

　　我曾經以「作為方法的民國」為題討論過中國現代文學研究的「方法」問題，最近幾年，「作為方法」的討論連同這樣的竹內好－溝口雄三式的表述都流行一時，這在客觀上容易讓我們誤解：莫非又是一種學術術語的時髦？屬於「各領風騷三五年」的概念遊戲？

　　但「方法」的確重要，儘管人們對它也可能誤解重重。

　　在漢語傳統中，「方」與「法」都是指行事的辦法和技術，《康熙字典》釋義：「術也，法也。《易‧繫辭》：方以類聚。《疏》：方謂法術性行。《左傳‧昭二十九年》：官修其方。《注》：方，法術。」「法」字在漢語中多用來表示「法律」「刑法」等義，它的含義古今變化不大。後來由「法律」義引申出「標準」「方法」等義。這與拉丁語系 method 或 way 的來源含義大同小異——據說古希臘文中有「沿著」和「道路」的意思，表示人們活動所選擇的正確途徑或道路。在我們後來熟悉的馬克思主義哲學中，「世界觀」與「方法論」的相互關係更得到了反覆的闡述：人們關於世界是什麼、怎麼樣的根本觀點是「世界觀」，而借助這種觀點作指導去認識世界和改造世界的具體理論表述，就是所謂的「方法論」。

　　在我們的傳統認知中，關於世界之「觀」是基礎，是指導，方法之「論」則是這一基本觀念的運用和落實。因而雖然它們緊密結合，但是究竟還是以「世界觀」為依託，所以在「改造世界觀」的社會主潮中，我們對於「世界觀」的闡述和強調遠遠多於對「方法」的討論，在新中國改革開放前的國家思想主流中，「方法」常常被擱置在一邊，滿眼皆是「世界觀」應當如何端正的問題。這到新時期之初，終於有了反彈，史稱「1985 方法論熱」，

一時間，文藝方法論迭出，西方文藝社會學、心理學、語言學、原型批評、接受美學、結構主義、解構主義、新批評、現象學、存在主義、解釋學、以及借鑒的自然科學方法（系統論、控制論、信息論、模糊數學、耗散結構、熵定律、測不準原理等等），這些令人眼花繚亂的「新方法」衝破了單一的庸俗社會學的「舊方法」，開闢了新的文學研究的空間。不過，在今天看來，卻又因為沒有進一步推動「世界觀」的深入變革而常常流於批評概念的僵硬引入，以致令有的理論家頗感遺憾：「僅僅強調『方法論革命』，這主要是針對『感悟式印象式批評』和過去的『庸俗社會學』而來的，主要是針對我們把握世界的『方式』而言的。『方法論革命』沒有也不能夠關注到『批評主體自身素質』的革命。」〔註1〕

平心而論，這也怪不得1985，在那個剛剛「解凍」的年代，所有的探索都還在悄悄進行，關於世界和人的整體認知——更深的「觀念」——尚是禁區處處，一切的新論都還在小心翼翼中展開，就包括對「反映論」的質疑都還在躲躲閃閃、欲言又止中進行，遑論其他？〔註2〕

1960年1月25日，日本的中國研究專家竹內好發表演講《作為方法的亞洲》。數十年後，他已經不在人世，但思想的影響卻日益擴大，2011年7月，溝口雄三《作為方法的中國》在三聯書店出版。〔註3〕此前，中文譯本已經在臺灣推出，題為《做為「方法」的中國》。〔註4〕而有的中國學者（如孫歌、李冬木、汪暉、陳光興、葛兆光等）也早在1990年代就注意到了《方法としての中國》，並陸續加以介紹和評述。最近10年的中國思想文化與文學批評界，則可以說出現了一股「作為方法」的表述潮流，「作為方法的日本」、「作為方法的竹內好」、「亞洲」作為方法，以及「作為方法的80年代」等等都在我們學術話語中流行開來，從1985年至1990年直到2011年，「方法」再次引人注目，進入了學界的視野。

這裡的變化當然是顯著的。

雖然名為「方法」，但是竹內好、溝口雄三思考的起點卻是研究者的立場和研究對象的特殊性。中國何以值得成為日本學者的「方法」總結？歸

〔註1〕吳炫：《批評科學化與方法論崇拜》，《文藝理論研究》，1990年5期。
〔註2〕參見夏中義：《反映論與「1985」方法論年》，《社會科學輯刊》，2015年3期。
〔註3〕溝口雄三：《作為方法的中國》，孫軍悅譯，北京：三聯書店，2011年。
〔註4〕林右崇譯，國立編譯館，1999年。

根結底，是竹內好、溝口雄三這樣的日本學者在反思他們自己的學術立場，中國恰好可以充當這種反省的參照和借鏡。日本學人通過中國這樣一個「他者」的來參照進行自我的批判，實現從「西方」話語突圍，重新確立自己的主體性。竹內好所謂中國「迴心型」近現代化歷程，迴異於日本式的近代化「轉向型」，比較中被審判的是日本文化自己。溝口雄三批評那種「沒有中國的中國學」，其實也是通過這樣一個案例來反駁歐洲中心的觀念，尋找和包括日本在內的建立非歐洲區域的學術主體性，換句話說，無論是竹內好還是溝口雄三都試圖借助「中國」獨特性這一問題突破歐洲觀念中心的束縛，重建自身的思想主體性。如果套用我們多年來習慣的說法，那就是竹內好－溝口雄三的「方法之論」既是「方法論」，又是「世界觀」，是「世界觀」與「方法論」有機結合下的對世界與人的整體認知。

事實上，這也是「作為方法」之所以成為「思潮」的重要原因。在告別了 1980 年代浮躁的「方法熱」之後，在歷經了 1990 年代波詭雲譎的「現代－後現代」翻轉之後，中國學術也步入了一個反省自我、定義自我的時期，日本學人作為先行者的反省姿態當然格外引人注目。

如果我們承認中國當代學術需要重新釐定的立場和觀念實在很多，那麼「作為方法」的思潮就還會在一定時期內延續下去，並由「方法」的檢討深入到對一系列人與世界基本問題的探索。

在中國現當代文學的領域中，我堅持認為考察具體的國家社會形態是清理文學之根的必要，在這個意義上，「民國作為方法」或「共和國作為方法」比來自日本的「中國作為方法」更為切實和有效。同時，「民國作為方法」與「共和國作為方法」本身也不是一勞永逸的學術概念，它們都只是提醒我們一種尊重歷史事實的基本學術態度，至於在這樣一個態度的前提下我們究竟可以獲得哪些主要認知，又以何種角度進入文學史的闡述，則是一些需要具體處理、不斷回答的問題，比如具體國家體制下形成的文學機制問題，國家觀念與民族意識的互動與衝突，適應於民國與共和國語境的文學闡述方法，以及具體歷史環境中現代中國作家的文學選擇等等，嚴格說來，繼續沿用過去一些大而無當的概念已經不能令人滿意了，因為它沒有辦法抵近這些具體歷史真相，撫摸這些歷史的細節。

「民國作為方法」是對陳舊的庸俗社會學理論及時髦無根的西方批評理論的整體突破，而突破之後的我們則需要更自覺更主動地沉入歷史，進

入事實，在具體的事實解讀的基礎上發現更多的「方法」，完成連續不斷的觀念與技術的突破。如此一來，「民國作為方法」就是一個需要持續展開的未竟的工程。

對文學史「方法」的追問，能夠對自己近些年來的思考有所總結，這不是為了指導別人，而是為自我反省、自我提高。自我的總結，我首先想起的也是「方法」的問題，如上所述，方法並不只是操作的技術，它同樣是對世界的一種認知，是對我們精神世界的清理。在這一意義上，所有的關於方法的概括歸根到底又可以說是一種關於自我的追問，所以又可以稱作「自我作為方法」。

那麼，在今天的自我追問當中，什麼是繞不開的話題呢？我認為是虛無。

在心理學上，「虛無」在一種無法把捉的空洞狀態，在思想史上，「虛無」卻是豐富而複雜的存在，可能是為零，也可能是無限，可能是什麼也沒有，但也可能是人類認知的至高點。是一個複雜的概念。在今天，討論思想史意義的「虛無」可能有點奢侈，至少應該同時進入古希臘哲學與中國哲學的儒道兩家，東西方思想的比較才可能幫助我們稍微一窺前往的門徑。但是，作為心理狀態的空洞感卻可能如影隨形，揮之不去，成為我們無可迴避的現實。這裡的原因比較多樣，有個人理想與社會現實感的斷裂，有學術理念與學術環境的衝突，有人生的無奈與執著夢想的矛盾……當然，這種內與外的不和諧本來就是人生的常態，對於凡俗的人生而言，也就是一種生活的調節問題，並不值得誇大其詞，也無須糾纏不休。但對於一位以實現為志業的人來說，卻恐怕是另外一種情形。既然我們選擇了將思想作為人生的第一現實，那麼關乎思想的問題就不那麼輕而易舉就被生活的煙雲所蕩滌出去，它會執拗地拽住你，纏繞你，刺激你，逼迫你作出解釋，完成回答，更要命的是，我們自己一方面企圖「逃避痛苦」，規避選擇，另一方面，卻又情不自禁地為思想本身所吸引，不斷嘗試著挑戰虛無，圓滿自我。

這或許就是每一位真誠的思想者的宿命。

在魯迅眼中，虛無是一種無所不在的「真實」，「當我沉默著的時候，我覺得充實；我將開口，同時感到空虛」（《野草》題辭）「絕望之為虛妄，正與希望相同」（《希望》）「於浩歌狂熱之際中寒；於天上看見深淵。於一

切眼中看見無所有；於無所希望中得救。」（《墓碣文》）所以，他實際上是穿透了虛無，抵達了絕望。對於魯迅而言，已經沒有必要與虛無相糾纏，他反抗的是更深刻的黑暗——絕望。

虛無與絕望還是有所不同的。在現實的世界上，盼望有所把捉又陡然失落，或自以為理所當然實際無可奈何，這才是虛無感，但虛無感的不斷浮現卻也說明在大多數的時候，我們還浸泡在現實的各自期待當中，較之於魯迅，我們都更加牢固地被焊接在這一張制度化生存的網絡上，以它為據，以它為食，以它為夢想，儘管它無情，它強硬，它狡點。但是，只要我們還不能如魯迅一般自由撰稿，獨自謀生，那就，就注定了必須付出一生與之糾纏，與之往返。在這個時候，反抗虛無總比順從虛無更值得我們去追求。

於是，我也願意自己的每一本文集都是自己挑戰虛無、反抗虛無的一種總結和記錄。

在我的想像之中，每一個學術命題的提出就是一次祛除虛無的嘗試，而每一次探入思想荒原的嘗試都是生命的不屈的抗爭。

回首這些年來思想歷程，我發現，自己最願意分享的幾個主題包括：現代性、國與族、地方與文獻。

「現代性」是我們無法拒絕卻又並不心甘情願的現實。

「國與族」的認同與疏離可能會糾結我們一生。

「地方」是我們最可能遺忘又最不該遺忘的土地與空間。

「文獻」在事實上絕不像它看上去那麼僵硬和呆板，發現了文獻的靈性我們才真的有可能跳出「虛無」的魔障。

如果仔細勘察，以上的主題之中或許就包含著若干反抗虛無的「方法」。

2021 年 6 月於長灘一號

目

次

緒論　詩性散文的可能性與闡釋空間

一

這裡面對的，是一個兩難的命題，也許還是一個被一些人認為不可能成立的命題。因為按傳統的文學理論的觀點，散文是一種「載道」的工具，儘管它天生就有抒情的基因，但在一般情況下它更側重於紀實和議論。作為一種獨立的文學樣式，散文無疑具有自己的審美屬性，然而由於對實用價值的過於寬容忍讓和經常遭受到邏輯思維的入侵，所以在許多人看來，散文的「詩性身份」十分可疑，甚至還有人將散文視為與詩相對立的非藝術品──這雖然不是一個普遍的共識，但卻從一個側面反映出人們對散文詩性的輕慢。

散文的詩性是否有存在的可能性？或者說是否有理論闡釋的空間？我想這個問題的答案應該是肯定的。不過，為了避免歧義，在展開論述之先，有必要將詩性散文的內涵作一界說，並將其與相關範疇區別開來。

首先要明確的是，詩性散文中的「詩性」雖與「詩學」概念有聯繫但並不是「詩學」的同義詞。在西方，詩學發源於古希臘，它的話語系統有兩個：一個是以荷馬史詩為標誌的詩人傳統；一個是以亞里士多德為代表的哲人傳統。在《詩學》中，亞里士多德從模仿出發，分別探討了詩的起源，詩的真實與歷史的真實，詩的分類以及悲劇、喜劇等問題。亞氏在「詩學」中所體現出來的「理性化」詩學原則，對西方以後的文學理論的發展產生了極其深遠的影響。比如，古典主義時期的「三一律」理論法則，及至現代的巴赫金的「文化詩學」，羅蘭・巴特、托多羅夫等的「敘事詩學」等文藝理論，差不多都可以溯源到《詩學》。所以說，西方的「詩學」實際上也就是文藝理論的總稱，

它的研究對象是文藝理論問題和文學創作的特殊規律。而在我國,「詩學」雖不似西方那樣有清晰的歷史發展線索,也不像西方的詩學那樣豐富多元且富於創新性,不過中國的詩學也有自己的理論範疇和特色。簡單來說,在我國古代的文藝理論中,「詩學」指的是以古代詩歌為研究對象的詩評、詩論和詩話等特殊的理論形態,以及諸如「比興」、「意境」、「養氣」、「神韻」、「妙趣」「尚意」等文論範疇。只不過,由於思維結構和精神走向的不同,中國的詩學更傾向於感性且非理性的東西更多一些,它崇尚整體直觀的思維方式,更注重人與天地自然的關係;而西方由於文明程度較高,科學技術的迅猛發展使主體日益科學化和理性化,這樣,西方的詩學相應地也就更加強調理性思維、邏輯思維和文藝理論體系的建構,這是由不同的種族、環境、時代和文化傳統所決定的。至於時下人們常說的「中國現代詩學」,主要指文學研究既要對文本進行互文性、對話性闡釋,又要對文學的發展歷史進行開放性的描述,還要將文論話語置於整個文化語境中進行系統性的考察。從以上的分析可以看出,不管是亞里士多德以來的西方詩學,還是中國古代的詩學和現代的詩學,都屬於文藝理論的範疇;而且,這裡的理論一般來說更側重於對文學的起源、文學的觀念和文學發展、文學的規律等方面的探討,它與本文的「詩性」這一核心概念在邏輯的起點和內涵的理論規定性上有很大的不同。

其次,要進一步劃清「詩性散文」與「散文詩」的界限。我們知道,散文詩是外來文體,它是「五四」以後出現於我國的一種特殊的抒情載體。有人認為,散文詩具有詩化和散文化的雙重特點,即「詩的本質」加上「散文的形式」。但事實上,在更多的時候,散文詩被認為是新詩的一種詩體,而不是散文。比如「五四」時期,在胡適的「作詩如作文」的倡導下,最初的白話詩人的詩作散文化傾向都很突出。如中國新詩第一部年選集《新詩年選》中的劉半農的《賣蘿蔔的人》,沈尹默的《月夜》《鴿子》等其實都是散文詩。及至稍後的冰心、穆木天、徐志摩等人,也都是把散文詩視為詩,他們中有的人更是以此走上新詩壇。可見,20世紀的散文詩常常「寄生」於新詩中,它的作者大多是詩人,而它的文體地位則長期以來一直處於模糊和搖擺之中。也許正是這種模糊性和搖擺性,使得散文大家余光中對其深惡痛絕,宣稱「在一切文體之中,最可厭的莫過於所謂散文詩了,這是一種高不成低不就,非驢非馬的東西。它是一匹不名譽的騾子,一個陰陽人,一隻半羊半人的 faun。往往,它缺乏兩者的美德,但兼具兩者的弱點。往往,它沒有詩的緊湊和散

文的從容，卻留下前者的空洞和後者的鬆散」。〔註1〕余光中對散文詩的批評雖然主觀武斷了一些，但散文詩作為「散文的詩」這一先天不足的侷限性，的確限制了這一文體的發展空間。因此不論從文體積澱的厚度，還是從文體的穩定性、獨立性和發展空間來看，中國的散文詩根本上就無法與中國的詩性散文相比。除此之外，散文詩一般來說篇幅較短小逼仄，而詩性散文的篇幅卻可長可短，題材也更加自由闊大。最後，還須提及的是，散文詩的句式一般都較整齊劃一，有的散文詩還講究壓韻，而詩性散文卻擺脫了一切形式的羈絆，是一種真正從容自由、無所約束的散文文體。總而言之，散文詩與詩性散文的區別，是詩與文的區別，形式的自由與非自由的區別。詩性散文，不是「散文的詩」，而是「詩的散文」。

　　詩性散文不但有別於「詩學」和散文詩，詩性散文與楊朔的「詩化散文」也不是一回事。楊朔曾說過：「我在寫每篇文章時，總是拿著當詩一樣寫」。〔註2〕在楊朔包括與他同時代的散文家和散文研究者來看，「當詩一樣寫」首先要做的事情是「尋求詩的意境」和打動「我」的「動情的事」。那麼，什麼是使「我」動情的事呢？楊朔進而說：「不要從狹義方面來理解詩意兩個字。杏花春雨，固然有詩，鐵馬金戈的英雄氣概，更富有鼓舞人心的詩力。你在鬥爭中，勞動中，生活中，時常會有些東西觸動你的心，使你激昂，使你歡樂，使你憂愁，使你沉思，這不是詩又是什麼」。〔註3〕應該說，楊朔是頗具「詩人氣質」的散文家，他對詩意萌生於社會生活中的理解也沒有錯。問題是，他的強調寫出「我」在社會生活中獲得的或激昂，或歡樂，或憂愁，或深思的詩意，僅僅是為了演繹某種政治理念，而且這種詩意化是以犧牲創作主體的自我，扼殺人作為個體的存在和生命的本真作為代價，這樣，楊朔所倡導和身體力行進行實踐的詩化散文便不可避免地是外在的、膚淺的，同時又是狹窄和虛假的。其次，楊朔的「詩化散文」還表現在對「意境」的全力經營上。而為了使「意境」更加「含蓄」和「深邃」，他的散文特別注意結構上的謀篇布局，即所謂的轉彎藝術。尤其是散文的結尾，常常人為地營造了一個

〔註1〕余光中：《剪掉散文的辮子》，見《連環妙計》上海文藝出版社 1999 年版，第 108 頁。

〔註2〕《楊朔散文選・〈東風第一枝〉小跋》，人民文學出版社 1979 年版，第 20 頁。

〔註3〕《楊朔散文選・〈東風第一枝〉小跋》，人民文學出版社 1979 年版，第 20 頁。

所謂情景交融、富於詩情畫意的意境。如《雪浪花》中老泰山從路邊掐了枝野菊花，插到車上，而後推著車慢慢地走進火紅的晚霞中，就是此類作品的代表。第三，楊朔的「詩化散文」較注重從細節特別是語言的錘鍊方面來理解詩意，比如《雪浪花》中的「咬」，《荔枝蜜》中的「醉」這樣的字詞，在楊朔及其追隨者看來，便不僅儲滿詩意，而且是充滿哲理意味的語言。然而稍有文學鑒別力的人都清楚，從建國初期那些大字不識的農民口裏說出這樣的語言，其效果和上述的老泰山推車走進晚霞的意境一樣，都顯得過於矯揉造作甚至帶有滑稽的色彩。而這樣的「詩化」散文，在一個鑒別力正常的讀者看來，往往是最不具備詩性，甚至是反詩性，反藝術審美的。

那麼，真正的詩性，或者更準確說，我所理解和倡揚的詩性散文，應該是什麼樣的呢？

應該承認：詩性散文的「詩性」兩字，是一種難以把握，甚至只可意會，難以言傳的社會生活、自然狀態和精神感覺的複合體。它「如冊上之色，水中之味，花中之光，女中之態，雖善說者不能下一語，唯會心者知之」。〔註4〕即是說，詩性一方面是羚羊掛角、無蹤可尋的；另方面，只要你認真傾聽，用心去意會，你就可能從作品的深處捕捉到詩性。而對於本命題而言，詩性主要指散文必須具備的一種美質和獨立的品格。它是一種本原性的存在，是散文的生存品質和歷史品質的最為具體和生動的呈現，也是散文對於功利性和世俗化的超越，是審美和精神的超越。總之，詩性是使散文之所以被稱之為美文的精神和心靈的內蘊。而具體說來，詩性應包括如下的內涵：

它是人類最深層的生存智慧，是這種智慧的最豐富和最生動的形態；

它是直逼事物本質的精神力度，是籠罩著整個作品的精神內蘊和精神氣質，而這種精神既是個體的又是屬於整個人類的；

它是流蕩於萬事萬物和人的心靈裏的一種純美的本質，是一種最富於心靈性的表達，也是一種自由自適的心境的流露；

它是生命力的呈現和凝聚，它通過生命的灌注獲得生機和活力，而生命則因詩性的滋潤而噴薄出更絢麗的光澤。

詩性還需要借助於超拔的想像力，需要融進詩歌的藝術感知方式，比如意象的營造、意識的流動、時空的跳躍、音樂的旋律、節奏，乃至通感、隱喻、變形、倒錯等等。概言之，以往被視為詩所專美的藝術表現手法，詩性散

〔註4〕袁宏道：《敘陳正甫會心集》。

文不但不應拒絕，相反應統統「拿來」為我所用。由此可見，這裡所指的詩性，決不僅僅是傳統的散文理論所認為的那種具有詩的意境，詩的抒情筆調，詩的修辭和詩的語言的詩性，它的內涵要豐富、深沉和廣闊得多。

當然，誠如上述，詩性是一種不易把握的東西。要捕捉到文學作品中的詩性，需要具備兩方面的能力和素質：一是體驗；二是感悟。體驗是從生活著的感性個體出發，去體驗整個的生活和自然。因為體驗與生活和自然是共生共存，難以分離的。體驗著就是生活著，生活著就是體驗著。因此惟有從感性個體的經驗出發，將自我與整個生活世界和大自然結為一體，這樣的體驗本身才具有穿透力，才能夠把握住詩性的本質。而感悟呢？感悟是一種內在性的心靈感受，它是我們把握世界的第一感覺，也是最具中國特色的生命的融入、人生的智慧和有血有肉的直覺的綜合。由於中國的詩學在很大程度上「是一種生命的詩學，是一種文化的詩學，是一種感悟的詩學，是一種綜合著生命的體驗、文化的底蘊和感悟思維的非常有審美魅力的多維詩學」﹝註5﹞所以，中國的文人寫詩作文都講究詩言志、詩緣情，用心去感受、去統攝天地萬物，從而達到一種天人合一的境界。所以把握散文中的詩性，自然就需要借助於感悟，通過生命的感悟來品味散文中的詩性，或者將感悟與分析結合起來，既追求審美上的鮮活靈動、生氣灌注，又講究學理上的通脫透徹。

在我看來，如果散文作家和研究者能夠從體驗和感悟兩方面來進行創作和研究，同時具備一定的思想洞察力，以及對人類文化的愛與知，那麼詩性散文便不僅僅是一種構想，而是一種實實在在的存在。自然，這裡的詩性散文的構想不是一些抽象的理論原則的集合，也不是去構建一個生硬教條和以學術術語為框架的所謂新的理論範式。事實上，我更感興趣的詩性散文的構架中應是既有詩學的理論創設，更有文化的想像，個人生命的投入和感知，有對具體的文學作品的有血有肉的解讀，還有對文學的發展的見解和經驗的歸納與結合。基於此，我認為我在這裡所建構的是一種感性具體的詩性散文。

二

如上所述，在以往的散文理論中，我們對散文中詩性的研究是相當不夠的，甚至可以說是相當主觀片面的。我們總是以為散文是一種敘事、抒情和議論相結合的文類，而惟獨沒有從「詩質」的層面來研究散文，這是一方面；另

﹝註5﹞楊義：《中國詩學的文化特質和基本形態》，《中華讀書報》2002 年 8 月 21 日。

一方面，則是對詩性的輕視。比如，在詩歌研究上頗有造詣的孫紹振先生就寫過一篇題為《散文當以非詩的追求為止》的文章。他認為，「散文與詩，在一切文體中的區別是最根本最不可混淆的，有如人可以分成男女，文可分為散文與詩。二者是性別的區分，把二者混同起來的兩性人是畸形的，是不健康的」。正是基於上述的見解，孫先生認為在散文中追求詩意是一種幼稚和天真，是吃力不討好的事情。因為按他的理解：「散文的生命不在於詩，而在於非詩。真正的散文，本色的散文是排斥詩的情感渲染和文學誇張的」。〔註6〕

　　孫紹振先生是我所敬重的研究幽默的大家。他的《審美形象的創造》一書對散文的分類和分析對我也頗有啟發，但他為了提倡散文的幽默性和智性而貶低散文中的詩性卻是我不能苟同的。這裡且不說他認為詩與散文就像男人與女人一樣的比喻根本上就站不住腳，也不論他所說的詩意主要是建立在對楊朔和劉白羽的散文的考察之上，因而有以偏蓋全之嫌。僅就詩性的內涵來說，它並不僅僅「總是不自由地把想像用在浪漫的、誇張的、情感的強化方面」，〔註7〕它更有哲學的智慧和生命本真的呈現，有自由自在的心靈流露，尤其是有精神性作為支持等等。關於散文的詩性內涵問題，上文已有詳細的界說，此處不再重複。

　　為了更好地說明問題，我們有必要進一步探討詩和散文的異同。首先，我們看到，詩和散文的區別還是顯而易見的。余光中曾在《繆思的左右手》一文中，對詩和散文做過如下比較。他認為：

　　　　詩和散文，同為表情達意的兩大文體，但詩憑藉想像，較具感情的價值，散文依據常識，較具實用的功能，詩為專任，心無旁騖。散文乃兼差，不但要做公文、新聞、書信、廣告等等雜務的工具，還要用來敘事、說理、抒情。詩像是情人，可以專門談情，散文像是妻子，當然也可以談情說愛，但是家務太重太雜了，實在難以分身，而相距也太近了，畢竟不夠刺激。於是有人說，散文乃走路，詩乃跳舞；散文乃喝水，詩乃飲酒；散文乃說話，詩乃唱歌……〔註8〕

詩和散文固然在句式、結構、文法、音律以及想像與現實、再現與表現和主觀與客觀等方面有很大的差異，但在諸種文體中，詩和散文又最為接近，甚

〔註6〕孫紹振：《挑剔文壇》，福建人民出版社2001年7月版，第211頁。
〔註7〕余光中：《連環妙計》，上海文藝出版社1999年8月版，第354頁。
〔註8〕見《連環妙計》，上海文藝出版社1999年8月版，第335頁。

至有時詩與散文達到了難以分辨的地步。如在古希臘，「詩」與「史」分開，散文卻歸屬於詩門下。在我國古代，則有「藝」和「學」的區別，散文劃進「藝」的範圍，也是側重於詩的。這是從文類劃分來說。再從具體的創作來看，李白的不少樂府詩氣勢奔放，將散文的某些因素如自由自然帶到詩中，這為他的詩歌帶來了新的氣象。韓愈、蘇軾兩位詩人也是如此。他們「以文為詩」，大膽引進散文的句法和氣勢，雖遭到恪守成規的一些詩評家的詬病，但我們不得不承認：韓愈的「以文為詩」的嘗試不僅擴大了詩人的體驗，使詩的語言更加多樣化，也豐富了詩的表現手法。而反過來陶淵明的《桃花源記》，蘇軾的《前赤壁賦》等抒情散文都遠勝於平庸的詩，甚至像《出師表》《與陳伯之書》等敘述性散文，由於注重了形象和感情，加之敘事中音調悅耳，富於節奏，因而這樣的散文同樣具備了詩的品質。類似這樣的情況，在西方散文中也不少見。比如培根、蒙田、加繆、帕斯卡等名家的散文，大多側重於議論，有的甚至是長篇的論文。然而他們的散文理性中有感性，既有鮮活的形象，又有充沛的感情，所以他們的散文在本質上也是屬於詩的。這類例子充分說明：詩和散文，並不是互相排斥、形同水火，而往往是我中有你，你中有我。一首詩中有散文的表達（如韓愈、蘇軾的「以文為詩」），或一篇散文中有詩質，這些都是很自然的事情，值不得大驚小怪。同時，我們還應看到，文體之間沒有優劣和高低之分。我們沒有理由因為散文的現實性和貼近日常生活便將其俗化或視為閒適的小擺設，也沒有必要因為詩歌傾向於想像和精神以及生命表達上的強度銳度而將其視為藝術的塔尖或文學的貴族。事實上，散文的接近口語和毫無掩飾的心靈表達，它的自由和寬泛的天性是詩所不能企及的。即是說，散文可以在保持自身性質的同時，兼容詩的想像、意象、節奏和小說的描寫敘述。散文最大的長處即在於把詩這種最主觀、最能刺激讀者幻想的文學樣式，和小說這種最客觀、最適宜臨摹社會人生的文學樣式，將這兩者的優點都融會貫通了。也許正是看到這一點，李廣田在 40 年代就指出：「好的散文，它的本質是散的，但也必須具有詩的圓滿，完整如珍珠，也具有小說的嚴密、緊湊如建築」。〔註 9〕蘇聯作家巴烏斯托夫斯基也深有體會：「真正的散文是充滿著詩意的，就像蘋果包含著果汁一樣」。〔註 10〕大詩人艾略特則認為：「好詩的第一個最起碼的要求，便是具備有好的散文的

〔註 9〕李廣田：《談散文》，《文藝書簡》，開明書店 1949 年版。
〔註 10〕轉引自李光連：《散文技巧》，中國青年出版社 1992 年 11 月版，第 116 頁。

美德。無論你審視什麼時代的壞詩,都會發現其中絕大部分欠缺散文的美德」。〔註11〕而余光中則說得更形象:「散文是一切作家的身份證。詩,是一切藝術的入場卷」。不僅如此,余光中還自詡「右手寫詩,左手寫散文」。在其散文集《記憶像鐵軌一樣長》的自序中又說:「散文不是我的詩餘。散文與詩,是我的雙目,任缺其一,世界就不成立體」。〔註12〕在這裡,無論是李廣田、巴烏斯托夫斯基、艾略特還是余光中,都是從文類的融合,特別是從散文的詩性,從一切文體的根來理解和評價散文的。

從上面的分析,我們可以得出這樣的結論:詩和散文固然有文體方面的差異,但更多的時候,詩歌與散文是融合貫通的。同時,通過考察和分析,我們還發現這樣一個規律:凡是優秀的真正稱得上詩性的散文,它往往具有一種內在的整體性和綜合的美。它是散文作家心靈的顫動和情緒起伏的內在旋律,是作家對大自然、對社會人生的總體性感受。這種整體性的詩性有兩個特徵:一是作家的詩意表達固然離不開意境的營造、細節的描寫和個別字詞或句子的創設,但它呈現的是一種抽刀斷水水更流的整體美學風範,你很難將其中的某個細節、某個詞句孤立拆開來進行分析;二是它並不拒絕抒情,但它的抒情不是毫無節制的傾訴,更不是誇張和表面化的空喊,而是一種看似不動聲色、踏雪無痕,實則深藏於文字底下的涓涓細流。換言之,這種詩性的呈現是含蓄的、內斂的,它是散文家的精神、氣質、閱歷、修養、才情和審美趣味化為精血在作品中無處不在的流蕩。關於這方面,散文大家賈平凹是深有體味的。他在回答散文研究者曾令存關於「詩性」的問題時這樣說:「我相信有籠罩並滲透大地的理想,一個天堂的理想,它不是幻想的結果,而是萬物寓於其中並在其中運動的終極真實。作品能否升騰,在於文字中彌漫或文字後的一種精神傳達,能喚起閱讀者的心靈顫動。魯迅沒有寫過詩,司馬遷沒有寫過詩,《紅樓夢》和《西廂記》是小說和戲劇,但他們是詩人和詩。如果作品中沒有形而上的東西,沒有維度,沒有感應天地自然的才情,即便你寫的是詩,文字有所謂詩意,那也不是詩人。這些東西我不能準確說出,只是這麼感覺的」。〔註13〕

賈平凹在這裡強調的,並不是散文的局部或個別的字詞,而是一種籠罩並

〔註11〕余光中:《連環妙計》,上海文藝出版社1999年8月出版,第351頁。
〔註12〕余光中:《連環妙計》,上海文藝出版社1999年8月出版,第351頁。
〔註13〕賈平凹、曾令存:《關於散文創作的對話》,《東方文化》2003年第3期。

滲透大地的理想，是文字背後的精神傳達，是感應天地自然的才情和形而上的思想緯度。事實上，這就是內在的整體詩性，是一種絕不同於以往的散文評論所認同的那種「詩化散文」。有意思的是，賈平凹的散文創作，正是這種整體詩性的最有說服力的注腳。在我看來，賈平凹的整體詩性主要表現在兩方面：其一是精神氣質層面上的「詩性」，這一「詩性」帶有形而上的超驗意味，它借助於佛境禪宗的頓悟，「內斂」於明月、山石和湖水之中，並由此抵達一個海德格爾沉迷的純淨無蔽、澄明的詩的境界。如《月戀》《月鑒》《坐佛》《釣者》《夜遊龍灘記》以及「商州系列」中的散文均有此特點。其二是作為藝術風格意義的「詩性」，它和賈平凹的生活修養、性格氣質、趣味才情和美學追求聯繫在一起，這一「詩性」特徵「外化」為賈平凹獨特的題材、主題、結構、敘述描寫，尤其是十分有味的語言給讀者以美的藝術享受，但你又無法將他作品中的敘述描寫、記事寫景或哲理昇華截然分開，你更無法指出哪個字，哪句話是「詩眼」，哪一段或那個結尾昇華了「詩意」。你只是在一片混沌散漫中感受到一種文化氛圍，一種詩意的升騰和整體上的結構美。賈平凹的散文之所以能吸引那麼多讀者為之陶醉，之所以至今仍有其不衰的藝術魅力，在我看來，這其中的原因就在於他的散文語言特別有味；另一重要的原因，便是他的散文中有詩性作為靈魂，而這詩性又是整體的、內斂的，它貯藏於字詞的背後，又似一股潛在的暗流，一種內在的旋律滲透、彌漫於它的散文之中。於是，他的散文自然也就特別的感情充盈、氣韻生動和空靈而旨遠。

倘若將視野進一步拓寬，我們會看到，作品中有內斂的整體詩性的散文家不僅僅限於賈平凹一人。事實上，任何稱得上優秀的散文家，他的作品無一例外都會貯藏著一種內斂的整體詩性。魯迅的《野草》自不必說，沈從文的「湘西」系列散文在古老的民風民俗、質樸的敘述描寫中不也透出一種內斂的整體詩性嗎？那是沈從文對於小人物的摯愛，對於人性的大悲憫和對大自然的生命的投入與融匯。同樣在楊絳、張潔、史鐵生、張煒的散文中，我們也深切地感受到這種內斂式整體詩性。楊絳的《幹校六記》以「哀而不傷，怨而不怒」的獨特人生態度，敘述作者與錢鍾書下放到「幹校」勞動的故事。雖然處於狂亂的非理性時代，然而我們卻讀不到一般作品常見的那種激憤的控訴和狂燥的宣洩，而是在「平靜」的敘述中，感受到一種內在的、緩緩流淌的整體性詩意。這種內斂的整體詩性，在張潔的《揀麥穗》裏也有完美的表現。我們讀這篇作品，也許會欣賞反覆出現多次的高掛在樹梢頭的「小火柿子」

的意象，會讚歎作者的從容舒展的敘述筆調，優美純淨的文體，然而就我來說，作品更吸引我的是小女孩和村姑們的夢，是小女孩和賣灶糖老漢那段畸型然而辛酸純淨得使人落淚的感情故事底下流淌的詩意——那是對欠缺人生的喟歎，對人與人之間純真感情的憧憬，對「沒有任何希求，沒有任何企望」的愛的堅守，正是這一切，使《揀麥穗》折射出一種帶著苦澀的人性況味和淡淡哀愁的內斂式整體詩性。此外，像史鐵生的《我與地壇》，張煒的《融入野地》也都屬於具有內斂的整體詩性的散文。甚至像韓少功、王小波的作品，儘管他們的主導風格傾向於思辨、幽默和調侃；但另一方面，他們又有建立在知識上的詩性智慧和充滿藝術靈性的想像力，這使他們的散文更加豐富成熟，散文的語言更富色彩和質感，因而也更貼近心靈的真實。

中外古今的大量例子表明：好的散文的確應包含有詩的種子，只不過這些種子不是生長於精神的荒原、乾枯的心靈和貧瘠的土地，也不是發芽於漂亮的抒情文字中，而是植根於思想的沃土，孕育於豐饒滋潤的心靈，彌漫於散文的整體之內，而後外化為特有的美學風範，給予讀者掩卷後無盡的遐思。從這一意義上，我們可以說散文不過是詩歌另一種方式的繼續而已。如果這一判斷成立，那麼我們還應接著說：散文家的本色應是詩人。他堅守文學的本體，率性以詩筆為文，憑藉詩的敏感、直覺思維和幻夢激情穿透「歷史的蒼茫」（王充閭語），或發現日常生活中具有審美意蘊的現象，而後以詩性的筆致予以創造性的重新闡釋，所以這樣的作品至純至美而且品質豐厚。可惜時下不少散文作者失去了詩人本色，喪失了對於整體詩性追求的興趣，這樣他們的作品要麼滿足於淺薄廉價的抒情，要麼自甘低下取悅於世俗平庸，或者雖有廣博的知識和學問，卻被一大堆「知識」和「文化」吞蝕了生命，淡褪了散文必具的美感和性靈。正是面對著眼下這種既萬紫千紅、氣象萬千而又魚龍混雜、泥沙俱下的散文景觀，我覺得有必要特別強調散文的整體詩性。實際上，當我們強調散文的詩性，也就意味著拒絕了媚俗和隨意的信筆塗寫，意味著散文同心靈真實和精神存在日益靠近，更意味著散文對於文學本體的執著堅守和對自由遼闊大地的夢想。

三

循著整體詩性的路徑前進，我們可以進一步發現：散文的詩性有著巨大的理論闡釋的空間。這個詩性的世界不僅五顏六色、豐富多彩，而且這個世界並

不像人們想像的那樣狹小逼仄。的確，這是一個十分新奇十分豐富廣闊的世界！這裡既有生命的宣沸，又有精神的玄想；既有智慧的幽默，又有想像的升騰；既有文化的奇葩，歷史的興會，又有繽紛的意象、溫情的格調、朦朧的氛圍。當然，為了敘述和分析的方便，我們必須對這個混沌的詩性世界進行理清。這樣，根據散文的本質、範疇和藝術特徵，我將散文的詩性世界分為三個層面：

（一）主體詩性。這是從散文的人格主體角度來說，它是詩性散文的基礎和內核，也是詩性散文最為重要的方面。這一層面包括散文的精神詩性、生命詩性、詩性智慧和詩性想像四個層面的內涵。散文的精神詩性是散文中最本質、最具思想衝擊力的部分。它是建立在人類廣闊的精神文化背景和龐大的現實結構之上的一種形而上層位的哲學追問，是散文對於宇宙萬物的感悟，對於人類命運的關注和日常生活的尖銳觸及，以及對於個體的生存的垂詢。當代的散文要擺脫瑣屑平庸，要拒絕淺薄廉價的抒情，就必須強化散文的精神詩性，這是散文走向大氣，獲得一種深度模式的必經之路。而散文的生命詩性，則是散文中最鮮亮、最熾熱和最感性的部分。它是一種不受限制、不受約束的充滿激情的實在。它以個體的意誌感知和生命本能滲透進事物之中，從而使作品升騰、勃發起來，噴薄出無限的熱力和理想的朝霞。也許正是看到了生命的這種巨大的能量和無限開發的可能性，早在兩百多年前，德國的哲學家尼采就說，生命力本體就是詩，就是美，而散文一旦擁有了這種生命本體，尤其是如果我們將這種生命本體詩化、美化和藝術化，那麼，我們的散文便不僅有深度、熱度，而且有可能達到一種真正哲學意義上的本真。自然，從散文創作的人格主體性來說，僅僅擁有精神詩性和生命詩性還是不夠的。因為精神的盔甲有時難免過於沉重，生命的熱烈有時也會過於絢爛刺目，這時如果再加進一些詩性的智慧，那麼散文的冷峻尖銳中就有了溫潤和柔韌，厚實沉重中也會有從容、閒適和機趣相伴，這於散文無疑是可遇不可求的一種心靈滑潤劑。當然，散文中的詩性想像，也是散文創作中不可或缺的。這是由於：一方面想像自古以來就伴隨著人類一道成長，沒有想像，人類的一切創造包括文化創造都無從談起；另一方面，想像與詩有著非同尋常的聯繫。狄爾泰就曾說過：「最高意義上的詩是在想像中創造一個新的世界」。〔註14〕也就是說，個體的生命、精神、智慧、幻夢、命運，包括過去、現在

〔註14〕狄爾泰：《論德國詩歌和音樂》，轉引自劉小楓《詩性哲學》，山東文藝出版社 1986 年版，第 171 頁。

和將來，都是在想像中建立起來的；或者說，想像是將精神、生命和智慧聯結為一體的紐帶。因此，顯而易見，詩性想像在整個「詩性散文」的命題中，也有著不容忽視的價值。

（二）文化詩性。當代的散文既要強化主體詩性，同時也要倡揚文化詩性。因為從詩與文化的關係來看，詩是文化的重要組成部分，而文化則由於詩的灌注而飄動，而獲得一種內在的生命。自然，文化的覆蓋面是廣闊無邊的，它既可以是物質的、社會的、時代的，也可以指個人的學識修養、審美趣味，等等，因此在本專題中，我所謂的「文化詩性」主要是指歷史文化或精神文化層面上的詩性。即是說，我的研究對象側重於余秋雨、王充閭一類的散文作家以及他們的「文化散文」，考察他們在散文創作中是如何以歷史人物和歷史事件為契機，借助獨特的文化意象和自然山水，將詩歌的激情、歷史的沉思和哲學的睿智鎔鑄於自我的散文天地，形成一種詩、史、思三者交融互匯的美學風致。在我看來，這就是散文的文化詩性。如果當代的散文真正獲得了這種文化詩性，它就必然地提升了自己的品格，不僅擁有一個廣闊的藝術空間，同時也意味著散文與我們常見的那種「知識膨脹型」或「浣衣婦型」（余光中語）的散文真正告別。

（三）形式詩性。形式詩性包括三方面的內容：一是詩性敘述；二是詩性意境；三是詩性修辭。從第一點來說，過去的散文理論一直認為散文就是從「我」的角度來講故事，故此散文敘述之於散文是並不重要的。然而從現代敘事學的角度看來，散文的敘述不僅僅屬於傳統文章學的範疇，散文同樣存在著一個現代敘事的問題。所以，如何使散文既在語言上更富詩性，在敘述上又有所突破，這也許是散文革命性的一個關鍵。而就散文的詩性意境而言，以往的研究一般只從「情景交融，形神結合」著眼，而沒有揭示出散文意境的特殊性，更沒有從精神緯度，從深廣的人生歷史內涵和宇宙生命意識的結合上來觀照意境，所以本書將從詩性的角度對散文的意境進行重構。第三是詩性修辭方面，同樣存在著一個如何突破重構的問題。我們知道，修辭是修飾和調整語辭，使語言更生動清晰和有力地表情達意的一種手段，同時也是文學構成的重要元素，它與作家的藝術個性和獨特風格，與詩學有著密切的聯繫。但傳統的修辭學家一般都是將研究的重心放在修辭格上，比如比喻、比擬、對偶、排比、反覆、層遞、借代，等等。這種僅限於辭格研究的修辭學的缺點是顯而易見的：其一是辭格可以無限地衍生下去，從而使修辭學變成

斤斤計較於字句鍛鍊的煩瑣的語言遊戲；其二是辭格研究過於看中修辭的裝飾性，這樣勢必在很大程度上割裂了文句與創作主體的內在聯繫，也限制了修辭學的發展空間。事實上，長久以來，正是受到上述修辭理論的誤導，一些散文作家一直熱衷於將修辭學運用在文句的雕鏤上，結果反而使得行文過於刻意和造作，失去了散文應有的天然妙趣。有鑑於此，我認為散文的修辭研究應該與詩性聯繫起來，也就是臺灣學者鄭明娳所說的「不僅止於使用辭格；面對辭格，我們應該考慮的是如何把它放進一個結構的框架中去凸現其意義。修辭學不僅僅只是做『文』的裝飾性，它應該是語言研究的原點」。〔註15〕從這樣的認識出發，我的「修辭詩性」首先是對散文的意象構造的研究，即散文作家在創作中如何營造高度詩質的意象乃至意象群，如何化抽象概括性為具體可感性，並借助想像、隱喻、象徵等方法來傳達創作主體對日常生活或自然山水的詩性感受，從而使散文抵達美學化和詩意化的藝術之境。當然，在論及詩性意象時，也會涉及到諸如比喻、通感、排比等辭格，不過這裡的修辭手法是在意象的框架中才顯示其意義。此外，在「修辭詩性」中，還會涉及到語言的韻律、聲調和節奏，即散文語言的音樂性問題，因為一切藝術均以逼近音樂為指歸，富於詩意的散文除了需要詩性意象外，還需要一種天然的韻律節奏，一種音樂般的勻整與流動。自然，要達到這一點，散文作家和研究者都必須具備真純的詩感。

以上就是我所建構的詩性散文的理論空間。這個理論闡釋空間的描述儘管還是初步的、自然也是不完善不成熟的，但它卻是開放的，同時意味著它具有較大的彈性。而且，還應看到，在這裡，無論是精神性、生命詩性智慧詩性和文化詩性的闡釋，還是對想像力和創造性的推崇，以及對散文的敘述變奏、意象組合、意境營構、修辭性和音樂性的創設，無不體現出一種創新的現代批評視野，無不體現出詩性的特徵。我們不應簡單地將這種詩性特徵理解為詩歌對散文的影響或認為是詩歌向散文滲透的結果，而應視為散文向文學本體的回歸。因為作為一種獨立的體裁，散文的形式固然可「散」，但它的本質應是「詩」的。正是在這一點上，詩性的闡釋加深了我們對散文的理解：散文中的詩性成分並不是與散文這種體裁相排斥、相異質的外來物，而是散文的基礎，是散文的題中之義。因此顯而易見，在散文創作中排斥詩性，雖不至於毀滅散文，但至少是一種降低散文質量的不明智之舉。

〔註15〕鄭明娳《現代散文構成論》，大安出版社1989年版，第280頁。

四

　　散文的詩性是一種度量，即以詩性來度量散文的整體質量特別是內在的質量達到了何種高度。

　　關於散文的詩性與散文質量的關係，我想可以從以下幾方面作一簡單考察：

　　一是滿足現代心靈的審美守望。如眾所知，海德格爾與其他德國浪漫主義哲學家很早就意識到現代科學技術的發展對人的身心的危害，他們哲學思考的一個重要方面，就是對機器技術社會化導致人的「無家可歸」的現狀的反思和憂慮，海德格爾稱工業化的時代是「貧乏的時代」。那麼，在貧乏的時代裏，詩人何為？海德格爾認為詩人惟有在「黑夜」中去仰望，去傾聽，在吟詠中去摸索隱去的神的足跡，這樣，詩人才能「在世界黑夜的時代裏道出神聖。哪裏有貧乏，哪裏就有詩性」。〔註16〕而今，我們所處的這個信息化現代社會比海德格爾的那個現代社會更加貧乏，我們的生存方式越來越機械化、精密化和理性化，就如席勒所比喻的那樣：人成了一部高級精密的鐘錶機械。人「永遠束縛在整體中一個孤零零的斷片上，人也就把自己變成一個斷片了」。〔註17〕不僅如此，在這樣的時代，人們崇拜金錢，追逐時尚，放縱慾望；而另一方面，身處其中的每一個人又都經歷著前所未有的迷茫和困惑。的確，現代生活表面上豐富多樣，但實質上卻是格式化的生活，而格式化的生活必然使人與自己的本性與自然疏遠，人的審美觸角日益粗糙，人生命中的詩性日漸稀釋消解，這正是現代人靈魂不安的根本原因之一。面對這種精神困境，現代人迫切地需要一種審美人生的守望，需要一種神聖的閱讀和古典詩情的灌注，而詩性散文正是為了滿足這種「審美人生的守望」和「尋求古典的現代心靈」的需要而適時出現的。這是詩性散文在思想層面上的第一重意義。

　　二是能有效地間離和提升日常生活。散文的詩性，不僅能夠有效抵禦現代技術文明所加諸於人類的危害；散文的詩性，還是提升和間離日常生活的審美手段。我們知道，日常生活儘管並不像一些人所說的到處都是詩；但日常生活與詩也不是完全絕緣。在一個缺乏浪漫、理想和審美情懷的作家眼中，日常生活只不過是毫無詩性的「一地雞毛」；但在一個富於古典情懷、充滿浪

〔註16〕海德格爾：《林中路》，轉引自劉小楓《詩性哲學》，山東文藝出版社1986年版，第214頁。

〔註17〕席勒：《審美教育書簡》，轉引自朱光潛《西方美學史》（下冊），人民文學出版社1979年版，第445頁。

漫氣質的作家筆下，日常生活可以被詩化，詩永遠充盈於他的心中並永遠成為他的夢想。他不因物化而降低作品的品格和精神質量；相反，他堅守文學本位，不僅善於將平庸的生活詩化，又以超越日常生活的詩性精神來拒絕生活的平庸和任何功利的目的。概言之，詩性散文既間離了日常生活，又詩化了現實生活，從而使散文一方面更加貼近日常的、質樸的、人性的現實生活；另方面又成為一種對抗流俗的精神存在，一片寄託著人們的純潔夢想，潛藏著豐富的心靈秘密的自由遼闊的大地。

如果再從藝術的角度看，詩性散文的倡導同樣有著不容忽視的意義。熟悉 20 世紀散文史的人都知道，我國的現代散文，自始自終都存在著兩個弊端：一是在崇尚優美典雅和表達性靈的觀念主導下，許多散文家熱衷於楊朔式的託物言志、借景抒情的寫法，結果使得散文的路子愈走愈窄，甚至變成了一種「蘇州園林式」的慘淡經營，這自然是散文發展的死胡同，是沒有出路的。二是進入 90 年代之後，隨著創作環境的寬鬆和傳媒的發達，又湧現了大量思想平庸、藝術粗劣的所謂散文隨筆。由於這類散文隨筆大面積地充塞於「公眾的空間」，這就在相當大的程度上敗壞了讀者的胃口，極大地損害了散文的聲譽。正是面對著散文的這種現狀，在新的世紀剛剛開始的時候，我們有必要為散文注進新的血液，倡揚一種具有詩的堅實品質又有散文的自如從容的高品格散文。也許有人會譏笑我的這種理想主義，也許還有人認為構建散文的理論體系的努力終歸是徒勞。但我認為散文的美學世界裏不應永遠貧瘠，散文也應和小說、詩一樣有屬於自己的理論體系的大廈；倘若我們一如既往地不懈努力，我們的理想總有變為現實的可能──儘管這對於中國的散文來說，是太遲了一點。

的確，我一直對散文抱著樂觀的態度，而且始終認為，21 世紀是散文的世紀。因為 20 世紀是革命和啟蒙的世紀（至少在中國是如此），在這樣的世紀裏，小說、詩歌因其激進的先鋒姿態而倍受青睞且出盡風頭，而天性傾向於淡泊平和，不喜歡大起大落、大紅大紫的散文自然也就受到時代和理論家們的冷落，這是再正常不過的事實；而 21 世紀是一個發展經濟的世紀，一個朝著自由民主奮進的趨向世界大同的世紀，在這樣的世紀裏，散文因其文體上更側重於藝術性的優勢，特別是散文有可能因為它的心靈性、審美性、文化性和精神性而成為主導時代的文體。自然，這些只是我個人的判斷，未來的文學走向還需要時間來證明。但有一點可以肯定：當代的散文要與新的世

紀相匹配，要有大的作為並獲得與小說、詩歌平起平做的地位，就必須在散文觀念上有革命性的突破，在題材上「雜」一些，「野」一些，在思想上堅決擯棄「文以載道」等過於政治化、功利化的寫作，在藝術上走詩性散文之路。總之，惟有將精神性、文化性和詩性高度融合在一起，中國的散文才有可能進入到一個全新的大境界。

這，就是我心中關於散文的夢想，也是我構建「詩性散文」這一命題的初衷。

詩性的發生

第一章　散文的詩性之源

　　也許我們處於一個缺少詩意的時代，然而我們置身其間的國度卻從來不缺少詩。我們姑且不論使每個中華子民引以為豪的唐詩宋詞，就拿古代那些元典來說，哪一部不是詩、思、史三位一體？哪一部不是大氣磅礴詩性淋漓？我們的先輩沒有使用「詩化」、「詩性」之類的字眼，也沒有西方那種體系備全的「詩學」範疇，但他們以其特殊的藝術知覺和不同於西方的邏輯思維，在文字中注進了情感、智慧與想像，而當這種情感、智慧與想像同寫作的硬質使命相結合，自然便產生了一種特殊的詩性。在我看來，這就是中國悠久、豐饒和深厚的散文傳統，也是我要建構新的散文理論的詩性之源。的確，當現代的散文越來越小，當散文一方面越寫越精緻；另方面卻變得越來越狹隘匠氣的時候，現代散文很有必要回歸到古典，回歸到產生詩性的元初之處。現代散文惟有從古代詩性中獲取營養，使自己孱弱的身體強健起來，而後才談得的上打點行裝、精神飽滿地在新的世紀裏進行新的再出發。

第一節　道、漢字及禪的詩性資源

　　黑格爾曾經批評中國是一個「不含詩意的帝國」。其依據是中國的國家政體是建築在儒家學說之上，強調的是人道倫理和現實倫理，所以中國的所謂詩性「往往是形式性的，僅具有文體學和言說方面的意義」。〔註1〕然而考察我國的傳統文化，我們會發現黑格爾的論斷帶有極大的片面性。事實上，黑

〔註1〕參見劉成紀：《青山道場──莊禪與中國詩學精神》，東方出版社 2005 年版，
　　　第 35 頁。

格爾只看到儒家學說關注現實的一面，而忽略了道家哲學中強調天道倫理即「天人合一」的一面。這樣，他自然就得出了中國是一個不含詩意的國度這樣十分離譜的武斷結論。

那麼，中國傳統文化中的詩性的立足點究竟在哪裏呢？

很顯然，中國早期詩性的立足點是道家哲學，而產生於三千多年前的「群經之首」《周易》，不但是我國最古老的經典，而且是我國早期詩性的最為具體和直觀的體現。《周易》與古代其他元典一樣，都具有「象思維」的思維特徵。所謂「象思維」，也就是藝術性思維，其特徵是注重整體性和直觀性。所以，《周易》是用寓言和詩的形式，來闡釋天地的大道理和人生的大道理。這正如有的研究者所說：「周易從原始詩性思維發生成為充滿詩性智慧的『天人合一』精神。在理解世界的生成和變化方面，它表現為二項生成的詩性哲思；在人與自然的關係方面，它表現為讓物性保持本真、充分自我呈現的詩性直觀；在處理人間秩序方面，它表現為以天道提升人道，以人道順應天道的詩性倫理。這種詩性智慧的本質正是中國傳統文化所固有的對『生』的深深眷顧」。〔註2〕這段話可以說是對我國早期詩性智慧的十分到位的概括。《周易》這種仰觀天文、俯察地理，中通萬物之情，在重天人之際，探索宇宙中的人生的必變、所變和在變的大法則，正體現出了中國的傳統思維特徵及其奧妙，這就難能怪後世對其推崇備至，尊其為「群經之首」了。至於以老子、莊子為代表的道家文化，同樣體現出了獨特的中國詩性特色。比如，老子的「一生二、二生三、三生萬物」，以及「大白若辱，大方無隅，大器晚成，大音聲希，大象無形，道隱無名」。〔註3〕莊子的「俗」與「無辱」，「無用」之「用」，還有「逍遙遊」、「庖丁解牛」、「莊生夢蝶」等等。都體現出了一種合於「道」與「德」的中國式的大智慧。這種立足於天地之變的「象思維」，再配之以「手揮五弦，目送歸鴻，俯仰自得，遊心臺玄」的浪漫情懷，自然便產生了一種難以抗拒的詩性文化傳統。由此可見，作為人類文化精神狀態的表徵，中國古典精神的價值和核心便是詩性，它以整體性的直觀思維與智慧的表達，將「道」的建構、藝術的人生和詩意的生命融合為一。

中國早期詩性的生成，除了在《周易》，在老子和莊子的道家文化中有著集中而充分的體現外，在漢字的字型結構上，也可看出詩性的凝聚。如眾所

〔註2〕王茜：《周易的詩性智慧》，《商丘師範學院學報》2004 年第 3 期。
〔註3〕《老子》第四十一章。

知，漢字是一種表意的象形文字，它不是由一系列的拼音文字系統構成，而是以象徵為其核心的語言符號構成。從漢字生成的早期形態看，不論是象形、指事、會意和形聲，其間都隱藏著十分豐富的早期詩性的密碼。比如漢字的「首」字，在最初的甲骨文中是一個人頭的形狀，後來造字的在人頭加上幾根頭髮，用一隻眼睛代表臉部，後來再經過演變，人頭上剩下兩點，頭皮漸漸拉平，眼睛也垂直了，於是成了現在的「首」字。而「黑」是一個表示顏色的字，最早是「炎」字之上加上一個圓的煙囪，表示火在燃燒，從煙囪裏冒出點點煤煙，以此來表示「黑」的顏色。這樣的例子在漢字中可以說是舉不勝舉。由此可見，漢字和西方純粹符號性的拼音文字不同，它的關係模式是「散點透視」，是「空間性」和「場型」的，而不是「時間性」和「序列性」的。漢字的這種「物相」和「心向」相交融的特點，根本就不是某些西方學者所說的「低級語言」，而是一種更接近人的心靈和感覺，因而更能引起聯想，更具隱喻性和抒情性的詩性語言。關於這一點，當代著名學者魯樞元在《超越語言》一書中曾舉過一個精彩的例子，他說「暮色蒼茫」與「晚色蒼茫」只一字之差，但韻味大不相同。究其原因，還是和「暮」字的形義、淵源有關。「暮」字的原意為「莫」，而「莫」的初始寫法為「𦮼」，即日落草莽之中。只說「暮色」，便已呈現出雄渾蒼茫之象，給人以詩的含蓄，韻的渾融，氣的氤氳之感。從魯樞元所舉的例子，不難看出漢字從開始構造就是一種詩性的語言，智慧的語言。可惜這種詩性、智慧和高貴的語言質地在當代的散文創作中已越來越少見，這就不能不引起我們的警惕和深思。

在論及中國早期詩性的生成時，我們還要簡單談談禪悟所體現出來的詩性。我們知道，禪並非中國的特產，它的源頭在印度。但當佛祖釋迦牟尼將禪傳入中國後，經六朝的發展到達唐代，便出現了禪宗。禪宗的原則是教外別傳，不立文字，直指人心，見性成佛。在參禪的過程中，則主張「漸悟」和「頓悟」。何謂漸悟和頓悟？漸悟指的是坐禪，即把修佛分成若干個階段，強調的是循序漸進。頓悟則是通體的瞬間之悟，是一種透視一切的創造性和生命活力。它的要義是自信、見信與佛理的交感相容，透露出的是人性中一種特殊的性靈，不但具有非分析、非理性思維和超越文字與邏輯的特性，而且它的表達又是藝術化乃至詩性的。比如，趙州從諗禪師的答問就是如此。

問：「承聞和尚親見南泉，是否？」
師曰：「鎮州出大蘿蔔頭」。

> 問：「如何是祖西來意？」
>
> 師曰：「庭前柏樹子」。
>
> 問：「萬法歸一，一歸何所？」
>
> 師曰：「老僧在青州作得一領布衫，重七斤」。〔註4〕
>
> 再如：
>
> 問：「如何是禪？」
>
> 師曰：「磔磚」。
>
> 問「如何是道？」
>
> 師曰：「木頭。」〔註5〕

上述兩偈，其表達就像猜謎一樣，若從理性思維的邏輯角度看，禪宗的這種答問，顯然是答非所問，是含糊不清的。但對於禪來說，惟有這樣的答問方能傳達出禪理和禪趣。

因為禪宗的不立文字，直指人心是拒絕言說的。它所要破壞的，正是常人習慣性的邏輯思維，所以破譯禪意不能拘泥於文字的表面，而要靠頓悟來體會其文字以外的「韻外之致」和「言外之意」。禪宗的這種拒絕言說和分析，靠感悟來直抵事物核心的思維方式，正是中國式詩性智慧的典型體現。它對我國的哲學、文學包括散文創作均產生了深遠的影響。

總而言之，在我國的傳統文化中，詩性主要由以《周易》為代表的「象思維」，以老莊為代表的道家哲學，以表意和象形為特徵的漢字，以及禪宗的頓悟構成，以上幾方面典型地體現出了中華民族的文化精神和藝術思維特徵，它們既是中國文化的詩性之源，同時也是詩性散文之源。

第二節　莊子：以「寓言為廣」

上面我們從我國早期的文化視野中探討了詩性的成長，下面我準備換一個角度，從中國古代的散文入手，來看看詩性是如何滲透、融合進我國的散文創作中。在我看來，古代散文的詩性因素，主要體現在如下幾個方面：一是以寓言為廣；二是禪宗的妙悟；三是性靈的歸潛和飛揚。

以寓言為廣，這是莊子在《莊子》一書的序言《天下》中所說：「以卮言

〔註4〕《五燈會元》（上·卷四），中華書局 1984 年版，第 200 頁。
〔註5〕《五燈會元》（上·卷五），中華書局 1984 年版，第 256 頁。

為曼衍，以重言為真，以寓言為廣」，這既表明了莊子對其言說方式的選擇，
也是他的詩性智慧在散文中的具體體現。所謂寓言，即有所寄託，有所興會
和有所隱喻之言，其寄寓的方法就是「藉外論文」。〔註6〕從《莊子》文本看，
莊子實際上就是借助豐富的想像，通過對人、事、物進行形象化的描述，來
表達自己對宇宙自然的認知，對生於其中的社會人際關係的把握和對於人生
的感悟體驗。所以莊子的寓言往往不是空洞直露的概念和意義，而是超越現
實生活和邏輯束縛，甚至是超越悟言的「道」與「意」的合一，是把自己的人
生態度和審美理想寄寓於具體形象的一種「心與物遊」。如《養生主》中的「庖
丁解牛」，就相當典型地體現出莊子這種詩性散文寫作的特色。這個寓言主要
通過庖丁高超的解牛技巧來隱喻某種生存之道。作品先寫庖丁的解牛動作。
庖丁的解牛技藝高超無比，「手之所觸，肩之所倚，足之所履，膝之所倚，砉
然向然，奏刀騞然，莫不中音，合於桑林之舞。」庖丁解牛時手、肩、足所形
成的有如舞蹈般的姿態，以及刀在運行時發出的和諧悅耳的節奏與旋律，簡
直達到了出神入化的境地，這樣自然就引出了文惠王的發問。作品接下來寫
庖丁解釋自己獲得高超技藝的原因：「始臣之解牛之時，所見無非全牛者。三
年之後，未嘗見全牛也。方今之時，臣以神遇而不以目視，官知止而神欲行。」
由於庖丁經過長期的實踐摸清了牛的內部結構，所以他能做到「以神遇而不
以目視」，能在經絡相連、筋骨糾結的複雜牛體中「恢恢乎其於遊刃必有餘
地」，甚至「十九年而刀刃若新發於硎」。這裡，庖丁實際上借刀（個體生命
的隱喻）與牛（複雜險惡的社會環境的隱喻）的關係，闡明了這樣一個哲學
道理：社會中的各種人際關係就如牛的骨絡筋脈一樣複雜，個體的生命若想
在其間優游自在地生存，就必須摸清社會環境的全部秘密。如果不掌握「牛」
的內在肌理，胡亂碰撞，個體生命就會像刀一樣折斷。不僅如此，寓言的最
後，莊子還情不自禁地描述了每次解牛後的精神狀態：「提刀而立，為之四顧，
為之躊躇滿志，善刀而藏之」。多麼悠然自得的神態，多麼心滿意足的情懷！
而這一切，都生動形象地體現出了莊子那種「遊乎萬物之，物物而不物於物」
的人格色彩和詩性智慧。

　　倘若進一步追問，我們還可發見庖丁解牛所蘊涵的詩性內容還不止這些。
比如從庖丁解牛的高超技藝，我們可以獲得這樣的認知：一切客觀事物都有
它自身的內在規律，人們只有掌握事物的客觀規律，按客觀規律辦事，才有

〔註6〕見《莊子‧寓言》。

可能取得成功。而美學家李澤厚卻由「道」與「技」聯想到生命的自由和美的創造。他認為：「『道』與『技』的關係即是道與藝術的關係」。由於莊子學派所說的「道；其實質在於自由，而『技』作為藝術創造的活動，其實質也在於它是一種自由的創造活動，所以『技』和『道』可以相通，在『技』中可以看出『道』」。〔註7〕可見，散文中一旦注進了以「寓言為廣」的詩性，它便具有了多重闡釋的闊大空間。

莊子散文的詩性，還表現在它具有詩歌的跳躍性。跳躍性本是詩歌的重要特徵之一，它為讀者留下了極大的想像空間。但在莊子的散文中，這種詩歌的跳躍性文字也隨處可見。比如著名的《逍遙遊》就是如此：「北冥有魚，其名為鯤。鯤之大，不知為幾千里也；化而為鳥，其名為鵬。鵬之背，不知其幾千里也；怒而飛，其翼若垂天之雲」。先以豐富誇強的想像，極寫鯤和鵬的巨大，以及「水擊三千里，搏扶搖而上者幾萬里」的氣勢，再寫到鯛、學鳩、斥，再到「小知不及大知，小年不及大年」之辯，其意象鮮明奇警，其想像飛騰跳躍，其文氣波瀾起伏、跌宕多姿，而其論辯則是「吐崢嶸之高論，開浩蕩之奇言」。〔註8〕這就大大拓展了莊子散文的想像空間，使莊子的散文帶上了濃厚的詩性品格。

除了跳躍性的思維方式外，詩性的意境和超常規配搭的詩性語言，也是構成莊子散文詩性品格的重要方面。正因莊子散文有上述的特色，我認為莊子的散文正如《離騷》之於詩歌一樣，是中國詩性散文的重要源頭之一。所以，我們今天的散文若希期有厚重闊大的氣魄和優美蘊籍的美學風範，就應當老老實實回到原典，向莊子的散文學習，向偉大的傳統致敬，捨此別無他途。

第三節　悟：禪與散文的不解之緣

在本章第一節，我們談到了禪宗「不立文字，以心傳心」的直覺思維方式。在這一節，我將進一步分析禪宗與散文的關係。在我看來，禪宗不僅對我國的思想、文化發展產生了深遠的影響，它對於我國的散文尤其是其中的

〔註7〕李澤厚、劉綱紀：《中國美學史》第一卷，中國社會科學出版社1984年版，第276頁。
〔註8〕李白：《大鵬賦》。

小品的滲透，使我國的散文呈現出了一種絕不同於西方散文的詩性特色。所以從某種意義上說，禪與文的互通互證，也是詩性散文的另一個源頭。

我們知道，禪從印度傳入中國後，它很快便滲透到中國文化的各個層面，特別是文學藝術的層面。從魏晉南北朝到隋、唐、宋、明、清，許多著名的文人雅士都好佛習禪，他們不僅熟悉禪的思維方式，傾心於「平常心是道」的禪風，而且在詩文中追求一種禪意、禪趣和禪境。舉例說，柳宗元的《永州八記》中的《始得西山宴遊記》就是這樣一篇頗具「禪味」的散文小品。作品的第一段寫道：「自余為僇人，居是州，恒惴栗。其隙也，則施施而行、漫漫而遊，日與其徒上高山，入深林，窮回溪；幽泉怪石，無遠不到」。到則披草而坐，傾壺而醉，醉則更相枕以臥，臥而夢。意有所極，夢亦同趣。覺而起，起而歸。以為凡是州之山有異態者，皆我有也，而未始知西山之怪特」。由於作者謫居遠郡，形單影孤，加之此時作者是待罪之身，時時記著自己是「僇人」，且「恒惴栗」。這樣，儘管「入深林，窮回溪；幽泉怪石，無遠不到」，也只是「施施而行、漫漫而遊」，沒有特別的感覺和意趣，那些林木溪水與泉石總是與我隔著一層。它們不但無法使我擺脫苦悶與憂愁，甚至還使我覺得「山有異態者，皆我有也」。這是一種典型的物境，是禪的「見山是山，見水是水」的第一個階段。

不過，遊西山卻另有一番情趣。當我與僕人「過湘江，緣染溪，斫榛莽，焚茅茷，窮山之高而止。攀援而登，箕踞而遨」時，我完全進入了一種新的境界，我感到「凡數州之土壤，皆在衽席之下」，大有「一覽眾山小」的氣概。不但如此，當我縱目遠眺時，但見「縈青繚白，外與天際，四望如一」，於是，悠悠乎與灝氣俱，而莫得其涯；洋洋乎與造物者遊，而不知其所窮」。顯而易見，這是上一個境界的昇華，即進入了「見山不是山，見水不是水」的忘境。忘境是「空」，是對第一階段的物境的超越，在禪悟的過程中可謂前進了一步。

然而「空」並非完全是「空」，進入忘境後還有牽掛，還有執著。必須再破這種執著，直至一切執著破盡，才真正到達一種「天地與我並生，萬物與我為一」的化境，達到禪的不可言說的「妙悟」。於是我們看到，在文章的最後，我索性「引觴滿酌，頹然就醉，不知日之入，蒼然暮色，自遠而至，至無所見，而猶不欲歸。心凝形釋，與萬化冥合」。行文至此，我終於大徹大悟，「心凝形釋，與萬化冥合」，真正進入了忘卻自我，超越功利的自由自在的境界，而這也是禪悟的「見山只是山，見水只是水」的第三階段。的確，這樣的

愉悅，這樣的境界，是禪外之人難以體會到的。所以在此文結尾，柳宗元還特意加上一句：「然後知吾向之未始遊，遊乎是乎始」。柳宗元說遊西山是「始遊」，也就是說，以前的「遊」都是不算數的，只有這次遊西山才是「遊」的真正開始。而對於我們來說，欣賞這樣一篇妙文其實就是逐步領悟柳宗元禪悟的過程，他所悟出的是什麼呢？也許，我們不得而知，也難以說清。但有一點可以肯定：禪滲透進散文之後，散文的詩性顯得更加空靈灑脫、內蘊豐厚，同時也更加自由自在和多義了。

蘇軾的《記承天寺夜遊》也是一篇富於禪意的作品。這篇散文雖只有八十三個字，卻十分耐人尋味：元豐六年十月十二日、夜，作者「解衣欲睡」，但見「月色入戶」，於是「欣然起行」，到承天寺找老朋友張懷民一同賞月。恰巧張懷民亦未寢，這樣兩人便「相與步於中庭」。這時「庭下如積水空明，水中藻荇交橫，蓋竹柏影也」。月光如水一樣，清澈透明微微湧動。而水本是無色之物，看似無，實卻有，所以用「空明」。此處的「空明」，既是寫月，也是作者那種「念無與為樂者」的精神狀態的真實寫照。不僅如此，在寺院落裏還有疏朗的竹柏搖曳多姿，就像隨波湧動的水草一樣，這更顯出了月夜的幽靜迷離。值得指出的是，此句無一處寫月，卻又使人感到處處在寫月，在欣賞月的清澈透明，又略帶朦朧的空靈幻境，這樣就透出了禪味。至於尾句的「何夜無月，何處無竹柏，但少閒人如吾兩人耳」。同樣包含著不盡的意味。這裡固然有借「閒」反襯心中的不平和無奈的意思，但更主要的是「月夜妙悟」之後的自許自得，是作為「閒人」的我與天地萬物的忘我交融，所以從本質上說，蘇軾在這裡所展示的，是一種虛靈化了的禪境。

蘇軾之後的許多散文家也寫出了許多頗具禪味的散文小品，如黃庭堅，他出自禪門「五宗七家」的黃龍派門下。他不但將禪引進詩歌，開創了江西詩派；他的散文也充滿禪機，與蘇軾的散文有異曲同工之妙。如《寫真自贊》一文，在內容上便充滿禪意，在寫法上則不拘一格，自由隨意，自然質樸，真正是當行即行，當止即止，從中可以明顯看出禪宗的痕跡。

從上面的考察可以得出這樣的推斷：禪不僅從題材、語言、意境等方面影響了古代的詩歌，同時也與散文結下了不解之緣。可以這樣說，從禪形成之日起，它就與散文互通且共生共長。禪是一種藝術化的宗教，它表現著人性中一種特殊的感悟能力，而散文是一種表達真情和性靈的無拘無束的文體，兩者的確存在著許多內在的相適性與共通性。也正因此，禪和散文自然而然

地走到一起了。遺憾的是，過去我們極少從禪這一視角來研究散文，所以從某種意義說，這是一筆「被遺忘了的遺產」。今天，該是到了好好珍惜和研究這份「遺產」的時候了。

第四節　靈：詩性的歸潛與飛揚

我們知道，莊子的散文常常是通過寓言的形式，借助豐富的想像和「技」或「藝」來說明「道」，從而形成了他的散文的詩性特質，並成為中國散文的重要源頭。而中國詩性散文的另一個源頭是禪與散文的滲透融合，它的特徵是由「妙悟」達到一種人與自然交感的詩性境界。除此之外，我認為中國的詩性散文還應有其他一些特質，比如「靈」這一概念，在中國的詩學中就十分重要。它的詩性的歸潛與飛揚便一直影響著中國散文的流向，只不過它的作用和價值似乎一再被散文研究家所忽略。

靈的產生和我國的散文一樣可謂源遠流長，不過就文學作品來說，較集中和明顯地體現出靈的特性的作品，應是屈原的《九歌》。《九歌》借助對巫、神的舞樂的描寫和想像，表現了生命與宇宙融合為一體的內在律動，透露出了靈的神秘的藝術力量。誠如錢鍾書所說：「《九歌》則『靈』兼巫與神兩義，時而巫語稱『靈』，時而靈語稱『予』交錯而出」。〔註9〕錢鍾書以他學者的睿智，敏感地把握住了「靈」的詩性本源。《九歌》以後，靈的涵義隨著時代的更迭也不斷地變異演化。特別到魏晉南北朝，靈已由春秋時代的靈、巫、神合一的本源性演化成一種體驗性的對象。比如當時的一些詩人和藝術家，就認為在山水中有一種靈的存在，這種靈不是一般人能夠體驗和把握的。而到了明清，則有袁宏道等的「性靈說」。袁氏的性靈說大概包含了幾方面的意思：一是文學創作須出於自己的「胸臆」與「手眼」，方能有自己的特色和個性，即所謂「從靈源中流出，別開手眼，了不與世匠相似」。〔註10〕二是真。真是「獨抒性靈」的核心，是審美感受和審美判斷的前提，也是文學創新的基礎。三是求趣。袁宏道說：「夫詩以趣為主，致多則理拙」，又說：「凡慧者流，流極而趣生焉。天下之趣，未有不自慧生也。山之玲瓏而多態，水之漣漪而多姿，花之生動而多致，此皆天地間一種慧點之氣所成，故倍為

〔註9〕錢鍾書：《管錐篇》，中華書局 1986 年版，第 598～599 頁。
〔註10〕袁宏道：《李溫陵傳》。

人所珍玩」。〔註11〕這說明「趣」既屬於性靈的範疇，是性靈的不可缺少的元素；同時，趣還是一種自然的稟賦，是由「慧點之氣」的流動而產生的，晚明公安派三袁對於「性靈」的倡導，固然有將性靈世俗化、趣味化的傾向，但它對後世的散文創作無疑產生了不容忽視的影響。比如周作人就將晚明小品看作現代散文的源頭。他在為俞平伯的散文集《燕知草》所寫的「跋」中說：「中國新散文的源頭，我看是公安派與英國的小品文兩者的合成」。〔註12〕又說：「我們讀明清有些名士派的文章，覺得與現代文的情趣幾乎一致，思想上固然難免有若干距離，但如明人所表示的對於禮法的反動則又很有現代的氣息了」。〔註13〕周作人在他的一系列序跋中，主要從「獨特性靈，不拘格套」和「反功利性」兩個方面來審視晚明的散文觀念和創作，而這也是當時許多散文創作者的共識。正由於高揚性靈，反抗載道，追求自由自在的表達，「五四」時期的散文才有可能取得那樣的輝煌。

當然，上面只是從散文史的角度對由《九歌》肇始的「靈」到公安派的「性靈」作了一個簡單的回顧，並肯定了其作為現當代散文創作源頭的意義。而在事實上，我心目中的「靈」與《九歌》中的「靈」和公安派的「性靈」是有所區別的。在我看來，靈作為詩性散文的源頭，它應有幾個層次的內涵：

第一層次：與巫、神的對象同一的靈，即《九歌》中的靈。這一層次的靈與神巫有著密切的聯繫，其帶有原始的蠻力和宗教的神秘色彩，同時又含納世間萬象與生命的無盡力量，因此它是屬於宇宙本源性的靈。

第二層次：山水化和情致化了的靈，也即魏晉文人畫家筆下的靈。在這方面，美學家宗白華有過十分精闢的闡釋：「晉人藝術境界造詣之高，不僅是基於他們的意趣超越，深入玄境，尊重個性，生機活潑，更主要的還是他們的一往情深！無論對於自然，對探求哲理，對於友誼，都有可述。晉人向外發現了自然，向內發現了自己的深情。山水虛靈化了，也情致化了」。〔註14〕此處的重點是向外發現了自然，向內發現了自己的深情，即主觀之精神與客觀之靈的水乳交融，超越並舉。

〔註11〕《軒雪齋文集》卷一，《劉玄度集句詩序》。

〔註12〕周作人：《知堂序跋〈燕知草·跋〉》，嶽麓書社1987年版，第318頁。

〔註13〕周作人：《知堂序跋·〈陶庵夢憶〉序》，嶽麓書社1987年版，第327頁。

〔註14〕宗白華：《論〈也說新語〉和晉人之美》，見《藝境》，北京大學出版社1987年版，第130～131頁。

　　第三層次：表現了個體生命存在的某種狀態的靈。這種狀態其實就是詩者的靈感狀態，即他的率性純真、自由自在的人生態度，甚至是狂歌醉舞之態。惟其如此，為文者才能寫出既「出自靈竅，吐於慧臺」，又富於生命力和創造力的美文與真文。

　　第四層次：指一種與生俱來的「靈機」或「靈心」，這種靈心與世人之耳目所及，習以為常的觀念與意識處於一種對立的地位。這一層次的「靈」的妙處在於可使文章不在步趨形似之間，而是宛若自然之氣恍惚而來，不思而至。雖奇怪莫名可狀，卻是富於生機靈氣的創造。這正如明代戲劇家湯顯祖所說：「天下文章所以有生氣者，全在奇士。士奇則心靈，心靈則能飛動，能飛動則下上天地，來去古今，可以屈伸長短生滅如意，如意則可以無所不知」。〔註15〕

　　總體來看，靈是與情、童心等相對應的一個範疇。它是天地萬物的氤氳，是作家心物融匯的結晶。靈一方面具有歸潛，即回歸本體，回歸存在，潛藏於自然山水之中的特性；一方面又形神飛動、激情澎湃、搖曳多姿。靈的這種本質特徵，決定了它無論從形式到內容都是反世俗、反傳統，同時又是創造和自由的。因此從詩性的意義上講，我認為靈比人們廣為認可的「意境」等範疇更有研究的價值。

〔註15〕《湯顯祖全集》，古籍出版社 1999 年版，第 114 頁。

主體詩性

第二章　散文作家的人格主體性

　　散文創作中作家人格的主體性問題並不是一個新問題，但它卻是與散文的概念一樣是一個說不清道不明的問題。傳統的散文理論認為，散文是一種側重於「表現自我」的文體，因此在散文創作中作家的人格主體自然也就體現得最明顯和充分。至於究竟什麼是散文作家的人格主體性，傳統的理論要麼語焉不詳，要麼僅僅在作家的創作個性、修養或風格的層面上來理解作家的人格主體性。在我看來，這樣的認識不僅過於籠統，而且未能從本體上來理解作家的人格主體性。因此，當我們著手對以往的散文理論進行清理省思，並試圖在清理省思的基礎上建立一種具有現代視野的散文理論時，很有必要對作家的人格主體性進行一番界定和釐清。

第一節　精神主體的獨創性與心靈的自由化

　　主體性是源於哲學領域的人類學本體論命題。它是隨著近代以來人的自我意識的不斷覺醒，同時不斷地擺脫神性而後確立的。作為一個歷史地發展著的哲學概念，主體性可以說是一切思維、意識、意志和感覺的統一體，是指積極活動和認識的、具有意識和意志的獨立存在的「個人」，它與客體是對立統一的；或者說，客體只是主體的認識活動的對象。因此，就哲學來說，主體性最大的特色就是強調人的主觀能動性，強調人本質上就是自由的。人是目的，而不是工具；人有個性，有思想，有理性，因此他能夠自己發現自己，自己創造自己。此外，主體性還具有精神性、心靈性和超越性等特徵。就文學方面而言，主體性可分兩個層面來理解：一個是主體性與客體性關係的認

識論問題；一個是文學中主體性的歷史發展，它的精神構成和審美特徵等問題。我在下面要探討的，主要是第二個層面的文學本體性。

如眾所知，在上世紀 80 年代中期圍繞劉再復《論文學的主體性》一文，文學理論界曾展開過熱烈的討論，不過那時所討論的主體性，主要是就小說創作而言，而且那個主體性的內涵比我在這裡所要探討的主體性要大一些，它包括作為創作主體的作家，作為文學對象主體的人物和作為接受主體的讀者和批評家三個方面，而我在這裡要探討的僅僅是散文作家人格的主體性；換言之，本文主要側重於從創作的個性化、精神的獨創性、心靈的解放、生命的本真性和主體性的人格智慧以及人格格調的角度，探討作家在散文創作過程中的內在能動性和創造性，至於作家的實踐主體性（創作中的表現和創作技術），我將在別的文章中談到。

從散文本體的角度看，一篇散文要獲得成功，要想對讀者的心靈造成震撼並在讀者的審美經驗中造成「陌生化」的藝術效果，很重要的一點就是散文作家在創作時要充分發揮主體的創造功能和個性力量。因為個性既是主體的一個重要組成部分，同時個性又從人格的方面決定了作品的質量。由於個性是從主體的創造性、能動性方面來確定散文的本體，因而個性具有共性所無法達到的深度和獨特性。當然，作為作家主觀與客觀相統一的產物，任何形式的文學作品都強調個性化的表達，但因藝術形式的不同，有的表現現實生活時主觀色彩淡一些隱蔽一些，有的則主觀色彩濃烈、外露一些。比如小說、戲劇、主要通過虛構的情節、故事、戲劇衝突的設置，尤其是典型的環境描寫和塑造人物的方法，來再現客觀的現實，表達作家的審美藝術理想，它是以外在事物體現思想的認識，以明確具形的形象組成精神的；而散文則是主觀的王國，這是一個內在的世界，一個孕育著的、並且保持其孕育狀態而不外顯的世界。在這裡，散文家的個性占主要地位。我們只有通過散文家的個性去感受和理解一切。也就是說，散文家在表現生活時，他不用對現實生活中的人和事、場景作太多的典型化加工，他的個性沒有被虛構的帷幕隔開，因而他的主觀感情表達最為直接，個性流露也最為鮮明。也正因此，日本的廚川白村說過：「ESSAI（隨筆）比什麼都要緊的條件，就是作者將自己個人底人格色彩，濃厚地表現出來……」〔註1〕郁達夫也說：「現代散文之最大特

〔註1〕廚川白村：《出了象牙之塔》，《苦悶的象徵》，人民文學出版社 1988 年版，第113 頁。

徵，是每一篇散文裏所表現的個性，比以往的任何散文都來得強」。〔註2〕在這裡，廚川白村和郁達夫都以是否有鮮明個性作為衡量一篇散文優劣的重要標準。我們看 20 世紀那些優秀的散文，比如魯迅、周作人、梁實秋、沈從文、張中行、史鐵生、賈平凹、張承志、韓少功、王小波等作家的作品，無不是以自覺或非自覺的創造性以及由此形成的主體個性化而獲得讀者的喜愛。

不過，如果從文學主體性的高度來要求，散文作家在創作時，僅僅注意到主體個性還是不夠的，主體性作為歷史性和社會性的範疇，作為認識論與價值論統一的實踐性的產物，尤其是如果我們將主體性當作是一種對自我和現實的超越性規定，那麼，這種主體性便不僅是帶有個體特徵的，而且應是建立在不同的個體上的人類精神的存在。劉再復在他那篇著名的《論文學的主體》中，就將人的主體性分為實踐主體和精神主體：「所謂實踐主體，指的是人在實踐過程中，與實踐對象建立主客體的關係，人作為主體而存在，是按照自己的方式去行動的，這時人是實踐的主體；所謂精神的主體，指的是在認識過程中與認識對象建立客體關係，人作為主體而存在，是按照自己的方式去思考、去認識的，這時人是精神主體」。〔註3〕應該說，劉再復關於作家精神主體性的論述，對於我思考散文創作的人格主體性問題有著極大的啟示。因為在我看來，一篇散文是否有獨特的內涵和真正的價值，是否能給讀者以強烈的心靈和思想的震撼，最關鍵的是看這篇散文具不具備精神的主體性。所謂精神的主體性，「是指作家內在精神世界的能動性，也就是作家實踐主體獲得實現的內在機制」。〔註4〕它不僅強調人在文學活動中，要以人為中心，為主體，突出人的作用和價值，以人的方式去思考和認識客觀世界；而且，它還特別強調作家主體性的最高層次，即精神方面的自我完善和自我實現。因為精神屬於內宇宙、內自然的範疇，它具有追求自由和反抗束縛的特徵。精神是作家的意志、能力、創造力的凝聚，是作家整個人格和心靈的表現。一個散文作家，如果他意識到精神主體性並為實現這種主體性而努力，那麼，他的創造就有可能「視通萬里，思接千載」，使內宇宙與外宇宙相通，讓第一自然與第二自然融匯，從而使散文產生質的飛躍。為什麼現在的讀者

〔註2〕郁達夫：《中國新文學大家·散文二集》序言，海南人民出版社 1988 年版，第 899 頁。
〔註3〕劉再復：《論文學的主體性》，《文學評論》1985 年第 6 期。
〔註4〕劉再復：《論文學的主體性》，《文學評論》1985 年第 6 期。

不喜歡讀楊朔和秦牧的散文，這其中的一個重要原因，就在於他們的散文缺乏對精神主體性的追求。在精神主體性被強大的意識形態閹割得千瘡百孔，在共性淹沒了個性的社會氛圍中，儘管他們的作品不乏詩的意境和知識性及趣味性，但在價值多元個性凸現的今天，他們的作品無論如何也引不起讀者的激動了。相反，魯迅的散文小品由於充溢著強大的精神主體性，所以，即便過去了近一個世紀，仍然引發我們綿綿不斷的思索和震動。可見，有沒有精神主體性，或作品中主體性的強弱，其閱讀效果和影響是大不一樣的。

散文作家精神的主體性，首先體現在精神的獨創性方面。散文作為文學的代表和最高範本，作為文學種類中最自然樸素的「存在」，它不僅要求散文作家在創作中體現出精神性的傾向，而且要求這種精神必須是獨特的。因為散文不似小說那樣有人物、情節可以依傍，也不像詩歌那樣以跳躍的節奏、奇特的意象組合來打動讀者。散文是以自然的形態呈現生活的「片斷」，以「零散」的方式對抗現實世界的集中性和完整性，以「邊緣」的姿態表達對社會和歷史的臧否，所以散文作家的精神性追求必須是與眾不同，而且是犀利深刻和富於批判性的，這樣散文才有可能讓人讀後精神為之一振。比如王小波的《沉默的大多數》中的不少思想隨筆，就體現出了強烈的精神獨創性的創作傾向。

就作家精神主體性這一層面而言，有獨創性和原創性的作家當然不止王小波一位，特別在上世紀 90 年代的散文隨筆熱潮中，類似王小波這樣堅守精神視域、充滿人文情懷的散文作家還可舉出好幾位。比如張承志、韓少功、張煒、周濤等人均在探索精神的獨特性方面作過努力。張承志始終在追尋充滿陽剛之氣的主體人格與寬闊粗獷的客觀世界的契合，因此，在《禁錮的火焰色》中，他以近乎宗教的狂熱，以強烈的平民意識和民族情緒表達了對現代工業文明的憤怒和批判，以及對自詡自己是「精靈」，具有「健全的精神」的梵·高的崇拜。在《天道立秋》中，他更以立秋日午後「瞬間」的一絲清涼證明「天理的真實」和「天道的存在」。這種對美麗「瞬間」的沉迷，以及由此而獲得的啟示、激發、感悟、超越，無不烙印著張承志的思維方式和精神氣質；他一方面是凌厲迫人，是孤獨高傲的；另一方面又是燥急不安和狹隘的。韓少功與張承志一樣執著於人文理想的堅守和人類精神家園的探索，但由於韓少功是一位有著古典的人道主義情懷，同時又是一位既入世又出世的智慧型作家，所以他的散文一方面毫不留情、一針見血的針砭時下的社會狀

況和文化狀況；一方面他又杜絕了極端和偏至的傾向，也不像張承志那樣以絕對的宗教信仰為匡時救世之道。這一切均源於韓少功對知識、文化、人類乃至自我都保持著足夠的警覺和懷疑，因而他的散文的精神探求無不透出達觀大度和成熟智慧的思辨魅力。而張煒的精神追求又有別於韓少功，他一般是借助「野地」來表達他對人生、社會和世界的認識。在他的作品中，野地象徵著某種原初的、自然的、本源性的事物，但張煒顯然沒有在存在論的層面上作大段的抽象演繹，他只是用感性的語言描繪出一個個生動的意象，並把它們呈現於讀者面前；而他那種心血斑斑的傾訴，那種惟有「融入」野地他的語言和靈魂才得以安頓的熾熱之情，又使他的精神性蒙上了一層詩意和人道主義的光輝，這就是張煒精神探求的獨特性。至於周濤，他主要從邊地的獨特視角來進行他的精神反思，他的主體人格力量的獲得，往往得益於邊疆大漠粗礪嚴酷的自然環境，這使他的散文的理性反思具有一種狂放、強悍、氣度恢弘的精神氣質。

當代散文創作中體現出來的這種精神獨創性，與特定的時代和社會環境有著極大的關係。我們不妨回顧一下，在建國後的「17 年」，那時的主流意識要求作家們去表現重大的時代題材，去歌頌新的生活，去表現集體主義精神，在這樣的時代環境中，散文很難不成為歌功頌德的宣傳品，散文作家一般都以領袖的思維為思維，或以集體主義思維代替個人思維，即便是秦牧這樣有一些辯證思維的優秀散文家，他也只能由花市聯想到文學創作的「百花齊放」和「革命的現實主義與浪漫主義相結合」，由獵漁能手的經驗上升到「掌握馬克思主義哲學的認識論」的重要性這樣一些眾人皆知的大道理，至於與秦牧同時期的其他散文作家就更談不上思想的獨創性了。舉這些例子並不是有意責難秦牧，而是藉此說明：在一個思想文化相對封閉的文學氛圍中，是不可能有多姿多彩的精神的獨特性的。而當歷史進入到 20 世紀 90 年代，情況就大不相同了。這一時期中國的社會政治生活由計劃經濟轉向市場經濟，原先統一整齊的規範已被多元的價值趨向和個人的寫作立場所取代，這樣散文再也不用以歌頌「新的世界」「新的生活」，以集體主義和時代的代言人為己任，而是允許寫各種各樣的題材，可以隨心所欲地表達個人的喜怒哀樂，尤其是可以站在民間的立場上，思考歷史的創痛，批判現實社會的不公，表達知識分子感時憂世的情懷。總之，文學生態環境的相對寬鬆，加之大眾傳媒的崛起、公共空間的拓展，以及作家生存狀態的改變等等，都為作家精神探求的

獨特性提供了極大的空間和可能性。正是在這個意義上，我們說 20 世紀 90
年代的散文隨筆比其他時期都更貼近散文的本體。

　　散文對於精神獨創性的重視，以及散文環境的自由寬鬆，必然帶來作家
心靈的自由化。我們知道，散文是一種最自由自在、最不受約束規範的文學
品種。散文的這種文類特性，決定了散文是一種傾向於心靈的藝術。也就是
說，散文對生活的表現不應僅僅停留在對現實生活的忠實臨摹的層面，而應
當側重於對人的「內宇宙」的開拓，即表現出心靈的熱情和自由自在的存在。
因為散文說到底就是心靈的事業。它不僅要體現出人的精神主體性，而且呈
現出心靈即靈魂的主體性。如果一篇散文作品不能表現出一個人心靈的質量，
同時加深我們對心靈存在的理解，則這樣的作品無疑是失敗的。莊子的散文
之所以汪洋恣肆神遊四極，主要得益於他的心靈的自由。他嚮往「乘物以遊
心」(《人間世》)，「上與造物者遊，而下與外生死，無終始者為友」(《天下篇》)
的自由無待的「至人」境界，厭惡「終身疲役，而不見其成功，然疲役，而不
知其所歸」(《齊物論》) 的人生境界，他將之稱為「天刑」。莊子的這種「無
己」、「無功」、「無名」，追求個體生命與心靈自由的人生態度，很值得當代的
散文家效法。再看魯迅，他的《野草》之所以是 20 世紀散文的高峰，原因無
他，蓋因魯迅的心靈質量是高的，同時又是自由的。在上世紀 90 年代，我們
也讀到了一些這樣的作品，舉例說，在張中行、金克木、季羨林、汪曾祺等一
批老人的散文隨筆中，我們就感受到一種心靈自由的表達。由於他們擺脫了
傳統的「文以載道」的藩籬，更由於他們對人生的洞悟，同時又無欲無求，悠
然自得，於是，他們的散文無論談讀書，談人生、針砭社會或是憶舊懷人，都
顯得十分自由隨便、自然瀟灑。他們作品表面上的自由瀟灑，來自心靈的解
放。可見，真正有價值的寫作，是那種靠近心靈的寫作。小說、詩歌的創作如
此，散文作為表達感情和心靈的藝術，更是如此。

第二節　感情本真與生命本真

　　循著主體性的路徑前進，我們看到，散文的人格主體性，除了創作的個
性化、精神的獨創性和心靈的自由化外，還應包括散文的真實性，特別是散
文的生命本真性等內涵。

　　散文的真實性問題，一向被視為散文的重要特徵乃至散文的生命。比如

周立波在 1962 年的《散文特寫選》的序言中就寫下一段頗具權威的話：「描述真人真事是散文的首要特徵。散文特寫決不能仰仗虛構。它和小說、戲劇的主要區別就在這裡」。80 年代初期和中期，林非先生關於「真情實感」的大量論述，也影響了不少的散文研究者。比如，在傅德岷的《散文藝術論》、李光連的《散文技巧》等書中都闢有專章討論散文的真情實感問題。那麼，應如何看待散文的真實性問題？我認為，散文的真實性問題，應從三方面來理解。

第一，是「寫什麼」的問題，即散文所寫的內容，包括人、事景物都必須是真實的。如上所說，這種真實觀可謂源遠流長，從先秦的《國語》《左傳》，漢代的《史記》到上世紀五、六十年的各種年度散文選，人們都是這樣要求散文的。但到了 20 世紀 80 年代以後，傳統的「真實論」卻遭到了挑戰並或多或少被瓦解。也許你可以說巴金的《隨想錄》，孫犁的《晚華集》，楊絳的《幹校六記》記敘的是作家的真實生活，但你能說賈平凹的《月迹》《秦腔》，余秋雨的《道士塔》《這裡真安靜》沒有大量虛構和想像的成分嗎？事實上，80 年代特別是 90 年代的散文，真實中寓有虛構和想像的作品比比皆是。問題是，我們應如何看待這種想像與虛構，特別是，要研究散文的藝術想像與小說、戲劇有什麼不同。比如說，小說的藝術虛構是為了情節的展開，為了使人物形象更豐滿和結構更複雜，而散文的藝術虛構則更多的是有利於發掘創作主體的情感，有利於心靈的表達和精神的深化，有時則是為了渲染某種氛圍。因此，衡量一篇散文優秀與否，關鍵之點不在於它的內容是否真實，而應看作家是否通過藝術的想像與虛構，將比現實生活更具衝擊力量和審美價值的藝術真實——思想、感情和精神挖掘出來。

第二，感情的真實。平心而論，這一觀念較貼近散文的本體，同時還應看到，在上世紀 70 年代末 80 年代初期，「真情實感論」對於糾偏「17 年散文」中那種虛假的歌頌抒情，對於推動新時期散文的發展，的確起到了不容抹殺的作用。但倘若立足於散文本體，從作家人格主體性的角度來審視這一散文觀點，我們會發現「真情實感論」的確存在著一些不足。關於這一點，樓肇明先生在《繁華遮蔽下的貧困》一書中認為，真情實感是一切文學藝術創作的基礎，不獨散文所專美，同時，真情實感又有多個層次，人與人的真情不盡相同。〔註 5〕我認為這是頗有見地之論。首先，小說創作也需要真情實

〔註 5〕樓肇明：《繁華遮蔽下的貧困》，山西教育出版社 1999 年版，第 5 頁。

感，只不過小說更側重於描繪社會生活的真實，而散文則側重於感情表達的真實，在這一點上散文與詩較接近；其次，感情的真有文學的因素，也有非文學的因素；有具有審美價值的真，也有毫無藝術意義的真。蘇珊・朗格指出「發洩情感的規律是自身的規律而不是藝術的規律」。「純粹的藝術表現不需要藝術形式」。她進一步質問：「嚎啕大哭的兒童恐怕比一個音樂家表現出更多的個人情感，可誰又會為了聽這樣的哭聲參加音樂會呢？」〔註6〕可見，並非一切感情的真實流露都是好的藝術。小孩子因玩具丟失而嚎啕大哭，菜市上兩個婦女因蔬菜的價格而激烈爭吵，應該說感情強烈並且十分真實，但沒有絲毫的詩意和美的力量。所以，我認為感情的真的提法過於籠統寬泛。我們應根據散文的文類特徵，尋找「真」的深處的原生美，即一種將雜亂無章但又充滿生機和色彩的生活現象凝聚起來的潛在結構和情調，並使其延伸到社會的各個層面和人生的每個角落，從而最大化地發揮作家主體感受的審美創造力。

第三，生命的本真。這是散文真實的內核，但過去的散文研究對這一層面的真明顯地重視不夠。事實上，我們說散文是率性之作也好，說它是表現「自我」的藝術也好，這其間也就昭示著散文作家不僅要無中介地面對讀者，而且要使生命本真任情任性地呈現。我們經常讀到一些矯情濫情的散文，作者不是在那裡無病呻吟，就是說一些不著邊際的廢話假話。之所以如此，是因為這些作者失去了生命的本真。他們不是以整個的生命，以赤裸誠摯的心靈去感知事物、去擁抱世界，而後自自然然、老老實實地寫出自己對於這個世界的真實感受，而是將「自我」包裹起來，以偽裝的滿身披掛代替對生命的全部理解。這樣的散文是虛假膚淺，同時也是另人厭惡的。因為它失去了生命的本真，也就意味著失去了散文最為可貴的品格。

毫無疑問，生命的本真是一種更深層、更內在的真，因而也是一種真正貼近了主體性的真。因為生命不僅是人的本能、意志的集中體現，生命還具有無限開發的可能性，它是超個人、超主體的充滿原始激情的實在。此外，如果按照德國近代生命哲學的理解，生命力本體本身還是詩，是美，是對抗現代工業文明的內在之源。因此，在散文創作中高揚生命的旗幟，或者說，把散文生命化，把生命化為詩——這應是一切散文家追求的一個目標。事實上，我們看到，在散文創作中，哪一位作家的生命主體意識越強大，他的

〔註6〕蘇珊・朗格：《情感與形式》，中國社會科學出版社1986年版，第9頁。

生命力在作品中滲透得愈深廣、愈徹底，他的作品也就愈有力量。比如史鐵生的《我與地壇》，這篇作品的內涵十分豐富：有關於人類困境的描寫，關於母愛的讚歌，關於寫作意義的探詢、關於文學與自然、與宗教的關係，關於「差別」問題與宿命問題的思考，但作品最具魅力的地方，還是對於生命的十足個人化的體驗和夢想：作家靜靜地坐在輪椅上，從地壇的一角，從古園中的老樹、荒草、青苔、頹牆，以及蟬歌、鴿音和古殿簷頭的風鈴聲，「專心致志地想關於死的事，也以同樣的耐心和方式想過我為什麼要生」。於是，透過那一個又一個的場景，透過那荒涼靜寂的古園和自然樸素的文字，我們感受到了汩汩湧動的生命熱流，體會到了生命的純美與輝煌。在這裡，沒有任何人間的喧嘩和功利的算計，沒有刻意為之的「抒階級之情」或「代人民立言」，有的只是人與自然的和諧、心與上蒼的交流，以及對於人性的荒涼和苦澀的展示。史鐵生的意義，在於他以個體的生命為路標，以不動聲色的描寫和訴說，由自身的苦難推及人類的苦難，並對其作出完全迥異於世俗的理解，因而，他對生命的垂詢，便超越了個體的悲歡而具備了普遍的價值。在表達生命的本真方面值得一提的還有新近才被注意的劉亮程。劉亮程是新疆的一位農民，他寫散文也是近幾年的事情。但他的起點很高，出手不凡。他的散文創作為當代散文注進了一股自然樸素之風，也為散文研究提供了一些新的材料。就生命體驗這一層次來說，他的散文是樸素、自然、真切而又豐富博大的。請看《寒風吹徹》：「雪落在那些年落過的地方，我已經不注意它們了。比雪落更重要的事情，開始降臨到生活中」。於是，「我靜坐在屋子裏，火爐上烤著幾片饃饃，一小碟鹹菜放在爐旁的木凳上，我想著一些人生的人和事情，想得深遠而入神」。「我」首先想起 14 歲那年，一個人趕著牛車去沙灘拾柴禾，結果被寒風凍壞了一條腿。「我」又想起一個我曾經給他溫暖，但他終於還是被寒風凍僵在路邊的上了年紀的人。「我」還想起一直盼望著春天的姑媽，但她還是被冬天留住了。作者平靜而冷漠地敘述著發生在身邊，發生在冬天裏的一些事。他反覆地渲染著生命的無奈：「生命本身有一個冬天，他已經來臨了」。「落在一個人一生中的雪，我們不能全部看見。每個人都在自己的生命中，孤獨地過冬」。然而，儘管「我」和我的親人們的歲月被「寒風吹徹」，但我們仍在期盼春天，尤其是生命的隱蔽處正存藏一點溫暖，這僅有的溫暖隨時準備「全給了你們」。這實在是一種植根於大漠曠野中的生命，感受著這樣頑強而赤裸的生命，不由人不

想起那裡的白楊樹和梭梭草。是的,劉亮程就是這樣:他的散文從不「擺譜」或故作高深,他只是用樸樸素素的筆調寫了農村中的一些生活細節,並在一棵樹、一片落葉、一朵花、一頭牛、一隻鳥、一隻小螞蟻乃至寒風中,傾注進他對生命的全部理解。於是,你觸到一個感性的世界。你在麥地邊、曠野中,在昏暗的屋子裏感受到了生命的頑強和尊嚴。

從史鐵生、劉亮程等優秀散文作家的作品中,我們可以感到:散文不是寫出來的,而是流出來的。散文作家的創作是他的人格的投影:你可以在其他體裁中掩蓋自己,卻無法在散文中將自己的靈魂掩藏。從這個意義上說,「散文是與人的心性記憶力最近的一種文體」。〔註7〕也就是說,散文不僅是創作主體的精神個體和人格智慧的藝術體現,同時也是作家的生命個體——個人性情、藝術感悟、審美性靈到文化素養的全貌寫真。如果只有精神的獨創性而沒有生命電光火石的碰撞,則散文難免流於抽象和冷硬,作家惟有在散文中注進生命的熱力,使理性的思辨帶著生命的體溫,即余光中所說的「知性」和「感悟」的統一,如果散文家能夠做到這一點,那麼豐盈飽滿的主體性自然也就凸現出來。

第三節　智慧與格調

也許細心的讀者已注意到,本章的標題不是用「散文作家創作的主體性」,而是用「散文作家人格的主體性」。我在主體性前面加上限定詞「人格的」並不是可有可無的點綴,而旨在界定:其一,我在這裡探討的,是文學創作的主體性,而不是哲學範疇上的主體性;其二,此處的主體性有別於一般文學意義的主體性,而是側重於散文人格方面的主體性。由於散文是一種最個人化的文類,它要求作家不僅要真實地表達自我,而且要將這個自我赤裸裸地呈現於讀者面前。這樣,散文與人格的聯繫較之其他的文類也就更為直接和密切;換言之,有什麼樣的人格,就有什麼樣的散文。不過在探討散文的人格主體性之前,有必要對人格的定義略加介紹。

按照人格心理學的解釋,人格一詞來源於拉丁文面具(persona),它包含著兩層意思:一是指一個人在生活舞臺上演出的種種行為;再則是指一個人真實的自我。按榮格的觀點,文化要求人在社會中所扮演的角色就是人格;

〔註7〕雷達:《雷達散文‧後記》,浙江文藝出版社1999年12月第1版。

也就是說，人格包括外部的自我和內部的自我。後來，在心理學、社會學、法學等著作中，人格又被引申為個體行為的全部品質，人的特質的獨特模式，一個人不同於他人的所有的主要心理歷程等等。而就散文創作來說，人格主要體現為作家的生活經歷、文化修養、個性氣質、心理特徵、審美情趣等多層面的綜合，它是作家的社會歷史角色和地位在文化上的自我確認，這種人格的特點是性格加智慧再加上氣質。因此，在我看來，就「人格」這一層面來說，研究散文創作中作家的人格主體性，主要是研究散文作家的主體人格智慧在藝術上的表述，以及散文作家的經歷、修養、趣味和氣質如何氤氳成了散文獨有的格調。

如眾所知，散文特別是其中的隨筆小品不但需要思想，而且需要人格的智慧。有智慧的散文啟人心智，既傳達了真理，激發起讀者的理性認識活動，又帶給他們閱讀的輕鬆與愉悅；沒有智慧的散文一般來說都顯得乾巴枯燥、呆板滯重，而且往往伴隨著思想的蒼白和藝術上的平庸，這樣的散文就如大鍋清水湯一樣寡淡乏味。所以，文學史上那些優秀散文作家，一般來說都具備著較為出色的主體人格智慧。比如，現代文學中的林語堂、梁實秋、王力，當代文學中的王小波、韓少功、南帆等均是如此。當然，由於每個散文家主體人格構成的不同，故而他們作品中的智慧表達又各有千秋。如同屬「論語派」的作家，林語堂的人格智慧就不同於梁實秋的人格智慧。林語堂和梁實秋都提倡「幽默」和「閒適」，但由於林語堂更崇尚中國傳統文化中的智慧和士大夫式的自適生活，加之他遍覽歐美的幽默理論，這樣他散文中的人格智慧便既有知識之博，「左右逢源，涉筆成趣」的特點，又帶著較濃的書卷氣和歐美的「牛油味」。而梁實秋的主體人格更傾向於現實和世俗，他一方面認為「有個性就可愛」；另方面又善於「化俗為雅」，「把生活當作藝術來享受」，於是，梁實秋由日常生活入手又曲盡了社會世態和人性之妙；同時，他的細緻入微的洞察，特別是他的那種幽默調侃的輕鬆筆調，以及看似平實質樸實則其味無窮的生活化語言，又處處折射出梁實秋「這一個」作家的主體人格智慧。類似這樣的例子，還可以在錢鍾書與王力的散文中看到。錢鍾書的《寫在人生邊上》集子中的散文和王力《龍蟲並雕齋瑣語》集裏的散文都以幽默著稱。然則因錢鍾書生性尖刻，兼之心高氣傲和機警過人，而王力性格較寬和，對人對事均抱著相對中庸理解的態度，於是他們筆下的幽默也就大異其趣。例如在王力的《勸菜》中，他寫主人用沾滿了自己唾液的筷子輪番給客

人勸菜:「有時候,一塊『好菜』被十雙筷子傳觀,周遊列國後,卻又物歸原主」。王力將這個「勸菜」的過程比喻為「津液交流」。為了加強幽默的效果,他又特意再加上一段:「主人是一個津液豐富的人。上齒和下齒之間常有津液像蛛蛛網般彌縫著。入席以後,主人的一雙筷子在這蜘蛛網裏沖進衝出」。在這篇作品裏,作者通過「勸菜」這一日常現象,批評了國人因極端好客而帶來的極不衛生的陋習,他的那些精彩的比喻式幽默充分顯示出他的人格智慧,不過他的幽默雖誇張滑稽卻是寬容善意的,這為他的作品增添了不少情趣。而錢鍾書的幽默便不是這樣。他有一篇散文叫《窗》,先寫門和窗的「不同意義」和作用,在這一部分作者有意混淆門和窗的功用和界限。接下來,作者進而由建築物的特徵引申出對某種生活現象的諷喻:

> 繆塞在《少女做的是什麼夢》那首詩劇裏,有句妙語,略謂父親開了門,請進了物質上的丈夫,但是理想的愛人,總是從窗子出進的。換句話說,從前門進來的只是形式上的女婿,雖然經丈人看中,還待博取小姐的歡心;要是從後窗進來的,總是女郎們把靈魂肉體交託的真正情人。

借門和窗的功用引進了女婿情人並作了一番機智的闡釋後,作者轉而嘲諷了某些同行做學問和教書的投機取巧,又引用了劉熙的《釋名》,梅特林克戲劇裏情人接吻的場面來證明「眼睛是靈魂的窗戶,」並順筆將女性挖苦了一番。所有這一切的連類比喻,典故引論,一方面體現出錢鍾書過人的機智和廣博的知識;一方面又顯示出他的幽默特色,即將正常與反常、嚴肅與俏皮、崇高與滑稽拉扯到一起,再用機智尖刻的語言將幽默和諷刺推到極致。而這種犀利的幽默和尖刻的挖苦無不滲透著錢鍾書的主體人格智慧。從林語堂、梁實秋、錢鍾書、王力等人的散文可以看到,智慧的確是散文樹上誘人的花朵和果實,它能給散文尤其是隨筆增添無限的生機和情趣。但有一點要明確:智慧不是聰明的滑頭和取巧,不是知識的炫耀和賣弄。智慧從根本上說是一種生活態度,一種精神境界,一種心血的燃燒。在這方面,王小波、韓少功的隨筆體現出來的人格智慧為我們進一步的分析提供了絕佳的例子。王小波的散文的基本格調就是幽默調侃,但他的幽默調侃融進了他作為一個平民知識分子的日常生存體驗,特別是融進了他「上山下鄉」當知青那些歲月的記憶和心血,因而他的幽默調侃便有一種別樣的思想力量。韓少功的散文更多的是「智者的獨語」。他的人格智慧更多的是體現為既出世又入世,既冷峻又寬

容，既獨特深刻而又帶著朋友式的微笑。在《詞語新解》,《性而上的迷失》
《夜行者夢語》《佛魔一念間》等作品中，他直陳時代弊端，抨擊世態人心，
針砭人性弱點，批評後現代主義，其鋒芒所向，均為社會文化和人生的嚴肅
課題，均達到一種少見的深刻的洞見。但韓少功又能以深刻其內、瀟灑其外
的筆調來表達，用生動活潑的線條捕捉凝重的思考，用鮮活獨特的意象來聚
焦抽象理性的主題，這樣韓少功的散文隨筆便既有詩性的溫潤，又有理性的
思辨的色彩。應當說，韓少功的隨筆是他的主體人格智慧結出的較為成熟的
果實。

　　如果說，作家的主體人格智慧常常和幽默、思想和理性聯繫在一起；則
散文的格調一般總是與散文作家的氣質、趣味和才情結緣，它表現出人格主
體性另一方面的內涵。

　　散文的格調，是指作家的真實自我無保留地滲透進散文之中而後形成的
一種情調和文化氛圍，它是散文家的個性、氣質、修養、趣味和才情的自然
而然的流露。一般來說，有什麼樣的胸襟，什麼樣的趣味和什麼樣的才情，
就有什麼樣的散文的格調。比如同泛一舟、共遊一條秦淮河，朱自清筆下的
秦淮河充斥著一股文人氣息，它的格調是由「晃蕩著薔薇色」的歷史秦淮河
的「滋味」，和太多的「愁夢」，以及「幻滅的情思」所構成，因而整篇散文在
朦朧黯淡、纏綿飄渺中透出滿懷的惆悵苦悶，在有情有景的「文人之遊」中
折射出的是「有我之境」；而俞平伯筆下的秦淮河卻少有「文人之氣」而多有
「哲人之味」。他怡然自得於槳聲燈影裏的秦淮美景：不獨一進入這「六朝金
粉氣」的銷金窟，心旌便隨著河水飄蕩，而且還自命為「超然派」的榜樣。他
的散文沒有朱自清的苦澀和愁情，雖說有對於似「有」若「無」，說「無」又
「有」的「笑」的哲理辨析，卻少有朱自清那種「暗昧的道德意味」，有的只
是對秦淮河景物人事的眷愛留連。在這裡，俞平伯追求的是景與情與理的融
合，築構的是「我」與萬物和諧共處的。「無我之境」，表現出一種自然活潑、
其樂融融、情理並舉的格調。之所以有如此的差異，皆因朱自清與俞平伯兩
人在性格氣質、情趣、處境和人生態度不盡相同所致。

　　因為創作主體人格的千差萬別，這就決定了散文作品格調的豐富多彩。
不過就我看來，散文的格調大致有如下三種：一種是不靠技巧，其語言全無
鉛華，作家只是直抒胸臆，靠其偉大的人格和博大的胸懷給作品賦予一種樸
素莊嚴、崇高純淨的格調，如巴金的《隨想錄》，居里夫人《我的信念》就屬

於此類。另一種是借助特定的景物，營造出一種有情有景、富於詩美的格調，如朱自清、俞平伯的同題散文《槳聲燈影裏的秦淮河》，余秋雨的許多文化散文即是。還有一類散文的格調以精緻的人生況味和濃鬱的文化鄉愁的情趣取勝，如董橋的《一室皆春矣！》《滿抽屜的寂寞》《中年是下午茶》是其代表。這類審美既沒有「大散文」內容的厚重取材和背景的宏闊，也沒有莊嚴純淨崇高的境界，因此很容易被一些人視為格調不高之作，但如果你進入這類散文比如說董橋的散文世界，你便會驚歎於他的審美趣味的高雅、格調的精緻和無處不在的「文化鄉愁」：「現在不流行寫信了，人情不是太濃就是太淡。太濃，是說又打電話又吃飯又喝茶又喝酒，連臉上刻了多少皺紋都數得出來，存在心中的悲喜也說完了，不得不透支、預支，硬挖出些話來損人娛己。太淡，是說大家推說各奔前程，只求一身佳耳，聖誕新年簽個賀卡，連上款都懶得寫就交給女秘書郵寄：收到是掃興，收不到是活該」。「不太濃又不太淡的友情可以醉人，而且一醉一輩子。『醉』是不能大醉的；只算是微醉。既說是『情』，難免帶幾分迷惘：十分的知心知音知己者是騙人的；真那麼知心知音知己也就沒有什麼意思了」。讀著這樣精緻且生動有趣的文字，再配上那若斷若繼、貫串全篇的「斷處的空白依稀傳出流水的聲音」的點睛之句，我們不是也和作者一樣感到「一室皆春氣矣」嗎？是的，這就是格調，是董橋散文特有的格調。如果我們欣賞散文時，能夠深切體味到作品那種特有的格調，無疑對領略文本的藝術趣味和獨特風格，透視作家的人格和精神境界，都是大有助益的。

文學的主體性是文學創作的一個基本話題，同時也是一個內涵複雜，至今仍眾說紛紜的問題。上面我試圖從精神的獨創性、心靈的自由化、感情與生命的本真和散文的人格智慧，以及散文的格調等方面對散文的人格主體性進行歸納概括。儘管這種概括歸納不一定準確地揭示了散文主體性的內在規定性，但我始終認為散文的主體性是我們判定一篇作品是否有精神和藝術價值的一個重要標尺，同時也是散文的詩學建構的重要一環，是散文通向本體的必經之路。因此對散文主體性的探討不僅有理性的價值也有顯示的意義。當然，散文中人格主體的建構是艱難曲折的。由於長期以來人們對散文的誤解：或重典雅空靈的寫景抒情，而輕對日常生活、現實人生的生命體驗；或在散文是文藝「輕騎兵」的觀念支配下，只重視散文的宣傳效果，而忽視對精神獨創性的追求和心靈的感受，等等，這些誤解無疑在很大程度上消解了

散文的人格主體性。此外，還應看到，儘管中國的散文在很多方面優於西方的散文，儘管中西散文在追求本體性上並不相悖。但由於源於古希臘的西方文化傳統更加尊重個人的獨立價值，同時也更自由與寬容，這於散文的本體建構是頗為有利的。而中國的情況卻很不同。在「五四」以前，由於正統的儒家學說封閉和扼殺了人的獨立存在價值，這樣在漫長的文學發展的長河中，散文中的人格主體性並沒有得到充分的發展。在現代，除了「五四」時期個人的價值自由和個性受到尊重和肯定外，以後急劇變動的社會現實，不間斷的政治鬥爭和集體主義「大我」的張揚，終於把散文家的人格主體壓縮到一個狹小的空間。20 世紀 90 年代人的主體性雖然有所復蘇，但商業大潮捲起的物質欲望又使相當一部分散文家迷失了方向，並由此導致了人格的萎縮和精神的貧困，削弱了當代散文本應達到的思想藝術高度。正是有鑑於此，在新的世紀裏，我們要高揚散文作家的人格主體性。因為惟有強化作家的人格主體性，提升散文作家的精神維度，優化散文作家的心靈質量，激發他們個體生命的自由的追求，當代的散文才有可能進入到一個恢宏闊大、生機勃發的新天地。

第三章　散文的精神詩性

　　詩性散文在創作主體這一層次上主要有四方面的內涵：一是精神詩性；二是生命詩性；三是詩性智慧；四是詩性想像。這一章重點闡釋精神詩性。如眾所知，散文的精神性自魯迅的《野草》之後便沒有得到應有的重視，但從上世紀90年代開始，精神性便逐漸凸現，並已經越來越受到人們的關注。精神性的凸現一方面得益於上世紀90年代以來思想隨筆的興起並風行；另方面也借助於作家人格主體性的強健。散文抒情性的淡化和精神性的加強，是作家追求散文深度模式的一種體現，也是散文越來越迫近人類生命存在的表徵。散文創作出現的這種思想藝術指向，無疑應當得到充分的肯定。因為這不僅豐富了散文的內涵，提高了當代散文的地位，也使散文有更加充足的資本和實力向其他文類挑戰。但也應看到：在呼籲散文精神，仰望思想星空的同時，也出現了一些偏差。比如，為了思想而犧牲審美和詩性，將精神性等同於說理談玄或炫耀學問，結果給本應鮮活、靈動、可親可愛的散文帶上了抽象、枯澀和理念過重的盔甲。由此，我們不得不思考這樣一個問題：什麼是散文的精神性？散文的精神性與創作的自由是一種什麼樣的關係？散文的思與詩有沒有可能達到完美的契合？我想，思考上述問題或許能幫助我們更深入地認識和理解散文，使我們更接近散文的本體。

第一節　精神性之於散文的意義

　　精神性在某種意義上，也可以視為思想性。但由於以往我們在創作或分析文學作品時，總是過於強調「思想性」，而這個思想性又往往是外在的，脫

離創作的主體和文本而外加的異化存在物，換言之，這個思想性是深深地打上了意識形態烙印的思想性，所以，在這裡我擯棄了思想性一詞而選擇了精神性，其用意有二：一是表明此處的精神性與以往帶著濃厚政治色彩的思想性有別；二是這個精神性一方面是建立於強大的創作主體之上；另方面又與人類的命運，與社會和自然有著深廣的聯繫。

　　散文的精神性，指的是作家內在生命世界的能動性、豐富性和創造性。它是作家的意志、個性和能力的凝聚，是作家的整個人格和心智的自我完善和自我實現，也是作家觀察世界和思考世界的一種存在方式。就散文來說，精神性一般包含著這樣的一些內容：一、獨立性和自由性。由於獨立，因而它是自由的。它拒絕臣服於一種意識形態或聽命於某一種創作法則。當然，自我膨脹、自我逃避也與精神的自由無緣，因為散文作為文學的代表和最高範本，它不但是思想解放的產物，而且是人類精神生命的最直接的語言文學形式。而人類的精神是獨立而自由的，因而散文也應是獨立和自由的。自由，是人類精神的本質特徵，也是散文旗幟上最為耀眼的標誌。如果我們的散文能從每一個角度出發使其自由充分地發展起來，那麼散文的精神性自然也就強健起來了。二、反叛性與批評性。散文的精神性要求散文要有叛逆性，要敢於面對嚴峻的現實，敢於挑戰權威，質疑現存的秩序，批判一切踐踏人性、人道和文明的醜惡現象。當然，也包括對人的價值、尊嚴的維護，對自由、科學和民主的祈求，對人類命運的關注和對日常生活的尖銳觸及。比如邵燕祥的散文，不但關注「歷史遺忘」的問題，而且對法西斯的專制主義進行了銳利的批判，這樣的散文無疑是有精神性的。再如王小波，他一方面宣揚民主、自由、人的權利與尊嚴等問題；另一方面又嘲笑「愚昧主義」和「假道學」，這樣的散文同樣具有鮮明的精神性。此外，像史鐵生對個體痛苦的體驗和人類總體命運的關懷，張承志對「清潔精神」的呼籲，韓少功對「後現代主義」、「個狗主義」的鞭笞，也都包含著豐富的精神性，是一種值得倡揚的有意義的寫作。三、個體的獨創性和豐富性。精神固然是一種自由且獨立的高貴散文元素，它固然能夠使散文放射出奇特的光彩，但精神必須建立於獨創且豐富的個體之上，這樣精神性才有可能既是精神的，又是肉體的、生命的和靈魂的。總之，只有寓於個體又高於個體，精神才是一個完整的存在，才能達到別的散文元素所無法達到的深度。

　　散文與精神有著天然的聯繫，或者說，散文比任何一種文體都更依賴於

精神。因為散文不似小說那樣有人物、故事可以依傍，也不似詩歌那樣以高度的概括性和抒情的強烈性來打動讀者。散文是以自然的形態呈現生活的「片段」，以「零散」的方式融合現實世界的集中性和完整性，以「邊緣」的姿態來表達對人類社會的臧否，散文的這種文體特性注定了它特別需要精神的支撐。沒有精神性，散文很容易流於淺薄的抒情或成為平淡無奇的一地雞毛。對此，洪堡特有著深刻的認識，他說：「詩歌只能夠在生活的個別時刻和在精神的個別狀態之下萌生，散文則時時處處陪伴著人，在人的精神活動的所有表現形式中出現。散文與每個思想、每一感覺相維繫。在一種語言裏，散文利用自身的準確性、明晰性、生動性以及和諧悅耳的語言，一方面能夠從每一個角度出發充分自由地發展起來，另方面則獲得了一種精微的感覺，從而能夠在每一個別場合決定自由發展的適當程度，有了這樣一種散文，精神就能夠得到同樣自由，從容和健康的發展」。〔註1〕在這裡，洪堡特不僅闡述了散文與精神的內在聯繫，而且指出了自由對於散文精神的重要性。也就是說，只有獲得足夠的自由空間，散文的精神性才能充分地發展起來。

　　當然，這種自由精神的獲得離不開特定的時代和社會氛圍。為什麼「五四」時期能出現魯迅的《野草》那樣富於精神性的散文？因為「五四」時期是一個「王綱解紐」，價值多元的自由開放時代；同樣的道理，為什麼建國之後散文的精神性十分貧乏，直到上世紀90年代後精神性才開始凸現？因為這一時期的文學環境比建國後任何時期都要自由、寬鬆得多。關於這個問題，我在《論20世紀90年代中國散文的文體變革》〔註2〕中有過較詳細的闡述，此處不贅。在這裡，我想通過對幾個個案的具體分析，來觀察散文的精神與創作自由，與作家主體創造性和個體生命力是一種什麼樣的關係，以及散文的思與詩是否有完美融合的可能性。

第二節　獨立特行的思想者——以王小波為例

　　王小波是一位獨立特行的寫作者。儘管他生前寂寞，身後又被傳媒熱炒，這使「王小波」這一個案或多或少帶有商業社會的色彩。但王小波的散文仍有其不容忽視的巨大價值，這種價值就是他作品中的精神性。正是憑藉著這

〔註1〕轉引自林賢治：《文藝爭鳴》2001年第2期。
〔註2〕陳劍暉：《中國社會科學》2001年第5期。

種頗具人文色彩的精神性，王小波的散文創作在中國當代散文史上佔有獨特的地位。

王小波不同於張承志。他沒有站在民族主義的立場上，偏執於一種原始的、樸素的宗教感情，並由此出發，對西方的一切文化和價值觀保持著尖銳的對抗。由於有留美的經歷，對西方的哲學尤其是羅素的哲學情有獨鍾，加之個性的寬容與幽默，這樣，王小波散文中的精神性便更多地體現出西方自由主義的色彩。這具體表現在他對科學的宣揚，對知識的尊重，特別是對「健全的理性」的倡導上。在《積極的結論》一文中，他寫到浮誇風盛行的大躍進年代。寫外祖母——一位生活在農村的老太太聽說一畝地能打三十萬斤糧食，立即跳著小腳叫起來：「殺了俺俺也不信」！王小波於是進而分析：在一個失去理性，大多數人包括許多科學家和人文學者都處於盲從狀態的年代，一個沒有文化的農村老太太卻憑著樸素的生活經驗道出了生活中的荒謬，在王小波看來，這就是來自於生活實踐的理性。在同一篇文章中，王小波還嘲笑了牛的基因和西紅柿雜配，用某種超聲波哨子可以使冷水變熱，用磚頭砌的爐灶填上煤末子就可以煉出鋼鐵之類的「愚人節」故事。正因為在現實生活中遇到了太多的「愚人節」故事，所以王小波特別反對個人迷信和愚人政策，並主張要通過自己去尋找「積極的結論」，那就是：「人活在世上，不可以有偏差；而且多少要費點勁兒，才能把自己保持在理性的軌道上」。「假設我們說話要講信義，辦事情要有始有終，健全的理性實在是必不可少」。那麼，王小波所推崇的是什麼呢？那就是英美的經驗理性，就是通過「沉默的大多數」所見慣的事實和經驗理性達到對真理的正確認識。同時，還要通過科學的普及改造人的素質，提高人的智慧。

關注人的尊嚴、平等、自由乃至人的境遇等問題是王小波的散文隨筆另一個十分突出的主題。在《個人尊嚴》一文中，他認為，尊嚴這個概念，不僅有尊嚴之義，還有體面身份的意思。「尊嚴不但指人受到尊重，它還是人價值之所在」。而尊嚴，是以個人為單位，建立在個人的基礎上的。為此，他將批判的筆觸伸向中國的傳統文化。他說：「中華禮儀之邦，一切尊嚴，都從整體和人與人的關係上定義，就是沒有個人的位置。一個人不在單位裏，不在家裏，不代表國家、民族、單獨存在時，居然不算一個人，就算是一塊肉」。顯然，王小波堅決反對以國家、民族、社會、即整體的尊嚴取代或剝奪個人的尊嚴。所以在《關於崇高》中，他在描述了上世紀 70 年代一位知青為撈一根

電線杆而喪失了生命這一事件後，追問：「我們的一條命，到底抵不抵得上一根木頭？」他進一步分析：當洪水沖走國家的財產，我們當然有搶救之責，但要問一問：這種搶救是否合理？是否值得？他主張：「人有權拒絕一種虛偽的崇高，正如他有權拒絕下水去撈一把稻草」。在這裡，王小波捍衛個人的獨立、尊嚴和價值的決心可見一斑。而在《「行貨感」與文化相對主義》裏，他探討的是人的平等的問題。他敘述自己幼時讀《水滸》時，印象最深的是戴宗說宋江「只是俺手中裏的一個行貨」。他說處於「普天之下，莫非王土；率土之濱，莫非王臣」的東方社會裏，他從 12 歲開始就有了一種根深蒂固的「行貨感」。為此他有一種很悲慘的感覺。但更可悲的是，當今某些信奉文化相對主義的學者還認為這種「行貨感」文化也有它的好處，它可以讓老百姓安心去當「行貨」。王小波自然反對這種不把人當人的文化。他指出：「人人生而平等，我也是一個人，憑什麼說我是宗貨物？咱們這種文化是有毛病的」。也就是說，人該是自己生活的主宰，而不是別人手中的行貨，如果沒有意識到這一點，他就是行尸走肉，就不配冠以「人」這一稱號。除了關注人的尊嚴、自由、平等等問題，王小波還批判了專制主義所帶來思想壓迫，同時對中國傳統文化中的道德取向則深表懷疑。此外，他還有不少散文隨筆對中國知識分子的自我人格的萎縮和精神的奴化進行了深刻的反思，而對於時下流行的種種文化新潮則保持著高度的警惕。

王小波的散文不但有著豐富而強大的精神內涵，而且他的許多作品都具備著個體的獨創性。在《一隻獨立特行的豬》這篇隨筆中，他講述了他插隊時喂過的一隻豬。這是一頭獨立特行的豬。它不僅可以像貓一樣跳上豬圈的房頂，它還會模仿汽車汽笛等聲音，但正是這種特殊的本領給它帶來了麻煩。由於它學汽笛叫導致農友們提前收工，於是，領導將它定為破壞春耕的壞分子，要對它實行無產階級專政，並且由指導員帶了二十多人手拿著五四式手槍對它實行圍剿，然而這頭豬冷靜地瞅個空子逃出了包圍圈，而且跑得瀟灑之極。以後，我還見到這頭「豬兄」但它已對作為人的我十分冷漠，並保持著高度的警惕。王小波的這篇隨筆表面上是在寫豬，而實際上，他批判的鋒芒指向「對生活作出種種設置」的制度和人，正因為對生活作出了種種設置和規範，所以人失去了個性，也失去了創造的活力。而「豬兄」則和人不同，當人不敢「無視對生活的設置」，或「對被設置的生活安之若素」的時候，它卻敢於藐視權威，敢於衝破「生活的設置」。當然，它也因此遭到了設置生活的

人的迫害。這樣，我們便看到了現實生活的荒謬，也感到了王小波對於健全理性的倡揚。在《思想和害臊》一文中，他講述了他在雲南插隊的故事；那裡的老百姓除了種地外，還愛幹一件吃力的事情——表示自己是有些思想的人。但他們幹起來卻特別難。比如他的老班長，每次發言總想說出些有思想的話，但每次總是臉漲得通紅，不住地期期艾艾，豆大汗珠滾滾而下，最後憋出來的話卻是「雞巴哩，地可不是這麼一種種法嘛」！再比如，「我」同傣族老大娘買菠蘿蜜，少給了錢，那位傣族老太太一邊追過來一邊大喊：「不行啦！思想啦！鬥私批修啦……然後趁我腰一軟，腿一顫，把該菠蘿蜜——又叫牛肚子果——搶了回去」。於是「王小波」得出結論：「所以『有思想』這種狀態，又成了『害臊』的同義詞。同樣的話，有人講起來覺得害臊，有人講起來卻不覺得害臊，這就有點深奧」。把「思想」與「害臊」聯繫在一起，而且引用了那麼多生動鮮活的例子來加以論證，這使得王小波的作品既有濃鬱的鄉村生活氣息，又體現出底層社會的生活智慧和黑色幽默。這樣的作品，只有像王小波這樣在農村插隊十幾年，又有獨特的個性氣質，同時具有超脫的貧民意識的人才能寫得出來。總之，健全的理性、獨特的氣質和貧民的立場和心態，不但使王小波的寫作獲得了個性化和獨創性，也將他的寫作與其他知識精英的寫作區別開來。他的大多數思想隨筆基本上都是沿著這樣的路徑展開：他首先是站在平民者的立場上，將農村插隊時的感性生活經驗和理性思維糅合在一起；而後，拿古今中外的典故和民間故事與中國的現實生活相比附，通過這種比較來展開他的社會文化批判。這樣，王小波散文中的精神性就具有了不同於他人的個性化和獨創性。

王小波的思想隨筆，常常將理論的嚴肅思考寓於戲謔性的幽默調侃之中，並通過這種獨特的「王小波式」的幽默調侃使作品充滿著輕鬆的生活情趣。這是王小波所有散文隨筆的共性，也是他的創作最讓讀者稱道的地方。在《我看文化熱》一文中，他用戲謔的語調寫道：「看來文化熱這種現象，和流行性感冒有某種近似之處。前兩次，還有點正經，起碼介紹了些國外社會科學的成果，最近這次很不行，主要是在發些牢騷：說社會對人文知識分子的態度不端正；知識分子自己也不端正；夫子曰，君子喻於義，小人喻於利，我們要向君子看齊。在文化熱裏王朔被人臭罵，正如《水滸》裏鄆城縣都頭插翅虎雷橫在勾欄裏遭人奚落：你這廝若識得小弟門庭時，狗頭上生角！文化就是這種子弟門庭，決不容痞子插足。在批評了文化熱中的黨同伐異之後，王小

波又進一步發揮他的戲謔天才：「我們文化人就如同唐僧，俗世的物慾就如一個母蠍子精，我們寧可不要受她的勾引，和哪個妖女睡覺，喪了元陽，走了真精，此後不再是童男子，不配前往西天禮佛——這樣胡扯下去，別人就會不承認我是文化人，取消我討論文化問題的權利」。引了《水滸傳》的故事還不夠，在文章的結尾，作者還打了這樣一個譬喻：「打個比方來說，文化好比是蔬菜，倫理道德是胡蘿蔔。說胡蘿蔔是蔬菜沒錯，說蔬菜是胡蘿蔔就有點不對頭——這次文化熱正說到這個地步。下一次就要說蔬菜是胡蘿蔔纓子，讓我們徹底沒菜吃，所以，我希望別再熱了」。就文化問題發表意見，在一些人筆下，可能會寫成一篇經院式的文章，或是滿紙充塞典故學問的所謂散文隨筆，但在王小波筆下，卻是有嚴肅的分析，有典故比喻，有聯類想像，有文言文，又有大白話，而這一切融合在一起，就構成了王小波式樣的獨特文風，其骨子裏是理性的，而表現出來卻是十足地戲謔有趣。當然，這種戲謔有趣不同於王朔的無聊噱頭，也有別於王蒙某些時候的油腔滑調和毫無節制。王小波的戲謔調侃，更多地帶有「黑色幽默」的特色。

　　王小波思想隨筆中的個性化和獨創性，還得益於他的自嘲和反諷。即用故意貶低自己，佯裝的糊塗無知，或以一種貌似正統，故做莊嚴的「假正經」文風來消解貌似莊嚴神聖，實則空洞無稽的違反科學常識的人事。有時，他還故意歪理歪推，並在歪理歪推中導引出荒謬的邏輯，達到社會批判的目的。舉例說，王小波十分推崇西方以羅素為代表的「健全的理性」精神，認為「低智、偏執、思想貧乏是最大的邪惡」。不僅如此，他還認為「愚蠢是一種極大的痛苦；降低人類的智慧，乃是一種最大的罪孽」。而「以愚蠢教人，那是善良的人們所能犯下的最嚴重的罪孽」。為了讓讀者進一步認識到愚蠢和偏執的可惡和缺乏理性精神的可悲，在《智慧與國學》中，王小波講述了一個關於傻大姐的故事。傻大姐因智力出現了故障，於是每當她縫完了一個扣子，總要對我狂嚷一聲：「我會縫扣子！」並且她還要我向她學縫扣子。作品者由此想到，假如傻大姐學了一點西洋幾何學。一定會跳起來大叫道：「人所以異於禽獸者，幾稀！」再進而想到傻大姐理解中的這種「超級智慧」，即便是羅素和蘇格拉底恐怕也學不會。不僅如此，王小波還從傻大姐「這個知識的放大器」，聯繫到國人對待國學的態度與傻大姐亦十分相近：「中國的人文學者弄點學問，就如拉封丹寓言《大山臨盆》中的「大山臨盆一樣壯烈」。這樣，就不單批判了迷戀國學者的偏執、盲目和自大，也充滿了戲劇性的幽默效果。

在《椰子樹與平等》一文中，王小波更是將這種歪理歪推發展到極端：

　　　　人人理應生來平等，但現在不平等了：四川不長椰樹，那裡的
　　人要靠農耕為生；雲南長滿了椰樹，這裡的人活得很舒服。讓四川
　　也長滿椰樹，這是一種達到公平的方法，但是限於自然條件，很難。
　　所以，必須把雲南的椰樹砍掉，這樣才公平。假如有不平等，有兩
　　種方式可以拉平：一種是向上拉平，這是最好的，但實行起來有困
　　難；比如，有些人生來四肢健全、有些人生有殘疾，一種平等之道
　　是把所有的殘疾人都治成正常人，這樣可不容易做到。另一種是向
　　下拉平，要把所有的正常人都變成殘疾人就很容易：只消用鐵棍一
　　敲，一聲慘叫，這就變過來了。

這篇作品談的是平等問題，但作家故意掛羊頭賣狗肉，先講諸葛亮為了改變
當地人的生活習慣下令砍椰樹的故事，再講為了平等「向上拉」和「向下拉」
的兩種方式，最後突出奇招，竟然想出用鐵棍敲擊正常人的腦袋使其殘廢，
這樣平等的問題也就解決了。從司空見慣的悖論現象入手，再配之以輕鬆調
侃的口吻，由此推出荒謬絕倫的邏輯，使讀者在會心一笑中體味到「思維的
樂趣」，這正是王小波常用的表現手法。

　　與這種歪理歪推結合在一起並相映成趣的，便是自嘲。如上所述，王小
波是一個有著清醒而健全的科學理性意識和批判精神的作家，同時又是一
個聰明絕頂的智者。但在他的思想隨筆中，他既沒有刻意向讀者展示他智
力上的優越感，也沒有居高臨下向讀者宣喻他的健全理性精神。他總是以
十足生活化的方式，以散淡的敘事，有時甚至是以漫不經心的口吻和你一
起探討人生或某個生活道理。不過有意思的是，王小波這種自我貶低、故作
糊塗的寫作姿態，不但沒有降低他作品的精神性，相反卻使他的作品獲得
了思想的獨創性。例如，在《極端體驗》中，他反覆說著這樣的話：「吃飽
了比餓著好，健康比有病好，站在糞桶外比跳進去好」。還有什麼「太平年
月比亂世要好，這兩種時代的區別，比新鮮空氣和臭屎的區別還要大」。但
正如作者一再聲明的那樣，表面看起來，這裡說的都是一些廢話，是典型的
庸人的哲學，但如果我們將這些話與那位一而再再而三倒栽進糞桶裏，最
後為了獲得「極端體驗」而將自己玩死的唐代秀才李赤先生聯繫起來，再聯
繫到這篇隨筆的宗旨，即批駁某些在海外拿了博士學位和綠卡的學者居然
懷念起文化大革命那個極端瘋狂的年代，並希望能再來一次「文化大革命」，

以滿足他們想像中的那種「極端體驗」。總之，假如將上面的話和作品特定的語境聯繫起來，我們就能領略到王小波的高明：他的庸常的背後是大智，糊塗的底下是清醒。而這一切的佯庸無非是指向這樣一個事實：在一個價值多元、秩序混亂的時代裏，樸素的常識往往比道德高調更符合生活的邏輯。至於文中的結尾：「我們沒有極端體驗的癮，別來折騰我們。真正有這種癮的人，何妨像李赤先生那樣，自己一頭扎向糞坑」的議論更是妙極。這最後的一句不但有自嘲，而且有基於「沉默的大多數」之上的反諷的意味，它的表達相當隨意平易，無須劍拔弩張，然談笑間卻可制敵於死命。這顯示了王小波隱藏於庸常中的機警和犀利。

由於有了個性，於是便有了深刻，有了精神的獨創性和精神的硬度。在我看來，這正是王小波的思想隨筆最具思想震撼力的地方，也是他的散文有別於那些花拳繡腿或賣乖媚俗的時文的重要標誌。同時，還應看到，由於在創作中顯示出鮮明的個性和批判性，這樣即便同屬於幽默類型的作家，王小波與錢鍾書和林語堂均有著極大的不同。誠如有學者所說，錢鍾書的幽默尖銳犀利但有時失之寬容。林語堂的幽默既「議論縱橫」又有著「詩化自適」的超然，但有時又透出一種牛油味且有掉書袋之嫌，而王小波的幽默雖沒有錢鍾書、林語堂的精緻和書卷氣，卻有錢、林所不及的溫厚寬容，特別是由平民立場所帶來的生活質感和世俗感。這是從幽默的類型來鑒別寫作個性。就散文精神性的層面來考察，我們發現：由於具備了個性化和獨創性，同樣是側重於思想性，崇尚散文的精神性的作家，他們的創作也是神采各異各擅勝場的。舉例說，史鐵生的散文素來以精神性的探索著稱。他一直在思考生與死、人類的困境和宗教關懷等形而上的問題。但由於身體殘廢，加之長年在地壇的老樹下荒草邊或頹牆旁沉思默想，這樣他的精神追求也就格外地冷靜從容和博大深刻。他從地壇、從古園的老樹、荒草、鳥蟲、頹牆和青苔感受到生命的純淨與輝煌、萬物的永恆與和諧；但另方面，他又認為人很難戰勝命運：「就命運而言，休論公道」。這體現了史鐵生散文創作中的重重矛盾，而正是這種矛盾和心靈的衝突，形成了他創作中的精神個性。張承志的散文，雖沒有史鐵生的寧靜澄明，但他的精神求索同樣十分獨特。比如在《芳草野草》《天道立秋》《渡夜海記》等作品中，透過那些潑墨般的筆觸，那沉重得使人透不過氣來的氛圍渲染，還有那種憤怒的情緒，子彈般的文字，我們分明看到作家無比堅韌、決絕、孤傲的內心世界，感受到一顆焦灼、痛苦而孤獨

的靈魂。韓少功也是一個酷愛精神的思想者。但由於他是一個既入世又出世的思辯型作家，所以他的散文一方面毫不留情、入木三分地針貶時下的社會弊端和文化狀況；一方面他又盡量避免極端和偏重，同時對「宗教的救世之道」和「自我中心論」保持著足夠的警惕。由上述作家的創作，可以獲得這樣的認識：就散文來說，真誠是基石，思想意味著深度，而個性則代表著獨立和自由。個性是一個完整的存在，它既是精神的也是生命和靈魂的。別爾嘉耶夫說：「個性不是社會的一部分，社會則是個性的一部分。個性具有社會根本沒法到達的深度」。〔註3〕而每一個與眾不同的作家，也必定有著優秀的個性。他的個性既隸屬於精神的範疇，對現實有著密切的關聯。同時寓於生命又高於生命。從這一點說，散文內涵的豐富性和獨特性，源於個性精神的豐富性和獨特性。精神個性的質量和純度，決定著散文的質量和純度。

不過，倘若從我心目中的「詩性散文」的高度來要求，則王小波的思想隨筆還不是理想的範本。換言之，在我看來，儘管王小波的寫作富於個性化和獨創性，他作品中的精神含量也很富足。但是，王小波的精神性中有時理性過於強大，而感情性則略顯欠缺。此外，王小波似乎過於沉迷於戲謔調侃、歪理歪推之中，而對於語言表達上的優美性和精確性卻用力不夠。以上種種，都在一定程度上影響著王小波散文隨筆中的詩性，這是他創作中的美中不足之處。事實上，不獨王小波如此，近年來以批判的尖銳、拒絕的徹底，思想的決絕，情緒的偏激著稱的林賢治先生的寫作，在我看來也存在著類似的遺憾。林賢治固然是當代中國貧乏的思想荒原上的勇猛的鬥士，其膽識、勇氣的確令人欽佩，然而在詩性的層面上，他的寫作還遠非完美。相較而言，我更欣賞史鐵生和筱敏的寫作，他們的寫作不僅有精神性的理解、寬容與同情，而且將思與詩藝術地融合在一起，在我看來，這是一種比較完美的散文寫作，是使當代散文走向闊大和優美的一種有真正意義的寫作。

第三節　優雅高貴的詩性表達——以筱敏為例

筱敏也是一個耽於精神性的寫作者，儘管她的名氣比不上王小波，但在思與詩的結合這一層面上，她的寫作卻超越了王小波。她原是一個寫抒情詩的詩人，後來改寫散文。她早期的散文作品，較多關注女性的命運，對女性

〔註3〕轉引自林賢治：《文藝爭鳴》2001年第2期。

的生存困境有著細膩的描寫和深切的關懷，其美學風格呈現出寧靜、樸素，純粹的特徵。90 年代之後，她的寫作風格開始發生了變化。她發表了一系列以知識分子為題材的散文，向讀者展示了一個宏闊的精神空間和歷史空間。那裡有關於法國大革命的遙想，有對俄羅斯精神的禮讚，也有對德國法西斯暗影的省察，此外還有對知識分子的批判，對「紅衛兵」運動的反思，以及對於「家」和「路」的追問，等等。筱敏堅守人文主義者的立場，思考自由、平等、信仰、公民的權利、人的尊嚴的內涵，嚮往想像中美麗純淨的「烏托邦」，同時又感歎現代社會中無處不在的「理想的荒原」，而對於斯大林式的極權專制主義，她則表現出壓抑不住的痛切之恨。毫無疑問，筱敏散文所涉及的命題以及她所思考的深度，都給她的散文帶來了精神性的特徵。不過就筱敏的創作來說，更吸引讀者的是那些精緻、飽滿和結實的詩性表達。在《書的灰燼》中，她用詩歌的筆調這樣描述那些歷史上的思想者：

> 思想者在紙上留下思想的蹤跡，如同薊草在大地上留下生長的蹤跡，這是生命自身的真實。因其無關尊嚴榮辱，無關乎利害，所以不可能扼止。

> 站在大地上，吸納土壤的氣味，浸浴日月的饋贈，伸展自己思想的枝條，自由地伸展。這是人的權利，這是個體生命的尊嚴。

> 歷史是被一次又一次地焚燒過的，人的權利和尊嚴也是一次又一次被焚燒過的。火焰過後，彷彿一切都不存在了。然而生命和思想的胚芽，卻一次又一次從劫後的灰燼中萌生出來。

在《無家的宿命》中，她從人的視角出發，以一顆敏感、孤獨和反抗的心靈來感受和重塑法蘭西的女英雄貞德。她以充滿悲憫、痛苦和熾熱的筆調寫道：

> 人只不過是一棵蘆葦，我承認女性更是一棵最脆弱的蘆葦。心靈正因為感受著脆弱並且直視著脆弱，方才在足以毀滅人的境遇中，瞭解了人的尊貴。

> 苦難有罌粟的氣味，濃烈、焦灼，如一種卑瑣的墜落，整個世界都蜷縮著睡去。在沉睡中墜落是並不引起恐懼的。那個夢一樣獨自在林子裏尋覓的女孩子，以如此脆弱的方式抵抗著沉睡。即便沒有露珠落下，一滴也沒有，她脆弱的抵抗本身，也足以證明一種清澈的存在了。在林子裏她沒有遇見任何人，儘管她那麼想那麼想遇見另一個人。

　　　　抵抗者是無助的，女性的抵抗者更是無助的。因著自覺的脆弱，
　　她們向自己呼喚力量，那是溫厚的力量，如濕潤的土地；那是承納
　　的力量，如水。水不能築凱旋門，不能疊紀念碑；金字塔，奧林匹
　　斯宙斯神殿，以及將龍的氣焰盤臥在山脈之上的長城，都不是她們
　　的。

　　　　人的尊嚴不承認強權，正如大海不承認石頭或鋼鐵的堆砌物一
　　樣。當浩瀚的大海展現在你的面前，你依然覺得水的柔弱嗎？

　　　　究竟有誰窺見過海的深藏的部分？大海肯定在等待著什麼？

脆弱與反抗，是筱敏反覆吟唱的一個人道主義主題。反抗是宿命的，也是孤
獨無助的。筱敏筆下的女性反抗者一般都處於弱勢的地位，然而她們偏偏要
對抗現存的秩序，對抗專制與奴役。這樣，當她們不得不承擔起苦難與責任，
不得不轟轟烈烈地去赴死時，她們的美才顯得特別冷峻殘酷，也特別絢麗奪
目。顯然，筱敏在這裡所表達的詩性，既有著古典的莊嚴與崇高，又有著現
代的苦難意識和悲劇感。當然，這種為了人的尊嚴，為了理想和信念而選擇
了苦難，選擇了反抗的英雄主義行為，在系列散文「俄羅斯詩篇」中有著更
為集中和完美的詩性表達。「俄羅斯詩篇」的首篇《在暗夜》是寫給孤身反抗
沙皇而被囚禁的妃格念爾的。作者以心交心，以自身的經歷和體驗去感受她
心目中的英雄。儘管她身處「暗夜」，仍然在仰望星空，在思考「那顆隨風飄
來的種子是怎樣被命運拋擲，怎樣附著廢墟，怎樣在腐惡和畏崽的荒原之上，
萌發它脆弱的胚芽，而後伸展她自由的種子」。於是，作者感歎：「星空何為？
星空是因仰望她的眼睛而存在的，是因綴滿她的靈魂而存在的」。而在《火焰
與碎銀》這篇講述蘇聯女詩人瑪麗娜·茨維塔耶娃的散文中，筱敏一開篇就
將我們帶進詩的氛圍之中：

　　　　俄羅斯的草原上，站著一株無家可歸的白樺。

　　　　這是冬季。博大浩渺的俄羅斯冬季。嚴寒是烏紫色的，如同黃
　　昏緩緩閉合的天空，如同荒蕪深處無法窺見起始的從前和以前。歸
　　家的目光溫柔，然而游移，然而惶惑，於是被風撕碎，於是大雪紛
　　紛。紛紛飄落的目光隔斷了世界，雪原上顫動一片碎銀的聲響。

　　　　她說：我歷來就是撞得粉碎，我所有的詩篇，都是心靈的碎銀。

在嚴酷的環境中推出了一個像「白樺」般屹立的女詩人的雕塑後，接下來作
者又描寫呼嘯著的飢餓的風，寫飢餓的風如何噬咬每一個凍僵了的生命，寫

被流放的女詩人如何像一株白樺那樣生活於與世隔絕的孤島。然而，即便是生活於一片裸露的、脆弱的，任由生活的暴風雪一遍一遍劫掠的孤島，女詩人的心靈仍是充盈的，她的人格是高貴的。她不僅維護著作為一個人的尊嚴，而且對未來充滿希冀。於是，「這株白樺點燃了自己」，在荒蕪和死寂之中，白樺「以自身的火焰，為自己建構一個現世中沒有的家園」。於是，面對著這株高驕的白樺，面對著布滿遍野的心靈碎銀，作者的詩情迸發而出：

> 這株白樺是一道傷口，在雪野上斜斜劃過，以一種青春的鮮活凝固著，盡是尖銳的棱角。比生命更悠長的傷口，像星星，像玫瑰、生長出詩。

> 裸露著站立是一種尊嚴。如傷口一樣的裸露，是從無柵欄的，從不癒合的。而暴風雪不斷地在傷口之上切割，不斷地拗折細瘦的軀體，不斷地踐踏和覆蓋。那最後的樂章如此驕岸，如此淒迷，如此頑野，手的潮水狂暴地隨處擊打的時候，瑟縮的大地邊緣，依然有一根不曾捲曲的琴弦。

> 站立是一種尊嚴。裸露著站立更是一種尊嚴。孤伶伶地裸露著站立是尤其貴重的尊嚴。如果天生便是以傷口來歌唱的，那麼，為什麼拒絕痛苦呢？

> 她說只作為一個人而生，並且作為一個詩人而死。

像《火焰與碎銀》這樣像用冰刀在冰上銘刻的富於精神性的詩性敘述，在「俄羅斯詩篇」中可以說是比比皆是。比如，在《山巒》中，筱敏一方面禮讚像「山巒」一般俄羅斯女性；一方面禁不住發出感歎：「如果沒有經歷過苦難，觸摸過岩壁的鋒利和土地的粗礪，我們憑什麼確知自己的存在呢？如果沒有一座靈魂可以攀登的峰巒，如果沒有掙扎和重負，只聽憑一生混同於眾多的輕塵，隨水而逝，隨風而舞，我們憑什麼識別自己的名字呢？」在《救援之手》裏，高爾基、帕斯捷爾納克、阿赫拉托瑪等俄羅斯作家在碰到風暴災難時互伸援手的事例，引起了筱敏心靈的顫動：「每一塊土地都生長雜草，每一場風暴都製造流沙……但是，一些土地是只配雜草和流沙的。偶有一兩株喬木灌木，也很快就矮化或枯死。而另一些土地，卻總有高大的樹木站立起來，於是當風暴來襲，這裡除了雜草流沙瑣瑣碎碎戰戰兢兢的聲音外，還有大樹的聲音。」

這是什麼樣的一種聲音？這首先是一種思想者的聲音。然而除了思想者

留在紙上的蹤跡，筱敏的「俄羅斯詩篇」包括她的其他同類散文，抓住我們情緒的便是她那種優雅漂亮的詩性表達。這種詩性的表達在我看來包含著幾方面的審美信息：

其一是詩性語言。筱敏的語言既具散文語言的清晰準確，又兼具詩語言的優美凝煉。她的行文富於激情，但她又恰到好處地濾去了那些過分情緒化和含混不清的成分；她的文字以其樸素、簡潔的力度撞擊著讀者的審美觸角，但她又較好地避免了極端和尖銳。不僅如此，筱敏的語言還有一種內在的詩歌的旋律，正是這旋律使她散文中的詞與詞、句子與句子、段落與段落之間乃至整篇作品的結構流轉起伏，使之成為富於靈性和生機的美的篇章。總而言之，筱敏的散文語言是一種高密度的結實飽滿的語言。它不同於詩，卻有著詩語言的質地和色澤。這樣的語言，在女性寫作者中還不多見。這一切都表明：筱敏的語言已經完全擺脫了冷冰冰的人工語言和計算機語言，而是海德格爾所一再提倡的「詩化語言」。而這種語言風格的形成又有賴於思與詩，正是思與詩共同把個性的存在帶入語言，使語言成為存在的家園；而人，而作為讀者的我們，就生活在語言中，生活在亮光處。

其二，是詩性情思。我在前面分析了筱敏的散文語言，其實，當我們說筱敏的語言是與思和詩、與存在聯繫在一起的時候，事實上也就意味著語言是一種哲學，一種生存狀態和人生態度。優秀的作家，從來都是將哲學的思辨、詩歌的感悟、個體的生存狀況與對人類整體的思考化為感知中的詩性語言。這樣，語言才有可能達到詞與物的融合，思想與表達的一致，真正做到「存在不僅通過詩進入語言，也在思中形成語言」。〔註4〕這是一方面，另一方面，筱敏散文中的詩性，除了語言的魅力外，詩的情思也是不容忽視的一個因素。詩的情思可以有多種多樣。但在筱敏的散文裏，詩性情思就是一種浪漫主義的激情。正是這種純真的寫作姿態和夢幻般的理想激情，使她執著於天鵝湖的白色的純美，同時展示了一個個不曾在世俗化中沉淪或平庸化的心靈；同樣正是處於這種理想和夢想，它為現實中的「理想荒涼」感到悲哀。儘管她深知理想國的破滅是必然的，夢醒時分，夜的荒蕪愈加深遠，但她仍然堅信：「一個人是由現實和夢境共同創造的，崇高的理想和聖潔的心靈似乎總是以破碎告終，然而碎片卻始終閃光，終究成為人類歷史的珠子」（《理想的荒涼》）。這是一種古典主義的情懷，也是一種人格氣質和精神求索，是源

〔註4〕劉小楓：《詩化哲學》山東文藝出版社 1986 年版，第 234 頁。

於內心的對於崇高事物和人類的愛。由於筱敏善於把這種浪漫、理想和詩化的語言結合起來，於是她的散文也就獲得了神聖性和高貴性。這種以神聖高貴為底色的散文在當下無疑是十分難得和可貴的。

其三，詩性意象。讀筱敏的散文，我們常常驚異於她不僅具有超常的夢幻激情和直覺思維，又有一種穿透時空的想像力和感悟力。她總能一下子抓住事物的最本質特徵，抓住人與事物的內在相似性，而後以獨特的意象加以詩性的呈現。比如在「俄羅斯詩篇」中，我們讀到了星空、山巒、火焰、碎銀、白樺等意象，這一系列的意象均是個人性而非公共性的意象，它們是創作主體思維流程的顯現，也是作家想像力的凝聚，同時具有直覺思維和生命體驗的特徵。由於這個緣故，因而這些意象和那些追隨十二月黨人到西伯利亞受凍受苦的年輕妻子和情人們，便與「所有的詩篇，都是心靈的碎銀」，與在荒原和寒冷中「尊嚴的」站立著的女詩人形成了一種精神空間和生命流程的同構。即是說，筱敏是以詩意的筆調寫出了一個個詩意的靈魂，以想像和體驗賦予意象以靈性，並借助意象之舟將讀者引進一個個既悲愴崇高，又浪漫得至純至美的詩的情景。

不過，應該看到，即便是沉醉於詩的本體和詩的世界營造的時候，筱敏始終沒有忘記自己經營的是散文的園地。文體意識的自覺或者說對散文的感受和表達，使詩的因素始終被限制在適度的範圍內，並未因追求詩性而出現喧賓奪主的情況。也就是說，儘管筱敏本質上是詩人，但她的作品從選擇題材、立意構思、結構形式到注重細節描寫，到敘事的客觀性等等，都是屬於散文的。她的散文感情跳躍都是合乎邏輯地循序漸進；她的不少散文充滿繽紛的意象，但這些意象比詩歌的意象要清晰鮮明。由此可見，文學創作中各種體裁雖可以「破體」，但各體之間又有基本的規定和運作範式。如果不考慮到文學體裁之間的差別，天馬行空、任性胡為，以顛覆文體的基本規範為寫作的目的或以此作為天才的標誌，就有可能寫出一些非驢非馬的東西。由於筱敏有著清醒的文體意識，加之有著良好的藝術感覺和人文主義情懷，這樣她的散文創作自然也就既超越文體束縛又符合文體規範。

第四節　思與詩的契合

筱敏散文創作的成功，給了我們這樣的啟示：在散文創作中，精神的詩

性即思與詩的契合，可以拓展我們的散文視域，這是一條既有深度又有廣度的散文之路。自然，要真正做到思與詩的結合，也並非容事。

如眾所知，思與詩的問題，過去一直被視為詩歌或哲學的專利。在一般人看來，散文與思或詩是無緣的。但散文發展史上的事實證明：那種認為散文與思或詩無緣的觀點要麼是盲視要麼就是偏見。在這方面，我們不用多費力就可以舉出許多佐證。舉例說，在先秦散文中，就有不少散文與詩歌的精神相通。如在《逍遙遊》中，莊子採取「逍遙以遊」的方式，詩意地表明了這樣的人生哲理：「乘天地之正，而御六氣之辯，以遊無窮者」〔註5〕便是一種個體生命存在的本真境界。在這裡，「『遊』既是想像性的對現實情感的否定，又是直覺化的對可能世界的詩意幻想；『遊』既是自我肢體借助於物質工具的自由運動，屬於一種『身遊』和『物遊』，又是超越時空而無所依憑的純粹心靈的想像活動，屬於一種『心遊』和一種『神遊』」。〔註6〕總之，從思和詩的角度講，這裡的「逍遙遊」既是生命的存在形式又是對自由精神的嚮往，正是這兩者的契合構成了莊子散文的詩性品質。再看蘇軾的《前赤壁賦》，其敘事音調鏗鏘，生動有致，其寫景抒情色調鮮明，意象繽紛，其議論感情充沛，形象鮮活，因而《前赤壁賦》從文類看雖屬散文，卻比一些詩歌在本質上更屬於詩。至於唐宋八大家之後的散文，如明清的性靈小品，大部分也寫得詩情蕩漾沁人心脾。這些都說明，中國歷史上那些優秀的散文大家，他們大抵既是思想者，同時又是學者和詩人。這樣，他們的創作也就較好地達到了思、史、詩三位一體的化境。

中國古代的許多散文具備了詩的品質已是不爭的事實，那麼，外國的情形又如何呢？我們看到，外國的散文同樣歡迎詩的侵入，有的甚至以詩作為散文的靈魂。比如，海涅的遊記，屠格涅夫的抒情散文，包括日本的川端康成、德富蘆花、東山魁夷的散文莫不如是。在這樣方面，南美大詩人聶魯達的散文給我留下了特別深刻的印象。比如有一次，聶魯達騎馬穿行於南美的叢林，當他看到一個被洪水拔起的大樹根，他這樣寫道：「橡樹倒下時發出天崩地陷般的聲音，有如一隻巨手在敲大地的門，要敲開一個墓穴。它聽憑風吹雨打和隆冬的肆虐，已過上百年，它傷痕累累的織體，銀灰的色調，形成一種粗硬的、令人心醉的莊嚴美。它現在來到我的生活裏，也許是要把它的

〔註5〕《莊子・內篇・逍遙遊》。
〔註6〕顏祥林：《歷史與美學的對話》，學林出版社2001年版，第94頁。

沉默傳染給我，並揭示出大地再次給予我的美學教育」。聶魯達以生命的力度和瑰麗的想像力，展示了大樹根那種「粗硬的、令人心醉的莊嚴美」。樹根是沉沒的，但它卻在訴說著南美這片大地上的「百年孤獨」，它史詩般地包含著一個民族，一個時代紛紜複雜的精神心理內涵，並且給予作者以生存的信念和「美學教育」，這樣的描寫的確具有一種直接進入事物本質的詩性。當然，這樣的描寫絕不是文字經營的結果，只有具備了大胸臆，並將這種大胸臆投放到無限廣闊的精神歷史空間的作家，才有可能產生出如此冷峻而壯美的詩性文字。

也許有人會不同意以上的分析，他們會說西方的散文更多的側重於理性精神，也就是所謂的「思」。這種看法當然有一定的道理，不過在我看來，「思」往往離不開生命的灌注、心靈的頓悟和創作主體的想像，因而「思」實際上也就蘊涵了詩的內涵。海德格爾認為：「藝術的本性是詩。而詩的本性卻是真理的建立」。〔註7〕思就是詩，儘管並不就是詩歌意義上的一種詩。廣義和狹義上的所有的詩，從其根基上來看就是「思」。〔註8〕儘管海德格爾在這裡講的是「真理」與詩的關係，但是，他的思就是詩，詩不是一般意義上的詩歌，以及思應從存在出發，思把我們帶向的地方並不是對岸，而是一個澄明的境地。所有這些，對於我們思考散文創作中精神的詩性問題，都是極有啟發極有幫助的。

沿著海德格爾的思即是詩，詩即是思的思路，考察20世紀的散文，我們看到，在「五四」時期，魯迅是將思與詩結合得最完美的作家。他的《野草》，既是尖銳激烈的社會批判文字，是深刻的人性洞察和心靈自剖；又是美得令人心醉的詩。在當代特別是上世紀90年代，在思和詩方面做得比較出色的散文作家除了上面重點分析的筱敏外，還有史鐵生、張煒、張承志、余秋雨、王充閭等等。比如張煒的《融入野地》，作品以其獨特的感受和領悟，給「野地」注進了一種孤獨荒涼的詩意。在文中，「野地」代表某種天然的、樸素的、本源的事物，但張煒沒有在存在論的層面上對其作大段的抽象演繹，而是將整個的感情和靈魂「融入野地」，並用沉思性的感悟語言將一個個鮮活的意象呈現於讀者面前，這樣，《融入野地》便不僅有著活潑的生命的湧動，同時也閃爍著詩性的光芒。再如張承志的《天道立秋》《禁錮的火焰色》，余秋雨的《流

〔註7〕海德格爾：《詩·語言·思》，彭富春譯，文化藝術出版社1991年版，第70頁。
〔註8〕海德格爾：《林中路》，第303頁。

放者的土地》《酒公墓》《這裡真安靜》，王充閭的《滄桑無語》《青山魂》等等
作品，也都是集思、詩、史三位一體的圓融和諧的優秀之作。在這些作品中，
我們不僅看到了一幅幅有情有景的「人文山水」，感受到了一系列以個體生命
為核心的文化詩學，我們還聽到了被放逐的心靈的沉重吟唱，失血的人生不
可言說的言談。不過，在思與詩的契合方面表現得更為出色，甚至可以稱得
上經典的是史鐵生的散文創作。他的名篇《我與地壇》第三節已夠精彩，而
它的結尾的一節，更是完美的天籟之音：

> 要是有些話我沒說，地壇，你別以為是我忘了，我什麼也沒忘，
> 但是有些事只適合收藏，不能說，也不能想，卻不能忘。它們不能
> 變成語言，它們無法變成語言，一旦變成語言就不再是它們了。它
> 們是一片朦朧的溫馨與寂寞，是一片的希望與絕望，它們的領地只
> 有兩處：心與墳墓。比如說郵票，有些是用於寄信的，有些僅僅是
> 為了收藏。

> 我說不好我想不想回去，我說不好是想還是不想，還是無所謂。
> 我說不好我是像那個孩子，還是像那個老人，還是像一個熱戀中的
> 情人。很可能就是這樣：我同時是他們幾個。我來的時候是個孩子，
> 他有那麼多孩子氣的念頭，所以才哭著喊著鬧著要來，他一來一見
> 到這個世界便立刻成了不要命的情人，而對一個情人來說，不管多
> 麼漫長的時光也是稍縱即逝，那時他便明白，每一步每一步，其實
> 一步步都是走在回去的路上。當牽牛花初開的時節，葬禮的號角就
> 已吹響。

> 但是太陽。他每時每刻都是太陽也都是旭日。當他熄滅著走下
> 山去，收盡蒼涼殘照之際，正是他在另一面燃燒著爬上山巔散熱烈
> 朝暉之時。那一天，我也將沉靜著走下山去，扶著我的拐杖。有一
> 天，在某一處山窪裏，勢必會跑上來一個歡蹦的孩子，抱著他的玩
> 具。

> 當然，那不是我。但是，那不是我嗎？

> 宇宙以其不熄的欲望將一個歌舞煉為永恆。這欲望有怎樣一個
> 人間的姓名，大可忽略不計。

據說，張承志認為《我與地壇》最精彩之處就是結尾這 700 多字，而韓少功
在《靈魂的聲音》中則認為 1993 年的文學即便只有一篇《我與地壇》，也是

豐年。張、韓兩位如此看重《我與地壇》，自然有多種原因，但我想思與詩的高度契合是其中不容忽視的一個因素。僅就上面引用的這些文字來看，其思考是深邃廣闊的：這裡有對人生三種形態的猜想，有以「他者」的角度來審視自己，從而引出了「我是誰」這樣富於現代性的話題，還有對「欲望」的永恆性的肯定。而它的語言，又是如此地富於詩性：那是一種在從容中有激情，在輝煌中有苦澀，在單純中有豐富，在朦朧中透出詩意的純粹乾淨的語言，正是這種詩性給我們以無限的美感和遐想的空間，使我們每一次閱讀都有新的感動。的確，散文如果真正地達到了思與詩的高度契合，它就有如此的思想和藝術魅力。

關於史鐵生的散文特別是他的《我與地壇》，我們還可以說出許多話。比如由史鐵生的散文我們可以感悟到：散文是自由和寬容的文體，是人的心靈的符號和精神的外化。散文無論是古典還是現代，無論是敘事還是抒情，無論是樸質還是絢麗，說到底，散文面對的是大地和天空，是社會的日常生活和豐富多彩的人性的展示。因此，對於散文來說，僅靠文字的工夫甚至靠高超的技巧是不夠的。它還需要文化、思想、詩心，尤其是對於精神性的執著不懈的探求。因為別的東西都可以改變，惟有「精神的事實是不可改變的，哪怕一點點，就像沒有任何山峰能夠使地球表面巨大的弧線看起來有所改變」一樣。愛默生的這段名言，既強調了精神的重要性和永恆性，又潛在地預示著這樣一個事實：散文的難度，根本上就是一種精神的難度，是思與詩達到高度契合的難度。

面對這樣的難度，我們的散文何為？我們是像上面分析的王小波、筱敏、韓少功、史鐵生、張承志、張煒等作家那樣，沿著精神的峭壁攀沿，還是拒絕精神的攀沿，排斥作品的思想含量和詩性表達。當然，那樣一來，我們的散文就失去了沉甸甸的分量，也沒有風雲激蕩、星空滿天的遼闊天宇。甚至我們的散文有可能回復到過去的老路：永遠徘徊於狹小和淺層的瑣碎生活，或滿足於吟風弄月，日復一日地唱著「小橋流水」式的田園牧歌。這樣的局面，當然是每一個熱愛中國當代散文的讀者和研究者所不願見到的。

值得慶幸和驕傲的是：思想的火種正在蔓延，精神的堅守越來越深入人心。儘管有屈從於商業社會的媚俗寫作，儘管有大量像浮生物一樣的所謂散文隨筆入侵散文的領地，但更多的散文作家仍在堅守個人的精神存在。在他們看來，「散文精神事實上注定了是一種時代精神。散文精神更應該是一種對

抗流俗的精神存在，更應該是一種卓越的語言現實，更應該是一片遼闊和自由的大陸，栽種著人們的崇高的夢想」。〔註9〕是的，堅守個人的精神存在，就是堅守人類賴以生存的那片遼闊和自由的大陸，還有什麼比這更能使人感受到人的尊嚴和散文的尊嚴呢？

　　精神性是一個永恆的存在，是對抗流俗的堅實堡壘，也是一種堅韌不拔的語言現象。儘管對於中國的當代散文來說，精神似乎來得太遲了一點，但它仍然是一派風光霽月般的迷人風景。它給當代散文注進了新質，使當代散文開始變得獨立、自由、遼闊和厚重。或許因為這個緣故，讀者才越來越喜愛新時期以來的散文隨筆。也正是基於這樣的判斷，我們才敢於說 20 世紀 90 年代的散文有了新的突破和新的開拓，真正達到了思想和藝術上的超越。

〔註 9〕筱敏：《風中行走》，作家出版社 1998 年版，第 125～127 頁。

第四章　散文的生命詩性

　　散文的生命詩性，是與上一章所探討的「精神詩性」相對應的一個概念，它們隸屬於主體詩性的不同層面。此處所說的生命詩性，首先是指散文是一種生命存在的方式，而後是指這種生命方式是一種感悟的直覺體驗，它以詩的審美性穿透日常生活的表象，呈現出超越性的意義。如果說，精神詩性包含更多的知性的內涵，它屬於哲學之思的詩化；那麼，生命詩性更多地傾向於感性和激情，它是人的一種感覺能力，是散文中最充滿活力的實在，是能夠使作品升騰、勃發起來，噴薄出無限熱力的理想的朝霞。因此，好的散文，應當是生命詩性中包含有精神詩性；或者是精神詩性中滲透著生命詩性，它們共同築構了「詩性散文」最令人神往和心醉的底座。

　　但不容迴避的事實是：傳統的散文理論對散文中的個體生命一般都不太重視，而對於「生命詩性」則更少涉及。這種對生命詩性的輕慢主要受制於以往散文創作理論以及由此產生的文學經驗。如眾所知，建國後至 80 年代中期以前相當長的一段時間裏，中國大陸的散文和其他文學體裁一樣，基本上沒有人的「自我」與「個性」。人成了政治的符號，成了時代和集體主義的代名詞，這樣自然也就談不上生命的感悟和體驗，更談不上有自由發展的可能性。正是文學創作的蒼白導致了散文理論的失衡。可喜的是，自上世紀 90 年代以後，我國散文創作中的生命意識日漸彰顯了。許多散文家意識到了生命之於散文創作的意義，並開始身體力行將生命的感悟、體驗和審美的表達結合起來，於是，90 年代我國的文壇上便出現了一批可以稱之為具有一定「生命詩性」的散文。這種散文的出現無疑為我的「生命詩性」的理論闡釋提供了便利。事實上，這裡的「生命詩性」命題的提出，主要也是構建於 90 年代

的中國大陸的散文創作之上。當然,在考察中也會涉及到中國大陸二三十年代及港臺的一些優秀散文。

第一節　文化哲學史中的生命激流

在具體分析散文的生命詩性之前,有必要簡要回顧一下西方與中國的文化哲學史。

我們看到,在中西的文化哲學中,一直流淌著一股生命的激流。如意大利的維柯早就認為古代的詩歌形象思維之所以特別發達豐富,是因為原始人生命力特別強盛的緣故,他們是「全憑身體方面的想像力去創造」,而人類最初的精神方式之所以是一種「詩性智慧」,也是由於生命力作用於文學藝術和哲學的結果。古希臘的蘇格拉底同樣十分看重藝術與生命的關係,他認為繪畫和雕塑除了要描繪出對象的外觀細節,還應「現出生命」。稍後的柏拉圖的「迷狂說」,也將生命視為藝術創造的內驅力,認為正是這迷狂、熾熱、湧動勃發的生命力構成了原始初民藝術創造的源泉。在古羅馬,生命意識同樣受到高度的重視。如郎吉弩斯在《論崇高》中就說:「從生命開始,大自然就向我們人類心靈裏注進去一種不可克服的永恆的愛。一個人如果把生命諦視一番,看出事物中凡是不平凡的,偉大和優美的都巍然高聳著,他就馬上體會到我們人是為什麼生在世間的」在郎吉弩斯看來,藝術創造是從諦聽開始的。藝術創造的最根本動力是生命。正是生命的熾熱、奔突和狂放,創造出一種偉大崇高、激情飛揚的藝術。這種推崇熾熱狂放的生命原力的生命觀,到了尼采那裡更被推向極致。尼采一方面認為生命力本身就是權力意志;一方面又將生命力視為詩,視為美。在他的眼中,生命不僅像詩一樣地沉醉、升騰、勃發,而且宏大的原始性生命力本身就是本體。生命力是超個人、超主體的充滿激情的存在,是世界的根基和萬物之源。因此,當「上帝死了」之後,生命的自然本性就成為藝術唯一的價值尺度。藝術只有遵從生命本然的法則和律令,藝術的創造和藝術的審美才有可能完成。值得一提的是,在尼采之後,上世紀初的德國還興起了一股生命哲學的潮流,其代表人物如狄爾泰、西美爾等都對生命表現出了異乎尋常的熱情。此外,像黑格爾、克羅齊、蘇珊·朗格、卡西爾等,對生命與藝術、生命與哲學和美學的聯繫,均有相當精彩的闡釋。從中我們可以看到,這些哲學家美學家不僅推崇生命的美和自由,還

特別強調生命的個性化、創造性和體驗性，而這一切，正是生命詩性的來源。

如果說，對生命問題的關注和思考，一直以來是西方詩學的一條主要理論線索，那麼，在中國的哲學和文化詩學中，生命本體同樣獲得了哲學家和作家、詩人的普遍關注。劉士林在《中國詩性文化》中指出：「只有中國古代文明，直接繼承了詩性智慧的本體精神，所以中國的詩性智慧在本質上是一種不死的智慧，它直承原始生命觀而來。與古希臘的哲學方式不同，它不是採用理性思維的反思方式，而是以一種詩性智慧的直覺方式把死亡融為生命的一部分」。〔註1〕劉士林的這段話，雖然說得絕對了一點，但他揭示了這樣一個事實：中國古代的詩性智慧，是和生命緊密相連的。那麼，中國古代哲學和文學藝術中的生命又是以什麼樣的形態出現呢？《周易‧繫辭》曰：「天地之大德曰生，生生之謂易」。「易」就是變化流遷，即是說，生命的本原，一方面來自於宇宙的變化流動；另一方面生命的過程也是一個生生不已的流動過程。正是這種生命過程與宇宙過程的同構關係，產生了「天人合一」的生命精神，同時也培育了古代的哲學思想和文學藝術。以莊子的「逍遙遊」為例，他的「天地與我為一，萬物與我並生」的逍遙自由、超越世俗和生死的人生態度，就既是個體生命與宇宙自然的和諧融合，也是生命的創造精神與詩性智慧的最高表現。莊子生命哲學中所蘊藏的中國人對生命的體認，以及將人生藝術化的生命趨向，無論對後來的哲學和文學藝術都產生了深遠的影響。比如，六朝的散文，李白的詩，蘇東坡的詩文，甚至梁祝的「化蝶」等等，都能使人感受到一種建立於「天人合一」哲學基礎上的生命形態，一種氣韻生動、富於心靈感悟的詩性智慧。也許正是深切地意識到這一點，所以楊義先生認為「中國詩學是生命——文化——感悟共構的多維詩學」。既然中國詩學是以生命為它的內核，以文化作為它的血肉，那麼，「我們對它們進行生命分析，就可能揭示出屬於文學和詩的深層的本質。」〔註2〕也就是說，生命分析是我們深化文學研究的一種有效的方法。

當然，楊義先生在這裡的所謂「生命分析」，主要是對古代的詩歌而言，那麼對於散文，「生命分析」是否同樣有效？我認為，對於散文來說，生命分析同樣有著不容忽視的理論價值和實踐意義。因為散文是一種最具個人性的自由自在的心靈表述，它與生命的個體性和自由性有一種天然的吻合。同時，

〔註1〕劉士林：《中國詩性文化》，江蘇人民出版社，1999年版，第21～22頁。
〔註2〕楊義：《中國詩學的文化特質和基本形態》，《中華讀書報》2002年8月21日。

散文還是一種「赤裸裸」的藝術，它最講求自我表達的真實，而散文的真實性，惟有落實在生命體驗的真誠表達上，而不是停留在生活表層的真實上，它才真正達到了感情和心靈的「本真」。總之，獨特而深刻的生命感悟和體驗，在某種意義上可以說是散文的靈魂。而當生命意識作為一個獨立的問題出現在散文裏，以往困惑散文的那些政治理念、社會角色、倫理道德、教化功能等等自然也就退位，取而代之的是屬於生命本身的本能、痛苦、感覺和情緒，以及自由的詩的靈魂在自然山水中無拘無束的躍動。是的，只有經過生命灌注的散文才是精彩鮮活的散文；而散文，則是生命的絕佳棲息地，是散文作家的靈魂與生命的相融。

第二節　生命詩性的內涵及形態

　　追問生命在人類文明史上留下的痕跡，我們越發感到生命那種「生生相續，變易而不窮」〔註3〕的綿延不絕的魅力，這就難怪尼采那樣迷戀生命，甚至稱生命就是美，就是詩了。

　　那麼，究竟什麼是生命？或者說，什麼是生命的意識？這是我們需要進一步探究的問題。

　　按照德國生命哲學家狄爾泰的理解，生命固然是有機生命進化過程中的一個表現，但人的生命絕不能只從生物性來規定。生命是有限個體從生到死的生活和創造的總和，它植根於人類整體的歷史文化之中。不僅如此，由於人屬於生物，他要與物理世界打交道；但同時人又有思想和感情，它既能感覺事物又能評判事物，這樣一來，生命又具有以情感去感受和體驗，以思去反思的特徵。也就是說，作為一切事物的本源和基礎的生命本體，它具有物質和精神的兩個層面：生命的物質層面主要指人的生活狀態以及本能的欲望，如人餓了想吃飯，渴了想喝水，困了想睡覺，等等，這是淺層的生命形態；生命的精神層面主要指人為了體現生命的價值，執著地追求生命的存在意義與生命的理想境界，這是一種深層次的生命形態。我們所要展開分析的生命本體，主要就生命深層意識即精神和生命價值方面來說的。

　　根據上述對生命的理解，即從生命內在化——生命的本質與生命價值的層面來考察散文創作，我們看到，中國現當代的散文創作體現出如下的生命

〔註3〕程頤：《易說》。

形態：

（一）**敬畏與呵護生命**。散文中的生命意識，有各種各樣的表現形式，也勢必有各種各樣的理解和感悟，但在我看來，散文觸及生命時，首先要面對的是如何「敬畏」和「呵護」生命的問題。敬畏和呵護生命，雖然更多的是從創作主體的外部來看待生命，但它關乎一個作家對於生命的態度。我們知道，我們所處的地球哺育著無數的生命，但置身現代文明中的人們卻常常體驗不到包括自己在內的生命存在，更常常忽略了生命特有的那種樸實、平凡和自然的形式，這應當說是一件十分令人痛惜的事實。不過，巡禮20世紀的中國散文，我們還是在一些比較優秀的散文作家身上發現了比較明顯的生命意識，他們懂得用生命的眼光來看待人生，看待我們周圍的人文環境，看待我們整個的自然界和宇宙。比如在沈從文的「湘西」系列散文中，我們就感受到了一種無處不在的原始自然的生命形態。再如在臺灣女作家張曉風的《母親的羽衣》《給我一個解釋》等散文中，也涉及了如何對待生命的問題。特別是《敬畏生命》這篇散文，更是在短小的篇幅中蘊涵著極其豐富的生命內涵。作品寫的是自己在印第安州的一次小小的經歷：一個夏日的午後，作者在湖邊看書，「忽然發現湖邊有幾棵樹正在飄散一些白色的纖維，大團大團的，像棉花似的，有些飄到草地上，有些飄入湖水裏」。開始作者並沒有十分在意，以為這只是偶然的風所引起的。可是，接下來的情況「簡直令人吃驚」：「那些樹仍舊渾然不覺地，在飄送那些小型的雲朵，倒好像是一座無限的雲庫似的」。於是，在那鋪天蓋地、無完無了的飄灑中，「我感到詫異和震撼」了。儘管作者知道「有一類種子是靠風力吹動纖維播送的」，不過「我」依然對「那雲狀的種子」油然生出「一種折服，一種無以名之的敬畏」之情。因為這種子——生命是以「豪華的、奢侈的、不計成本的投資」，以及「不分晝夜的飄散之餘，只有一顆種子足以成樹」的執著精神使「我」感動。不僅如此，作者還由「物」及「我」，由種子的生命轉化為「我」的生命：「我」由於領略了造物主「驚心動魄的壯舉」，不僅獲得了新的生命，像湖畔的小樹那樣悄悄成長，而且，由於種子的慷慨與執著，「我」懂得應該怎樣去「敬畏生命了」。這篇散文，選取植物（樹）作為描寫對象，由樹傳播種子的自然現象落筆並激發出對生命的思考，文章由淺入深，由表及裏，層層推進，雖簡短卻耐人尋味。表面看來，作者是在闡發樹的頑強的生命意志：它「不計成本的投資」，獲得的只是那麼一點點；儘

管它平凡、渺小並常常被人們忽視，然而它卻以默默地執著完成了生命的傳承，這一切的確令人感動。不過這篇散文更深一層的意蘊，卻在於告訴讀者應該怎樣去「敬畏生命」，即是說，面對世間的萬事萬物，我們每個人都應有一顆體物之心，一種感恩的情懷。這樣，面對繁花秋月，你當會感到生命的絢麗幽美；俯仰草木魚蟲，你也會品味出生命的可貴頑強，甚至看到蜻蜓的薄翼或露珠在草葉上的滾落，你都會為之感動莫名。是的，如果你擁有這份體貼生命的美好感情，則生命於你便有了一種特殊的價值、一種厚重飽滿的質感——這正是張曉風的《敬畏生命》所給予我們的人生啟示。

要是說，張曉風的《敬畏生命》的主旨是告訴人們應當怎樣去敬畏和感恩生命，則劉白羽的《白蝴蝶之戀》講述的是一個關於呵護和珍視生命的故事。熟悉當代散文史的人都知道，劉白羽寫於五、六十年代的散文較側重「宏大的敘事」，且一般來說政治色彩較濃，風格則傾向於熱烈、剛健與豪放。出人意料的是，他的《白蝴蝶之戀》一改他以往的創作風格，竟然是這樣細緻，這樣柔情，而且內涵又是這樣豐富，這皆得益於生命意識的滲透。作者面對著一隻「給雨水打落在地面上，沾濕的翅膀輕微地顫動著」，並且已「奄奄一息，即將逝去」的小蝴蝶，不由自主地產生了一種憐憫之情：「它從哪裏來？要飛向哪裏去？我癡癡望著它。忽然像有一滴聖潔的水滴落在靈魂深處，我的心靈給一道白閃閃的柔軟而又強烈的光照亮了」。這「柔軟」的感情，來自對弱小生命的呵護，也是建立於人類共有的生命形式上的一種高貴的情愫。因為相對於大自然或冥冥之中的神秘世界，生命一般來說是脆弱的，這就需要一種超越功利的、來自純正人性的對於生命的相互尊重。而當我們確立了這樣的生命觀，當我們聽從了生命的召喚，於是，「太陽明亮亮的光輝照滿宇宙，照滿人間，一切都那樣晶瑩，那樣明媚」。於是，「凍僵」了的小蝴蝶的身體在陽光下復蘇了，而且，小蝴蝶幾經努力，「終於一躍而起，……又向清明如洗的空中冉冉飛去，像一片小小的雪花，愈飛愈遠」。

生命回歸於大自然之中，生命終於戰勝了死亡——因為有對於弱小生命的呵護，有愛、有火、熱與光明同在。這就是拯救生命的意義。而《白蝴蝶之戀》這篇散文，也因為有這種既獨特而複雜的生命體悟，而超越了作者本人的《長江三日》和《海上日出》，具有一種異乎尋常的生命美的力量。

張曉風、劉白羽包括沈從文散文的可貴之處，在於他們不是高高凌駕於萬物之上，而是具有一種「眾生平等，萬物一體」的生命情懷。在他們看來，

每一個生命都有其獨特的涵義，同時也與其他生命通體共悲。所以，他們能夠以平和善良之心來看待一切生命，他們的靈魂更是與大自然融成一個整體。當然，在人與自然的和諧共構方面，更有說服力的例子是劉亮程的作品。由於劉亮程是以一種自然的眼光來看待生命，於是他不僅看到了陽光的燦爛明媚，看到了鮮花的微笑，草木的歡欣生長，甚至吸血的蚊子小蟲，偷吃糧食的老鼠，在作者眼中都是美好的，都是值得敬畏和呵護的。正因為擁有這樣的生命意識或生命形態，所以劉亮程自然也就成了一個優秀的散文作家，他的散文也獲得了讀者的普遍喜愛。

由此可見，敬畏不是一種羞愧，也不是畏懼。敬畏是人與自然宇宙的一種和諧共振、相感相知，是人感恩於上帝和命運的一種情緒的激蕩。人在這種情感激蕩中，感悟到大自然中有一股無法抗拒的親和力，同時也感悟到人自己的生命中有一個神秘的神性本源。從這個意義上說，敬畏生命是人重歸與自然、與上帝的原初關係的一種最初的感覺。

（二）**孤獨生命的痛苦盤旋**。敬畏生命，呵護生命，是生命本體的基礎和最初的感覺，也是每個有良知的真誠的散文家必備的基本素質，然而，僅有敬畏和呵護生命還不夠，作為一個真正的散文作家，還需要對創作主體自身生命存在形態的感知。

生命的存在形態，即創作主體對自身生存狀態的感知，在很多時候是通過孤獨靈魂的心靈獨白表現出來。由於一些創作主體精神的強健和桀傲不馴的個性，同時又具有豐沛的生命意識和對於人類精神家園的執著追求，而他所處的時代又與他的個性理想，與他所追求的精神家園格格不入，這就不可避免地使生命和靈魂陷於孤獨焦灼之中，這種情況我們在魯迅的散文中曾強烈地感受到。而在 20 世紀 90 年代，給我們以強烈震撼的是張承志的散文創作。張承志是草原回民的兒子。在他的血液中，具有一種追求浪漫和神秘，追求壯美和崇高，追求異端和冒險的英雄主義潛質，同時又有皈依宗教的宿命。尤其進入上世紀 90 年代，面對著鋪天蓋地而來的商業化大潮，面對著大面積理想主義的陷落和人文精神的滑坡，他更是高舉理想烏托邦的大旗，竭力倡揚一種「清潔的精神」。然而在一個世俗聲浪喧囂，物質主義、消費主義壓倒一切的社會中，張承志的呼聲實在是太微弱了，他的抵抗主義和激進的方式從一開始就陷入了「無物之陣」。於是，在絕望和孤獨之餘，他只好到大西北，到「西海固」去獨自品味生命的孤獨，去尋找屬於自己的「天命」。在

《英雄荒蕪路》中，張承志的心靈在英雄遠去之後倍感孤獨寂寞：「英雄的道路而今荒蕪了。無論是在散發著惡臭的蝴蝶迷們的路邊小聚落點，還是在滿目灼傷鐵黑色的青格勒河，哪怕在憂傷而美麗的黑泥巴草原的夏夜裏，如今你不可仿傚，如今你找不到那些驕子的蹤跡了」。在《離別西海固》裏，張承志的這種既強烈壯美又孤獨無援的生命意識更是表現得淋漓盡致。在作品開篇，他便充滿激憤地寫道：

> 西海固，若不是因為你，我怎麼可能完成蛻變，我怎麼可能沖決寄生的學術和虛偽的文章；若不是因為你這約束之地，我怎麼可能終於找到了這一滴水般渺小而真純的意義？
>
> 遙遙望著你焦旱赤裸的遠山，我沒有一種祈禱和祝願的儀式。
>
> 我早學會了沉默。周圍的時代變了，二十歲的人沒有青春，三十歲便成熟為買辦。人們萎縮成一具衣價，笑是假笑，只為錢哭。十面埋伏中的我在他們看來是一隻動物園裏的猴，我在嘶吼時，他們打呵欠。

作者說自己是一條魚，他的生命需要滋潤；又說自己是一頭牛，負著自家沉重的破車掙扎。但是魚面對的是無水的旱海，而等待牛的卻是無情的殺場。為此，「靜夜五更，我獨醒著，讓一顆胸中的心在火焰中反覆灼烤焚燒。心累極了，命在消耗，但是我有描述不出的喜悅」。特別是當「我」以自己的方式進入西海固，當我皈依了「窮人的宗教」，尋找到自己的天命，並寫出了哲合忍耶的聖經《心靈史》之後，「我」更是默認了這種生命的孤獨，更是為這種孤獨感到驕傲：

> 在雄渾的大西北，在大陸的這片大傷痕上，一直延伸到遙遠的北中國，會有一個孤獨的靈魂盤旋。那場奇蹟的大雪是他喚來的，這不可思議的長旅是他引導的。我一生的意義和一腔的異血，都是他創造的。

這與其在讚美沙溝的農民馬志文，不如說是作者的自況自許。因為：

> 大雪阻擋中的我更渺小，一刻一刻，我覺得自己熔化了，變成了一片雪花，隨著前定的風，逐著天命般的神秘舞蹈。
>
> 只有我深知自己。我知道對於我最好的形式還是流浪。讓強勁的大海曠野的風吹拂，讓兩條腿疲憊不堪，讓痛苦和歡樂反覆錘打，讓心裏永遠滿盛著感動。

張承志的許多散文，都具有《離別西海固》這樣冷峻、崇高和決絕的美學品格。作者以一種心靈獨白的抒寫方式，忘情於大西北的貧瘠淒厲的風景，或借助北方的河流大川、茫茫的草原、黃土高原的大小村落，以及哲合忍耶的精神，讚美了他心目中的「生命圖騰」，折射出浪漫主義和英雄主義的生命激情。而隨著視野的開闊和創作風格的不斷成熟，張承志對生命的理解也更為廣闊和深邃。其中既有對回民所生長的土地的禮讚，有對生命中不能忘懷的往事的回憶，有對犧牲精神和神秘主義的嚮往追蹤，亦有對「荒蕪英雄路」的獨特感受。總之，正是由於有植根於作家心靈深層的生命意志和生命強力作為其創作的導航，同時內化為一種澎湃的生命激情灌注其間，張承志的散文才具有如此的燃燒性和震撼力。類似張承志這樣執著於對孤獨生命的尋覓，在當代作家中還有張煒。張煒的長篇散文《融入野地》用詩性的語言，一個個生動的意象，把讀者帶到「野地」——某種原初的本源的事物之中。我們在「野地」中領略到一種「殘酷」而「陌生」的美，一種來自大自然的偉力，並看到生命是如何地騰躍、繁衍生長，觸摸到生命的質地、色彩、以及它幻化出來的精氣，同時也體味到孤獨的生命所散發出來的蒼涼的美。總之，從張承志、張煒的散文創作中，我們獲得了對於生命的一種全新的感知方式。

　　（三）荒涼生命的觸及。生命存在形式的另一種感知方式，是對於荒涼生命的觸及。生命作為一種美好的元素，它固然有陽光明媚，鮮花盛開，流水歡歌，小鳥啁啾，有值得人們留戀的一面。但由於生命的脆弱，由於環境的限制，加之貧窮、疾病、孤獨等等，事實上，生命在更多的時候是以荒涼的形態呈現於我們面前。正因為深刻感受到生命的這種荒涼，所以有魯迅的散文集《野草》，有那些荒涼地展示生命和人性的寂寞與苦澀的文字。在當代，在展示生命的荒涼這方面，最讓我們動容、震撼我們靈魂的是史鐵生和劉亮程的散文。在《我與地壇》這篇經典性的散文中，史鐵生充分地展示了生命的荒涼：

　　　　十五年前的一個下午，我搖著輪椅進入園中，它為一個失魂落魄的人把一切都準備好了。兩條腿殘廢後的最初幾年，我找不到工作，找不到去路，忽然間幾乎什麼都找不到了，我就搖了輪椅到它那兒去，僅為著那兒是可以逃避一個世界的另一個世界。無論是什麼季節，什麼天氣，什麼時間，我都在這園子裏呆過。有時候呆一

會兒就回家，有時候就呆到滿地上都亮起月光。記不清都是在它的
哪個角落了，我一連幾小時專心致志地想關於死的事，也以同樣的
耐心和方式想過我為什麼要生。

倘若說，「命運」之於史鐵生的不公，是因為「上帝」為了這個世界整體上的
和諧，而故意製造了一些「差別」，即使一些人活潑健康，同時讓另一些人身
體殘缺，而這身體的殘缺，正是造成史鐵生生命荒涼的根源，那麼，在劉亮
程的散文中，生命的荒涼又是另一番情景：

經過許多個冬天之後，我才漸漸明白自己再躲不過雪，無論我
蜷縮在屋子裏，還是遠在冬天的另一個地方，紛紛揚揚的雪，都會
落在我正經歷的一段歲月裏。當一個人的歲月像荒野一樣敞開時，
他便再無法照管自己。

就像現在，我緊圍著火爐，努力想烤熱自己，我的一根骨頭，
卻露在屋外的寒風中，隱隱作疼。那是我多年前凍壞的一根骨頭，
我再不能像拾一根牛骨頭一樣，把它拾回到火爐旁烤熱。它永遠地
凍壞在那段天亮前的雪路上了。

冬天總是一年一年地弄冷一個人，先是一條腿、一塊骨頭、一
副表情、一種心情……爾後整個人生。

落在一個人一生中的雪，我們不能全部看見。每個人都在自己
的生命中孤獨地過冬。(《寒風吹徹》)

儘管生命留給「我」的是荒涼與創痛，但「我」仍然悉心地去撫摸生命，用
整個的身心去擁抱生命。惟其如此，史鐵生才能在看似荒涼、蕭瑟、沈寂的
古園中感受到生命的活力，生命的頑強與永恆，同時他的「心魂」也在古園
中找到歸宿。同樣因為一方面深刻體味到生命的悲涼和苦澀；一方面又感
恩於生命，所以儘管劉亮程自認為是一個冷漠孤獨的人，他仍然希望生命
中有一盆爐火，能夠溫暖自己也溫暖他人。在《寒風吹徹》中，作者特意寫
到在一個寒冷的早晨，「我」給一個渾身結滿冰霜的老人一杯熱茶；寫姑媽
對春天，對溫暖的期盼；寫母親的兒女們都希望為母親擋住一點寒冷，所有
這些，應該說都是荒涼人生中的甘泉，是感傷的文字底下湧動的汩汩熱流。
儘管在「寒風吹徹」的整體氛圍中，這樣的生命爐火，還不足以抵擋生命的
冬天。

第三節　對生命價值的探詢

關於生命的價值和意義的問題，現代以來的不少散文家都作過這樣那樣、或深或淺的追問。比如魯迅的散文集《野草》，就有不少地方涉及到生命的價值問題。沈從文的散文，寫的大抵是衣、食、住、行等方面的「生活」，以及源於大地強健的原始生命形態；但另方面，他又認為「生活」和「生命」是密不可分的。人需要「生活」，卻不能沒有「生命」。但生命不能停留於原始野性的層次，而應體現出個性的色彩，應有自由自在的形態。這樣，生命才能從獸性進入到「人性」和「神性」，也只有達到這樣的層次，生命才是美的和值得留戀的。這就是沈從文的「美在生命」的藝術觀。沈從文一再表明：「我是個對一切無信仰的人，卻只信仰『生命』」。沈從文的散文為什麼歷經半個多世紀仍然具有如此的思想藝術魅力，皆因他的散文是他的「美在生命」的藝術實踐。沈從文的「美在生命」的藝術觀曾一度中斷，直到上世紀 90 年代才在史鐵生的手中得到繼承與延續。史鐵生整個散文創作的中心或者說他的散文的根，就是對「生之意義」的求索。儘管在長年的靜坐冥想中，他洞察了人類無法擺脫的困境，並認為「就命運而言，休論公道」。特別在 21 歲那年，他的雙腿便高位癱瘓，為此他曾想到死，但後來他還是活了下來，然而「活要活得明白，要找到活下去的理由和依據」。這個「理由和依據」，就是要活得有意義和價值。於是，他選擇了寫作這一行當，並寫出了《我與地壇》這樣堪稱傑作的作品。在這篇散文中，作者不僅寫出了母愛的偉大、忍耐與寬容，寫了母親的生命價值在「我」心中的滲透，更寫出了地壇中的各式各樣的人對「我」生命的鼓舞與啟蒙，正是從業餘長跑家等人對生命的執著追求中，「我」感悟到美在於過程，生命的意義和價值在於過程的追求。在這裡，史鐵生是以健全的身心來感受生命的意義和寓於其間的無限機趣的。他對生命意義的感悟，源於他對生命的理解和熱愛。他將個體的苦難與人類共有的苦難匯於同一調色板上，在靜靜的時空中傾聽生命慢慢的流逝，傾聽著生命因夢想而發出的悅耳音符。於是，他的散文獲得了一種神性，獲得了從此岸到彼岸的超越。

命運的不可知與人對生命價值的追求構成了史鐵生散文創作的內在矛盾。一方面，他深知個體無法知道也無法反抗「上帝」和「宿命」；另方面，他又執著地認為人靠閱歷，靠感悟是可以「識破」命運的機心的。因此，作為一個真正的作家，對生命意義的尋求就成了他最基本的義務：如果生命本身

缺乏意義，那麼為生命創造意義便成了作家的唯一選擇：因為生命世界從無意義到有意義，只能以生命本身的被賦予意義作為依據。這就是以個體生命創造出既激揚閃光而又具審美意義的一種生命形式，即「無時間的本質形式」。

　　余秋雨的許多散文，也體現出尋求生命的價值與意義的創作傾向。只不過，史鐵生是在反抗「上帝」、「宿命」的重重精神矛盾中來探求生命的價值，而余秋雨卻是在人文，在歷史文化中來體現個體生命的價值。在《柳侯祠》中，本無足觀的中國文人的生命，卻在山水間裸呈：「唯有在這裡，文采華章才從朝報奏摺中抽出，重新凝入心靈，並蔚成方圓。它們突然變得清醒，渾然構成張力，生氣勃勃，與殿闕對峙，與史官爭辯，為普天皇土留下一脈餘音。世代文人，由此山水而增添一成傲氣，三分自信。華夏文明，才不至於全然黯暗」。在《都江堰》裏，作者與其在寫江水，不如說是在彰揚一種強悍的生命：「即便是站在海邊礁石上，也沒有像這裡這樣強烈地領受到水的魅力。海水是雍容大度的聚會，聚會得太多太深，茫茫一片，讓人忘記它是切切實實的水，可掬可捧的水。這裡的水卻不同，要說多也不算太多，但股股疊疊都精神煥發，合在一起比賽著飛奔的力量，踴躍著喧囂的生命。這種比賽又極有規矩，奔著奔著，遇到江心的分水堤，刷地一下裁割為二，直竄出去，兩股水分別撞到了一道堅壩，立即乖乖地轉身改向，再在另一道堅壩上撞一下，於是又根據築壩者的指令來一番調整，也許水流對自己的馴順有點惱怒了，突然撒起野來，猛地翻捲咆哮，但越是這樣越是顯現出一種更壯麗的馴服。水在這裡，吃夠了苦頭也出足了風頭，就像一大撥翻越各種障礙的馬拉松健兒，把最強悍的生命付之於規整，付之於企盼，付之於眾目睽睽」。正是借助這喧騰咆哮的江水，我們窺見了李冰那種既大智大拙又大巧的獨特的精神世界，感受到了他的強健鮮活的生命躍動。而在《西湖夢》中，作者說西湖：「由情至美，始終圍繞著生命的主題，蘇東坡把美衍化成了詩文和長堤，林和靖把美寄託於梅花與白鶴，而蘇小小，則一直把美熨貼著自己的本體生命。她不作太多的物化轉捩，只是憑藉自身，發散出生命意識的微波」。他還進而認為：「蘇小小的意義在於，她構成了與正統人格結構的奇特對峙。再正統的鴻儒高士，在社會品格上無可指謫，卻常常壓抑著自己的和別人的生命本體的自然流程，這種結構是那樣的宏大和強悍，使生命意識的激流不能不在崇山峻嶺的圍困中變得恣肆和怪異。這裡又一次出現了道德和不道德、人性和非人性，美和醜的悖論：社會污濁中也會隱埋著人性的大合理，而這種大合

理的實現方式又常常怪異到正常的人們所難以容忍。反之，社會歷史的大光亮，又常常以犧牲人本體的許多重要命題為代價」。一方面惋惜中國知識分子群體性的文化人格的黯淡，批判萎頓消極、躲進自然小天地中自娛自樂的生命；一方面又讚賞蘇小小、白娘子等逸出傳統文化圈子外的野潑潑的可愛生命，並將其生命價值與大寫的「人」字聯繫起來思考，由此可見作品選材的獨特、構思的巧妙和作品內涵的深廣。類似這樣以個體的生命價值為核心，從自然與文化的結合、感性與哲理的交融的層面來解讀生命的佳作，在余秋雨的散文中還可舉出《沙原隱泉》《狼山腳下》《三峽》《蘇東坡突圍》《流放者的土地》等等。

　　王充閭的散文，同樣十分注意對人的性格，人的命運，人的生存意義的探索。他「乘物以遊心」，在冥濛無際的歷史文化的某個聯結點上，感受著時間的流逝，大自然的浩瀚，同時以一種或歡樂或悲哀，或沉重或輕鬆的靈魂搏動，以豐盈充沛的自我生命去約會一個個古人，並在歷史與現實、文化與美學的對話中呈現出一個個真實而完整的生命。在《青山魂》裏，王充閭塑造了兩個李白：一個是現實存在的李白；一個是詩意存在的李白。「現實存在」的李白仍擺不脫傳統士人的立德與立功的引誘，他時刻渴望著登龍門，攝魏闕，居高位，但由於缺乏實際的操作經驗，對政治鬥爭的殘酷性也認識不足，加之有太多的詩人氣質，結果只能是「大道如青天，我獨不得出」，落得個一生坎坷，困頓窮途，壯志難酬。而「詩意存在」的李白則是另一番景象。這是一個「眾鳥高飛盡，孤雲獨去閒。相看兩不厭，只有敬亭山」的李白。他反對儒家的等級觀念和虛偽道德，高揚「不屈己，不干人」的旗幟。他輕世肆志，蕩檢逾閑，不但對君主聖王沒有誠惶誠恐之心，而且總要按自己的意志去塑造自我。當然，作者更是以濃彩重墨寫了李白的飲酒：「不管怎麼說，佯狂痛飲總是一種排遣、一種宣洩、一種不是出路的出路，一種痛苦的選擇。他要通過醉飲，來解決悠悠無盡的時空與短暫的人生、局促的活動天地之間的巨大矛盾。在他看來，醉飲就是重視生命本身，擺脫外在對於生命的羈絆，就是擁抱生命，熱愛生命，充分享受生命，是生命個體意識的徹底解放與真正覺醒」。在這裡，我們看到，李白是一個自我意識十分突出的人，他重視人格的獨立和自由、個體生命的自我擴張。這種追求個體的自由獨立的生命價值觀雖然使他的一生充滿著矛盾、焦灼和痛苦，甚至使他成為一個悲劇性的人物；但從另方面來看，正是這種超越現實的價值觀給他的詩帶來了巨大的張

力，使他成為一代詩仙名垂千古。這就是生命之於李白詩歌的意義。而在《寂寞濠梁》中，王充閭筆下的莊子則是一個既有精深的思想，超人的智慧，又是一個善於敞開自我生命的人。他「思之無涯，言之滑稽，心靈無羈絆」，他住窮閭陋巷，穿著打了補丁的「大布之衣」。靠打草鞋維持生計，「但他在精神上卻是萬分富有的，他獨與天地精神相往來，將萬物情趣化，生命藝術化。他把身心的自由自在看得高於一切」。這篇散文中的莊周，在濮水邊上悠閒地釣魚，一會兒與朋友惠施討論秋水中的游魚的快樂，一會兒夢見自己變成了一隻蝴蝶……作者以娓娓道來的筆調，以一些「生活瑣事」和幽默的語言故事為素材，具體生動地展示了莊子的「詩化人生」，使讀者看到一個時而「樂在濠上」，時而作「濠濮間想」的超拔不羈，既縱情適意又逍遙閒處、淡泊無求的哲人的形象，並由此感悟到一種物我兩忘、客體與主體合二為一的生命境界。

正由於對於生命的價值和生命的獨立自由的尊重，所以一些散文家對於摧毀人的生命的專制主義行徑表現出異乎尋常的憤慨。比如林非的《詢問司馬遷》就是這方面的代表作。作者穿行於司馬遷偃蹇的命運之間，感受著司馬遷因宮刑而帶來的巨大恥辱，同時謳歌司馬遷始終追求著善良和正義的心靈。這篇散文，一方面關注著人的生命的尊嚴和價值，同時響往著生命的平等和自由；一方面又對「順我者昌，逆我者亡」的專制主義統治進行嚴厲的批判。作者認為，這種專制主義不僅時刻在扼殺著有價值的生命，而且是培養和滋生奴性的溫床。林非的這篇散文寫得大氣凜然，擲地有聲，它不但有強烈的感情流露，具體細膩的形象刻畫，又有深切的生命體驗。正是這些，使人們彷彿聽到了一個「思想者的澎湃心聲」。〔註4〕事實上，不獨林非的《詢問司馬遷》如此，王充閭的《青山魂》《寂寞濠梁》《無字碑》，余秋雨的《流放者的土地》《遙遠的絕響》等，也都涉及到了專制與個體生命的存在價值，生命的獨立與自由的問題。可見，任何一個有良知的作家，任何一個認真嚴肅，希望生活更為美好的思想者都會有意無意地在散文中滲透進生命意識，並使個體的生命在散文中迸發出絢麗奪目的火花。

為什麼有成就的優秀散文家如此重視對生命的開掘。這裡的道理很簡單。因為首先，整個大千世界或人類文明的創造都是由於生命衝動所造成的，生命構成了自然世界和精神存在的理由和本質。因此，散文在描繪自然，表現

〔註4〕王充閭：《成功者的劫難》，春風出版社 2003 年版，第 183 頁。

社會人生時，如能注重對獨特的個體存在的發掘，關注人的命運，人的生存困境，又不忽略對生命價值的探詢，充分展示生命的豐富性、神秘性和複雜性，這無疑能使散文更具穿透力和超越性。其次，按蘇珊・朗格的研究，她認為生命形式和藝術形式兩者之間存在著必然的聯繫和選擇的一致性。生命形式具有有機統一性、運動性、節奏性和生長性的特點，而藝術形式也要具備上述的元素。因此，只有把生命形式和藝術形式統一起來，形成一種活的圖像和有序的結構，散文才具有強烈的感染力。第三，散文是一種「主情」的藝術，而情感實際上就是一種集中了、強化了的生命，是生命激流中最為突出的浪峰。因而「如果要使某種創造出來的符號（一個藝術品）激發人們的美感，就必須使自己作為一個生命活動的投影或符號呈現出來，必須使自己成為一種與生命的基本形式相類似的邏輯形式」。〔註5〕可見，散文中若有了生命的投入，並賦予生命以邏輯形式，讀者就更能領悟散文中的感情，把握散文的美點。總之，散文中的生命開掘，體現了散文的一種深度追求，它是使散文告別膚淺平庸，使散文更豐富多彩，更具獨創性的保證。

第四節　生命的生長性與整體性

就生命的表現形式來說，死亡同樣是不能迴避的問題。

誰都知道，在時間面前，人類是最弱小的；同時，時間對每一個人都是公平的——不管你是帝王將相還是一介平民，最後都無法逃避死亡這一結局。因此，任何一個對生命敏感的作家，他都要涉及到生命與時間問題，這也是文學作品的深度之所在。另一方面，死亡還表現了人對存在的恐懼。由於意識到生命的短暫，所以導致了生命的焦灼，或者對生命產生了一種哀愁一種悲憫。當然，也有一些散文家將死亡看作生命的一個環節，一個不斷循環和不斷生長的過程。比如魯迅就是這樣。

魯迅在《野草・題辭》中說：「過去的生命已經死亡。我對於這死亡有大歡喜，因為我藉此知道它曾經存活。死亡的生命已經腐朽。我對這腐朽有大歡喜，因為我藉此知道它還非空虛」。生命的「死亡」之所以能帶來「大歡喜」，皆因生命不是在死亡中結束，而是在「腐朽」中獲得新生。魯迅筆下的「野草」，正是這一生命循環過程的形象性展示：「野草，根本不深，花葉不美，然

〔註5〕蘇珊・朗格：《藝術問題》，中國社會科學出版社 1983 年版，第 43 頁。

而吸取露，吸取水，吸取陳死人的血和肉，各各奪取它的生存，當生存時，還是將遭踐踏，將遭刪刈，直至於死亡而腐朽」。「野草」也要「遭踐踏」，也要「死亡而腐朽」。「野草」的死亡，就個體而言是生命的悲劇；但「野草」又是通過這死亡孕育了新的生命，並且因此證明了自己的存在價值。所以，魯迅說：「但我坦然，欣然。我將大笑，我將歌唱」。可見，「野草」集中體現了魯迅的生命觀，即「生命不怕死，在死的面前笑著、跳著，跨過了滅亡的人們向前進」。這樣，魯迅的「生命哲學」便不僅僅停留於生物學上的生命現象，也不侷限於個體生命的消亡，而是帶有「類」的概念上的生命，是一種「沿著無限的精神三角形的斜面向上走」〔註6〕的生長循環的過程。

在生命的生長循環這一問題上，史鐵生與魯迅的精神有著共通之處。在《我與地壇》中，史鐵生說自己曾在地壇一連十幾個小時想關於死亡的事，這樣一連想了幾年，終於明白「死是一件不必急於求成的事，死是一個必然會降臨的節日。這樣想過之後我安心多了，眼前的一切不再那麼可怕」。既然死亡是一個無需尋求和等待就會自然降臨的節日，我們每個人大可從容不迫地「活」出精彩，活出詩意。這樣，「當牽牛花初開的時節」，當「葬禮的號角」吹響時，太陽依然「每時每刻都是夕陽也都是旭日」，甚至當它收盡蒼涼殘照走下山去之際，說不定正是它「在另一面燃燒著爬上山巔布散熱烈朝暉之時」。詩性的語言，傳達出來的是多麼深刻的生命感受，這樣的生命體驗使我們想起海德格爾的生命哲學。海德格爾認為，我們每個人都必須面對死亡，但正是死亡使人更像人，這是人的本質。史鐵生的散文不但敢於正視生的痛苦，而且總是那麼坦然從容，那麼樂觀豁達地面對死亡，並在生與死的思考中重構生命的意義。不獨如此，他還將生命過程的沉痛比喻為孩童無意間的一次離家嬉戲，但不管嬉戲多久，我們每個人總得踏上歸途，總得尋找自己的「家園」，而當人通過對時間、歷史、自然和生命的思索明白了「家」之所在時，他便獲得了自由，獲得了一種「詩性的存在」。這便是史鐵生在散文中表現出來的死亡的生命生長形式。

上面我們對中國現當代散文中的生命詩性進行了一番考察，我們看到，這些散文作家在感知生命形態，探詢生命的價值，感知死亡與時間的關係時，體現出了一些共同或相近的創作傾向，這就是生命的整體性。

〔註6〕魯迅：《熱風·生命的路》，《魯迅全集》第一卷，人民文學出版社 2005 年版，第 368 頁。

　　生命整體性的第一個方面是生命即生活，生活即生命。以狄爾泰為代表的「生命哲學」的一個引人矚目之處，就是強調生活在生命中的重要作用。在他看來，一切知識都以生活關聯域為基礎，一切的思想都離不開日常生活和與其相關的個體的生命。生活，豐富多彩色的個體生活構成了生命的世界，它同時也是散文取之不盡的素材。我們看到，現當代文學中那些比較優秀的散文作家，都十分重視從生活中體現生命的結構。比如沈從文的散文，就十分注重生活與生命的聯結，並通過這種聯結使散文從「自為狀態」上升到「自在狀態」。張曉風的散文，更善於從日常的生活細節，從一些小事物、小故事、小對象的獨特角度來擁抱生命和感悟生命的價值。至於劉亮程的散文，同樣是日常生活的生命言說。他不獨注重生活與生命的聯結，而且還在生命的言說中表現出強烈的個性意識，即生命是藝術的個體，藝術是生命的表現。因為他們意識到，文學首先是對個體生命本相的一種認識，其次才是這種人類生命意識的獨特表達。因此，尊重生命，也就意味著尊重個性。生命是人的最本質、最獨特、最活躍的表現形態，沒有生命也就談不上人的一切思想和情感，而個性是蘊含於生命之中的。個性通過生命的形式呈現出來，而生命也依賴個性得到更充分的肯定。

　　生命整體性的第二個方面是生命的關聯性。生命固然以個體為標識，為特徵，但人的生命本身體現出一種部分與整體的共構關係，個體是整體的一部分，而整體離開了個體，也就難以成為整體了。因此，散文對生命的探詢，既要尊重個體的生命，同時也要有整體的眼光和胸懷，這樣散文的生命表達才能獲得一種深度和廣度。我們注意到，在個體生命向整體生命掘進這方面，90年代的散文家是做得相當不錯的。比如在余秋雨、史鐵生、張煒、韓少功、王充閭、林非、雷達、于堅、張銳鋒、龐培、葦岸、劉亮程等的散文中，我們都能明顯領略到這種整體性的生命傾向。當然，余秋雨、王充閭、林非、雷達、韓少功等作家較側重從歷史文化和社會生活的整體中來理解個體生命，而劉亮程、張煒則更關心「我」的個體生命與自然界的整體聯繫：

　　　　也許我周圍的許多東西都是我生活的一部分，生命的一部分，它替匆忙的我們在土中扎根駐足，在風中淺唱。任何一株草的死亡都是人的死亡，任何一棵樹的夭折都是人的夭折，任何一粒蟲的鳴叫也都是人的鳴叫。(劉亮程《一個人的村莊》第53頁)

　　　　眼看著四肢被青藤繞裹，地衣長上額角。這不是死，而是生。

我可以做一棵樹了，扎下根須，化為了地上的一個器官。從此我的
吟哦不是一己之事，也非我能左右。一個人消逝了，一棵樹誕生了。
生命仍在，性質卻得到了轉換。（張煒《融入野地》）

很顯然，在這裡，劉亮程把所有的生命激情和生命夢想，都投注到這些動物、
植物、昆蟲上，這樣「我」便與自然界的這些植物共構成一個整體；或者說，
「我」與大自然合二為一，一起共享生命的和諧與快樂。正由於我與大自然
有一種內在的聯繫，所以，在荒野中，一朵花對我微笑，「我」也對整個世界
微笑，對每一朵花微笑，並用這種微笑表達對「一個弱小生命的歡迎和鼓勵」。
在這裡，我們真正感受到了劉亮程生命言說的美，但正如摩羅所說，他的美
不只在才華，它的美在於情感和靈魂所處的狀態，在於他的情感及靈魂與這
個世界構成的關係之中。也就是說，劉亮程是從整體來感悟個體生命與自然
的關係，並在這種聯繫中來反思我們的生命狀態。而張煒的情況也與劉亮程
相似。當「我」融入野地，成為野地的一部分，尤其當「我」化為故土的一棵
樹，「我」與野地的整體聯繫也就更緊密了。從此，孤獨是「另一邊的概念」，
從此「我」的經驗和感受，也就是「樹」的經驗和感受。的確，當個體的生命
和事物的整體性達到一種鮮活的聯繫時，詞語也隨之獲得了新生，獲得了詩
意與活力。

第五節　「融入」與「傾聽」：體驗生命的兩種形式

　　散文在通往生命的途中，如何才能抵達「詩性」之境呢？這是我們必須
進一步追問的問題。當然，通往「詩性」的路徑不僅僅只有一條，比如我在上
面分析過的生活即生命，生命的整體性，都有可能達到詩性，不過依我看來，
抵達詩性的最有效的辦法，就是體驗。

　　所謂體驗，不是外在的鏡子式的反映，不是自然科學的那種被動的經驗
認識。體驗是感性個體本身的規定性，它是指人在自覺或不自覺的狀態下所
經歷的一種獨特的生命歷程和感情的活動，它直達人的生存的深層，具有心
靈性、內在性和知覺性的特徵。誠如生命哲學家齊美爾所說：「沒有無內容的
生命過程和生命的形式。我們在自身的生活中『體驗』到生命的內容，這種
體驗（erleben）實際上是心靈把握生命的活動。生命根據包括在體驗中的形式
的原則來創造對象。它為世界創造了藝術、知識、宗教等對象，而這些對人

都有自身的邏輯一致性和意義，獨立於創造它們的生命。生命在這些形式中把自身表達出來，這些對象則是生命的審美、理智、實踐或宗教的能動性的產物，它們也是生命的可理解的必要條件」。〔註7〕也就是說，儘管體驗在每一個人那裡都有不同的表現形式，但體驗卻有其邏輯上的一致性，它的內容往往是命運、苦難、死亡，生命的意義等等；它的思維形式具有極強的穿透力和創造力。換言之，體驗是把人的心靈從現實生活的重負下解放出來，激發起心靈對生命價值的認識；同時，使創作主體與文學藝術的生命關聯得以強化。就散文創作來說，生命體驗的意義在於它可以穿透生活的晦暗不明的現象，並通過感悟使散文的境界得以澄明，使散文的詩意表達成為生活本質的表達。以史鐵生的創作為例，他對苦難、死亡、生的意義以及差別、欲望的思考都離不開他的心靈體驗，他以對宇宙人生的超常感情，以一顆經歷過磨難的敏感心靈，去感知命運的無常，人生的慘痛，以及人類的困境，正是這種生命的體驗與生命的夢想，使他在有限中領略到無限，在虛空中感受到實在，把生命表現得遼闊、深沉而神秘，並使其與「心之家園」達到一種內在的和諧共振。

在體驗生命方面，更具說服力的例子是王充閭。在《渴望超越》中他談到：「我深切的體會到，散文作家像小說家、戲劇家一樣，同樣也應該具備深切的生命體驗和心靈體驗，這是實現散文創作深度追求的需要，也直接關係到文學回歸本體，以人為本，重視對於人的自身研究這一重大課題」。〔註8〕可貴的是，王充閭不但有清醒明確的生命理論意識，而且通過大量的創作實踐來印證自己的生命體驗理論。《一夜芳鄰》這篇以勃蘭特三姐妹為題的散文，就充分體現出了王充閭的生命體驗和心靈體驗。作者來到了勃蘭特姐妹的故居，他一遍又一遍地漫步在連結故居與教堂的小徑上，覺得好像步入了19世紀的三、四十年代，漸漸地走進她們的綿邈無際的心靈領域，透過有限時空解讀出它的無盡滄桑，又彷彿與她們一道體驗著至善至美而又飽蘊酸辛的藝術人生與審美人生。他還透過臨風搖曳的勁樹柔枝，朦朧中彷彿看到窗上映出了幾重身影，似乎三姐妹正握著纖細的羽毛筆在伏案疾書，甚至還聽到一聲聲輕微的咳嗽聲從樓上斷續傳來。正是這種「靈海的翻騰，生命的律動」使作者與三姐妹之間「產生了心靈的感應」：

〔註7〕劉放桐：《現代西方哲學》，人民出版社1990年版，第202頁。
〔註8〕見《中國散文論壇》，北京大學出版社2003年版，第281頁。

其實，藝術的力量說到底就是生命的力量。任何一部成功之作，都必須是一種靈魂的再現，生命的轉換。勃蘭特三姐妹就是把至深至博的愛意灌注於她們至柔的心靈、至弱的軀體之中，然後一一鎔鑄到作品中去。這種情感、意念乃至血液與靈魂的移植，是春蠶般的全身心的獻祭，蠟燭似的徹底燃燒。作品完成了，作者的生命形態，生命本質便留存期間，成為一種可以感知、能夠觸摸到的活體。而當讀者打開她們的作品時，便像是面對面地與之交談，時時感受到她們的生命氣息，在分享著生命的愉悅的同時，也充分體驗到一種強烈的生命衝擊。所以說，讀她們的作品需要用整個心靈而不能只靠一雙眼睛。

一方面憑藉生命體驗和心靈體驗去感悟三姐妹最深層、最神秘且蘊含最豐富的內心世界，以及生命的形式和生命的價值；另方面在生命體驗過程中也不是完全靠非理性的直覺感受，而是適度地加進理性思維和邏輯思辨，包括借助女作家的書信、傳記、生平展覽，等等，從內在世界和外部環境兩方面來追蹤女作家的心路歷程，探索文學天才成功的路徑，以及三姐妹作品審美意義形成的深層原因和不朽的內在奧秘。這樣，《一夜芳鄰》自然便與那種浮光掠影、羅列名勝古蹟的所謂「遊記散文」不可同日而語，而具有直觀性和超越性的形而上的特點。難怪作者本人在寫出《一夜芳鄰》後，深有感觸地說：「對於一個作家，如果說生命體驗、人生感悟是根基，是泥土；那麼，形而上的思考和深厚的情感便是它所綻放的兩枝絢麗之花」。〔註9〕

需要指出的是，自上世紀90年代以降，已經有越來越多的散文作家注重了生命的體驗和心靈的體驗。比如林非的《浩氣長存》，一開篇就投入了自己刻骨銘心的生命體驗，作者說在遙遠的少年時代，朗讀著荊軻的故事和吟詠著「易水寒」的悲愴曲調，「心中竟燃燒起一團熊熊的火焰，還立即向全身蔓延開來，灼熱的血液似乎要沸騰起來，無法再安靜地坐在方凳上，雙手撫摸著滾燙的胸膛，竟霍地站立起來，繞著桌子緩慢地移動著腳步，還默默地昂起頭顱，憤怒地睜著雙眼，就像自己變成了不畏強暴和視死如歸的壯士」。在《詢問司馬遷》中，作者也是一開始就寫道：「曾經有過多少難忘的瞬間，沉思冥想的猜測著司馬遷偃蹇的命運，痛悼著他災難的遭遇。有時在晨曦繽紛

〔註9〕王充閭：《渴望超越》，見《中國散文論壇》北京大學出版社2003年版，第284頁。

的曠野裏，有時在噪音喧囂的城市中，這位比我年輕十來歲的哲人，好像就站立在自己的身旁。我充滿興趣地向他提出數不清的命題，等待著聽到他睿智的答案，他就滔滔不絕地訴說著許多使我困惑的疑問」。林非主張散文中要有「我」，要有生命的體驗和心靈的感受，以上兩篇作品包括他的《汨羅江邊》等篇，都可視為他的散文理論的實踐。由於有生命體驗和心靈體驗，因而讀著這些作品，我們也像作者一樣激情澎湃、熱血沸騰，感到有一股浩烈之氣，一陣來自歷史深處的悲風撲面而來，從而受到極大的思想和心靈的撼動。同樣的原因，余秋雨的散文之所以打動了那麼多人，這其中當然有文化的思考，有生動的故事性和情節、作家的虛構想像和睿智，以及敘述的灑脫和文字表達上的優美等原因，但同樣不容忽視的一點是，余秋雨那些最優秀的散文，比如《這裡真安靜》《一個王朝的背影》《道士塔》《流放者的土地》等等，都灌注了他豐盈的生命激情和心靈體驗。關於余秋雨散文中的生命問題，我們在上面已有過較詳細的分析，此處不再贅述。

　　史鐵生、王充閭、林非、余秋雨的散文創作，加深了我們對生命體驗的理解。即是說，生命體驗不僅具有直觀性、創造性和超越性的特徵，生命體驗也不僅是一種心靈的感悟，生命體驗還需要「融入」與「傾聽」。融入是指從外部返回生命本身，也是一種外在世界的心靈化、內斂化過程。融入是人在無邊無際的宇宙大自然中「融入」，在融入中獲得生命的內在節律，獲得一種帶有靈性和「神喻」意味的神秘性體驗。以張承志為例，他的「融入」往往是在「靜夜」，是面對濃重而神秘的黑夜時融入。在《靜夜功課》這篇散文中，作者用肌膚去觸摸黑暗，用靈魂去溝通世界，在靜謐孤寂中化入冥冥，於是，「我覺得雙目之下的自己的肉軀，已經溶在這暗寂中了」。是的，這就是生命的「融入」。由於這「融入」，張承志的生命體驗在「瞬間」直達生命的本體和世界的本原，並獲得了一種馬斯洛所說的高峰體驗。這是張承志，自然也是史鐵生、張煒、劉亮程等散文作家體驗生命的主要方式，也是他們的散文逼近「詩性」，並使這種「詩性」有一種沉甸甸的質感的藝術方式。應該承認，這種通過「融入」使激情生命獲得一種詩意呈現的方式，在以往的散文中是極少見到的。

　　與「融入」密切相連、互為表徵的，就是「傾聽」。傾聽是生命體驗的另一種方式，它是個體生命把握人生意義和感受宇宙自然的一種特殊的認識功能。在我國古代，莊子曾有傾聽「天籟」的愛好。在德國浪漫哲學尤其在海德

格爾那裡，也格外強調傾聽。不過海氏貶低觀看，強調凝神靜思的傾聽，主要是要人們傾聽詩人的訴說，通過超驗的沉思即傾聽體悟神靈的話語，並以此抵抗現代的工業文明。而對於散文創作來說，傾聽主要是使散文家更貼近生活的內核，使散文的生命表達更加真實和遠離功利，更能夠體現出生命的審美化。比如在張煒的散文中，當「我」融入野地之後，「我」凝視著大地的遠方，靜靜傾聽萬物的吟唱和大地的心音。當然，「我」也傾聽自己的內心，傾聽神靈的對話，於是，在傾聽中，「我」擺脫了生命的寂寞，體驗到孤獨的蒼涼的美。在傾聽中，「我」還感受到語言的活潑堅硬和力量，它們灑落在野地上，潛藏於萬物間，就等著人們去尋覓與發掘。同樣，正是在傾聽中，「我」學會了謙讓、理解、愛與寬容。質言之，通過傾聽，「我」更加關切人的存在的意義，對藝術的追求也更加虔誠和執著。在這裡，張煒對於生命的傾聽正是為了忠實於生命的本體感覺，為了突出生命的心靈化體驗。的確，正是傾聽，使張煒的這篇散文閃爍著詩意的光輝，使他的靈魂真正「融入」了故土，使他的生命在作品中活潑潑地跳躍……總之，生命的傾聽，使《融入野地》成為當代散文中不可多得的「美文」。

對於一個有理想和文學追求的作家來說，深度永遠是一種渴望，一種對自我的超越。文學包括散文的深度來自作家的信仰，思想的深度廣度，也來自作家的生命意識。一個作家可能沒有信仰，可能思想還不夠闊大深邃，可能他的藝術創造還不夠完美，但只要他執著於生命，並用整個心靈去感受、去融入，去傾聽生命，那麼，他的作品也就具有一種詩性，具有一種能夠打動人、滋潤人的思想藝術營養。特別對於散文這種文學體裁來說，由於它是一種最能體現作家主體的文體，由於它對真實的近乎苛刻的要求，更由於它是一種最貼近心靈的自由自在的言說。因此，散文更需要灌注進生命的液汁、生命的元素，散文惟有包含著大量生命的活性元素，並夾帶著毛茸茸的來自生活的真切感受，散文才能成為雷達所說的「活文」。關於生命意識與體驗之於散文創作的意義，事實上不用我多加闡發，我們只要用心細讀沈從文、史鐵生、余秋雨、王充閭、林非、張曉風、張承志、張煒、雷達、張銳鋒、劉亮程等的作品，相信不難找到明確的答案。

第五章　散文的詩性智慧

　　海德格爾在《詩人哲學家》中指出,「歌與思,皆是構詩的枝幹;他們誕生於在,又入達的真理。」海德格爾用他一貫深奧的哲學語言,證明了這樣一個文學原理:凡屬詩性的都是詩與思結合的產物。然而長期以來,詩之詩性理所當然地獲得了人們的普遍認同,而思之詩性卻常常為人們所漠視。其實,只要將眼光投向人類文明的原初,我們不難看到,那時的思與詩是渾然一體、糅和於先民的情緒和意識之中,並因此形成了意大利歷史哲學家維柯稱之為「詩性智慧」的一種獨特的思維方式。維柯的這一著名概念在《新科學》提出後,便引起了眾多研究者的興趣,自然它也成為我構建「詩性散文」時不可或缺的一種理論資源。

第一節　維柯的詩性智慧

　　詩性智慧,它的前提是詩性,是創造性、想像性和幽默性的審美融合;而智慧,則是對於知識的反思和超越,是對於事物「所是」的穿透性追問。我在第一章中對於《周易》、道、禪以及漢字構造的分析,儘管側重點在於對散文詩性資源的探討,但透過這些分析,我們也可以感到,中國的傳統文化其實是最具詩性智慧的。由於我國早期的詩性智慧我們已有所瞭解,因此在這一節,擬重點談談維柯的詩性智慧。

　　如上所述,詩性智慧是維柯在《新科學》這部著作中提出的一個著名概念,它是人類最初的智慧形態,也是維柯認識世界的一塊基石。在《新科學》一書中,維柯用了一半的篇幅來談詩性智慧。它包括了詩性玄學、詩性邏輯、

詩性倫理、詩性經濟、詩性政治、詩性物理、詩性天文學等諸多範疇。那麼，何謂詩性智慧呢？從人類精神共通性的角度看，所謂詩性智慧，就是人類共有的一種心頭語言。它是建立在感性基礎上，並與哲學的抽象玄奧相對的、具有豐富想像力和創造力的智慧。按維柯的解釋：「詩性智慧，就是創造或構造的智慧，是人類認識世界，掌握世界的一種能力，是人類觀照世界的特殊方法──藝術方式，該方式的核心是幻想、想像。」〔註1〕由於原始人生活在思維的昏暗與混沌之中，他們生來就對事物和自然無知，也沒有邏輯推理的能力，這就注定了他們的思維是一種構建於感性之上的形象思維：「原始人心裏還絲毫沒有抽象、洗練或精神化的痕跡，因為他們的心智還需要完全沉默在感覺裏」。〔註2〕正因其無知，加之渾身是強旺的感覺力和生動的想像力，所以原始諸異教民族對什麼都感到驚奇，而在維柯看來，「驚奇是無知的女兒，驚奇的對象愈大，驚奇也就變得愈大」。〔註3〕在這裡，維柯將詩性與感性、想像、驚奇聯繫起來，無疑是一個非常深刻的見解。不僅如此，維柯還由詩性智慧延展到對兒童天性的考察：「兒童的特點就在把無生命的事物拿到手裏，戲和它們交談，彷彿他們就是些有生命的人。因此，在世界的童年時期，人們按本性就是些崇高的詩人」。〔註4〕維柯的論述使人聯想起馬克思對古希臘藝術中所體現出來的人類童年的天真情態的嚮往：「一個成人不能再變成兒童，否則就變得稚氣了。但是，兒童的天真不使成人感到愉快嗎？他自己不該努力在一個更高的階梯上把兒童的真實再現出來嗎？每一個時代的固有的性格不是純真的活躍在兒童的天性中嗎？為什麼歷史上的人類童年時期，在它發展得最完美的地方，不該做為永不復返的階段而顯示出永久的魅力呢？」〔註5〕維柯和馬克思所共同鍾愛和嚮往的人類童年的天真狀態，究其實也是一種詩性境界。

　　維柯對人類遠古的原生態的考察，和他關於詩性智慧的闡釋，不僅為當代的文學理論，也為當代的散文創作提供了一個反思、切入與整合的獨特的觀察視野。即是說，作為人類文化史上的第一個思維形態，作為人類文學精神的共同原型，詩性一直與其高貴的智慧整合著、貫穿著人類的一切文學實

〔註1〕維柯：《新科學》，商務印書館1997年，第172、173頁。
〔註2〕維柯：《新科學》，商務印書館1997年，第181、182頁。
〔註3〕維柯：《新科學》，商務印書館1997年，第184頁。
〔註4〕維柯：《新科學》，商務印書館1997年，第115頁。
〔註5〕《馬克思恩格斯選集》第二卷，人民文學出版社1992年版，第114頁

踐，滲透進人們的文學思維活動之中。不僅如此，詩性還涉及到本體論和存在論的問題。也就是說，回到詩性，就是回到原初，回到本體，回到常識，並在此基礎上思考一些本原性的問題，諸如驚奇、激情、想像、創造、生命原力，等等。這於當代的散文創作，無疑是有深刻的啟示作用的。因為當代散文創作的一個致命缺陷，就是充斥著太多的小聰明、小智慧、小技巧、小性靈，而缺少原初先民那樣的大智慧、大混沌，那種旺建的生命力、感覺力、想像力和好奇心，因而當代的散文自然也就缺乏一種大氣磅礡、雄渾深厚的氣度，自然也就越寫越精緻，越狹隘，越空虛蒼白。所以，當代的散文要真正獲得一種詩性境界，就必須從原初處尋求「詩性智慧」的支持。這是其一。其二，詩性還意味著回到人類童年的天真狀態。它可以在一定程度上矯正當前散文日益深重的異化狀態。這樣說的意思是：散文本應像兒童那樣天真活潑、純正無邪，但現在，在公共媒體的炒作包裝和俗眾口味的調教下，許多散文已失去了它的本性，成為媚世趨俗，沒有任何文化品位，沒有思想深度和藝術價值的一次性文化消費。可見，在今天這樣的消費時代裏，重申散文的詩性智慧，強化散文寫作的「童年狀態」，不僅具有美學上的價值，更有其深遠的現實意義。

第二節　禪宗式、哲思式和解構式的詩性智慧

瞭解了維柯的詩性智慧，再來看看 20 世紀的散文創作，我們發現有不少散文都體現出了西方特別是中國的詩性智慧。比如在周作人、梁實秋、俞平伯、鍾敬文等人的散文創作中，明顯可以看出他們受到莊子和晚明性靈散文的影響。而在許地山、豐子愷、廢名等人的散文中，又可感受到禪宗的韻致。此外，在林堂、梁遇春、錢鍾書等的散文中，又透露出西方詩性智慧的信息。可見，詩性智慧不但豐富了 20 世紀中國散文的品種，也提高了散文的品格，使散文的內涵和審美性更加深邃豐厚。

但上述作家的作品畢竟都是產生於「五四」時期或上個世紀 30 年代，進入建國後特別是到了新時期，是否還存在著可稱之為「詩性智慧」的散文寫作呢？回答當然是肯定的。下面我將以賈平凹、韓少功和南帆的散文創作為例，考察他們的散文體現出了什麼樣的詩性智慧。

賈平凹毫無疑問是一個傑出的散文家，有人甚至認為賈平凹散文創作的

成就超越了他的小說創作的成就。賈平凹的散文為何會獲得如此高的評價，並長久吸引著廣大讀者的閱讀熱情？我認為其中的一個重要因素，就是賈平凹的散文，有不少帶著禪宗式的詩性智慧。他的這類散文，或寄情於山水，或感悟於生活，或發掘沉積於秦磚漢瓦下的文化，但他落筆的中心不在於臨摹山水的形態，如實記錄各種生活的瑣事或借文化思考民族和文人的命運。對賈平凹而言，他追求的是一種天地人貫通的大境界，一種物我合一，主客體相融的生命頓悟。這樣，在他的散文裏，荒涼、寂寞的大戈壁是一塊「難得糊塗的、大智若愚的地方」而且，由於戈壁經歷了由荒涼、繁榮到單純的變化，所以它又是一幅「現代藝術的畫，畫中一切生物和動物都作了變異，而折射出這個世界的靜穆，和靜穆中生命中的燦爛」(《戈壁灘》)。而在《夜遊龍潭記》中，這個龍潭「四面空洞，月光水影，不可一辨。槳起舟動，奇無聲響，一時萬籟靜寂，月在水中走呢，還是舟在湖山移，我自己早已不知身到了何處，欲成仙超塵而去了」。像這樣神秘、幽靜和空靈的散文，還可舉出《三目石》《樹佛》《生佛》《月迹》《月鑒》《釣者》《冬花》等等。從以上的「禪思美文」中可以看出，賈平凹的詩性智慧的確秉承了中國傳統的藝術精神，同時又是道家思想、魏晉玄學和禪宗的人生哲學的圓融。因此，研究賈平凹的散文不能拘泥於從文字的字面意義來領會其內涵，而是要透過文字，從整體上來把握他作品中的詩性智慧，要在純淨、幽靜、空靈的境界中體會其「韻外之致」和「言外之意」。這正是賈平凹散文的詩性智慧的特色和魅力之所在。

在當代散文家中，韓少功也是一個以智慧著稱的作家。但不同於賈平凹的「禪宗式詩性智慧」，韓少功的詩性智慧主要不是來自於中國的傳統文化，而是更多地帶著西方思辨哲學的特徵。這種以理性思維為基礎，從現象出發而後直逼事物核心的闡釋方式，一旦與智性的大腦、豐沛的心靈相結合，自然會帶來一派散文的新景觀。這一點，我們可以在韓少功的一系列《詞語新解》中得到印證。《詞語新解》與其說是韓少功在散文形式上的獨創，不如說是他的智慧的集中呈現。他根據社會生活的不斷演進，跟蹤動向，搜奇抉怪，對現實生活中的各種詞語進行解釋，既直擊社會世態人心，顛覆了人們的思維習慣，又有深刻獨到的見解，加之筆調的調侃幽默，讀來確實令人捧腹。而在《夜行者夢語》這篇傑出的文化散文中，他更是將詩性智慧發揮到極致：

> 人類常常把一些事情做壞，比如把愛情做成貞節牌坊，把自由

做成暴民四起，一談起社會均富就出現專吃大鍋飯的懶漢，一談起
市場競爭就有財迷心竅唯利是圖的銅臭。思想的龍種總是在黑壓壓
的人群中一次次收穫現實的跳蚤。或者說，我們的現實本來就有太
多的跳蚤，卻被思想家們一次次說成龍種，讓大家聽得悅耳和體面。
不僅批判社會的弊端、人性的弱點，對「後現代」及其信奉者的嘲笑，也同樣
表現出韓少功超人的詩性智慧：

　　　　薩特們的世界已經夠破碎了，然而像一面破鏡，還能依稀將焦
灼成像。而當今的世界則像超級商場裏影像各異色彩紛繽的一大片
電視牆，讓人目不暇接，腦無暇思，什麼也看不太清，一切都被愉
悅地洗成空白。

　　　　「後現代」正在生物技術領域中同步推進著。魚與植物的基因
混合，細菌吃起了石油，豬腎植入了人體，混有動物基因或植物基
因的半人，如男豬人和女橡人，可望不久面世，正在威脅著天主教
義和聯合國人權宣言。到那時候，你還能把我當人？

　　撇開那些精妙的比喻、奇警的意象、簡潔老辣、爐火純青而又富於生活
質感的語言，以及沉靜客觀、舉重若輕的敘述不論，僅就智慧的層面來說，
韓少功的散文無疑已達到了極高的水準。那是一種不以高度的技巧化，不以
修辭的新穎甚至怪異為最終目的的寫作，也不是以獵奇筆調展示個人的隱私
以吸引讀者，或以誇張的姿態橫掃一切、否定一切的寫作；自然，這種寫作
也不可能來自於象牙塔和書齋裏。因此，韓少功的散文寫作既是智慧的，也
是詩性的。他的詩性智慧的源頭活水來自於現實生活的啟示與激發，來自於
他的既出世又入世的人生態度，更來自於他的生命感悟和對於事物的洞徹。
惟其如此，韓少功的散文才有可能成為「智慧的獨語」。〔註6〕

　　相較於賈平凹的「禪宗式詩性智慧」和韓少功的「哲思型詩性智慧」，南
帆散文隨筆中的詩性智慧又別有一番風采，我將其稱之為「解構式詩性智慧」。
關於南帆的散文，批評名家孫紹振先生曾撰寫過幾萬字的長文加以評述。〔註
7〕孫先生認為，南帆的散文是一種「審智」的散文，「它並不依賴於感情，而

〔註6〕陳劍暉：《智慧的獨語——關於韓少功散文隨筆的箚記》，《當代作家評論》1994
　　　年第4期。
〔註7〕孫紹振：《當代智性散文的侷限和南帆的突破》，《當代作家評論》2000年第3
　　　期。

是訴諸於智性，從感覺世界做智性的、原生性的命名，由此衍生出多個層次的紛繽的觀念來，在概念上作語義的顛覆，在邏輯上作審美的走私」。〔註8〕南帆的許多散文隨筆，的確都有著巴特爾、德爾達式解構的特徵。比如《一握之間》，作者從多個角度對「手」進行了解構：拳擊場上手與手的對話，繪畫或攝影中手與手的相握，維納斯斷了雙臂的手，茨威格小說《一個女人一生中二十四小時》中那雙賭徒的手，杜拉斯《情人》裏那對戀人的手，還有恩格斯對人類的手的感歎。當然，如果只是表面化地寫出了各種各樣的手，那麼南帆還不能算是一個具備了詩性智慧的優秀散文家。南帆的智性表現在，他不但解構了手的神聖性，還解釋了手隱含著的無窮的精神意味。比如由手來重新解釋「盲人摸象」現象。對同一頭大象，盲人為什麼會得出如此不同的結論，因為「手的動作使大象和盲人軀體產生了真實的聯繫」，因此，「手的動作使人們的環境成為一個實踐的世界」。再如，手的出現改變了「佔有」的概念。動物使用嘴對付世界，所以它們的佔有即吞咽，而人用的是手，「手使佔有形式成為抓、握、攏；同時，佔有對象超越了食物範疇而出現了精神旨趣」。由此類推，作者又從「佔有」引到社交活動，並將其區分為兩個階段：「面容階段和手的階段」。手的有意觸摸帶來了親密，手比面容更多的表明軀體的意願。正由於手與手之間的接觸、相撫、相握、相擁，一種親密的意味出現了。在這裡，我們看到，「手不僅是軀體賴以操作的一個器官，手同時還成為展示軀體性格的代表符號，甚至凝縮為軀體的簡潔象徵」。正是通過這樣正向、逆向甚至反向的多向思維，通過層層的推理衍化和話語的建構，手最終與軀體、與世界構成了一個內涵豐富的整體。應當承認，在對人們習以為常的事物和概念進行解構和重新命名，在表達的機智和邏輯推理的細緻嚴密等方面，南帆的智性是一流的。但另一方面，理性話語的過分膨脹，抽象邏輯的過於發達，有時也會削弱乃至扼殺散文中的詩性激情，使散文變成可敬可畏而不可親可愛，令讀者望而卻步的智力遊戲。南帆的散文隨筆之所以一方面是獨創的，富於個性色彩且是不可模仿的；另方面又曲高和寡，缺少廣泛的讀者基礎，我想與其缺乏詩性激情有很大的關係。儘管孫紹振先生認為這是南帆為當代散文開闢的一條新路並給予極高的評價，但這條路能否走得通，我十分懷疑。

〔註8〕孫紹振：《當代智性散文的侷限和南帆的突破》，《當代作家評論》2000 年第 3 期。

　　質言之，散文尤其是散文中的隨筆是一種需要智慧的文本，但智慧不是聰明的滑頭和技巧，不是知識的炫耀和賣弄，也不是冷冰冰的理性推理和演繹。智慧從根本上是一種生活態度，一種精神的境界和心血的燃燒，一種帶著生命體溫的可觸可感的文字。散文中的詩性智慧，只有具備了上述的品格，它才能真正燃燒起來；相反，有「智」而沒有「詩」，或者只有一味的抒情而缺少智慧的穿透力，這樣的散文從本質上都不能稱之為具備了「詩性智慧」的散文。

第三節　趣與幽默

　　散文的詩性智慧，需要感性和理性的結合，需要智性的創造性思維；散文的詩性智慧，還需要幽默。因為幽默不但體現了一個人智力上的優越，它還是一種心靈的潤滑劑。因此，散文一旦擁有了幽默，它就會顯得有味且有趣。而趣，正是晚明的散文家十分重視的一個美學範疇。

　　晚明的散文家，一方面高舉「性靈」大旗，提倡自然率真的個性流露，強調散文的靈心慧心；一方面又認為美在於「趣」。趣，既是「性靈」的重要組成部分，也是構成散文的美學境界不可或缺的元素。袁宏道說「世人所難得唯趣」，〔註 9〕「夫詩以趣為主，致多則理拙，此亦一反」。〔註 10〕不僅如此，他們還強調趣的自然情態：「夫趣，得之自然者深，得之學問者淺」。〔註 11〕可見，散文不僅要有趣，而且這趣不是來自紙面，而應是自然天成，是人的天性、真情的流露，這樣的趣才能流轉且多姿多彩。晚明的「性靈」散文之所以以神韻飄舉，趣味盎然，很大的程度上得益於對趣的強調。

　　中國的現代散文從誕生那天起，就從古代散文尤其是晚明小品那裡獲得了大量有益的養料。比如由晚明的「趣」到 20 世紀二、三十年代林語堂等人關於幽默散文的主張和創作實踐，就是這種承傳關係的最好證明。如眾所知，中國的現代散文主要有三條路向：一是以朱自清為代表的抒情性散文；一是以周作人為代表的「閒話」散文；再是以林語堂、梁實秋為代表的幽默性散文。抒情性和閒話散文此處暫且不論，僅就幽默性散文而言，除了上述的林、

〔註 9〕　袁宏道：《敘陳正甫會心集》。
〔註 10〕　袁宏道：《深琢魔師》
〔註 11〕　袁宏道：《敘陳正甫會心集》。

梁兩位大家之外，三四十年代還有錢鍾書、王了一等著名散文家。從 50 年代
開始到 80 年代，大陸的散文界基本上由抒情性散文主宰，直到 80 年代後期，
幽默性散文才開始復蘇並越來越受到讀者的喜愛。這時期較出色的幽默散文
家有賈平凹、王小波、韓少功、孫紹振、南帆等。自然，從總體上看，近半個
世紀以來幽默之風更盛且取得更大成就的，是臺灣的散文。由於較好地繼承
並發揚了三四十年代林語堂、梁實秋、錢鍾書等的幽默傳統，自 50 年代後，
臺灣包括香港不僅湧現了一批以創作幽默散文為能事的散文家，而且出現了
諸如余光中、柏楊、顏元叔這樣的幽默大家，甚至連沉迷於抒情的三毛，熱
衷於罵人的李敖也情不自禁的寫起了幽默散文，由此可見幽默的魅力。關於
大陸和臺灣散文中的幽默問題，孫紹振教授曾寫過專文加以比較，此處不多
加論述。〔註12〕

　　誠如上述，幽默性散文是 20 世紀中國散文的一條主要理路，因此，顯而
易見，全面地研究 20 世紀中國散文中的幽默，絕非本書的任務。在這裡我僅
僅從詩性智慧的視角，對散文中的幽默因素以及幽默與智性的關係作一初步
探討。

　　從詩性智慧的角度來考察，散文中的幽默應具備如下的因素：

　　首先，幽默應有深刻而豐富的精神基礎。在散文中，作家的主體人格智
慧往往是與幽默聯繫在一起的，散文作家總是力圖按照自己對世界的理解，
從獨創性、個體性乃至深刻性方面，將自己整個主體人格即作家內在生命的
能動性和豐富性呈現出來，而幽默所要涉及的主要就是這種人格的精神價值。
這正如黑格爾所說：「真正的幽默要避免這些怪癖，它要有深刻而豐富的精神
基礎，使它把顯得只是主觀的東西提高到具有表現實在事物的能力，縱使是
主觀的偶然的幻想也顯示出實體性的意蘊」。〔註13〕由於有豐富而強大的精神
作支撐，所以作家便能夠從從容容、瀟灑自如、渾然不覺地漫遊於幽默的王
國，於無足輕重的日常生活中見出深刻的涵義，在揭示真相、剖析事理中展
示詩性的智慧，甚至即便是信手拈來，零散且沒有秩序的東西也能碰撞出思
想的火花。在幽默和精神性的聯繫這方面，王小波的散文隨筆為我們提供了
極好的例證。如眾所知，王小波的散文隨筆以對社會文化的批判和幽默而著

〔註12〕孫紹振：《論臺灣和大陸散文中之軟幽默和硬幽默》，《當代作家評論》1995 年
　　　　第 6 期。
〔註13〕黑格爾：《美學》第二卷，商務印書館 1979 年版，第 374 頁。

稱，他的作品中有反諷自嘲，有不倫不類的比喻，有戲謔和幽默，有正理也有歪理，有審美更有審醜，但讀者並不會因他的戲謔、歪理甚至故作庸常而反感，他的作品也不會因此而流於膚淺油滑。這是由於王小波的主體中有一種健全的理性，同時又有一種與生俱來的睿智，他將這種強健的精神性、人格智慧和幽默結合起來，這樣他的幽默散文便擁有了一種難能可貴的深度和力度。

為了更好地說明問題，我們還可以拿孫紹振的散文為例。孫紹振是當代中國研究幽默的大家，然而他的散文創作同樣寫得風趣、機智和幽默。在《美女不獨立論》《美女危險論》《美女荒謬論》等作品中，他以戲謔性的軟性幽默，層層論證美女之難以獨立，美女為什麼危險，以及為什麼美女之美，美在邏輯荒謬，等等，這些作品故意歪理歪推、以歪導正，從而收到了出奇制勝的戲劇效果，使人在捧腹和微笑中接受了作者看似奇談怪論實則深刻獨特的觀點。特別值得一提的是在《論中國狗和西方狗》中，作品先是介紹西方人如何愛狗，不僅為狗選擇貴族化的名校，還為獲得優異的成績的貴族狗校的狗發畢業文憑，並將這文憑和結婚證書一起放在名貴的盒子裏。接下來，作者又用諧趣而輕鬆機智的筆調，向我們描繪狗是如何向「我」和主人撒嬌：

> 因為美國的狗更嬌寵，你一進門，它就撲過來，對你顯示那西方美人般的熱情，把柔軟然而髒得發黑的前爪伸給你握，完全是一派古典浪漫的詩人風範。

狗不但善撒嬌，狗還通人情、懂世故。且看，狗對我「親熱」過後，又開始對女主人獻殷勤：

> 狗對我的熱情大概已經表現過分，也許為了對女主人一碗水端平，乃去「猴」在女主人的大腿上。女主人也就勢將它如嬰兒，如情人摟在懷裏，作包括親吻在內的愛撫。我此時一身輕鬆，狗吐唾也好，狗腥味也好，反正是遠觀他人嗜痂，陡增自身愛潔的優越感。

在對狗進行了一番描述後，作者又轉而站在文化的立場上，從漢民族的集體無意識的歷史積澱角度來剖析狗的卑賤形象和地位。最後再順帶一筆，由中西文化觀念的差異導致對狗的不同評價談到比較文學的困難，並乘機將王朔和玩深沉的歌星們幽了一默。在孫紹振的《論中國狗和西方狗》等幽默散文中，我們不難領略到他的幽默特色：他的作品一般都寫得揚揚灑灑、妙語連珠，文章的層次特別豐富，這裡既有搖曳多姿的文筆，伸縮自如的結構，

又有縱橫馳騁的思維、曲徑通幽的妙想。他的散文一方面有極強的現實針對性；另方面又有著銳利的思想穿透力。這樣，他的幽默便不僅僅是揶揄、諧趣或輕度的諷刺，而且是在更大的文化背景下顯示出其過人的識見和智慧，這種幽默性的智慧就像江河的彎曲或收窄與擴大，每一處的緩解都體現出內在的張力和詩性，而這一切兼具現實和歷史、諧趣和學理、智性的詩性和幽默，無不透視出孫紹振嚴謹的學者品格和率性而為、敏銳自信、飄逸灑脫的主體人格色彩。同時這種帶有詩性智慧的幽默又是被強大豐富的精神性支撐著的。可見，「幽默，可以說是一個敏銳的心靈，在精神飽滿生趣洋溢時的自然流露」。〔註14〕

其次，幽默應是心靈的放縱，應有人性的溫厚。從詩性智慧的層面來看，幽默的高境界不但要以精神為底座，以思想為靈魂，而且必須對人生抱著一種從容達觀自然灑脫的態度。余光中說：「一個真正幽默的心靈，必定是富足，寬厚，開放而且圓融的。反過來說，一個真正幽默的心靈，絕對不會固執己見，一味鑽牛角尖，或是強詞奪理，厲聲疾言」〔註15〕也就是說，一方面，幽默是諧趣的、俏皮乃至自嘲挖苦的；另一方面，它又是溫厚的、超脫的，是人性的滲透和自由精神的解放。過度的憤與嫉，或過於尖銳刻薄，就失去了詩性智慧之要旨，而成為富於戰鬥性和進攻性的諷刺。在這方面，梁實秋的散文值得我們反覆玩味。梁實秋的散文為什麼那樣廣受推崇，為什麼司馬長風認為：「在現代散文作家中，論幽默的才能，首推梁實秋」。〔註16〕因為梁實秋的散文不僅有自己的個性，有「以雅化俗」的本領，但更主要的是，他的散文往往在率真、調諧和比喻中帶著幾分的自然親切和人性的溫厚與寬容，同時他的心靈又是自由放縱的。以《男人》為例，這是一篇來自於日常生活，從普通人性的角度揭示人類劣根性的散文。作者毫不留情地寫了男人的種種缺點：首先是髒；其次是懶，緊接著是饞。此外還有自私，還有「言不及義」等等。當然，如果僅僅寫了男人的種種缺點，這篇散文也就不足為奇了。梁實秋散文的妙就妙在他觀察生活的細緻，描寫的真切、巧妙。在於他善於運用十足生活化，同時又富於機智詼諧、揶揄和凝煉的語言對生活現象進行高

〔註14〕余光中：《幽默的境界》，見《臺灣幽默散文精品鑒賞》，河南文藝出版社 1996 年版，第 3 頁。

〔註15〕余光中：《幽默的境界》，見《臺灣幽默散文精品鑒賞》，河南文藝出版社 1996 年版，第 3 頁。

〔註16〕司馬長風：《中國新文學史》香港昭明出版社 1975 年版，第 135 頁。

度聚焦。如寫男人的「髒」：

　　有些男人，西裝褲儘管挺直，他的耳後脖根，土壤肥沃，常常宜於種麥。襪子手絹不知隨時洗滌，常常日積月累，到處塞藏，等到無可使用時，再從那一堆污垢存貨中揀選比較乾淨的去應急。有些男人的手絹，拿出來硬像是土灰麵製的百果糕，黑糊糊黏成一團，而且內容豐富。男人的一雙腳，多半好像是天然的具有泡莓乾菜再加糖蒜的味道。所謂「濯足萬里流」是有道理的，小小的一盆水確是無濟於事，然而多少男人卻連這一盆水都吝而不用，怕傷元氣。兩腳既然如此之髒，偏偏有此「逐臭之夫」喜於腳上藏垢納污之處反覆挖掘，然後嗅其手指，引以為樂。多少男人洗腳都是專洗本部，邊疆一概不理，洗臉完畢，手背可以不濕，有的男人是在結婚之後才刷牙。

對男人的批判可謂入木三分，不留情面，然而作為男人的我們讀完之後雖略有尷尬，但是更多的是會心的微笑。因為梁實秋對男人的抨擊是善意的。他的幽默調侃中既有心靈的放縱，又有人性的溫厚，有善意的理解與寬容。也正因此，我們在讀其散文時感受到了他的心靈的震動、人格氣質和藝術的神韻，從而達成一種情感的對流、精神的共振和美的享受。相較於梁實秋，林語堂雖然也倡導「智者的微笑」，強調心靈的放縱，但林氏散文中的幽默更多地表現為英國式的俏皮話或驚人語，且時有「掉書袋」之嫌，因而無論從幽默的境界還是其幽默才能的發揮上來看都不及梁實秋。至於錢鍾書，他的幽默才能自然少人能及，他的博聞強記加上俏皮話，特別是他的連類比喻、歪理歪推的幽默才能的確實令人叫絕，獨步文壇。但正如孫紹振先生所言：「在散文中，他是一個過度張揚的智者，他的幽默常常失去幽默家視為要義的寬容。錢先生的幽默過於進攻性，屬於硬幽默」。〔註17〕這是一矢中的的評論。我認為孫先生的見解對於那些恃才傲物，以炫耀智力為能事，或將幽默視為刻薄的諷刺的作家來說是一個有益的提醒和忠告。

　　第三，感性與智性的深度交融。幽默是一種審美的範疇，在藝術的世界裏，幽默無疑有著較高的美學境界。所以，除了強大的精神性、心靈的放縱和人性的溫厚外，詩性智慧中的幽默還必須達到感性與智性的深度交融。所謂感性，在這裡是一種審美的泛化，它包括真切的感情流露，個體的生命感

────────────

〔註17〕孫紹振：《挑剔文壇》，福建人民出版社2001年版，第53頁。

受和體驗，鮮活且富於情趣的語言，還包括各種各樣的比喻、意象等等。總而言之，真正具備了詩性智慧的幽默應是將感受的生動性、豐富性和形象性與理解的深刻性達到深度智慧的交融，並用自由的心靈、豐盈的精神和個體的生命去融匯感性與智性，創造出一種生機盎然、自然天成的幽默境界。在感性與智性的深度融合上，余光中的散文常常有一些出人意表的創設。在《我的四個假想敵》這篇散文中，他別出心裁的採用冷戰時期的語言，設想四個女兒的求愛者為「四個設想敵」，因此，我不僅對其充滿「敵意」，還將自己譬喻為一棵老樹：「我像一棵果樹，天長地久在這裡立了多年，風霜雨露，樣樣有份，換來果實累累，不勝負荷。」而偶然路過的小子，竟然一伸手就要摘果子了。這就難怪「蟠地的樹根絆你一跤！」但儘管「我」多方防範，四處設卡，最後，「堡壘」還是被「假想敵人」攻破了。起先是「假想敵」瞄準了我家的信箱，而後是電話中彈。於是，「嘟一串串警告的鈴聲，把戰場從門外的信箱擴至書房的腹地，默言變成了身歷聲，假想敵在實彈射擊了」。這時，「我」開始後悔「當初沒有把四個女兒及時冷藏，使時間不能拐騙，社會也無由污染」，並由此聯想到了袁枚「情疑中副車」的詩句，說自己「連中了四次副車，命中率夠高的了」。整篇作品的行文亦莊亦諧，充滿了戲謔式的自嘲，但這自嘲又是建立在廣博的學識、豐富生動的感性之上，同時又滲透進明敏的智慧。余光中的《四個假想敵》，包括他的《催魂鈴》《牛蛙記》等幽默散文的成功，說明了這樣一個道理：在幽默散文的創作中，能夠天衣無縫引用古今中外的傳說、典故和詩文，固然能見出作者融匯古今、學貫中西的淵博學識，但這還不是最難的。難的是將沒有生命的東西寫得生機勃發，從沒有形象的地方寫出形象，尤其是將平淡的日常生活寫得富於情趣，這才是真正的妙文。而幽默散文若然達到了這樣的藝術境界，自然也就充滿著詩性智慧了。

第六章　散文的詩性想像

　　散文的詩性想像，本來是構成詩性智慧的一個重要方面。比如維柯就認為，詩性智慧的一個特徵就是想像力與創造力，正是由於具備了豐富的想像力和創造智慧，才有了詩性的語言、詩性的經濟、詩經的物理等等。而就本章來說，強調想像的詩性還包含著這樣的意思：一是突出想像之於散文創作的重要性。因為在以往的研究中，人們總認為想像是詩歌的專利，而重在表現日常生活形態的散文並不需要想像；二是一般都認為散文的基石是真實性。如果有太多想像性因素的介入，勢必會危及散文的真實性原則，使散文變得面貌不清且不可信。應當承認，上述的擔憂並非毫無道理，但若從詩性散文內涵的構成和當下散文創作的態勢著眼，我認為散文其實沒有任何理由拒絕想像的介入。散文拒絕想像無異於自縛手腳、劃地為牢，不僅不利於散文在新的世紀與其他文體同步發展，也將大大削弱詩性散文內涵的豐富性。所以在這一章，我的研究重點是散文的詩性想像。

第一節　好想像與壞想像

　　在以往關於想像的研究中，人們總是不吝對想像加以讚美。比如想像是人類精神的花朵，想像是人的思維的一大樂趣，想像是一種最為神奇最為有用的精神創造性活動，等等。殊不知，想像的花朵並不都是美麗的。想像也有好想像和壞想像的區別。也就是說，想像的價值並不都是相等的，它的內涵質地有豐富貧瘠和高下之分。所以，只是一味為想像拍手叫好，並不是一種科學客觀的態度。

　　事實上，關於好想像和壞想像的區別，美學大師黑格爾從一開始就有著
十分清醒的認識。在《美學》這部巨著中，他一方面充分肯定想像是一種「最
傑出的藝術本領」，是天才的一種創造性藝術活動；另一方面，他又批評了
「輕浮的想像」，認為「輕浮的想像」由於缺乏深思熟慮和厚重的精神含量，
因而「絕不能產生有價值的作品」。〔註1〕當代學者曹文軒在《第二世界》裏，
也提醒人們注意一種「壞的想像」。他舉例說，希特勒的想像就是一種壞想像，
一場世界大戰，僅歐洲就死了四千萬人，可見這樣的想像對人類是一種恐怖
的災難。再如當下的許多小說寫作，也有許多充滿猥瑣描寫、情調惡俗、荒
誕離奇的壞想像。在我看來，曹文軒的這個提醒是非常及時、非常必要和有
見地的。因為壞想像本身就是對人類高貴精神的褻瀆，對創作中的美和自由
的扼殺，也是對於文學中的創造性的破壞。因此，在文學創作特別是散文創
作中，應盡可能避開壞的想像，同時儘量去培植好的想像，這樣我們的文學
才能健全、優美和高貴起來。

　　那麼，什麼是好的想像呢？按我的理解，好的想像往往與博大的精神，
高貴的情懷和廣泛的同情心相伴。即是說，文學創作者首先必須有一種大愛、
大感覺和大境界，還有對於美好事物的尊重和弱小者的悲憫，否則他就無法
去珍惜、去堅守諸如高貴、神聖、公平、正義、責任、承擔、美好、幸福這些
美好的字眼；而想像一旦與這些美好高貴的字眼結緣，它的質地自然就純正
起來，其內涵也就寬厚博大了。明顯的例子是史鐵生的散文創作，假如在《我
與地壇》中，史鐵生沒有以一顆廣泛的同情之心來體恤、感受地壇中各種人
的艱辛和對生命的追求，假如他沒有將個人的苦難與全人類共有的困境連接
起來，他就不可能寫出關於「四季」那樣如詩如幻又如此豐富的美麗想像。
同樣，當蘇軾面對滾滾的長江時，他想像到是「挾飛仙以遨遊，抱明月而長
終。」這裡既有博大曠達的情懷，更有由這種情懷激發出來的美好高貴的文
學想像。正是這種無處不在的詩性想像，長久的吸引了一代又一代的讀者。
相較之下，當代許多散文家的感情世界顯得十分地粗糙與狹隘，其想像力更
顯蒼白和貧乏。這就難怪他們一回憶過去，總離不開故鄉的小橋流水，或沉
溺於一己的小小悲歡之中，而看不到自我之外還有一個更加廣闊的世界。還
有的散文家缺乏健全的理性判斷力，他們只能想像醜陋、粗鄙、灰暗、混亂
和怪誕的東西，而對美好的景象和美好的理想卻不屑一顧。比如有一篇被稱

〔註1〕黑格爾：《美學》第一卷，商務印書館1982年版，第357、358、360頁。

為「新散文」的代表作，整篇充滿了諸如不結塊的糞便、蛆蟲、蒼蠅、浸泡在屎中的死嬰之類的描寫。作者為什麼要寫這些東西？因為在她看來，展示這些東西才是真實、有個性和富於想像力的。但在一個有正常的審美鑒賞力的人看來，這樣的描寫是對於美和真實的踐踏，這樣的想像是一種壞的想像。可見，對於詩性散文來說，關鍵不在於想像力是否豐富，而在於想像力的質量的高下，在於支撐這種想像力的精神和感情世界是否足夠健康、美好和高貴。

好的想像，應具備維柯所說的創造力和生命原力的滲透，因為「藝術作品既然是由心靈產生出來的，它就需要一種主體的創造活動，它就是這種創造活動的產品；作為這種產品，它是為旁人的，為聽眾的關照和感受的。這種創造活動就是藝術家的想像」。〔註2〕可見，由想像激發出來的創造活力，是構成詩性散文的一個重要的方面。當然，由於散文文體的特殊性，它的創造性想像既不同於小說，也不同於詩歌。一般來說，小說的想像側重於形象系統的創造和故事情節的虛構；詩歌的想像固然是建立在現實生活和真實抒情之上，但它更強調抒發感情的非邏輯性和想像的變形變異；而散文因其與日常生活的關係特別密切，故而它的想像雖然超越了日常生活，卻不能無視日常生活的法則。對散文來說，過分地變形變異，完全破壞敘事和抒情的邏輯是不合適的。即便如此，我們也不能由此便得出結論，說散文僅僅以描摹日常生活的圖景為己任。事實上，散文作為一種傾向於心靈書寫和智慧表達的文體，它任何時候都不能離開創造性的想像。這一點只要讀讀莊子的散文便不證自明。現在的問題是，散文的創造性的想像究竟有什麼樣的特殊性？它與詩性又是什麼樣的聯繫？這個問題，我將在第三節加以具體分析。

除了要有博大寬厚的愛、同情心與健全的理性判斷力，以及創造力和生命激情外，好的想像還應是新鮮奇妙的。因為只有新鮮奇妙才能給讀者一種陌生感，引起他們閱讀的興趣。如果寫登山，必然要想像到克服困難；看天空一定引向凌雲壯志；望大海總脫不了寬闊的胸懷……這樣的想像，怎麼能引起讀者閱讀的興趣？然而，巴爾扎克《驢皮記》中的想像，卻讓我們眼前一亮：「她們的雙腳像在談情說愛，鮮豔的嘴唇卻一聲不響」。一個比喻式的想像，令人回味無窮。錢鍾書《圍城》中由鮑小姐裸露的穿著，想像到熟食鋪裏的熟肉，再想像到「真理」與「局部真理」，這樣大膽且出人意表的想像曾

〔註2〕黑格爾：《美學》第一卷，商務印書館 1979 年版，第 356 頁。

讓不少讀者為之拍案叫絕。他的散文《窗》，同樣以新鮮奇妙見長：「窗子打通了大自然和人的隔膜，把風和太陽逗引進來，使屋裏也關著部分春天，讓我們安坐了享受，無需再到外面去找。一個外來者，打門進來，有所要求，有所詢問，他至多是個客人，一切要等主人來決定。反過來說，一個鑽窗子進來的人，不管是偷東西，還是偷情，早已決心來替你作個臨時的主人」。文章先比較門和窗的區別和作用，再想像到從門和窗子進來的人在動機上的不同，而後思路一轉，又想像到進門的女婿和從窗子進來的情人在性質上的顛倒：「繆塞在《少女做的是什麼夢》那首詩劇裏，有句妙語，略為父親開了門，請進了物質上的丈夫，但是理想的愛人，總是從窗子出進的」。正常與反常，理性與荒誕，嚴峻與俏皮相互交織，以及比喻的環環相套，喻體與喻點的錯位，構成了《窗》這篇散文新鮮奇妙的想像。錢鍾書的散文之所以讓那麼多人愛不釋手，其中一個重要的奧秘，我想是因其想像的新鮮奇妙的緣故。

的確，好的想像，猶如欣賞者在幽谷雜草叢中突見名花，為之眼前一亮。好的想像還能夠拓展和昇華讀者的心靈世界，使散文的天空更加明澈純淨。當然，好的想像還必須激發、調動起別的心理潛能，使諸如感覺、知覺、記憶、情感、理智等心理因素一起騰空飛翔。因為想像做為單一的心理能力，它不但具有特殊的、獨立自足的功能，它還具有一種綜合能力。因此，只有當想像搭起一個平臺，成為諸種心理能力的黏合劑和發動機，而後設定一個價值目標，激發多種心理因素，朝著這一價值目標推進，這樣優秀乃至偉大的作品才有可能產生。事實上，文學史上那些偉大的作品，無一例外都是好的想像與其他諸種心理潛能「合力」完成的結果。

第二節　真實與想像

真實與想像的關係，可能是更加貼近散文本體、更加關乎散文發展的問題，所以，有必要在此處單獨拿出來加以討論。我們知道，過去的散文評論包括散文史，幾乎都一致認為散文與小說、詩歌的最大不同，就在於它是一種側重於寫日常生活中的真人真事的文體；換言之，在許多人看來，真實性是散文不可動搖的基石。當然，如果從歷史的眼光來看，這種對真實性的嚴格要求有著深遠的文化傳統背景：中國的散文最早是應用文，後來又與史傳結合。應用文與史傳對題材的要求十分嚴格，不但作品中的人物、大的歷史

事件要符合歷史真實，即便一個細節也不能杜撰。所以左思說：「美物者，貴依其本；贊事者，宜本其實」。〔註3〕這種對「本」和「實」的嚴格要求，對現代散文產生了極其深遠的影響，以致於在相當長的時間裏，人們都篤信散文必須描寫真人、真事、真景物，並將其視為散文的最基本的要求和不容偏離的創作原則。比如周立波在其主編的《散文特寫選》（1962年）的序言中，就寫下一段頗具權威的話：「描寫真人真事是散文的首要特徵。散文特寫絕對不能仰仗虛構。它和小說，戲劇的主要區別就在這裡」。

甚至到了90年代中期，在一篇標榜「散文新觀念」的文章中，還有論者堅守真實性這塊散文的最後「疆界」：「從接受美學的角度，散文如果描寫的不是關於實際發生的事情，而是關於可能發生的事情，讀者就會出現閱讀障礙，如果越來越多的人在散文中像寫小說一樣虛構事實情節，那無疑是『自毀長城』，失去疆界的散文也就失去了散文自身」〔註4〕可見，「真實性」觀念的確立不僅源遠流長、根深蒂固，而且是一種較為普通的散文觀念。那麼，應如何理解散文中的真實與虛構的問題；或者說，我們應怎樣去把握散文中真實的「度」呢？

首先應看到，傳統散文觀念所強調的是一種「再現」式的「絕對真實」。即與作者有著直接關聯的、來源於作者個人的生活經歷。但從散文的創作規律和散文的發展趨勢來看，要使散文所描寫的內容與作者的「個人經歷」完全吻合幾乎是不可能的。這是由於：第一，散文中所表達的「個體經驗」並不完全等同於「個人經歷」。「個人經歷」是個人歷史的真實記錄，它是一種「實在」，是難以更改的，而「個體經驗」是對以往「個人經歷」的一種整合。它一方面已不具備「個人經歷」的即時性和臨場感；另一方面又加進了不少作者主觀想像的成分，比如史鐵生的《我與地壇》，巴金的《海上日出》，都是以「個人經歷」為素材，然而他們的描述又不完全拘泥於個人的經歷，而是一種綜合了各種個體經驗的藝術化表達，我們能說這種表達違背了散文的「真實性」原則嗎？第二，由於散文創作往往屬於「過去時態式」，而按照一般的心理表徵，時間越長，空間越大，越容易造成錯位和誤置。這樣，從親身經歷到記憶中的真實，再到筆下的物象情景，其生活的原生狀態實際上已不可避免的發生了變形。換言之，由於時空的錯位，記憶的

〔註3〕左思：《三都賦》序。
〔註4〕秦晉：《新散文現象和散文新觀念》，《文學評論》1993年第1期。

缺失，主觀意識的介入，作家已不可能在作品中再現原來的真實環境了。第三，也是更為主要的一點，我們發現，進入 90 年代後，隨著文學環境的寬鬆，作家心態的自由和生存方式的改變，散文也變得越來越自由開放了，於是出現了大量「法無定法」，敢於「破體」的作品。比如賈平凹的遊記，就有大量虛構性的成分。余秋雨的《道士塔》《這裡真安靜》等作品，更是將小說的場面描寫、戲劇的情節衝突移植到散文中。至於「新生代」作家的作品，其虛構和想像的成分則更多。事實上，散文的這種偏離「真實」法則的創作傾向不獨發生於 90 年代的中國大陸，早在 80 年代，臺灣一批有志於變革散文的作家便在這方面作出了努力並取得了不俗的成績。比如簡貞的《女兒紅》《秋夜敘述》，林耀德的《房間》和林幸謙的《生命的風格》等作品，均是以虛構、想像和意象的密集奇詭著稱。甚至即便像余光中、楊牧等老一輩散文家，也不甘落後寫出了像《蒲公英的歲月》《年輪》這種在真實與虛構、想像與寓言間恣意穿梭交織的作品。

　　根據上面的分析，我們是否可以這樣說：散文的「真實性」雖然是一個誘人的話題，或者說是一個美好的願望和期待，但對於實際的散文寫作來說，它也僅僅是一個願望和期待而已。因為誠如上述，對於發展和變化了的當代散文而言，「虛構」和「想像」對於散文事實上已是一種宿命，是不可避免的。何況，一切的文本都有虛構性的特徵，散文怎麼能夠無視文學的鐵律而獨擁「真實」呢？既然散文無法迴避虛構和想像，我們又有什麼理由將散文的「真實」原則推向極端，硬要作者按真人真實真景去創作呢？須知：如果作者筆下的一事一物甚至一個細節都必須與現實生活「逼肖」、「吻合」，達到「真實無偽」的地步，那麼，散文作家也就變成了高爾基比喻裏的那條蜈蚣一樣根本就無法動彈、無從下筆了。所以，在清理散文的地基和建構新的散文觀念的今天，我們應拋棄封閉保守的散文觀念，旗幟鮮明地提出「有限制虛構」的觀點。所謂「有限制」，即允許作者在尊重「真實」和散文的文體特徵的基礎上，對真人真事或「基本的事件」進行經驗性的整合和合理的藝術想像；同時，又要儘量避免小說化的「無限虛構」或「自由虛構」。在我看來，只要我們把握好「真實與虛構」的「度」，既不要太「實」又不要過「虛」，則散文的「真實性」這一古老的命題便有可能在新的世紀再現她原有的活力。

第三節 詩性想像的幾個層面

在本章第一節，我們談到了想像的創造性問題，那麼，散文的創造性想像有什麼特徵呢？為了更具體感性的回答這個問題，我打算以張銳峰和龐培的散文創作為例，從三個層面對散文的詩性想像即創造性想像展開分析。

（一）回憶性想像。這是散文中特有的也是最常見的一種想像方式，它包含著兩方面的意向：一是回憶中孕育著想像的要素；二是想像植根於回憶中。為什麼人需要回憶，如果按海德格爾的說法，是由於在現代社會中，人處於無家可歸的狀態，人不僅遺忘了生存，也遺忘了歷史，而遺忘只有靠回憶才能喚回。正是因此，海德格爾對回憶一往情深：「回憶，這位天地的嬌女，宇宙的新娘，九夜之中便成了眾繆斯的母親。回憶，並不是隨便地去思能夠被思的隨便什麼思的東西。回憶是對處處都求思的那種東西的思的聚合。回憶，眾繆斯之母，回過頭來思必須思的東西。這是詩的根和源」。〔註 5〕生命哲學的創始人狄爾泰也認為回憶與想像是不可分割的。在他看來，「那喚起一系列想像的構想過程的力量，來自心靈的深處，來自那被生活的歡樂、痛苦、情緒、激情、奮求振盪著的心靈的底層。」〔註 6〕在這裡，海德格爾和狄爾泰實際上是把想像拉回到回憶的根基上來思考的。那麼，對於散文來說，回憶與想像的關係又是怎樣的呢？我們還是來看看具體的作家和作品吧。比如在張銳鋒、龐培等 90 年代出現的新銳散文家的創作中，我們看到，他們基本上都是以回憶來展開對於自然、歷史和生命的想像。以張銳鋒為例，他的回憶性的散文主要有兩類：一類是以童年的生活為題材，從生命的源頭和人類的「昔日的原料」發掘屬於自己的感悟和體驗，並進行某種超越材料本身性質的深度凝聚，如《倒影》《月亮》《和絃》等就是如此。另一類是諸如《古戰場》《群山》這樣的作品，它們雖然寫的是遠古的墓群，黃河兩岸的群山，但由於它們展示的是我們人類昨日的生活，開掘的是歷史的廢墟，故而這類散文與回憶童年生活的散文有著同樣的性質。自然，如果僅僅是回憶過去，張銳鋒的散文也就不足為奇、無甚可觀。張銳鋒的回憶性散文之所以不同凡響，就在於他在回憶中不僅有超拔的想像、精確細膩的藝術感受，而且時不時穿插進充滿詩性智慧的議論。如在《群山》的第二

〔註 5〕海德格爾：《論人道主義》，轉引自劉小楓《詩化哲學》，山東文藝出版社 1986
　　　　年版，第 136 頁。
〔註 6〕狄爾泰：《體驗與詩》，1929 年德文版，第 182 頁。

節，他這樣寫黃河裏的木船：

> 它含納的時間和節奏與我們得以容身的宇宙密切相關，也將我
> 們的生活分割成一些詩意的片段。在木船移開的位置上，水面迅速
> 合攏，形成精巧的漩渦和葡萄一樣的泡沫。木船是那樣恰當地嵌入
> 河流之中，像木匠精心創作的木樺。漸漸地，你會覺察不到所有移
> 動的事實，時間停止了，你的生命滯留於流水對一些戲劇性的細節
> 的複製之中。幸福在寧靜裏上升。

張銳鋒以舒緩寧靜的敘述，典雅的筆致，精確的藝術把握和哲人般的智慧目
光，對時間和木船在水裏的運動作出了詩性的闡釋，然而他的想像還在繼續：

> 它的形成原本是那樣深懷著大自然的神秘的激情：我感到自己
> 如同一隻螞蟻乘坐在一片由於乾枯而略呈捲曲的秋葉上，這葉子來
> 自遙遠的大樹，我的家園原在那兒，然而在很久很久的一天，秋風
> 來了。它開始是輕輕地穿過樹隙，接著便愈來愈猛烈起來——我緊
> 緊地抓緊自己腳下的事物，便隨著那大樹的小小部分一起來到這河
> 流上。我被這樣一個昔日的標本承載著，以一個渺小的心去感知流
> 動著的大地，感知非凡的宇宙。

在《群山》中，張銳鋒對黃河沿岸的山丘的描寫和想像，對於遠古歷史的幻
想，尤其是對於黃河邊斷崖上的史前岩畫的解讀，都相當精彩，充分體現出
他寓想像於回憶之中的詩性智慧。正是借助於想像的聯繫，我們看到的生活
中的任何片段都不是孤獨的、零碎的，不是真正的片段，而是全部事實的總
和——黃河邊上的山丘不是單獨的一個，山頭上的房屋和窯孔也不是單獨的
一個，黃河上的木船、死去的船工和夜裏的蝙蝠也不是單獨的一個，包括皇
帝的陵寢和陷落的古都也不是單獨的一個。張銳鋒以回憶為根基，以想像為
翅膀，在個體的瞬間體驗中，把過去、現在與未來重疊，把有限與無限、此岸
與彼岸、確定性與假定性互證，把回憶、追思、瞬間體驗化為永恆，這樣，張
銳鋒的散文實際上是把自己置於另一個世界之中，他使自己沉浸到對理想世
界的摹擬的再度體驗之中。於是，他所敘述的時間和展示的場景世界與人類
生活的整個領域獲得了一種共構的、更為深刻的理解。

　　和張銳鋒一樣，龐培也是生長於農村，它的散文基本上都是對少年時期
鄉村生活的回憶。所不同的是，張銳鋒寫的是山西一帶黃土高原的生活，他
的回憶性散文有著黃河一般的闊大與深厚，龐培展示的是江南水鄉的生活場

景，他的筆致要細膩平實一些。比如《鄉村肖像》集中的《小學堂》《白鐵匠店》《搖麵店》《鄉村教師》等，敘寫的都是鄉村生活的圖景，這些散文都寫得十分鋪陳和細緻，而那些生活的情趣、人生的奧秘以及普通人的生存狀態就深藏於這些具象的鄉村場景中。不過在閱讀龐培的這些回憶性的鄉村散文時，我們也感到某些不足。這種不足事實上也是想像力的不足。由於作家過於陶醉於生活場景的鋪陳，同時不加選擇地讓生活「自行」呈現出來，這樣龐培的散文便多少給人以為平鋪直敘和拖沓冗長之感，不像張銳鋒的散文由於賦予回憶以強大的想像力，因而給人以更大的心靈震撼和詩性的感受。

張銳鋒包括于堅、祝勇、周曉楓等的散文給我們以這樣的啟發：散文這種文體的特殊性注定了它要經常寫到回憶，但回憶在本質上是對以往生活的建構，它摧毀了人們的日常生活經驗，打破了人們的思維特性，並將其扭曲了的人性和埋沒了的歷史片段殘跡加以收集和綜合，正是在這個層面上，回憶才可以說是對遺忘的喚回，對日常生活的超越，同時具備了某種哲學的深度和詩性智慧。

（二）細節性想像。散文面對的是大地和現實，詩歌面對的是神祇和天空，所以散文的想像不能像詩歌那樣變形變異，天馬行空，不顧事實。一般來說，散文家較少僅憑主觀臆斷進行想像，他總是將想像落實於現實大地，特別是落實在那些毛茸茸的生活細節上。因此，凡是優秀的散文，其中必然有大量精彩的細節性想像。比如張銳鋒的散文就是如此。在《月亮》這篇追憶童年生活的散文中，他發現了那些童年的幻影既清晰又零碎，既純真又包含著深不可測的意義。為了探查生活的真相併對其作出形而上的智性闡釋，張銳鋒抓住了兩個生活細節展開他的想像。一個是「藏地窖」的細節，另一個是「玩陀螺」的細節。在「藏地窖」這個細節中，他一方面以其敏銳的感受，描寫了地窖裏的陰暗、潮濕、發黴的氣味；另一方面又寫出了「我」先是得意，繼而感到莫名其妙的心理變化。更重要的是，張銳鋒從地窖中「獲得了一種獨特的角度」，並藉此想像到「一個人生道路上彼此尋找的驚險故事」，其中的隱藏與尋找的過程，實際上就是對「人生痛苦事實的一種模擬」。在「玩陀螺」這個生活細節中，張銳鋒講述了「我」對獲得一隻陀螺的渴望，詳細描寫了「我」自製陀螺的過程，特別是具體細緻地寫了「我」如何用鞭子抽打陀螺，使其不停地旋轉。當然，張銳鋒並不是為寫陀螺而寫陀螺，他是借助這些簡樸的生活細節來展開他的想像。比如陀螺借鞭子的抽打才得以旋轉，而

陀螺的旋轉又是「美和神秘靈魂的化身」，而我們人類也是在鞭撻的痛苦中，使靈魂在美的旋轉中得到昇華。這樣借助於細節的精緻描述和智性的想像，童年時代的一個小小遊戲就變成了「來自宇宙及人世間的不公正和隱秘意圖」，並因此探測出生活的深層意義。事實上，許多優秀散文家的散文都十分注意描述日常生活的細節，並通過細節來激發自己的種種想像力，以史鐵生為例，他的《我與地壇》的第三節用各種景物來對應四季，這一節可以說是充滿了想像的天籟之音，然而，在借助想像尋求人生的價值，生命的意義的過程中，史鐵生仍然不忘描寫林中空地上幾隻羽毛蓬鬆的老麻雀，冬天乾淨的土地上一隻孤零零的煙斗，以及爬滿青苔的石階，階下的果皮與階上半張被坐皺的報紙。正是由於散文中綴滿了各種各樣的生活細節，史鐵生對四季的感受和對生命的況味才這樣具體真切，同時使虛無的、看不見摸不著的時間變得有了形狀，甚至有了顏色。可見，散文的創作任何時候都離不開生活細節，只有這樣才有可能使散文豐滿和紮實起來。但是，細節如果沒有想像力的關照，它永遠只能是瑣碎的、沒有意義的細節。因此，散文的生活細節要呈現出光亮，就必須與想像交溶在一起，這是散文獲得詩性智慧的另一條重要路徑。

（三）**想像中的生命創造**。在本章的開頭，我曾經引用了維柯和黑格爾關於創造力和想像力的論述，不過還應看到，儘管想像必須具備創造性，而且這種創造性的想像力是屬於一切文學藝術的。但是，由於散文是一種側重於個性自我，特別是側重於心靈表達的藝術，所以它的創造性想像，還必須有生命情調的滲透和溫潤，這就是黑格爾在《美學》中所論述的：「在這種使理性內容和現實形象互相滲透融會的過程中，藝術家一方面要求助於常醒的理解力，另一方面還要求助於深厚的心胸和灌注生氣的感情」。〔註7〕也就是說，具備詩性的文學作品尤其是散文，不僅要高揚創作主體的創造性想像，而且要在感情和生命情調的層面上有所拓展。因為文學藝術的職責就在於它將生命的現象，特別是把心靈的生氣按照藝術的自由性灌注於作品中。在這個意義上，我們說創造性的想像是對於潛藏於人的心靈深處的生命激情的召喚；而生命激情的灌注，又使得在創造想像中湧現出來的遙遠彼岸顯得更加迷離動人。

張銳鋒的散文創作，是印證生命創造中的想像的最佳文本。在他的散文

〔註7〕黑格爾：《美學》第一卷，商務印書館1979年版，第359頁。

中，我們隨處都可以感受到他的那種源於生命的創造性想像。在《棋盤——寓言之重根》中，他對我們耳熟能詳的古代寓言進行了重構。比如「龜兔賽跑」的寓言，傳統的解釋是兔子之所以去睡大覺，是由於它驕傲自大，所以它落後了。而張銳鋒則從相反的方向作出了新的解釋：兔子因不屑於在不公平的競爭中取勝，所以用睡覺來表示它的抗議和拒絕。這不是什麼「驕傲使人落後」，而是兔子具有一種高貴的氣質。再如「刻舟求劍」也是如此。在張銳鋒看來，那位在船幫上刻下記號的楚人其實並不愚蠢，需要反思的倒是我們過於線性、過於簡單地理解這件事：「楚人所刻的記號是試圖否定船的運動的。這如同古希臘的一些哲學家所提出的『飛箭不動』的悖論。他如果銘記那記號，劍的遺落地址就永遠是清晰的，這一如人類的歷史，它將依賴卷帙浩繁的史卷得以永存，我們以此判斷它並不是全部消失了」。將丟失寶劍的記號刻在船上，從而使事件凝結為一個符號，一個永恆。由此看來，愚蠢的不是那位楚人，而是我們這些自以為是的現代人。這就是張銳鋒的想像，自然也是他的睿智和創造。類似這樣富於想像性創造力的作品，還可舉出《飛箭》。這是一部別致的作品。它長達 4 萬多字，氣勢闊大，結構宏偉，更難能可貴的是它從始而終都充滿著詩性和智慧。作者選取《千家詩》這本古代詩歌的普及讀物作為闡釋的對象，通過某一個詞或某一個畫面深入追問，並調動想像力揣摩詩人寫詩時的情景和心理狀態。於是，經過生命的創造性想像之後，《千家詩》中的那些家喻戶曉的詩篇變成了一個個充滿意味的語言陷阱，而《飛箭》則是為了破譯這些「語言陷阱」而創作的一次超越時空的古人與今人的對話。比如，蘇軾的「春宵一刻值千金，花有清香月有陰，歌管樓臺聲細細，秋天院落夜深深」這首詩，給作家的感受是：「只有內心的淒涼之情能夠使時間停下來，因為他的內心就是一架弄壞了的鐘錶，其指針一直停留在那一刻，那是自己之外的一刻，它不必千金所購。蘇軾寫下這首詩，實際上他已把握了捕獲時間的秘訣，像一個獵人挖下陷阱。詩人的陷阱只設在內心」，同樣，杜甫的「兩個黃鸝鳴翠柳」的名詩，在張銳鋒看來不僅是詩人「孤獨的冥想曲」，更是「從智力上蔑視後人」的千年謎局。其他如對韓愈、朱熹、王安石的詩的闡釋，也都是充滿了這種故意的「誤讀」。自然，誤讀的目的是為了創造，而創造，則需要想像，需要智慧。

　　張銳鋒散文中的想像之所以不同凡響，是因為他的想像不僅是創造的，智慧的，而且是體驗和感悟的。在《棋盤》《飛箭》等作品中，儘管他常常從

抽象的事物寫起，如「時間」、「聲音」、「光」或某一個漢字，但在剖析事物本相的過程中，他始終是從心靈的層面上展開，而且以生命的感受為底色，同時伴之以生動的畫面和新奇的意象。至於像《月亮》《和絃》《倒影》《群山》這樣側重於回憶的作品，他更是從生命的源頭，從歷史的深處來展開想像，並將想像和生命的情調溶為一體，於是，他所創造的，便不是純粹概念化了的哲理思辨，而是一個個詩意豐盈的生活片段，是一種精神上的自由自在的飛翔。由張銳鋒的散文，我們可以得出這樣的結論：只有想像而沒有生命激情的溫潤，這樣的想像是膚淺的、蒼白的；只有生命激情而沒有想像，這樣的散文則有可能因過於焚燒才智或心靈而不能持久，不能闊大。創造性的想像與生命激情倘若能夠互相融合，和諧共振，則是散文創作的福音。在這樣的互惠共振之中，必然會產生出優秀甚至偉大的作品。這一點我們已經在張銳鋒的作品中深切體會到，而在其他一些優秀的散文家如史鐵生、張承志、張煒、韓少功、祝勇、劉亮程等的創作中，我們也可以獲得這樣的佐證。

想像自古以來就和人類密不可分，而且隨著時代的發展和人類一道成長。沒有想像，人類的一切精神文明簡直是難以設想的。同樣的道理，如果沒有想像，也就沒有我們引以為豪的中國散文。從這樣的立場出發。我認為那種排斥散文的想像，認為散文只有聯想而沒有想像的觀點，是不值得一駁的。因為它反映出了研究者對散文這種文體的隔膜，以及立論的主觀武斷、缺乏根據。事實上，恰恰相反，散文不僅和小說、詩歌一樣需要想像；而且，正是想像才體現出了散文的本體精神和藝術魅力，特別在當下，在日常生活越來越科技化、機械化、庸俗化的社會氛圍中，散文更需要借助想像來提升日常生活、超越日常生活，從而使日常生活更加詩意化。正是在這個意義上，我認為散文的自由歸根到底是想像的自由，散文的詩性智慧從本質上說就是想像的智慧。

文化詩性

第七章 散文的文化詩性

　　散文的文化詩性，是「詩性散文」的另一個重要的組成內容。誠如「緒論」所描述的那樣，在我的構想中，散文從本體論的邏輯結構上可分為三個層面：創作主體詩性、文化詩性和形式詩性。其中，創作主體詩性是文本的支柱和主幹，它在創作中居於中心和支配的地位；文化詩性是文本的地基和背景，同時又是連接主體詩性和形式詩性的紐帶，它雖處於從屬的地位卻是詩性散文不可或缺的要素；形式詩性是散文藝術的入場券，它具有審美先驅性和開放性的特徵。詩性散文的三個層次呈現的是一種共時的結構，它們既有內在的邏輯聯繫又有輕重先後之分，既有自己的理論內涵和審美規定性又相互滲透，既有穩定性的一面又處於變化流動之中。正是這種既獨立又彼此依賴、互相滲透的結構狀態，構成了詩性散文的層次感和整體性。

　　眾所周知，中華民族既是一個詩的國度，又是一個散文的大國。散文在中國既是一種文體或體裁，又是一種文化；既是中國文化的一種載體，又是中國文化的一個組成部分，而且在其長期發展的過程中，它自身又逐步積澱和完善為一種散文文化。「散文文化」最初的提出者是散文研究者王聚敏先生，儘管他沒有就此展開論證，但他啟迪、引導我圍繞「散文文化」這一概念，對散文的文化詩性作進一步的探詢和思考。

第一節　文化詩性界說

　　關於文化，正如人們所知，這是一個無所不包的概念。它一方面具有歷史性和傳統性；另方面又有包含著當代性，同時，又有繼承性、發展性和創

造性的特點。英國文化研究學派的理論奠基人雷蒙‧威廉斯認為有六種文化：一種是「理想的」文化定義，在這一指項下文化指的是那些最優秀的思想和經典，這是人類不斷完善自己的過程或狀態。第二種是「文獻式」定義上的文化，這種文化是知性和想像作品的整體，這些作品以不同的方式詳細地記錄了人類的思想和經驗；還有一種是「社會」定義上的文化，在這一層面上的文化是對一種特殊生活方式的描述，這種描述不僅表現藝術和學問中的藝術價值和意義，而且也表現制度和日常行為中的某些意義和價值，是理解某一種文化中「共同的重要因素」。〔註1〕而我國的學者龐樸先生的見解與威廉斯又有所不同。他認為廣義的文化概念應包括物質文化、制度文化和精神文化三個層面的內容。在他看來，「文化的裏層或深層，主要是文化心理狀態，包括價值觀念，思維方式、審美趣味、道德情操、宗教情緒、民族性格等等」，〔註2〕這是文化中最有價值的方面。當然，關於文化概念的定義還有很多，此處沒有必要一一羅列。我想說明的主要有兩點：首先，文化與人的本質問題是緊密聯繫在一起的。按卡西爾的說法，一方面是人創造了文化；另方面文化使人成為人。也就是說，文化在一定意義上就是「人化」。其次，文化是人的一種整體的生活方式。它既包含著人類社會共同的理想意向、生活規範和價值範式，又體現了無數獨立個體的精神性創造。我在下面要探討的散文文化詩性，正是建立在這樣的文化認同上。

　　站在散文的立場上來解釋散文的文化詩性，我認為「文化詩性」應包含這樣的一些內涵：一是對於人類的生存狀態、生存理想和生存本質的探詢，並在這種追問探詢中體現出詩的自由精神特質；二是感應和詮釋民族的文化人格；三是對傳統文化的批判與守護；四是文化詩性還包含著對「還鄉文化」的認同和感受。下面分而述之。

　　關於人的生存的問題，以往一般只在小說、詩歌和戲劇中作過探討，而散文因被視為是「小擺設」、「輕騎兵」一類的「美文」或小品文而極少涉及，這在很大程度上影響了散文表現生活的深度和廣度。其實，散文作為一種人類的文化事業，作為一種最貼近心靈的寫作，它一刻也離不開對人類存在問

〔註1〕雷蒙‧威廉斯：《文化分析》，見羅崗、劉象愚主編的《文化研究讀本》，中國
　　　　社會科學出版社 2000 年版，第 125 頁。
〔註2〕龐樸：《文化結構與現代中國》，見《良莠集——中國文化與哲學論集》，上海
　　　　人民出版社 1988 年版。

題的垂詢。離開了對人的生存狀況，特別是對人類生存意義和生存現狀的追問，散文便只能面對虛無和空洞，最後變成紙做的花朵。而文化詩性正是為了彌補上述的不足而出現的一種研究散文策略，它將在人類生存的根基上，在對歷史文化的思考中發現人的存在意義和生存的理想，並在多重性、多角度的闡釋中使文化更具詩性的因素，也使散文更好地成為審美的生存和詩意的棲居的理想處所。而就自由精神特質來說，它更是散文的題中之義。這首先是因為散文天生就有自由自在的本性，這種本性就像宋代大文豪蘇軾所形容的那樣：「吾文如萬斛泉源，不擇地皆可出，在平地滔滔汩汩，雖一日千里無難，及其與山石曲折，隨物賦形，而不可知也。所可知者，常行於所當行，常止於不可不止，如是而已矣」。〔註3〕這是一方面。另一方面，散文的自由精神還表現在它的視域特別寬廣。它常常越過文學的笆籬，而把思考的觸角伸向藝術、經濟、哲學、歷史、文化乃至整個宇宙間的許多問題，這就要求我們以更大的視野，即從文化詩性的多維視角來研究散文的自由精神，這樣也許會有新的收穫。再說再現和詮釋民族的文化人格，這也是文化詩性不應忽視的問題。因為誠如上述，散文既是文化的載體，又滲透於文化之中，而文化包括文明一方面是人創造的，另方面文化又不斷地改造人、塑造人。一部中華民族的散文史，從某種意義上也就是知識分子文化人格的發展史和演變史。所以，文化詩性的一個任務便是通過文學與文化的詮釋，體現出傳統文化人格的延續性與變動性，不僅再現知識分子在時代變革中的內心衝突，同時還要通過文化人格的發掘去再現一種靈性與浪漫，去把握一種社會文化心理和生命價值取向。至於對傳統文化的批判與守護，也是文化詩性不應迴避的問題。因為文化詩性的價值取向即是面向傳統的文化，同時又以本民族的歷史文化為參照系。文化詩性正是在對傳統文化的描述和解釋中達到對本民族文化的新理解，並發現傳統文化的侷限性，從而為傳統文化的更新和轉型提供現實的策略。最後，文化詩性還要去親歷和感知散文中的「還鄉情結」。由於特定的歷史將人帶離故土，四處漂泊，人失去了根，所以需要「還鄉」。還鄉就是返回到對存在的源初之思上去，還鄉就是尋回失去了的自己的本真，因此還鄉便具有了現象學上的還原的意義——這是海德格爾的觀點。而在我看來，還鄉就是對於童年和故土的懷想。它是以回憶的方式，以個體的親歷性體驗去親近文化、感知文化，並在這種親近和感知中獲得一種快樂幸福與

〔註3〕蘇軾：《答謝民師書》。

精神上的寄託，甚至喚醒了沉睡著的生命激情，所以這種還鄉在本質上是充滿詩性的，它具有別的文化經驗所不能取代的獨特人生內蘊和審美價值。

當然，由於文化詩性具有廣闊的背景和巨大的理論闡釋空間，因此儘管我試圖從四個方面來概括文化詩性的內涵，但這也僅僅是管中窺豹而已，遠未能全部揭開文化詩性的奧秘。事實上，文化詩性的內涵和外延遠不止這些。比如，文化詩性與文學語言在詩性解釋上有何不同，文化詩性與原始神話有什麼共同的思維特徵，文化詩性在人類文化研究中處於何種地位，文化詩性與西方文化詩學有沒有可能構成一種交流的語境，文化詩性在當前頗為時興的「中國現代詩學」的建構中可以扮演什麼樣的角色；或者說，它是否有可能作出自己的貢獻。凡此種種，都需要我們作更為深入的思考，進行更為切實的研究。而這，並非本書的旨趣和重點之所在，也非我的才力所能勝任。不過，作為一個對散文懷著夢想的研究者，我打算從感性具體的文化詩性入手，從更加寬廣的現代性視野來研究散文，並力求對研究的對象給予充分的關注，同時作出既屬於自己，又言之成理的界說。

第二節　文學闡釋中的文化詩性

在界定了文化詩性的內涵後，還有必要進一步探討文化詩性與文化研究和「文化詩學」的關係。

必須承認，進入上世紀 90 年代以後，隨著商業經濟的繁榮和大眾傳媒的發展，文化研究已逐漸取代傳統的文學研究而成為文學批評的主流，甚至有可能發展成為一種壓倒其他批評模式的批評潮流。文化研究與傳統文學研究的不同之處在於：它對精英文化以及文學史上公認的文學經典沒有太大的研究興趣，而對當下的大眾文化，比如後殖民主義、東方主義、女權主義、新歷史主義等被以往的主流文化排斥的邊緣文化或亞文化，文化研究卻表現出極大的興趣。至於像環境污染、性愛、網絡熱、廣告設計、模特表演，乃至裝飾熱、手機熱、小轎車熱，等等，也都是文化研究的解讀對象。總之，文化研究關注當代流行文化，提倡一種跨學科，甚至是反學科的研究態度與研究方法。這對於以往那種書齋式、象牙塔式的傳統文學研究是一種反撥和補充，它有可能使文學研究走向闊大，並更具現實的針對性。然而，從目前我國的情形來看，由於文化研究越來越脫離文本且有無限膨脹的趨勢，加之不注重藝術

的感受和審美的把握，實際上文化研究已愈來愈變成一種沒有詩性甚至是反詩性的機械僵硬的批評概念或批評模式。至於以巴赫金為代表的西方「文化詩學」研究，在我看來是一種較之「文化研究」更有生命力，也更加符合中國的文學語境的研究。因為文化詩學不似文化研究那樣無限地擴張和忽視文本的闡釋。文化詩學既關注歷史，關注形成歷史的各種文本之間的複雜關係，又注重文本的審美闡釋，特別是注重對人類生命情感的理解同情並由此對詩學的歷史進行重寫，比如巴赫金由陀思妥耶夫斯基的小說昇華出「複調小說」的理論，又將拉伯雷的創作與中世紀和文藝復興的民間文化結合起來，並創造性地提出「節日」、「狂歡化」、「儀式遊戲」、「廣場語言」、「文學性戲仿」、「詼諧的自由」等等重要的詩學概念。無疑，巴赫金是 20 世紀最為成功的「文化詩學」理論家，它的成功在於他建構了一個既富思想的洞察力，又是豐富多姿、具體可感動的文化詩學體系，而他所創設的對話性、狂歡性、戲謔性和開放性等理論，至今仍然是最富生命活力，最具啟示性的文化詩學的寶貴成果。

很顯然，我在這裡提出的散文的文化詩性與文化研究和西方的文化詩學有著密切的聯繫，也就是說，它們都是從文化的立場出發去解釋文學作品的生成、特質和功能，並對其進行綜合性的思想內涵和審美價值的評判。但是，它們之間也存在著明顯的區別。這種區別在於西方的文化研究主要致力於現代社會的階級、種族、性別、文化霸權問題，以及意識形態理論包括現代人的精神狀態等方面的研究；而巴赫金學的文化詩學儘管在研究旨趣上與散文的文化詩性十分接近，但巴赫金文化詩學的研究對象主要是小說和神話傳說，其研究帶有濃厚的文化人類學的色彩。而我在這裡所倡揚的文化詩性的研究對象首先是散文。其次，文化詩性的思想資源不是來自於亞里士多德的理性詩學，也不是建立在巴赫金的文化詩學或文化人類學的地基上，它更與後現代主義的文化研究有著本質上的不同。概言之，這裡的散文文化詩性是一種十足中國式的文化詩性。這種文化詩性與我們源遠流長、博大精深的傳統哲學，與民族的文化精神有著內在的聯繫；同時，由於中國是一個詩的國度，詩在中國幾千年的文化史上，散發著經久不息的芳香；而散文則是詩的延伸，是人類靈魂面對現實人生，面對自然，面對家園的真情流露和生命投入。因此，散文的文化詩性往往追求一種詩、史、思的交融貫通，即通過以詩證史，或是以詩言思，通過感性而具體的歷史還原和詩意沉思，去建構一個文化詩

性的範本，並由此體現出民族文化生活的性靈，去激活一種自由浪漫的人格精神。應當說，在這方面，我們的前輩如王國維、陳寅恪、錢鍾書等，已經為我們開闢了一個優秀的傳統，他們無論是「以詩證史」或是「以史證詩」，都試圖以詩去築構歷史的氛圍和再現歷史人物的心靈世界，或從歷史出發去建構詩的文化精神範式。由此可見，散文的文化詩性事實上有著極為豐富的本土思想資源，它既是一種面向當前的即時性解讀，同時也是一種面向歷史，面向傳統文化的文化精神活動和生命感受。

　　文化詩性之不同於文化研究，不僅在於它的邏輯起點是建立在本土的思想資源之上，還在它特別重視對研究對象進行審美性的文學闡釋。文化詩性的文學闡釋主要從兩方面展開：一是詩的體驗。詩的體驗就是從生活著的個體出發去感受現實和歷史，去把握生活的意義和價值。詩的體驗一方面具有內在性、直覺性和穿透性的特徵；另方面又需要生命的灌注，需要心靈的感悟。這就為文化的多重理解提供了可能。也就是說，通過詩性體驗，我們有可能從深層揭示出文化的本質，使文化更具有詩的色彩。二是文化與審美的交融。文化詩性的底座是歷史和文化，然而倘若沒有審美的溫潤，歷史和文化可能只是一些乾巴僵硬的死的材料，而有了審美，歷史和文化就活了起來，不但能給人以美感，而且可以深入人心，給人以智性的啟迪。因此，真正具備文化詩性的散文，它一定具有詩一般的生命激情和難以拒絕的美感。它不僅以一種美學的眼光進入文化的迷宮，用詩性的智慧去探測歷史的真相，而且飽含著作家的真情實感，洋溢著作家心靈的躍動；同時，它的意象、語言和表達必然也是優美的。總之，詩、思、史三者的深度交融，應是文化詩性的一種有意識的追求。當然，文化詩性的文學闡釋還需要借助文化的想像，即通過文化想像將逝去或被人們遺忘的歷史文化復活，或通過文化想像去重建一種詩性的文化空間，從而使文化詩性更加具體可感，更能體現出詩的創造的自由與浪漫的精神特質。概言之，文化和詩性並不是老死不相往來的獨立存在物，也不是一種單向度的運動，它們是互相滲透互相援引的。因此，「通過文學去觀察一個時代的文化風貌與文化精神，同時又通過文化去探究一個時代的文學精神的內在生成過程，這是一種互動的文化與文學解釋方式，它可以使文化解釋與文學解釋具有一種詩意文化氛圍，保證思想的靈性與自由啟示」。〔註4〕

〔註4〕李詠吟：《詩學解釋學》，上海人民出版社2003年版，第356頁。

　　文化詩性打破了原有的散文研究邊界，使散文研究擺脫了以往那種既沒有理論、研究格局又逼仄窄小的尷尬局面。文化詩性一方面關注現實生活，關注當下的文化脈動，並對其進行審美的價值判斷；另方面，文化詩性又反觀古典與傳統，將文學和歷史、哲學乃至宗教結合起來，同時還注意各學科間的交叉與整合。這樣，文化詩性便不僅開闊了散文的創作和研究視野，使散文有可能在廣闊的時空背景下，展示它的生命本質精神和自由自在的個性；而且，由於跨越了原有的散文界限，加之研究視野開闊了，觀念更新了。結果，散文的創作和研究自然也就更具現代的意識，更有可能向整個社會和讀者開放。正是基於這樣的認識，我認為文化詩性的建構不但是有意義的，甚至可以說是 21 世紀中國散文的必然選擇。

第三節　中國散文與中國文化精神

　　從文化詩性的角度來研究散文，不難發現，中國散文與中國文化有著比其他文類更為密切的聯繫。這種聯繫主要體現在三方面：首先，中國是一個崇尚實用理性的國家，儒學從一開始就是一種「經世致用」的生活哲學，它首先是一種倫理學和政治學體系。孔子提倡君子要「立德、立功、立言」，他不僅強調「士」要有責任感，篤信道德規範無處不在，並要求他們要「修身齊家治國平天下」。中國正統文化哲學的這些功能和特徵，在中國歷代的散文中都有著極為充分的體現；換言之，散文在中國古代的出現，首先不是審美的需要，而是因為它是一種實用性很強的文體。這就是為什麼我國第一部散文集《尚書》的內容，大部分是布告、公告、請示報告之類的緣故，也是為什麼在古代，舉凡哲學、政治、經濟、史地的著作，只要不是用韻文寫的，都可歸進散文範疇的道理之所在。至於源於孔子，後經韓愈進一步倡揚的「文以載道」的為文傳統，主要也是坐實於散文身上。也就是說，散文在「興」、「觀」、「群」、「怨」各方面都有著遠勝於其他文類的功用，也許正是這個緣故，散文才被視為中國文學的「正宗」，蓋因其是中國正統的、「經世致用」文化的文學化和通俗化的表述。

　　但是，如果僅僅說中國散文是中國實用文化的文學化、通俗化的記載轉述，那顯然是不夠全面的。實際上，中國的傳統文化中除了占主流地位的儒家哲學外，還有以「道」為核心的老子、莊子的哲學文化和體現這種「無為」、

「無爭」、「無待」思想境界的大量散文。在批評觀念方面，除了儒家的「文以載道」外，還有道家的「文以氣為主」的「氣韻說」，等等。此外，我們還應注意到，中國文化強調「中庸之道」，推崇「中和之美」，注重整體結構的和諧與均衡，追求真善美的人生境界，這種頗具東方色彩的價值取向和審美趣味，也在中國散文那裡引發了綿延不絕的回聲。惟其如此，中國散文雖然在探索宇宙、思索人生、灌注生命意識和理性精神上不及西方散文，但中國散文由於源遠流長，又兼承了中國文化的精神，故而它雖然發展緩慢，卻平穩紮實，不僅時有高潮，而且經久不衰。

除了上述兩方面，中國文化和中國散文的密切關係，還體現在人的情感和心靈的層面上。辜鴻銘說過，中國人因其黏液質而不善思辯窮理，這使得中國人有著赤子之心和成年人的智慧，他們傾向於過一種情感的和心靈的生活〔註5〕。中國人的這種輕理性思維、重感性、心靈和頓悟的文化心理特徵，在莊子、蘇軾那些縱橫捭闔，想像瑰麗的散文中已表現得大氣淋漓，而在被稱為「獨抒性靈」的晚明小品那裡，這種散文與文化的融合又得到了發展。晚明小品雖有對現實黑暗的揭露，但更多的是閒適怡淡的人生況味和幽靜淡遠的田園自然風光的描繪。晚明的散文家崇靈尚趣，追雅求幽，總的創作傾向是由「文以載道」轉向自適消遣。晚明性靈小品的這種美學風範，一方面受到當時日益奢侈的城市風俗和日常生活中追求繁華享樂傾向的影響；另方面也打上了當時士大夫隱逸與參禪，即借求佛問道，遊山玩水，以及清談人生達到明心見性、自覺自解的情感和心靈的烙印。由此可見，中國的文化和中國散文有著一種奇妙的契合：中國文化在很大程度上決定了中國散文的內容和藝術特徵；中國散文反過來又傳達了中國文化的精神。所以我贊同這樣的一種說法：中國散文「是中國文化在我們民族精神產品中的一種『有意味的形式……是中華民族在其特定的文化歷史中積澱成的一種經驗形式」。〔註6〕

以上側重從哲學思想、文化取向和心靈感受等方面來考察古代散文和中國文化的聯繫，如果我們的眼光後移，考察自「五四」以來中國散文的發展歷程，我們會進一步發現一個有趣的現象：在 20 世紀中國散文的發展史上，無論哪一個時期，只要散文與文化結了緣，則這一時期的散文一定興旺發達；反過來，只要哪一個時期的散文與文化脫節，那麼這一時期的散文便難逃蒼

〔註 5〕辜鴻銘：《中國人的精神》、海南出版社 1996 年版，第 32、383 頁。
〔註 6〕汪帆：《新時期散文論集》，河北人民出版社 1990 年版，第 2、3 頁。

白淺露乃至蕭殺凋零的厄運。「五四」時期的散文為什麼會那麼繁榮，各種樣式、各種流派齊備，即朱自清先生說的有記述，有描寫，有諷刺，有勁健，有綺麗，有含蓄，還有中國名士風，有外國紳士風，有隱士、有叛徒。蓋因為「五四」散文小品與傳統文化有著極為深刻的淵源關係，它繼承和借鑒了古代散文特別是晚明小品的養料，又有所突破和發展。同時，那時的散文家又接受了西方的文化包括西方的現代意識，他們在「人的文學」的大旗下，通過散文（當然還有其他的文學樣式）重鑄民族的文化精神和文化性格。正是在「雙重文化」的滲透下，「五四」的散文才成為中國現代散文的第一個高峰。而 30 年代後期到 70 年代這段時間，中國的散文卻每況愈下，最後幾乎走進了死胡同。有的人認為是嚴峻的現實生活扼殺了散文的生命，有的認為是「寫中心」、「趕任務」、「歌頌新的生活和新的人物」使散文偏離了本體，有的則將當代散文的走下坡路歸咎於當年倡導「詩化」和「形散神不散」的理論主張。對當代散文的這些診斷都不無道理。但在我看來，當代散文在很長時間裏整體思想質量的下滑，最根本的原因是失去了文化的根性。由於沒有文化的強大依託，缺少文化血液的涵詠滋潤，散文自然也就沒有內蘊，便不可能走向精神上的開闊與深沉。試看被一些文學史譽為當代散文「三大家」的楊朔、秦牧、劉白羽的散文，因為他們散文的總體基調與文化本體相背離，所以儘管他們的散文在記敘描寫中不乏藝術性，甚至還透出一種「詩意」的美，卻因內容的失真和欠缺文化的內蘊，最終受到了讀者的非議與棄置。與此相反的情況是：進入 20 世紀 90 年代，中國的散文又出現了「五四」散文那種「亂花漸欲迷人眼」的繁榮景象。這其中有經濟轉型、社會心理和審美風尚轉變等等原因，但不容忽視的一個事實，是 20 世紀 90 年代當代散文的文化品位提高了，文化內涵比以往豐厚了，這種文化「增值」的結果是，當代散文相應地增加了思想藝術魅力。這一點不僅從余秋雨的《文化苦旅》廣受歡迎便可得到應證，也可以從所謂「老生代」散文的走俏獲得啟示。由於以張中行、金克木、季羨林為代表的老一輩學者先天帶有中國傳統文化的因子，加之他們獨特的人生經歷和豐富的人生智慧，而為文時又能擺脫「文以載道」的束縛，以自適隨意和平實恬淡的語體表達他們對於現實的褒貶和人生的感悟，這樣他們的散文隨筆自然也就為讀者所鍾愛。「老生代」和余秋雨等的「大散文」啟示我們：散文要豐厚，不能沒有文化；散文要耐讀，不能沒有文化；散文要擺脫庸俗淺陋，更需要文化的定力。

　　為什麼文化在散文中如此重要？甚至於可以說文化是散文的根本。從文化哲學的角度來看，散文是人的精神創造的產物，而人則是文化的動物。人的身上如果沒有文化或者說人失去了創造文化的能力，人就不能成為真正意義上的人。而從散文與文化的關係而言，文化對於散文的重要性至少可以在如下幾個層面得到體現：其一，散文的文類的包容性特徵，決定了它離不開文化。因為散文不僅是最自由自在地抒發作家的感情和思想的文體，而且散文的題材領域十分廣闊，正所謂「蒼蠅之微，宇宙之大」盡收散文作家眼底筆下。不僅如此，散文還往往喜歡「跨文體」，舉凡文學、藝術、歷史、哲學、經濟、地理人文，都可以到散文的「客廳」中作客，同時，散文還常常逸出本位與小說、詩歌和戲劇交融。正是文體的巨大包容性和類別邊緣的模糊性為文化的介入提供了便利；或者說，因散文本身的觸角十分闊大，所以它自然成為整個人類心靈活動的記載，因其跟「整個人類的生活和思考方式都保持著密切的關係，這樣從文化學的角度來說它也就不能不具有重要的意義了」。〔註7〕其二，衡量一篇散文的優劣，散文作家人格的文化構成是一個重要參數。由於散文家是一種文化的存在，他創造著文化，同時也為文化所規範。故此，優秀的散文家，一般來說都是自己民族在特定時期的文化精英。這就從創作主體的角度啟示我們：散文要有效地拒絕俗化，要貼近文化的本體，成為創作主體人格智慧的藝術體現，散文作家就不能不強化自身的文化素養。事實上，「五四」時期那批散文大家和 90 年代「老生代」學者型散文家的成功，就從正面證實了文化功底、文化感悟力和傳統文化因素對於散文尤其是當代散文創作的重要性。其三，散文是整個人類心靈活動的真實記錄。因此，一個民族散文品位的高低，其實也反映了這一民族整體素質的高低。我們讀中外優秀散文家的散文，它們無不體現出作家寬闊的情懷、廣博的知識；同時，又善於從個體的角度思考人類的命運。正是由於他們的努力，散文才成為民族和人類文化建設的基石，成為一個民族的心靈寫照和人類文化進程的最為真實的見證。

〔註7〕林非：《林非論散文》，江西高校出版社，2000 年版，第 269 頁。

第八章　文化散文的詩性品格

　　在上一章，我主要從理論層面上對文化詩性的概念和方法進行了界定，並在此基礎上分析了文化詩性和西方的文化研究以及文化詩學的區別，論證了文化與文學解讀，以及與中國傳統文化精神的聯繫，最後還探討了文化詩性之於散文研究的價值。在本章，我將接著上面的理論思考，通過對一些優秀的文化散文的考察，以此來進一步豐富我心目中的那種既注重理論闡釋和理論規範，又感性具體、注重感情的灌注和生命體驗的文化詩性研究範式。

第一節　對存在方式和自由精神的詩性質詢

　　在對文化詩性的內涵進行界定時，我曾指出對人類存在問題的關注，是文化詩性思考的一個重要基點。為什麼文化詩性要特別重視人的存在問題？因為第一，所有的文學，都不能離開生存本身，都應當關注現實和歷史中的人的不同存在方式。文學不是沒有依持的精神高蹈，不是空洞的情感宣洩，更不是單純的技術主義和遊戲式的自我放縱。文學說到底是寫人，是寫人的命運，表現人的生命形態的。而人永遠在生活著，他生活在特定的歷史環境，生活在自己所設定的生活方式和個人的領域中，所以任何一個有深度、有責任感的作家都力圖進入社會生活，挖掘出生活中的人性因素，人的生存的豐富性和獨特性，以及生存的質量和人存在下去的理由。在我看來，這就是文學對生存意義的詩性質詢。這種質詢，是小說、詩歌和散文共有的深度模式之所在，也是考量我們的小說、詩歌和散文達到了何種水準的世界性的度量衡。遺憾的是，在過去，由於理論認識上的偏差，我們的散文要麼就是沉溺

於風花雪月之中，要麼是寫生活中的一些小事情，羅列一些表面的現象，在美學風範上則崇尚古典優雅，講究精雕細琢，而獨獨忽略了對人的生命方式和生存意義的質詢。這樣一來，散文在表現生活的深度和廣度方面，自然也就遠不及小說和詩歌，這也是散文長期以來內部匱乏，並因這種匱乏而落後於小說和詩歌的原因之一。而現在，散文將在文化詩性的張揚中加強對人的生存方式和生存意義的質詢，這是其一。第二，每一個人都是現實生活中的人，同時也是歷史中的人，文化中的人。每一種歷史，每一種文化在每個不同的個體生命中，都有著不同的存在方式，呈現出不同的存在意義。散文既然從屬於歷史，從屬於文化，從屬於人類的精神創造，它就應當從文化詩性的角度出發去闡釋人的存在意義，並通過人的生存的發現去昭示歷史的演進、文化的價值和民族的思維方式與審美品格。正是在這個意義上，我認為散文的文化詩性在本質上也就是一種存在的詩性。它通過對存在的思考發現了存在的意義，而存在意義的發現又反過來強化了這種詩性，使這種詩性成為人類文化中最為美好、最為燦爛的品質。

如上所述，散文中的文化詩性即存在詩性在以往的散文創作中基本是一片空白，不過進入上世紀 90 年代以後，由於抒情的淡出和思想的凸現，特別是由於在散文領域中確定了知識分子的存在方式和說話方式，散文作家心靈的自由和個人的話語權利獲得了保障，這樣，散文中的個體存在，個人的生存方式、生存際遇和生存經驗也就受到了普遍的關注。特別在那些文化散文中，人的存在和存在意義更成為散文作家們探索的重點，比如余秋雨的《蘇東坡突圍》《遙遠的絕唱》《青雲譜隨想》《西湖夢》《流放者的土地》等作品，便是在寬闊的歷史文化的背景下思考人的存在的問題。只不過與別的作家不同，余秋雨集中探討的是中國知識分子的生存狀態，或者如散文研究者王堯所說，「余秋雨散文深刻展示了一個貫穿他整個創作的主題：圍困／突圍成為知識分子生存的基本衝突」。〔註 1〕《蘇東坡突圍》便充分展示了這種圍困與突圍的複雜性。在作品中，蘇東坡這位世界級的大文豪為什麼活得如此狼狽艱難？不但被多次流放到荒涼邊地，甚至差點被迫害致死。因為像蘇東坡這樣的曠世之才並不能見容他所處的時代，而中國的「世俗社會的機制」，特別是各種「文化群小」更是「圍困」蘇東坡的強大而邪惡的力量，正是他們的窮凶極惡的檢舉揭發，給蘇東坡的生存帶來了巨大的災難。在《蘇東坡

〔註 1〕 王堯：《知識分子話語轉換與余秋雨散文》，《當代作家評論》2000 年第 1 期。

突圍》中，作者一方面用具體生動的材料，寫出了蘇東坡因遭圍困而面臨的各種生存困境，同時給予「文化群小」以極度的蔑視；另一方面，作品又細緻地描寫了蘇東坡精神上的痛苦，心靈上的孤獨無告。此外，還寫出了蘇東坡雖然獲罪，但仍「扁舟草履，放浪山水間，與樵夫雜處」的樂觀灑脫的性格和人生態度。正由於《蘇東坡突圍》從多個角度多個側面來表現蘇東坡作為知識分子一員的被重重圍困與他的突圍，這樣作品中的人的存在便不是一套僵硬的說教，不是一個空洞的符號，而是生動可感、有血有肉的生命和人格的構成。當然，更能觸動我們的文化良知，引起我們靈魂為之顫動的是這樣的一些文字：

> 長途押解，猶如一路示眾，可惜當時幾乎沒有什麼傳播媒介，沿途百姓不認識這就是蘇東坡。貧瘠而愚昧的國土上，繩子捆紮著一個世界級的偉大詩人，一步步行進。蘇東坡在示眾，整個民族在丟人。

> 小人牽著大師，大師牽著歷史。小人順手把繩索重重一抖，於是大師和歷史全都成了罪孽的化身。一部中國文化史，在很長時間一直捆押在被告席上，而法官和原告，大多是一群擠眉弄眼的小人。

經過了各種生存的苦難，尤其是經過了痛苦的自省，蘇東坡終於找回了存在意義上的自我。他漸漸回歸於清純和空靈，並在淡泊和靜定中體味著自然和生命的原始意味，這其實是一種生存意義上的昇華，也是一種脫胎換骨後的成熟。面對這種成熟，作者禁不住用詩性的筆調加以讚歎：

> 成熟是一種明亮而不刺眼的光輝，一種圓潤而不膩耳的音響，一種不再需要對別人察言觀色的從容，一種終於停止向周圍申訴求告的大氣，一種不理會哄鬧的微笑，一種洗刷了偏激的淡漠，一種無需聲張的厚實，一種並不陡峭的高度。勃鬱的豪情發過了酵，尖利的山風收住了勁，湍急的溪流匯成了湖。

儘管上述的文字曾一度遭到某些酷評家的尖銳攻擊，認為余秋雨將蘇東坡的被捆紮上升到「民族」和「歷史」的高度，是一種廉價媚俗的煽情。但在我看來，這樣的描寫和抒情是十足詩性的。很難設想，如果沒有以個體的生命價值為核心，將文化的思考、哲學的概括和詩的激情融匯在一起，那麼根本上也就沒有余秋雨的「文化散文」。何況，余秋雨的抒情還是有節制的，遠沒有達到感情泛濫的地步。

　　當然，「突圍」並不是終極的目的，突圍是中國知識分子特有的一種話語方式，突圍是個體存在意義上的詩性質詢，突圍也是知識分子對於自由精神的一種執著追求。《蘇東坡突圍》中的突圍是如此，《青雲譜隨想》也是如此。這篇散文中的徐渭、朱耷、石濤等或孤傲，或孤狂，或瘋癲，然而他們的個體精神卻是強悍的，他們筆下那一個個地老天荒般的殘山剩水，那些孤獨的鳥和怪異的魚，其實正是他們內心世界的寫照，是他們對於權貴的蔑視和對於自由精神的祈求。特別值得一提的是《遙遠的絕響》這篇散文。此文為我們展示了另外一個心靈世界的奇特的人格天地──魏晉時期那些「風流」的人物。是的，在魏晉這樣一個無序和黑暗的「後英雄時期」，人的生命存在方式是奇特和脆弱的，而文人名士的生命同樣不值錢。但即便在這樣的時代，一種獨特的個體生存方式，一種對於自由追求的精神仍然從黑暗、混亂、血腥的擠壓下飄然而出。比如阮籍，他喜歡一個人駕著木車游蕩，木車上載著酒，沒有方向地向前行駛，沒有路了，他便嚎啕大哭，哭完便喝酒，然後又是無目的的駕車游蕩。他遊戲官場，淡泊名利，但聽到一位極有才華又非常美麗的女孩死了，他卻莽撞地跑去弔唁，並在靈堂裏大哭一場。與此形成反差的是他的母親去世時，他竟然既不哭也不拜。阮籍的這些行為，在禮教森嚴的中國古代社會裏，應當說是十分奇特怪異的，然而正是在這種離經叛道中，孕育出了一種被魯迅激贊不已的「魏晉風度」。至於嵇康，也和阮籍一樣是一個「異數」。只不過他對存在意義和自由精神的追求比阮籍更執著、更明確和更徹底，因此他的生命樂章也就更明麗和更響亮。嵇康的「非湯武而薄周孔」，「越名教而任自然」等宣言，在當時簡直是振耳聵聾。自然，嵇康也為此付出了生命代價，但他的《廣陵散》卻和阮籍在廣武山中的悠揚而高亢的長嘯一樣，都成了一種「遙遠的絕響」。

　　在「文化散文」的寫作中，像余秋雨這樣側重於反映知識分子的個體生存狀態的作家和作品還可以舉出許多。比如在王充閭的《青山魂》中，作者以「現實存在的李白」和「詩意存在的李白」這兩個角度來展示李白的存在狀態，並通過他們之間的巨大反差，「形成了巨大的內在衝突，表現為試圖超越卻又無法超越；頑強地選擇命運卻又終歸命運所選擇的無奈，展示著深刻的悲劇精神和人的自身的有限性」。李白的個人際遇和他對於個體的自由獨立的嚮往，包括他的佯狂痛飲，其實在很大程度上反映出了幾千年來中國文人

的圍困與突圍的心路歷程。在以曾國藩為主角的《用破一生心》中，王充閭展示的是另一類知識分子的生存狀態。曾國藩追求的是「內聖外王」，即一方面要建立非凡的功業；一方面又要做天地的主人。這就注定了他的一生只能在戰戰兢兢、如臨深淵，如履薄冰中度過。儘管他以匡時濟世為人生旨歸，以修身進德為人生之本，特別是儘管他為了建立功名，流芳百世而不惜「用破一生心」。然而因為失去了存在的本原，失去了自然本真、自由活潑的自我，所以，「他的生命樂章太不瀏亮，在那淡漠的身影後面，除了一具猥猥瑣瑣、畏畏縮縮的軀殼之外，看不到一絲生命的活力，靈魂的光彩」。由於王充閭從人性的角度來解讀曾國藩，並充分展示了他生命個體存在的全部複雜性和特殊性，這樣，儘管在他之前已有很多人寫過曾國藩，但王充閭仍能寫出新意和深度。這裡的奧妙在於王充閭有深厚豐富的文化底蘊作依託，同時又將詩性、將生命意識和心靈體驗投注於描寫對象中，於是，王充閭的散文創作也就獲得了某種超越。

除了較集中地反映知識分子的個體生存狀況和對自由精神的追求外，在文化散文中，還有不少作品觸及到了普通民眾的生存狀態，以及對這種生存體驗的文化體驗與感悟。比如素素的「東北獨語」中的《老溝》，由河寫到河中的金子，由金子寫到淘金者的生存狀態，以及女人對於金子的渴望和她們的悲慘命運：「在金子的光芒裏，男人女人都是怪物。金子永恆，人不永恆，這或許就是人比金子可悲的地方」。「淘金者被金子吸引，女人則被淘金者吸引。那漂在河上的胭脂，其實是女人空殼的青春」。不僅如此，作者還由「老溝」聯想到了更為宏闊的「西部」：「我不知道西部有沒有金子，只知道西部有黃沙。知道自古以來，去西部的路上也很擁擠。去西部的人沒有一個是為了生存，為了金子。他們或是尋找一個精神，或是為那種精神去死」。而到「老溝子」淘金的人，臉上只有欲望和渴念。他們儘管沒有朝聖者的殉道精神，但在某種意義上，他們的生存更本真，更具人性的色彩。素素的另外一些作品，如《移民者的歌謠》《女人的秋韆》《火炕》《煙禮》等，表現的也都是東北這一特殊地域普通百姓的生存狀態，這些作品一般都有十分具體可感的生活細節和既蘊含著濃厚的文化意味，又有對個體生命的真切感受。因此，它們是素素散文創作中最為出色的篇什。

第二節　再現和詮釋民族的文化人格

在尊重文化，尊重生命，尊重人的個體存在的前提下，文化詩性散文的另一個引人注目之處，便是對於民族的文化人格的再現與詮釋。

上一節我們在分析蘇東坡、阮籍、嵇康和李白的性格、命運和他們「突圍」的心路歷程時，事實上已涉及到了民族文化人格的問題。比如《遙遠的絕唱》裏那些在生命的邊界上艱辛跋涉的名士，其實已經為整部中國文化史作出了某種悲劇性的人格奠基。「他們追慕寧靜而渾身焦灼，他們力求圓通而處處分裂，他們以昂貴的生命代價，第一次標誌出一種自覺的文化人格」。魏晉名士們的風流、風度和風姿，確實就像一陣怪異的風，它掀開了中國知識分子自在自為的一方心靈秘土。這是中華民族賴以發展的基礎和靈魂。然而大量的事實表明：要使中華民族的文化得以繁衍並富於創造的精神，僅有焦灼掙扎、自由乖戾的文化人格還遠遠不夠。中華文明要不斷發展壯大並走向現代性的臻境，更需要建構一種積極進取、堅韌博大的文化人格。而余秋雨的《一個王朝的背影》和《風雨一閣》，向我們展示的就是這樣的一些民族文化人格。

《一個王朝的背影》之所以是文化散文中的精品，就在於它在廣闊恢宏的文化背景下建構了一種強健開放的文化人格。作品中的康熙雖是一個皇帝，但他同樣是一個歷史之子，是文化中人。在他身上固然有一代帝王的標識，但更重要的是知識分子的人格氣質的流露。在作品中，我們看到，這個少數民族出身的皇帝不僅比明代歷朝皇帝更熱愛和精通漢族傳統文化，更主要的是，它具有強壯的體魄、健全進取的精神和超乎尋常的生命力，他「把生命從深宮裏釋放出來，在曠野，獵場和各個知識領域揮灑，避暑山莊就是他這種生命方式的一個重要吐納口站」。他勤奮好學，視野開闊，有剛毅的性格和開放的胸襟，因此他請來了大批西方傳教士，向他們學習西方數學和歐幾里德幾何學，甚至還認真研究天文學、曆法和醫學、化學，這確實超越了歷代的帝王，也使當時一大群冷眼旁觀的漢族知識分子大為震驚。不僅如此，在《一個王朝的背影》中，作者還深刻地反映了政治和文化的衝突以及展示了文化的巨大力量：「一切鬥爭都是浮面的，而事情到了要搖撼某個文化生態系統的時候才會真正變得嚴重起來。一個民族，一個國家，一個人種，其最終意義不是軍事的、地域的、政治的而是文化的」。正因為文化太有吸引力，它的力量實在是太巨大，所以，連大學者王國維最後也要以生命來祭奠它。在

這裡，我們看到，文化事實上變成了生命、變成了詩性，至於王國維為了文化投水而死是否值得？這已經是另外的一個問題了。

要是說，《一個王朝的背影》展示的是一種強健開放的文化人格以及文化的力量和韌性，那麼《風雨天一閣》探討的是與此相關的一個命題：基於健全人格的文化良知。作品中的天一閣的創建者范欽正是這樣的文化人。他的官不大，但他敢於頂撞當時的權貴郭勳，甚至連嚴世藩也不放在眼裏。當然，他的文化良知，主要體現在他創造了天一閣藏書樓及對藏書樓的管理和保護上，他以一種超越意氣、嗜好和才情的意志力，以一種冷峻得不近人情的理性提煉了文化良知，使藏書變成一種清醒的社會行為，一種文化的傳承和民族精神的凝聚。然而，要建成一座藏書樓並不是難事，而要保護住藏書樓，使這一文化遺產一代代傳下去，就不是常人所能勝任的事情了。事實上，《風雨天一閣》敘寫的重心，也就是范欽和他的後人如何保護藏書樓的過程。作者說：「我不知道保住這座樓的使命對范氏家族來說算是一種榮幸，還是一場綿延數百年的苦役」。當活到 80 高齡的范欽終於走到了生命盡頭，當他將遺產分成兩份，一份是萬兩白銀，一份是藏書樓，讓大兒子范大沖和二媳婦挑選。當大兒子毫不猶豫首先挑選了藏書樓，並決定撥出自己的部分良田，以田租作為藏書樓的保養費用時，作者禁不住感歎道：

> 就這樣，一場沒完沒了的接力賽開始了。多少年後，范大沖也會有遺囑，范大沖的兒子又會有遺囑……後一代的遺囑比前一代還要嚴格。藏書的原始動機越來越遠，而家族的繁衍卻越來越大，怎麼能使後代眾多支脈的范氏世譜中每一家每一房都嚴格地恪守先祖范欽的規範呢？這實在是一個值得我們一再品味的艱難課題。在當時，一切有歷史跨度的文化事業只能交付給家族傳代系列，但家族傳代本身卻是一種不斷分裂、異化、自立的生命過程。讓後代的後代接受一個需要終身投入的強硬指令，是十分違背生命的自在狀態的。不難想像，天一閣藏書樓對於許多范氏後代來說幾乎成了一個宗教式的朝拜對象，只知要誠惶誠恐地維護和保存，卻不知是為什麼。按照今天的思維習慣，人們會在高度評價范氏家族的豐功偉績之餘揣想他們代代相傳的文化自覺，其實我可以肯定此間埋藏著許多難以言狀的心理悲劇和家族紛爭，這個在藏書樓下生活了幾百年的家族非常值得同情。

的確，天一閣的歷史是富於悲劇性的，這種悲劇性自然也是詩性的。儘管范欽的子孫們並不完全清楚他們所管理和維護的藏書樓的全部價值，但憑著傳統知識分子的文化良知和心靈深處那份純潔的情結，他們仍然傾盡全部的心力來保護藏書樓，從而使藏書樓歷經幾百年而頑強地屹立著。當然，在《風雨天一閣》中，具有文化良知的知識分子不只是范欽和他的子孫們，這裡既有撰寫了《天一閣藏書記》，從而使天一閣聲名遠揚的大學者黃宗羲，還有為了阻止書商將天一閣藏本賣給外國人，而想方設法搶救天一閣樓藏書的現代出版家張元濟，甚至即便是那位為了想登上天一閣讀點書，於是下決心嫁給范家，但因家規的限制而終身都未能登上天一閣樓板的錢繡芸小姐，在她的身上，同樣體現出了一種頑強且崇高的文化良知。正由於有這麼多的厄運和這麼多的文化良知的投入，因而天一閣便不僅僅是一個獨立的存在。事實上，天一閣已經成了一個象徵，一種文化的隱喻。它使我們聯想到中國文化史的艱難曲折的歷程，聯想到一個古老的民族對於文化的渴求是何等地迫切，又是何等地悲愴和神聖。

總的來看，余秋雨散文中的文化人格主要有三種類型：一是追求自由獨立但又多少有些神秘乖戾的文化人格；二是強健開放、積極進取的文化人格；三是具有聖潔和崇高的文化良知的文化人格。由於余秋雨將文化人格的建構和昇華作為他的文化散文創作的一個中心，而這種文化人格的建構又以現代性的文化價值觀作參照，同時以中國傳統文化的獨特認知和情感體悟為依託，在此基礎上，再配之以詩性的生命激情和文化想像。此外，還有一套屬於「余秋雨式」的個體的話語，這樣，余秋雨文化散文中的文化人格的建構自然便比以往散文中那種純粹從政治層面或道德層面的人格建構要開闊得多，也複雜和深刻得多。我以為，文化人格的建構是余秋雨對中國當代散文的一個貢獻，當然也是「文化詩性」不可或缺的內涵之一。

第三節　對傳統文化的批判與守護

文化詩性既然主要是以傳統文化和民族文化精神作為建構的對象，那麼，它就必然要從文化自身出發對豐富複雜的文化現象進行詩性的反思與價值判斷。因為隨著時代的變遷和社會越來越趨向於科學化和物質化，一方面傳統文化正在不斷地被消解，特別是在文化價值取向上日益趨於世俗，同時有一

些傳統文化又顯然不適應現代性的要求，甚至成為阻窒文明的發展和健全生命人格形成的消極因素，這是一方面。另一方面，歷史是一條不斷的河流，傳統文化的生命和活力永遠蘊含於其內在的文化精神中。我們說傳統文化綿延不斷，其實是指寓於歷史和傳統中的文化精神有一種特別強大的生命力和韌性，它使得我們今天的一切文化評判和文化創造有所憑據，所以毫無批判地接受傳統文化或輕易地否定傳統文化，並不符合文化詩性散文的基本立場和寫作態度。

　　在對傳統文化的批評和文化精神的維護方面，我們還是以余秋雨為例。因余秋雨這方面的散文不但寫得特別多，而且見解也較為獨到和深刻，而他的表達又是既富文化詩性又富哲理詩性的。他對於傳統文化的批判，可以歸納為對中華民族三種文化形態的批判：

　　（一）毛筆文化批判。中華民族作為世界上最早進入文明的種族之一，它曾讓人驚歎地創造了獨特而美麗的象形文字，還創造了簡帛、紙和印刷術，而與這一系列創造和發明相聯繫的就是創造了世上獨特無二的一種「毛筆文化」。可以說，當整個中華民族的知識分子都操作著一副筆墨，寫著一種在世界上十分獨特的毛筆字的時候，事實上它就傳達了一種獨特的文化精神、心理習慣和生命信息。余秋雨不愧為慧眼獨到的文化散文大家，他敏感地抓住了這一獨特的文化現象，並運用他的詩性和哲理的思考，寫出了頗為別致的文化散文《筆墨祭》。在文中，作者首先肯定毛筆文化是產生於特殊的文化傳統和社會氛圍中的「一個完整的世界」。它不僅是一種共同的技術手段，而且是中國古代文人的一種基本的生命形態：「一種包括書寫者、接受者和周圍無數相類似的文人們在內的整體文化人格氣韻，就在這短短的便條中洩露無遺。在這裡，藝術的生活化和生活的藝術化相溶相依，一枝毛筆並不意味著一種特殊的職業和手藝，而是點化了整體生活的美的精靈」。接下來，作者又將毛筆與古代的一些傑出的書法家的生活和書法聯繫起來，具體展示書法家是怎樣在苦練書法的同時也在修煉自己的生命形象。特別是將毛筆與「五四」運動，與胡適的白話文，與林琴南的翻譯，與陳獨秀、周作人等新文化運動的宿戰聯繫起來，並在「五四」新文化和傳統文化的碰撞，在人的生命人格的構建與耗散中對「毛筆文化」進行了切中肯綮的批判：「本該健全而響亮的文化人格越來越趨向於群體性的互滲和耗散。互滲於空間便變成了一種社會性的認同；互滲於時間便變成了一種承傳性定勢。個體人格在這兩種力量的拉

扯中步履維艱。生命的發射多多少少屈從於群體惰性的薰染，剛直的靈魂被華麗的重擔漸漸壓彎。請看，僅僅是一枝毛筆，就負載起了幾千年文人的如許無奈」。不能說毛筆文化不令人肅然起敬，不能說以毛筆文化為其精髓內蘊的中國傳統文化不輝煌燦爛，但正如作者接下來所分析的那樣：它太「過於迷戀承襲，過於消磨時間，過於注重形式，過於講究細節，毛筆文化的這些特徵，正恰是中國傳統文人群體人格的映照，在總體上，它應該淡隱了」。由毛筆而傳統文化，而人的生命狀態，再由生命狀態延伸到中國傳統文人的群體人格，最後得出的結論是「在總體上，它應該淡隱了」。當然，「淡隱」並不是消亡，並不是完全否定。因為「這個民族的生命力還需要在更寬廣的天地中展開，健全的人格需不斷立美逐醜」。儘管「對美的祭奠」有時「最讓人消受不住」，但為了中華文明的前行，為了民族文化人格的健全發展，我們非如此不可。這就是余秋雨的《筆墨祭》和其他一些相類似的文化散文的結論。

　　（二）夜帆船文化批判。與「毛筆文化」在題旨上緊密銜接的，是對於「夜帆船文化」的批判。夜帆船，歷來是中國南方水鄉苦旅長途的象徵，同時也是中國文化的另一個內蘊豐富的象徵。由於余秋雨生活於南方水鄉，他是聽著「篤篤篤」的夜航船的聲音長大的，因而夜航船以及它所涉及的鄉風民俗及歷史給他留下了難以磨滅的印象。於是，他寫出了可以與《筆墨祭》相比美的《夜航船》。此文採用回憶性的表現手法，以童年的生活印象為素材，先寫自己對夜航船的認知和感受，寫許多山民如何為夜航船失眠，特別是細緻地描狀了夜航船裏的各種人生世態。這一部分寫得自然質樸，十分生動傳神，且富於南方水鄉的生活氣息。接下來便寫到明代張岱的著作《夜航船》，作者說張岱寫《夜航船》其實是一個瀟灑幽默的舉動。由於張岱這位大學者是夜航船中的常客，他在乘船的切身體驗中，深感「天下學問，唯夜航船中最難對付」。所以發心寫一本介紹中國一般文化常識的書，使士子們不致於在類似於夜航船這樣的場合獻乖露醜。沒想到，張岱的這一即興性的瀟灑舉動，竟啟發了余秋雨進一步探究「夜航船文化」的衝動。他以出色的文化感悟力和高度抽象概括的理性思維，在夜帆船緩慢的航行進程中，細細品位著已逝的歷史陳跡，包括明代的社會氛圍，知識分子的滿足於清談和炫耀知識，或為千百年前的某個細枝末節爭得臉紅耳赤，以及魯迅，周作人和豐子愷等文學大家對夜航船及兩岸景物的描述，這樣，在「細細品味」和比較中，作者終於領悟到：中國文化的進程，正像這艘夜航船：

　　　　船頭的浪，潑不進來；船外的風，吹不進來；船行的路程，早
　　　已預定。談知識，無關眼下；談歷史，拒絕反思。十年寒窗，竟在
　　　談笑爭勝中消耗。把船檣托付給老大，士子的天地只在船艙。一番
　　　譏諷，一番炫耀，一番假惺惺的欽佩，一番自命不凡的陶醉，到頭
　　　來，爭得稍大一點的鋪位，倒頭便睡，換得個夢中微笑。

然而此時，大洋的彼岸又是如何的情形呢？此時，法國誕生了狄德羅，另一
部百科全書便是在此人手上編成。但「這部百科全書，不是談資的聚合，而
是一種啟蒙和挺進。從此，法國精神文化的航船最終擺脫了封建社會的黑夜，
進入了一條新的河道」。自然，作者拿狄德羅的百科全書與張岱的《夜航船》
作比較，其用意不在於批判張岱，而在於指出這樣一個事實：中國的「夜航
船文化」，實際上正是造成中國古代的士大夫文化因循守舊、閉關自守、崇尚
空談，脫離民眾和實際的特殊的社會土壤。由於上述的原因，中國的夜航船
才這樣狹小平穩，而且遲遲達不到現代的彼岸。這確實體現出了一個現代知
識分子對文化，對學術的獨特的思考。至於此文對生活場景的生動逼真的描
寫，它在文化還原方面所體現出來的開闊的文化想像，以及象徵對比等表現
手法的出色運用，則在很大程度上強化了這篇作品的文化詩性。

　　（三）隱士文化批判。隱士指的是封建社會具有較高的文化知識和道德
修養的士人。儘管他們的才能智慧高出於一般人甚至有較大的名氣，但他們
卻不願入仕，而寧願隱居山林，過著一種原始化和貧困化的生活。由於隱士
潔身自好，追求一種怡然自得，沒有功利目的的生存境界，因而自古以來，
隱士一直受到人們的尊敬和頌揚。然而，余秋雨卻不這樣看。在《西湖夢》
中，他一反傳統的文化價值評判標準，對西湖邊的隱士林和靖進行了不客氣
的批判：

　　　　他似乎把什麼都看透了。隱居孤山 20 年，以梅為妻，以鶴為
　　　子，遠避官場與市囂。他的詩寫得著實高明，以「疏影橫斜水清淺，
　　　暗香浮動月黃昏」兩句來詠梅，幾乎成為千古絕唱。中國古代，隱
　　　士多得是，而林和靖憑著梅花、白鶴與詩句，把隱士真正做道地、
　　　做漂亮了。在後世文人眼中。白居易、蘇東坡固然值得羨慕，卻是
　　　難以追隨的……然而，要追隨林和靖卻不難，不管有沒有他的才份。
　　　梅妻鶴子有點煩難，其實也很寬鬆，林和靖本人也是有妻子和小孩
　　　的。哪兒找不到幾叢花樹、幾隻飛禽呢？在現實社會碰了壁，受了

阻，急流勇退，扮作半個林和靖是最容易的。

這種自衛和自慰，是中國知識分子的機智，也是中國知識分子的狡點。不能把志向實現於社會，便躲進一個自足小天地自娛自耗。他們消除了志向，漸漸又把這種消除當作了志向。安貧樂道的達觀修養，成了中國文化人格結構中一個寬大的地窖。儘管有濃重的黴味，卻是安全而寧靜。於是，十年寒窗，博覽文史，走到了民族文化的高坡前，與社會交手不了幾回合，便把一切沉埋進一座座孤山。因為認定社會現實和仕途官場充斥著黑暗和污濁，因而不願與俗流同污，而願意在大自然中尋找寄託，使靈魂有所安頓，這本來也是一種特殊的生存方式和生存理念，其選擇應當說是無可厚非的。問題是，知識分子是一個特殊的群體，他們是一個民族前行的推動者，因而他們應有比較強健硬朗的主體意識和理性思考的精神。如果知識分子都像林和靖那樣隱居孤山，終老荒林，那麼春去秋來，梅凋鶴老，文化也就成了一種無目的的浪費，封閉式的道德完善導向了總體上的不道德，結果群體性的文化人格也日漸暗淡。而與此相聯繫的文明的進化、國家民族的現代性目標也因此被取消，「剩下一堆梅瓣、鶴羽，像書籤一般，夾在民族精神的史冊上」。這樣的文化批判，應當說是入木三分，具有強烈的現實意義的。

但是，應當看到，對於傳統文化，余秋雨並不是一味地批判。對於傳統文化，余秋雨既有批判也有守護，他的批判是為了使文化的詩性具有更強的理性負載能力。《廢墟》這篇散文便典型地體現出了余秋雨對歷史文化的態度。此文一開篇便寫道：「我詛咒廢墟，我又寄情廢墟。」為什麼既「詛咒」又「寄情」呢？因為廢墟一方面「吞沒了我的企盼，我的記憶」。另方面，理性的思維又使「我」意識到：「沒有廢墟就沒所謂昨天，沒有昨天就沒所謂今天和明天。廢墟是課本，讓我們把一門地理讀成歷史；廢墟是過程，人生就是從舊的廢墟出發，走向新的廢墟。

廢墟不僅是人類進化的長鏈，廢墟還有「一種形式美，把拔離大地的美轉化為皈依大地的美。再過多少年，它還會化為泥土，完全融入大地。將融未融的階段，便是廢墟。母親微笑著慫恿過兒子們的創造，又微笑著收納了這種創造」。這裡是化抒情為理性的沉思，化醜為美的寫法，也體現了作者對待廢墟的科學辯證的態度。在文章的最後兩節，作者更由對眼前的廢墟的描述，上升到對歷史文化的深刻反思。作者指出，「中國歷史上缺少廢墟

文化」，這反映出中國人喜好大團圓的文化心理。他說：「中國歷史充滿了悲劇，但中國人怕看真正的悲劇。最終都有一個大團圓，以博得情緒的安慰，心理的滿足」。然而，「沒有悲劇就沒有悲壯，沒有悲壯就沒有崇高。中國人若要變得大氣，不能再把所有的廢墟驅逐」。作品的最後一節，作者更用詩性的筆調寫道：

> 廢墟的留存，是現代人文明的象徵。廢墟，輝映著現代人的自信。
>
> 廢墟不會阻遏街市，妨礙前進。現代人目光深邃，知道自己站在歷史的第幾級臺階。他不會妄想自己腳下是一個拔地而起的高臺。因此，他樂於看看身前身後的所有臺階。
>
> 是現代的歷史哲學點化了廢墟，而歷史哲學也需要找素材，只有在現代的喧囂中，廢墟的寧靜才有力度；只有在現代人的沉思中，廢墟才能上升為寓言。
>
> 因此，古代的廢墟，實在是一種現代構建。
>
> 現代，不僅僅是一截時間。現代是寬容、現代是氣度，現代是遼闊，現代是浩瀚。
>
> 我們，夾帶著廢墟走向現代。

顯然，作者的視野開闊，想像力十分豐富。作者思考的問題十分宏大，他先從具體的廢墟寫起，由廢墟的歷史文化價值寫到廢墟的形式美，再進而深入到對民族文化心理的批判，最後再上升到對現代文明建設的思考。作品的思考是現代的，但作者的表達卻富於詩性。它不僅有作者自己的人生感悟和體驗，而且文筆暢達華麗，敘述中激情飛濺。總之，文化與歷史、感性與理性、想像與激情三者的融合，形成了余秋雨散文中一種獨特的「廢墟的美」。

關於余秋雨及其散文，我已經說了太多的話。這並非我對余秋雨特別偏愛，而是他的文化散文確實是我的文化詩性的最佳範本。儘管他的散文有史料方面的硬傷和程式化操作的不足，儘管余秋雨因這些缺陷和另外一些原因而遭受到猛烈的攻擊和責難，但由於他的散文集中展示了中國文化的苦難歷程，由於他的展示是睿智同時又是富於詩性的，因而他的散文創作獲得了巨大的成功，並滿足了廣大讀者經久不息的審美期待。從這個意義上說，余秋雨不但開創了一個「文化散文」的時代，還極大地擴大了中國當代散文的影響，提高了中國當代散文在廣大讀者心中的地位。其實，只要我們回顧一下

余秋雨之前中國當代散文可憐亦復可歎的尷尬處境，我們大概也就不會因一些細枝末節而一味地苛求、指責余秋雨，相反地會實事求是地來評價他，並對他抱著足夠的理解和敬意。

第四節　文化詩性中的還鄉體認與宗教關懷

文化詩性首先要追問特定歷史中的人特別是知識分子的存在方式，探究人的生存理想和生存意義；同時，文化詩性還要再現和詮釋知識分子的文化人格，對傳統文化進行批判和守護。除此而外，我認為對還鄉文化的認知和擁有一定的宗教關懷，也是文化詩性不應忽視的內容。

散文作家與特定地域的關係，這是文學研究的一個老話題。由於作家出生或常年生活於某一地域，他不僅對該地域的山川景物、風土人情、信仰習慣、價值觀念和心理結構特別熟悉，而且對「原鄉」有著一種文化上的「積澱性」與「記憶性」，這樣即使有的人後來離開了故鄉，但故鄉的山川人文和童年的生活記憶仍然潛藏於他的創作意識之中，而且隨著時間的推移和空間的轉換，這一切在作家的腦海中會越來越鮮明和美好，這方面有許多作家的優秀作品可作佐證。我在上面分析過的余秋雨的《夜航船》《吳江船》《江南小鎮》等，都是「還鄉文化」的代表作。當然，在尋求文化的詩魂，表達還鄉的文化情懷方面，汪曾祺的散文也頗具個性和特色。汪曾祺大半輩子都在北京度過，耳濡目染了北京文化的精妙，於是他寫了《胡同文化》這篇散文，不僅準確的描寫了胡同文化的特徵，寫了北京市民的文化活動以及胡同居民愛瞧熱鬧不愛管閒事的性格，更通過胡同的記敘描寫批評了一種封閉保守的文化，即北京下層市民安分守己、逆來順受、自我滿足和忍耐屈從的性格特徵，而這，正是胡同文化在時代大潮的衝擊下衰敗和沒落的原因。汪曾祺寫北京的胡同固然精彩，他寫故鄉高郵同樣透出濃鬱的文化氣息，請看他的《故鄉的食物‧端午的鴨蛋》：

> 我的家鄉是水鄉，出鴨。高郵大麻鴨是出名的鴨種……高郵鹹鴨蛋的特點是質細而油多，蛋白柔嫩，不似別處的發乾、發粉，入口如嚼石灰。油多尤為別處所不及。高郵鹹蛋的油是通紅的。蘇北有一道名菜，叫做「朱砂豆腐」，就是用高郵鴨蛋黃炒的豆腐。我在北京吃的鹹鴨蛋，蛋黃是淺黃色的，這叫什麼鹹鴨蛋呢！

在《故鄉的食物》系列中，汪曾祺還寫到故鄉的「炒米和焦屑」，寫到河裏的虎頭鯊、昂嗤魚、硨螯、螺螄、蜆子，寫到野鴨、鵪鶉、斑鳩等野禽，還寫到枸杞、芥菜、馬齒莧等野菜……汪曾祺如數家珍，以散淡然而又有情有味的筆調向讀者介紹他的故鄉的風味吃食和風俗民情。事實上，他是在吃食和風俗民情中，抒發著他對故鄉的思念與摯愛，以及寄寓著他對世事人生的感歎。我們知道，「民以食為天」。中國的傳統文化一方面崇尚和諧，以靜為本，以「和」為貴；一方面順應人情，重視常識，講究日常的生活經驗，體現了一種享受現世的樂觀精神。汪曾祺寫故鄉、談文化的散文正是體現了這樣的一種文化心態──一種植根於農業文明的淡泊自然，雍容寧靜的久違了的士大夫情趣。從這一點看，汪曾祺是深諳中國傳統文化的獨特表現方式和精妙之處的。當然，如果以「題材決定論」的標準來衡量，汪曾祺的散文則是不那麼「夠格」的，因他描敘的題材過於瑣碎平常，既見不到時代風雲的激蕩，也沒有一唱三歎的抒情，但倘若從文化本體的角度來評人衡文，則汪曾祺的散文無疑是上乘之作。汪曾祺在《〈汪曾祺小品〉自序》認為，好的散文小品應有三個特徵：一是「帶有文化氣息」；二是「健康的」；三是「悠閒的」。這三個條件是汪曾祺散文創作的前提，也可以說是散文的「文化本體性」的最好注腳。正因為具備了豐厚的傳統文化和地域文化的內涵，所以即便不寫重大題材，不去表現人類的永恆主題，但由於汪曾祺真實地展示了原鄉的文化，他不僅把握住了原鄉文化的獨特的文化精神，而且使其具有詩性的文化韻律，這樣，他的散文自然便具有超越地域和時間的審美價值。

在表現地域的文化意識方面，有特色的散文作家除了汪曾祺外，還可列舉出賈平凹、劉成章、素素等等。比如賈平凹，儘管他和汪曾祺一樣都深受傳統文化特別是晚明「性靈小品」的影響，在審美情趣上都傾向於自然淡泊和諧和空靈的境界，但賈平凹畢竟常年生活於秦地，故而他的《秦腔》《商州初錄》《五味巷》寫西北的山川地理、人文風物、風俗習慣又別有一番風采。劉成章的《安塞腰鼓》《壓轎》《轉九曲》等散文，也有著十分濃厚的陝北地域文化意味。此外，像素素的「東北獨語」系列也頗具文化色彩。如《移民者的歌謠》由東北的「二人轉」寫到移民張代五家，又由張代五家寫到整個東北的移民身世；《煙禮》寫了東北人愛抽煙的習慣和獨有的生活方式和心理狀態；《黑顏色》則通過張作霖和座山雕的考察，對東北的土匪文化進行了分析。素素的這些散文，既折射出東北地域文化的特質，又有著真切的生命感受，

這使她的散文不僅具備民間的意味，且透出厚重的歷史感和宏闊的空間感。

　　倘若說，還鄉文化以其獨特的地域色彩，特殊的文化象徵給散文以無盡的滋潤，使散文更能觸動讀者那條最柔軟、最溫馨和純真的神經，那麼，宗教的關懷則是從人類普世關懷的角度折射出創作主體的心靈質量和精神向度。如眾所知，中國並非一個宗教氛圍十分濃厚的國度，但這並不表明中國的文學與宗教沒有密切的聯繫。遠的姑且不論，僅就「五四」時期的作家而論，魯迅、周作人、鄭振鐸、許地山、郁達夫等作家，都或多或少在作品中涉及到宗教性體驗。而就散文創作來說，現代文學史上也同樣留下了不少帶有佛意禪理的散文名篇。比如鄭振鐸的《大佛寺》，葉聖陶的《兩法師》，俞平伯的《獨語》，郁達夫的《花塢》，弘一的《最後之懺悔》，豐子愷的《還我緣緣堂》《無常之慟》，等等，這些散文，或以宗教故事作為散文創作的題材，或以佛教文化作為參照來思考中國新文化的建構，或借助故事與人物滲透進某種宗教性的體驗。但不管如何，作家在創作這類散文時都有一種平和與寬容的心態，因此我們閱讀這類作品時也就有一種親近和純淨之感。遺憾的是，當歷史進入到二十世紀中葉之後，在大一統意識形態的規範之下，散文中的宗教文化意識幾乎喪失殆盡，直到 80 年代中後期到 90 年代初，宗教文化意識才又在散文中復蘇。其代表作家是賈平凹、張承志和史鐵生。賈平凹的散文之所以在上世紀 80 年代擁有大量的讀者，甚至連頗為挑剔的三毛也為之傾心，這其中一個重要原因，就是他的散文中透出一股佛境禪味。他的散文喜歡選擇月、石、水作為描寫對象，這裡既有作家審美的偏愛，更有他對於禪宗的虛、靜、空境界的追求。在《夜遊龍潭記》裏，他寫道：「四面空洞，月光水影，不可一辨。槳起舟動，奇無聲響，一時萬籟俱寂，月在水中走呢，還是舟在湖山移，我自己早已不知身到了何處，欲成仙超塵而去了」。賈平凹的《月迹》《月鑒》《坐佛》《釣者》等一大批散文，大抵都有佛教的空靈超脫和禪宗的幽趣。與賈平凹在散文中追求「平常心」，寄情於山水不同，張承志散文中的宗教情緒是狂熱、孤傲和偏激的。這種決絕的「精神聖戰」雖能給人以心靈的震撼，但其破壞性也顯而易見。因此，我更欣賞史鐵生散文中的宗教。那是一種從個體的苦難和人類的困境出發；在沉思冥想中將自我融進天地萬物，同時能夠與上帝對話宗教的精神：一方面，他認同宿命，聽從上帝的安排，並由此產生了深深的感傷迷茫；另方面，他又渴望在精神上超越苦

難，希望通過感悟能「識破」上帝的詭計，並在「識破」即追求和創造的過程中體現人生的價值。於是，在史鐵生的散文中，宗教感既是使人類擺脫困境，激發人的情感和創造力的心理和精神依託，也是他的散文之所以通脫和深沉闊大的主要思想資源。

應當承認，在表現宗教文化方面，臺灣的散文要比大陸的散文自覺和廣泛。比如五六十年代以來，臺灣就出現了林清玄、林新居、黃靖雅、王靜蓉、李瑛棣等一批自稱佛家弟子的散文作家，還有琦君、張秀亞、張曉風的散文也常透出宗教的情懷。他們提倡寬恕精神，主張回歸自然，心繫菩提，以東方的愛心和詩性去洞照人生，洗滌心靈的塵埃。舉例說，在林清玄的《佛鼓》中，作者見到燕子禮佛、游魚出聽，於是參悟到眾生皆有靈性，它們懂得「時時驚醒」。那麼人作為萬物的靈長，理應更注重內心的磨洗修煉，使心境空靈澄明，擺脫各種名繩利鎖的羈絆。在這裡，作者關注的不僅是自我心靈的淨化，而且深深為一個個在現代都市中活著的「死魂靈」而惋惜。事實上，臺灣的許多宗教文化散文都不約而同地關注這樣一個現實問題：在現代工業文明和文化工業的衝擊下，在人的主體價值被肢解，精神家園正在荒蕪的嚴重時刻，人類如何保持心靈的安定與人格的圓融，而宗教，它從來就是人類精神的守護者，是支離破碎、機械單一的當代生活的黏合劑。正是因此，臺灣的散文作家將宗教作為拯救自我，進而普度人類的良方，這固然多少有點無奈，但它確實使臺灣的散文創作獲得了較深廣的文化意義。

正如神話、傳說、歷史等等都是文化詩學的題中之義一樣，散文的文化詩性也不應排斥宗教。宗教特有的那種象徵性與神秘性，那種專注於心靈的純淨和澄明的渴求，那種寧靜從容的訴說，那種「飄飄何所似，天地一沙鷗」的境界，都顯示了一種文化詩性的旨趣。它可以使散文的創作和研究更貼近現代人的心靈，也更具古典主義的意味。事實上，散文不是一種單獨的存在。它要獲得一種深度的解釋，就必須與歷史、哲學和宗教結合起來，惟其如此，散文才能展示人類文化的深層結構，成為一個民族、一個時代的文明的標誌和審美的探測儀。

第五節　文化本體性與審美性

散文的文化本體性與審美性不是分離的，更不是對抗的關係，而應是知

性與感性的交融，文化理性與審美詩性的完美結合。不過，鑒於近年來文化散文有過於泛化的傾向，在這裡我想談談散文的文化本體性與審美性的問題。

在我看來，散文的審美性，主要應從如下幾方面得以體現：

其一是文化趣味。這裡的文化趣味與那些缺情寡味以掉書袋、堆砌學問知識的學術式文化散文無緣，也不是在偏重於文化省思的散文中加進一些油腔滑調的佐料。此處的文化趣味，是建立在豐厚的文化積累和開闊的文化視野上的詩意表述，它的特點是自然樸實中有蘊籍圓融，述事析理時顯出幽默詼諧，反思批判中透出足夠的機敏智慧。在這方面，現代散文大家梁實秋的散文可視為範例。而在當代作家中，韓少功、王小波、孫紹振、南帆均有十分出色的創作實踐。因上面對著幾位作家已有過詳細論列，此處不再加以評析。

其二是文化氣質。由於「文化意識」滲透進作品的各個方面，並成了創作主題的價值取向和審美特點，因而一般說來，凡是真正具備了文化本體性的散文都有一種獨特的文化氣質。這種文化氣質一般不易於把握和分析，但它卻確確實實存在於那些優秀的散文作品中。比如說，在沈從文、汪曾祺的作品中，我們都可以感受到一種獨特的氛圍和調子，但細加分辨，兩人的氣質又稍有不同，按范培松先生的說法，是沈從文的作品更「野」一些，汪曾祺散文更「漫」更「閒」一些。〔註2〕這裡的「野」和「漫」以及共同以「水」為背景所形成的迷人的氤氳瀰漫的蘊涵，就是作品的文化氣質。類似的情況，我們還可以在新月派的散文中感受到。由於崇尚紳士文化，以幽雅從容的自由風度、古老的意象或域外風情來寄託自己的閒逸趣味，這樣新月派的散文也就透出一股貴族的文化氣質。正是憑藉這種文化氣質，讀者很容易便可將他們與沈從文、汪曾祺區別開來，並在閱讀中獲得不同的人生啟迪和藝術感受。

其三是修辭的經營。其中包括行文風格、敘述腔調、語言配搭、描寫手段，等等。文化散文如果忽略了修辭的經營，那麼他的藝術魅力和文化剖析將會大大削減。為什麼余光中、董橋、王鼎均等「文化鄉愁」能夠那麼持久地引起讀者閱讀的熱情？這裡的根本原因就在於他們傳達的是一種審美的文化鄉愁。他們沉醉於意象的營造，潛心於語言的創設，忘神於詩意的傳達和藝術手段的翻新，那種專注，那樣執著，終於為他們的散文贏得了一片新天地。由是觀之，港臺的一些散文家之所以受到內地讀者歡迎，並不僅僅在於他們

〔註2〕范培松：《汪曾祺散文選集·序言》，百花文藝出版社1996年版。

傳達了一種文化鄉愁，而在於他們在創作中將文化本體性和審美性較完美地融合在一起。

　　從上述分析可以得出這樣的認識：當今的散文創作要有較大的思想容涵和藝術魅力，一方面要注入文化的內涵，不僅要表現出一定的文化色彩，而且要將文化底蘊作為作品的內核和依託；另一方面，在強化文化素養和文化精神時，又不能忽略藝術的審美創造，給作品注進生命的情調和色彩。惟其如此，當代的散文才有可能走向大氣和成熟。令人感到不足的是，時下的不少所謂「學者散文」或「文化散文」，都或多或少存在著重文化而輕審美的創作傾向。這些散文隨筆或則熱衷於「文化旅行」，寫了秦磚漢瓦唐風宋雨，惟獨缺少深層的文化理解和情趣的灌注；有的則滿足於史料的羅列和知識的炫耀，或在散文中進行學術論文式的邏輯推理，這樣為文化而文化，以學問知識代替藝術審美的做法，自然只能湊出一篇貌似高深實則平庸的文章，而不可能創作出真正具有文化本體性的優秀散文。

　　除了忽視審美性，當今的文化散文還有一個弊端，這就是一些作家在創作時總是用一種不變的、凝固的眼光去看待文化，有的甚至表現出相當落後、保守的文化意識和文化觀念，這樣同樣無法熔煉出屬於自身同時又順應時代發展的具有嶄新文化內涵的作品。須知，人類文化不僅僅是一片荒涼的殘牆斷垣，不是永遠不變的化石，而是一種鮮活的、不斷發展著的生命形態，是一條不息流動著的河流，它總是隨著歷史的演進和時代的需要不斷拋棄一些東西，同時又更新一些東西。既然文化總是隨著時代生活的發展不斷更新內涵，那麼當代的散文創作也應隨著文化的變化而發展變化。也就是說，散文作家在創作時，要以嶄新的文化意識來觀察生活，處理題材，思考和分析當代和古代的文化問題。在這方面，當代的一些優秀散文家已經作出了成功的實踐。如金克木在《〈論語〉中的馬》中，既對「馬」的形象進行了細緻的考證梳理，引發出對中國古代的政治、經濟、社會制度諸方面的文化思考，又闡發了西方的科學主義和理性精神，從而將儒、釋、梵的內容寄寓於現代文化精神的不斷探索之中。王小波的散文，則常常是通過古代的典故或民間故事來展開他的「佯謬」式的推理，但他的文化背景卻是西方強大的科學理性精神，這樣他的文化批判便有著別的作家所不及的幽默色彩和文化深度。事實上，無論是金克木還是王小波，他們的散文都在不同程度上擴大了散文的思想容量，拓展了中國當代散文的寫作模式。

　　的確，中國的當代散文正從以往的託物言志、抒發感情的狹義範疇向著更廣闊的生活領域蔓延滲透。它告別了以往的簡約、古典和幽雅，卻在歷史的穿行和人生的感悟，在慵散與平凡的日常生活情景中營結出一個個的公共文化空間。它沒有詩歌的極端和尖銳，絕對的精神強度和感情的激烈，卻充滿著心靈的私語和閒適的機趣，且有著秋天的寧靜與遼闊。是的，當代的散文因了文化的浸潤而獲得了本體性，而中華民族的文化建設，乃至整個民族的心理素質、審美情操和精神境界，則有可能因散文的文化詩性的強化而得到全面的提升。

形式詩性

第九章　散文的敘述詩性

　　敘述是詩性散文在形式層面上首先要觸及的一個問題。誰都知道，20世紀的中國文學在小說、詩歌和戲劇等方面都發生了革命性的變化，而惟獨散文理論這裡波瀾不驚、停滯不前。這其間的原因自然有許多方面，比如散文文體在五四時期以來就已經相當成熟，不似小說、詩歌等文體有較大的發展空間。再比如「散文」概念長期以來的模糊不清，甚至散文的「高度的簡單」，它的「自由」與「隨意」，都有可能束縛散文的進一步發展，削弱散文與其他文學體裁競爭的能力。但是應該看到，在藝術革命方面缺乏激情，在詩性形式包括散文的敘述，散文的意象，散文的語言等方面的保守貧乏，才是散文美學世界中的真正貧困。因此在本章，我將從中西文化融匯的視點對散文的詩性敘述進行探討。

　　在我看來，中國當代散文研究應該有一種新的境界，新的視野。這種新視野就是立足於散文的詩性，以現代的眼光和古典主義的情懷，對散文這一古老文體的藝術形式加以改造，使其適應新的時代和新的讀者的審美需要。基於此，我認為我國散文理論的另一個突破口，就是散文的藝術形式方面。這也是「詩性散文」要探討的第三個層面——詩性形式層面。而在這一層面，重要之點是我們要以我國的古代文論為本，同時敢於引進西方的文學觀念和先進的表現手段，這是散文能否走向現代，與小說、詩歌等文學樣式爭妍鬥勝的關鍵。因此，在詩性形式這一層面，我打算從詩性敘述、詩性意象、詩性意境、詩性語言入手來建構一個全新的，既貼近散文的文體，又體現出現代意味的散文美學世界。也許，這是散文藝術革命的開始。

第一節　散文敘述觀念的革命

　　敘述觀念的革命對於小說來說早已是老生常談，但對於散文來說卻是一個全新的問題。

　　因為在傳統的散文研究中，對散文敘述的認識過於淺表單一，也過於保守狹窄。亦即是說，在以往的散文研究者看來，散文的敘述基本上屬於文章學的範疇，而與20世紀以降的敘述學理論無關。舉例來說，在李光連的《散文技巧》中，有一章專門談「散文的敘述美」，但他主要從「切割故事」、「淡化情節」、「騰挪跳躍」、「善插補」、「貴轉折」、「妙蓄筆」、「巧伏應」等方面來探討散文的敘述，總的來說還是在傳統的文章學的範圍裏打轉。至於其他的專著和論文，對於散文的敘述的研究基本也離不開這樣的套路：1. 認為敘述的基本特徵在於陳述「過程」，即開始怎樣，經過怎樣，後來怎樣。敘述就是交代和介紹這個「過程」的來龍去脈、前因後果，而且，這個交代和介紹要表現出一定的順序性和持續性。2. 分析敘述的人稱，即第一人稱、第三人稱和第二人稱是怎麼來的，它們各有什麼優勢和侷限。3. 敘述的方法。一般都離不開順敘、倒敘、插敘、平敘。而對散文敘述的要求，不外乎要清楚完整、銜接自然、線條清楚、詳略得當。此外，還有一些文章認為散文的敘述主要是「交代抒情、議論緣起」，是「移步」以提示「換形」。〔註1〕或者「散文的敘述美首先表現在敘述的線索上，體現為一種雲龍霧豹的『斷續』之美」。〔註2〕這裡所理解的散文敘述以及所使用的術語，同樣未能擺脫我國古代文論和寫作技巧之類的羈絆，即散文要寫什麼，要從哪個角度來寫，以及如何謀篇布局，等等。當然，在研究散文的敘述方面，臺灣的學者顯然走在了大陸學者的前面。比如，鄭明娳在其散文研究專著《散文構成論》中，就列有「散文敘述論」的專章，不過在我看來，儘管鄭明娳有較開闊的西學視野和中國古典文學的功底，因而能夠借助西方敘述學、符號學和心理學的某些原理來研究散文的敘述，但由於鄭明娳的散文敘述研究基本是羅列式和引論式的而非分析解讀式的散文研究，加之它的「構成論」也和「類型論」一樣，或多或少存在著瑣碎繁雜、機械劃分的弊端，所以從本質上說，鄭明娳的散文敘述研究，還不能稱之為現代敘事學意義上的散文詩性研究。

　　以上是從散文研究的角度來看散文的敘述，如果我們換一個角度，即從

〔註1〕薛奇一、宴美華：《論散文敘述》《安徽教育學院學報》1996年第4期。
〔註2〕熊學延：《試論散文的敘述美》，《湖北師範學院學報》1996年第4期。

創作的角度來看散文的敘述，那麼情況又怎樣呢？我們看到，傳統的散文不管是記敘性散文、抒情性散文還是議論性散文，都十分強調主體性的敘事。在傳統散文中，作者的主體佔有絕對的權威，是不容顛覆不可動搖的。與此相一致的是，幾乎所有的散文都採用了第一人稱的敘述視點，而且，散文的作者和敘事者一般都是重疊的，兩者之間沒有嚴格的界限。當然，由於類型的不同，在具體敘述中還是有所區別的。舉例說，在記述性的散文中，因抒情和哲理往往需要依附於人物和事件，故而在這類散文中，一般都是先介紹背景，托出人物，再按照事件的發生，發展和變化按部就班的一路敘述下來，如吳伯蕭的《記一輛紡車》、肖乾的《美國點滴》就是如此。抒情性和議論性散文中的敘述儘管降到了次要的位置，有時這類散文中的敘述甚至萎縮到被抒情或議論所取代。即便如此，抒情性和議論性散文的敘述也形成了某些「定勢」。比如，就抒情散文而論，自「五四」以後，以朱自清、徐志摩、何其芳以及臺灣的第二代作家如琦君、張秀亞、吳魯芹等為代表的散文家，往往採用了一種「傾訴」式的敘述方式。傾訴式敘述常常用「我說」或「我們」的句式，有時也虛擬一個假想聽眾，用「你」、「你們」或者「親愛的朋友」、「親愛的少女們」等等。此外，傾訴式敘述還喜歡用「呢」、「吧」、「啦」等語言助詞強化與讀者交流的現場感。如徐志摩的《我所知道的康橋》，何其芳的《扇上的煙雲》，張秀亞的《給少女們》，琦君的《下雨天，真好》等作品就是如此。傾訴式的敘述方式雖能拉近與讀者的距離，增強作品的現場感，然而從文體淵源看，傾訴式敘述畢竟類於中國古代的賦和駢文，在骨子裏，它是對傳統文化規範的承續，與現代意義上的敘事相去甚遠。何況，這種傾訴式的敘述還帶有青春期的感傷主義的特徵，並多少有些「為文而造情」的毛病。所以，如果我們的散文家都用這種傾訴的方式來敘述，那麼勢必讓讀者感到膩味並將他們壓迫得喘不過氣來。如此一來，傾訴式樣的敘述也就談不上什麼詩性了。除了「傾訴式」的敘述外，傳統散文中還有一種「閒話式」的敘述方式，此種敘述方式的代表人物是周作人、梁實秋、林語堂等。閒話式的敘述一般較為節制，正所謂冬天坐在暖爐的隨便自然、任心談話。平心而論，閒話式的敘述與散文的天性有一種內在的契合，因而是一種較為理想、較為成熟的敘述方式。然而，閒話式敘述帶有太多的晚明小品的流風餘韻。它的敘事格局不夠開闊宏大，表現手段過於單一，同時缺乏一種生氣勃發的現代意識。所以，越來越走向開放與現代的散文，不應僅僅滿足於「傾訴式」或「閒話

式」的敘述,而必須有與現代的生活,現代人的思想感情與之相匹配的現代性敘事方式。

從現代敘事學的意義上說,散文的敘述要有革命性的突破,首先必須擺脫古文傳統和現代「文學」的羈絆,將研究的中心從以往對修辭、描寫、意境和篇章結構的注重轉向敘述,並且理直氣壯地確定敘述在散文中的中心地位,以此提升散文與小說的競爭能力。其次,在確定敘述在散文中的核心地位後,不能僅僅從傳統文章學的層面來理解敘述;或者說,不能僅僅滿足於將敘述看作述說人物經歷和事物發展變化過程的一種表達方式,而應借鑒現代敘事學的一些原理和方法,從敘事的不同角度和層次來觀察分析敘事活動。比如,敘述人是怎樣講述這個故事,作者採用的是什麼樣的敘述視角?再比如,作者在敘事過程中運用什麼樣的敘述話語?敘事過程中的故事時間和文本時間處於一種什麼樣的關係?敘事文本體現出了哪些詩性內涵?以及敘事的功能、敘事的節奏、敘事的聲音,等等,這些都是研究散文的詩性敘述時要考慮的問題。當然,由於散文這一文類的特殊性,它的敘述與小說的敘述還是有所區別的。我們可以將小說敘述理論作為散文的借鏡,而沒有必要亦步亦趨、生搬硬套小說的敘述理論。這是研究散文敘述時需要注意的問題。

第二節　虛構性與多元的敘述形態

20 世紀 90 年代以來散文理論的一個突破,就是對於散文虛構性的肯定。經過對傳統散文理論的檢討和大量創作實踐的檢驗,越來越多的散文家和散文研究者意識到:散文一方面要描寫個人的親身經歷,表現個體對於日常生活的經驗;另一方面,散文應允許想像和虛構,應敢於打破「個人經歷」和「個體經驗」的限制。那種認為散文的首要特徵是描寫真人真事,散文絕對不能仰仗想像虛構的理論是根本站不住腳的。因為第一,它違反了文學創作的規律和散文的本性;二,它極大地妨礙了散文的發展,使散文長期以來處於狹窄的寫實空間裏難以動彈。自然,所謂的「虛構」也不是像小說那樣無限地虛構,散文的虛構是綜合性的整合和有限度的藝術想像。關於散文的真實與虛構的問題,我曾經寫過專文進行闡述,〔註3〕此處不贅。

對散文的虛構性的肯定,是散文走向開放和現代的一個重要標誌,同時

〔註 3〕陳劍暉:《關於散文的幾個關鍵詞》,《文藝評論》2004 年第 1 期。

也必然地給散文的思想和藝術帶來一系列的變化。這種變化體現在敘述上，首先便是敘述視角的變化。眾所周知，以往由於受到「寫真人真事」的限制，散文家中除了何其芳、徐志摩等幾個特例外，幾乎都採用了第一人稱的敘述視角。許多散文用第一人稱直接敘述「我」的所見、所聞、所想和所作，而人物的經歷和時間的發展變化也是通過「我」敘述出來的。總之，「我」既是作品的主體，也是作品達到真實性的保證。應當承認，散文普遍採用第一人稱的敘述視角，其好處是可以使讀者產生親切感和真實感；同時，由於不少散文是以過去時態進行敘述的，採用第一人稱「我」的敘述有利於回憶和補充童年的生活往事。此外，由於散文篇幅短小、生活容量不大，用第一人稱敘述較容易組織結構文章，它既可以使作品頭緒單純，又可以迴避一些難寫的地方。但是，以第一人稱為敘述視角的侷限也是顯而易見的。首先，「我」為敘述者的視角受到角色身份的限制，不能直接敘述「我」所不知的人和事。其次，第一人稱的敘述視角極大限制了散文這一文體的拓展空間，使散文的藝術越來越走向封閉、保守和單一呆板。特別當所有的散文作者都採用這一書寫模式時，它的弊端也就體現得更加明顯。不過進入上世紀 90 年代後，這種情況已有很大的改觀。由於一些富於開拓創新精神的散文家不滿足於傳統那種單一而權威的「我」的敘述方式，同時他們對散文的「想像和虛構」問題有了新的理解，這樣敘述的變革便越來越成為散文家的一種藝術的自覺。也就是說，自從上世紀 90 年代以後，我國大陸的散文創作已經基本上由過去的主體性敘述轉向多元的敘述。所謂敘述的多元性，就是除了一部分散文家仍然堅持用第一人稱進行敘述外，同時有相當多的散文作者採用了第三人稱或第二人稱的敘述視角，特別值得注意的是，還有一些散文採用了第一人稱和第二人稱互換的敘述視角。如史鐵生的《我與地壇》，它的主要敘述視角是第一人稱「我」，但行文至第六節，作品的敘述視角便成了第二人稱「你」。在這一節，作者先是採用了與「園神」對話的敘述方式交代「我」為什麼寫作，而後便換成了第二人稱的敘述，即「你說，你看穿了死是一件無需乎著急去做的事」。其實，這裡的「你」包括接下來的「我」與「你」和「您」關於「寫作」和「人質」問題的討論，其敘述者仍然是第一人稱「我」。「你」或「您」只是「我」的轉述。儘管「你」的敘述視角在全篇中只是一個插曲，但它卻構成了一種跡近於巴赫金的「複調」的多重對話，即通過外在的「我」與內心的「你」和「您」，通過自己與自己，以及與地壇，與園神的對話，在多重敘述

中將過去時態中的「我」，精神世界裏的「我」和寫作時的「我」交錯重疊，從而達到了詩性敘述的臻境。

祝勇的《一個軍閥的早年愛情》，則是真實作者的「我」、第一人稱和第三人稱的敘述視角互換的成功嘗試。這篇作品的第一節選取第三人稱的敘述視角，敘述沈從文與湘西王陳渠珍的關係，特別是敘述陳渠珍是怎樣一個集魔鬼與天使於一身的人物，以及陳渠珍對於沈從文一生的影響。從第二節開始，作者的敘述便發生了變奏，由第三人稱變換為湘西王「我」的第一人稱的視角，而後從「我」的眼光中映襯出藏族少女西原的美貌動人，並敘述了1911年10月武昌起義後，「我」如何帶著西原和湖南同鄉士兵150多人逃離西藏取道東歸，卻誤入沙漠。第三節回到了第三人稱視角，敘述沈從文和陳渠珍對於古董文物的沉迷，以及他們惺惺相惜的情誼。需要指出的是，這一節在第三人稱之外，還出現了第一人稱「我」。不過這個「我」不是作者虛構出來的敘述者，而是等同於作者本人的「我」。這也許是散文和小說的不同之處。第四節又跳回第一人稱的視角，十分具體詳細的描述「我」和西原如何斷糧近7個月，忍饑挨餓、茹毛飲血，最後終於脫離沙漠絕境回到現實人間的慘酷過程。第五節再採用第三人稱視角敘述沈從文為尋找愛情和夢想而決心離開湘西王的痛苦抉擇。第六節又換成第一人稱敘述，寫「我」與西原來到古城西安，特別是寫了西原的死。最後一節再回到第三人稱，敘述1936年，失去實權的陳渠珍寓居長沙，用淺近文言寫了一本叫《艽野塵夢》的書，講述他早年與西原的愛情經歷，而這一年，沈從文則在北平家中的棗樹下完成了他的《邊城》和《八駿圖》。至於西原，則已在雁塔寺沉睡了24個年頭。我之所以不厭其煩地羅列這篇作品是如何變換敘述的視角，是因為此文在敘述上的確有不同於傳統敘述的獨到之處。它的敘述的獨到之處主要有幾點：一是在傳統的散文中，敘述人稱一般是不變的，不管是第一人稱、第三人稱還是第二人稱，往往是一敘到底。而《一個軍閥的早年愛情》的敘述卻打破了單一封閉的敘述方式，呈現出豐富性和多元性的敘述特徵。二是傳統散文中的「我」幾乎都是作者自己，而此文中除了第三節的「我」是作者自己外，其他「我」都是敘述者陳渠珍。事實上，這裡的「我」已轉換成了第三者的視角，這就給散文的敘述者「我」賦予了一種新的內涵。三是此文雖屬散文，但由於作者跳出了「紀實」的書寫模式，而是充分地調動了藝術想像力，巧妙地運用虛構和敘述視角轉移的方式來經營文本，這樣便有效地拓展了散文敘

述的空間,使散文的敘述變得既具靈動性又具開放性。

不過,《一個軍閥的早年愛情》在敘述方面的妙處還不僅僅是敘述視角的靈動轉換,它的妙處還表現在敘述、描寫和議論三者的高度融合。我們知道,小說主要是靠故事情節和人物塑造來感染讀者,所以它的敘述更注重按照因果邏輯的關係來組織一系列事件,以及呈現出推動情節發展的多種「行動素」,並從多個側面來敘述和塑造人物的性格。而散文則不同。它的敘述往往是與描寫和議論結合在一起;或者說,在那些出色的散文中,必然地在敘述中包含著描寫和議論的成分。如果說,單純地、平面的交代式敘述運用於消息報導中還有其合理性,讀者還可以接受的話,那麼,在散文中,單純、平面的交代式敘述一定是枯燥乏味的,讀者無論如何也不會接受這樣的敘述。以《一個軍閥的早年愛情》為例,它的敘述之所以精彩且富於詩性,就在於它較好地處理了敘述與描寫和議論相結合的問題。請看「我」誤入沙漠之後的一段敘述:

> 為我們指路的喇嘛終於成了我們的嚮導。喇嘛九歲入甘肅塔爾寺披剃。十八歲隨商人入藏,曾走過這條路,但事情已過去五十年,前塵舊影,早已模糊不清。他記憶的每一個細節都意味著我們的生機。沙漠浩瀚得令人絕望——在當時處境下,如尖刀切剖人的生命的,不是悲鳴的狂風,不是刺骨的冰雪,不是失去時間感覺之後的惶恐空虛,而是時時湧上來的絕望情緒。它像一隻永遠尾隨著你的野狼,在每一個你懼怕它的時候,向你閃爍幽綠的眼光。我有一種被世界遺棄的感覺。無邊的荒原就像一個巨大的陷阱,於不動聲色中暗藏殺機,每走一步都有死亡的可能。這個世界有美酒歌樂,有包裹在市井炊煙的尋常生活,然而那一切卻在遙遠的天邊之外,一邊是夢境,一邊是死亡,這兩者之間的真正距離。綿延的雪山,就是這種距離的刻度。這兩個格格不入的世界,有時像是隔著一層薄脆的窗紙,手指輕輕一戳,就可以從這頭望見那頭;而有時,中間正好隔著一生的距離。
>
> 幾乎在喇嘛逃走的同時,我們吃光了最後一粒糧食。這件事所帶來的恐慌甚至比失去嚮導還要強烈。命運又為它的殘酷增加了砝碼,因為在那種情況下,任何一粒晶瑩圓潤的米粒,都可以延長生命的長度,而奇蹟,往往會在這段長度中出現。這種心理在當時的

隊伍裏像瘟疫一樣蔓延。然而，我們千方百計試圖抓牢的那根救命
纜繩，終於在某一個不經意的瞬間崩斷了。我彷彿已經望到了死亡
那幽黑的洞口。那一天我意外地發現，我的喧嚷暴戾的士兵們都沉
默不語了。沉默比喧嘩還要可怕。人性就是在這一天真正地發生了
動搖。胃腸可以主宰腦袋，刀絞似的飢餓足以讓理性靠邊。終於，
他們開始爭食死者的遺骸。昨日的兄弟，成了今日的口糧。

敘述中有深沉的抒情調子，有令人讚歎的關於高原雪域和沙漠風光的精緻獨
到的觀察和描寫，還有頗具哲學意味的議論。此外，還有超拔不凡的想像力，
有對於絕境中的人性的觸摸，有來自生命深層的獨特感受，正是這些加上巧
妙靈活的敘述視角的轉移，構成了一種有別於小說的詩的「敘述情境」。

　　散文敘述視角的多元化，不但打破了散文創作中主體性敘事的格局，也
改變了真實的作者和敘述者的關係。長久以來，散文的真實作者即作者本人
和敘述者常常被混淆為一體，即真實作者是敘述者，敘述者也是真實作者。
由於沒有嚴格區分真實作者和敘述者的不同，於是不管是抒情性散文、紀實
性散文還是議論性散文，都籠而統之地以「我」來進行敘述。而正是這種對
散文敘述的簡單化處理，影響了散文的競爭力，使得散文不能和小說、詩歌
一樣成為一種富於現代感的文類。事實上，散文的敘述儘管較之小說的敘述
要簡單得多，但這簡單中同樣有著豐富的內含，就拿上面分析過的祝勇的《一
個軍閥的早年愛情》來說，它的敘述便十分豐富多彩。這裡既有真實作者的
「我」，又有作為敘述者的「我」和「他」，而在敘述的字裏行間裏，我們還隱
隱約約可以感受到隱藏在敘述者背後的「隱含的作者」。正是真實作者、敘述
者和隱含作者的分離，使這篇作品的敘述呈現出一種多聲部的聲音和敘述節
奏，為讀者提供了多重層面的閱讀視野。此外，還應看到，敘述視角的多元
化和敘述者位置的轉換，還可以使散文作者從「共時態」的視角來經營文本。
如南昄的《串味》，表現的是現代都市男女的愛情，但作者沒有設定特定的敘
述對象和敘述視角，而是讓阿癡、阿林、阿花、阿才、阿朗、阿木這六個角色
隨意客串，讓他們共同完成一種「共時的敘述」。再如桑桑的《旗語》，作品主
要採用第一人稱的敘述視角，但在「我」之外，又有「女主人公」、「男主人
公」和「你」的敘述視角的重疊。這樣的「共時態」敘述方式，固然會給作品
帶來某種不確定性，有時甚至造成散文文體的混亂，同時也給讀者的閱讀帶
來一些困難，不過從長遠看，我認為多元化的敘述有利於打破散文劃地為牢

的侷限，從而推動散文的敘述革命，使散文逐漸脫離次要文類而步入主要文類的行列。

第三節　散文敘述中的現代主義因素

　　評論家李書磊曾在一篇題為《散文作為一個問題》的文章中指出：「二十世紀以來各種文體都變化得近乎變幻，五花八門地真令人眼暈；而散文卻仍然保持著它幾百年前的樣子：一種高度的簡單。所以說散文是現代文學中唯一存活著的古典」。〔註4〕的確，與現代小說、現代詩和現代戲劇的崇尚變革創新，「各領風騷三五天」相比較，散文明顯地保存著較多的古典趣味。散文無論在觀念、體式和創作手法上，都顯得較為封閉和保守。正是這種古典趣味和理論上的故步自封，導致了散文一直在文學的邊緣地帶徘徊。所以，在新的世紀，在振興散文，建構散文理論的訴求下，散文有必要改變以往那種保守平穩、溫文爾雅的形象，在內容題材等方面要「野」一些要「雜」一些，在藝術經營上則要敢於「越軌」和「出格」。而在敘述中應敢於大膽引進現代主義的表現手法，保持一種先鋒的姿態，在我看來，這就是散文「越軌」和「出格」的一種體現。

　　散文敘述中的現代主義因素，在創作上主要體現在以下幾方面：

　　（一）隱喻性的敘述。在文學創作中，為了使作品更具形象性和可感性，作家往往借助形象化的手段，如借助比喻、意象、象徵等等來敘事。散文的創作自然也不例外。但是應看到，自上世紀 30 年代中期到 80 年代，我國散文創作中的形象化敘述基本上是象徵式或轉喻式的敘述。前者如茅盾的《白楊禮讚》，郭沫若的《銀杏》、楊朔的《香山紅葉》《茶花賦》《雪浪花》等一類作品，這類作品一般以某個象徵性意象作為全篇的核心進行敘述，但由於這些作品過於偏愛傳統象徵或曰公共象徵，相對來說忽略了個體化的象徵和想像力，這就大大削弱了敘述的神秘性和詩性。後者雖沒有用一個總體性象徵涵蓋全篇，卻喜歡採用比喻的修辭手法來敘述，不過這類作品的比喻性敘述也往往是一些帶著裝飾性的明喻：如：「迷濛雲霧之中，突然出現一團紅霧。就像那深谷之中反射出紅色寶石的閃光，令人彷彿進入神話世界」。（劉白羽《長江三峽》）或者：「綠，是播種者的顏色，是開拓者的顏色」。（袁鷹《楓葉

〔註 4〕見《天津文學》1991 年 12 期。

如丹》）。上面的敘述，作者採用的是雅各布森所說的以相鄰性為原則的「轉喻」式敘述，即將兩個性質相近，而又有想像價值的詞語並置在一起。在這裡，紅霧、紅色寶石、綠都具有光明、絢麗、充滿生命活力的共同性質，它們都是美好的物象。作家之所以由它們聯想到神話的世界、播種者的顏色和開拓者的顏色，並不是由於它們的形狀、結構上的相似，而是它們在價值上的「鄰近」聯接。這種建立在簡單的價值判斷上的比喻，其特點是結構單一、內涵明晰簡單，一般的讀者都能理解喻體和喻本的關係，因此從某種意義上說，這種建立在轉喻式的平面上向前發展的敘述一般是屬於現實主義的。而隱喻式的敘述，一般來說更傾向於現代主義，它體現出一種鮮明的先鋒姿態。

隱喻式的敘述是一種聯想式的多元選擇的敘述。它以主體和比喻式的代用詞之間的相似性為基礎，而它的敘述呈現出垂直的關係和潛沉式的特徵。所謂垂直關係，指它不是一種橫向的、在一個平面上的詞與詞的組合，而是句子中的每一個成分都存在著某種替換的可能性。所謂潛沉式敘述，是指這些隱喻大都潛沉於文字底下，它訴諸人的感官，卻不做明確的投射和清楚的呈現。因而，它的隱喻意義既模糊又綜合，為讀者提供了多種解釋的可能性。舉例說，在臺灣散文家楊牧筆下，就有許多隱喻式的敘述。在《年輪》這篇探討人的表裏差異的長篇散文中，他大量使用了象徵、寓言特別是隱喻的敘述。首先，題目「年輪」就是一個巨大的隱喻，它暗示著作者求新求變，不斷否定自我，並要求自己時時保持表裏如一的一種人生態度。而在具體敘述中，作者還插進了諸如「針葉林雨」、「鮭魚」、「溫暖的黑夜」之類的隱喻，這些隱喻都有它們的特指，又與全篇寓言抽象的形式互為照應，從而形成了對傳統散文的敘事模式的跨越。類似楊牧的《年輪》這樣以隱喻為主要敘述模式的散文，在臺灣還可以舉出不少，甚至在晚近的馬華散文中，我們也看到了這種書寫模式。比如在林幸謙的《狂歡與破碎》裏，我們看到的「原鄉」已不是黃河浪《故鄉的榕樹》裏的原鄉，也不是余光中筆下的原鄉。由於作者採用了原鄉神話的敘述，並在敘述中穿插進「飄零落葉」、「晚城燈火」、「燦爛煙花」、「殘破城堡」等隱喻，並讓其不斷重疊，若隱若現，這樣，我們看到的原鄉世界便不僅僅是弔詭的，而且是狂歡與破碎相交織的神話。

相較而言，大陸散文的藝術創新意識不及臺灣，所以在採用隱喻敘述這方面起步較晚，敢於嘗試的作家也不是很多。但不多並不意味著空白。比如鐘鳴、劉燁園的一些散文，就運用了隱喻敘述的書寫模式，收到了較好的藝

術效果。再如馬莉的《蝙蝠在雷聲響徹的夜晚出沒》，也是一篇由隱喻敘述構成的出色散文。此文一開始便寫到了南方的雷聲，寫雷聲對人的心靈的震撼。接下來便寫蝙蝠：

> 一隻蝙蝠，一隻又一隻美麗的黑色蝙蝠，就這樣在雷聲響徹的
> 夜晚開始出沒。它們沒有影子，也沒有聲音，只有天邊的雷聲轟鳴
> 著無窮無盡的危險的快樂。

這裡關於雷聲，尤其是關於蝙蝠的描寫都具有隱喻的性質。它的「黑色的飛翔」，隱喻著一個人想投進另一個人的懷抱的渴望。它「在夜晚的倒立著的姿態」，隱喻著那些為愛情而死去的事物和為愛情而活著的事物，同時還暗示著生命的價值和活力。而它選擇了與人類迥然而異的生存方式，則暗示了人類的生存有太多的掩蔽，有太多的神秘需要我們去理解。很顯然，馬莉的這篇作品的敘述線索是沿著「蝙蝠」這一核心隱喻漸次展開的。它的敘述語言主要不是基於「鄰近性」比喻，而是基於「相似性」的選擇與替換，因而這樣的敘述語言便隱含著多種可能性。同時，這樣的敘述語言在本質上也是屬於詩的。換言之，由於採用了隱喻式的敘述，敘述文本不僅在思想內涵方面得到了豐富和開拓，而且還獲得了一種象外之象、韻外之致的詩性內涵。

（二）跳躍斷裂式的敘述。與隱喻式相比，這類敘述的姿態更具先鋒的意味。它不但打亂敘述的時間，將過去、現在和未來糅合在一起進行大跨度敘事，而且打破時空界限，無視思維邏輯，在真實與虛構、寓言與紀實之間任意穿梭，從而達到對傳統的敘述模式的顛覆。在這方面，臺灣散文家楊牧的《年輪》《山風海雨》，余光中的《聽聽那冷雨》《蒲公英的歲月》等散文都有過出色的探索。在大陸的散文作家中，較早採用跳躍斷裂式或叫「意識流敘述」的是張承志。他的《離別西海固》《靜夜功課》、等一批散文就沒有簡單地根據順敘、倒敘、插敘進行時間順序敘述，而是伴隨著意識流動，讓時空切換、場景重疊，現在、過去和未來交錯。再如劉燁園的《自己的夜晚》也是一篇運用跳躍斷裂式的意識流手法進行敘述的佳作。作者由「夜色一般潮濕」的「地氣」，聯想到多年以前在南國山坳的知青茅屋裏讀法捷耶夫致友人的信，以及如何在長沙街頭風塵僕僕打聽黃興墓的情景，又聯想到第一次讀《廣島之戀》《巴黎對話錄》時的場面；而後意識流動又像蒙太奇般閃現轉換，回到現實中「我」在暮色籠罩的產樓前等待兒子的降臨。《自己的夜晚》正是借助於「夜」的意象和意識的流動，從更深層次上表達了「人」與「人」，「人」與

「世界」之間的疏離，和對於生存的惆悵而焦灼的痛感。這樣的題材選擇和思考意向，倘若用傳統的敘述、議論和抒情的手法來表達，其思想的深度和藝術效果將大打折扣，而採用跳躍斷裂式的意識流敘述則相得益彰、恰到好處。不過我們也注意到，也許由於更傾向於內心、受理性的約束較少的緣故，女性散文家在運用跳躍斷裂式的意識流敘述這一點上較男性作家更為普遍，也更為出色。像周佩紅的《偶然進入的空間》《一抹心痕》，斯妤的《心靈速寫》，馬莉的《黑色蟲子及其事件》，蝌蚪的《家‧夜‧太陽》，黑孩的《醉棗》等作品，幾乎都是以情緒的奔湧加以隨意拼貼連接；或者捕捉偶然浮現的情緒、感覺、乃至幻覺、潛意識，將散文寫得既虛幻又真切，呈現一種靈動朦朧且不確定的意蘊。當然，這方面走得更遠的是一批更為年輕，被有的批評家稱為「新生代」的作者，比如胡曉夢、于君、曹曉冬、黃一鶯等等，她們的散文不僅在思想內容方面向傳統發起了大膽和直率的挑戰。在藝術方面，則是拋棄線性的敘述模式，增加虛構和想像的成分，讓一個個的意象，一系列的動作、感覺、潛意識紛至沓來，它們像一連串大幅度游移跳躍的音符，構成了散文的敘述進展狀態和內在的律動。

跳躍斷裂式或意識流敘述在散文中的廣泛運用，是散文變革和創新的另一個重要生長點。儘管有些「新潮散文」描寫的生活過於瑣碎乃至無聊，傳達的意緒過於玄奧晦澀，有的作品結構過於支離破碎，因此現在為其鼓掌還為時尚早。但應當看到，當代散文向著感覺開放，向著人的心理意識掘進的努力，在散文創作中具有不容忽視的革新意義。

（三）反諷戲謔的敘述。按照一般的理解，反諷是西方現代派常用的表現手法之一；而戲謔或戲仿則更多的是後現代派的產物。這兩個概念經常出現於小說和詩歌的研究之中，而散文的創作和評論卻較少見到。不過，近年來，隨著散文敘述觀念的改變，反諷乃至戲謔敘述也逐漸被引進到散文中來。開始是余秋雨、韓少功在作品中時常運用。如余秋雨的《道士塔》這樣寫道士：「王道士每天起得很早，喜歡到洞窟裏轉轉，就像一個老農，看看他住的宅院」。「道士擦了一把汗，憨厚地一笑，順便打聽了石灰的市價……他達觀地放下了刷把」，採用的就是反諷的手法，它以作家的「知」來反襯王道士的無知，以祖國無以倫比的燦爛古代文化來反諷當時官府的無能和王道士成為莫高窟當家人的荒謬，以及作者的憤怒而又無奈的心態。這種反諷的筆調，在《道士塔》中還有好幾處，在余秋雨的其他作品中也時有出現。韓少

功的反諷的筆調更是隨處可見，舉不勝舉。如：「就這樣從物質領域滲向精神領域，力圖將精神變成一種可以用集裝箱或易拉罐包裝並可由會計員來計算的東西」（《處貧賤易，處富貴難》）。「汪國真式的賀卡詩歌熱銷行將過去，賓館加美女加改革者深刻面孔的影視風尚也行將過去，可能老闆文學的呼聲又將紛揚而起。這種呼聲貌似洋貨，其實並非法國技術丹麥設備美國口味」（《無價之人》）。「這樣做當然簡單易行——富貴生淫慾這句民間大俗話一旦現代起來就成了精裝本」（《性而上的迷失》）。及至到了 90 年代中後期，用反諷戲謔的敘述來解構正統中心和虛偽崇高的作家就越來越多了，其中廣受讚揚的是王小波。王小波不但大量採用反諷戲謔的敘述，甚至可以這樣說，反諷戲謔已經成為王小波散文的主要構成因素，它充分地顯示了王小波的生存智慧和敘述智慧。此外，于堅的散文也大量使用了反諷戲謔的敘述。他的《裝修記》《治病記》寫的都是日常生活，但由於作者寫作時的心態是自由的、放鬆的，且是十足的反形式主義和技術主義的，加之這些作品中到處都是毛茸茸的生活細節，因此，儘管于堅的散文寫的是一些日常生活的常識和個人的經驗，卻有一種獨特的話語魅力。當然，就散文的敘述來說，更能體現于堅的先鋒姿態的是他的反諷戲謔式的敘述方式。在《裝修記》裏，他一開篇就這樣寫道：

> 我分到房子的時候，已經三十六歲。真是受寵若驚，拿到鑰匙，芝麻開門，立即置身在空蕩蕩的房間裏。太大了，五十多平方米，對過去在這個世界上一直只有一張床位的我來說，真的是太大了，感覺是可以騎著馬像農場主那樣在裏面溜一圈。為了這一天，我等了十多年，終於有了自己的房子了，幸福啊，比找到白雪公主的王子還幸福。分房子是相當不容易的事情，就像進監獄對於普通人來說是很不容易的事情一樣。

《裝修記》近二萬五千字，基本上都是用這樣略微含著反諷戲謔的敘述話語構成。于堅的這種來自於日常生活的大白話式的敘述話語，是對現有的話語秩序，包括傳統的慷慨激昂式的、優美典雅的、哲理昇華式或晦澀玄學式的敘述話語的挑戰。他的反諷戲謔與王小波不同。王小波的反諷戲謔敘述常常與理性結合在一起，並通過歪理歪推的導謬術突現出生活的荒謬。而于堅的反諷和戲謔敘述是建立在個體的存在本身，建立在那些細小、瑣碎的生活細節和個人的生活經驗之上，所以這樣的敘述在表面看起來只是一些大白

話，而且在格調上看起來也不怎麼高尚（用傳統的眼光），但在本質上，這樣的敘述不僅是先鋒的，而且有一種詩性生長於其中。

當然，就反諷戲謔的敘述而言，90 年代以後的散文家中還可舉出不少例子。比如鐘鳴的《旁觀者》等散文隨筆就常使用這種敘述方法。關於鐘鳴散文在這方面的特色，散文評論家王兆勝曾做過十分精彩的概括：「鐘鳴的散文屬於隨筆體，它不僅充滿大量的歷史史料，而且運用寓言、反諷、虛擬等藝術手法使作品充滿沉實而輕鬆，大氣而細膩、智慧而愚妄，戲謔而悲涼的審美感受」。〔註5〕不僅鐘鳴如此，馬莉的《黑色蟲子及其事件》《對於一張黑色椅子的眺望》等散文，其敘述也有著反諷戲謔的特點。至於在被稱為「新生代」的散文作者那裡，比如胡曉夢的《寫著玩》《我只是逗你玩》，南妮的《串味》等散文中，這種反諷戲謔的敘述更是隨處可見。可以說，在她們的散文中，反諷戲謔的敘述既是一種對抗傳統，無視規範秩序的寫作姿態，也是她們的散文區別於古典式的「美文」的標誌之一。

除了上述幾方面的敘述革命，散文敘述中的現代主義因素還表現在一些散文於敘述中穿插進詩歌的因素，比如採用詩句與散文句式交錯混雜的書寫方式等等，更有的散文將隨筆、小說、文論、傳記、新聞、攝影融合於一體，如楊牧的《年輪》，鐘鳴的《旁觀者》就是如此。也許，這些探索不一定能夠成功，或者讀者不一定能接受這樣的散文。不過有一點可以肯定，這樣大膽的探索對於過於成熟、過於老成持重的散文是大有益處的。起碼，它拓展了散文的敘述空間，給了我們某種藝術革命的新啟示。

第四節　抒情筆調與敘述氛圍

散文中的敘述詩性不一定都是對傳統敘述的顛覆。先鋒的敘述固然容易產生詩性，不過有時詩性也存在於傳統的敘述之中。關鍵是散文家是像寫公文、說明文那樣來敘述，還是像寫詩那樣來敘述。一般來說，傳統的敘述要獲得詩性，要傳達給讀者以審美感受，除了要注意敘述中的形象的鮮活，敘述中描寫的精妙和敘述節奏外，在我看來，以抒情筆調來敘述和營造敘述的氛圍，也同樣可以產生敘述的詩性。

史鐵生的《我與地壇》就是以抒情筆調敘述的極好例子。這篇散文有許

〔註5〕王兆勝：《新時期中國散文的發展及其命運》，《山東文學》2000 年第 1 期。

多敘述的段落。但這些敘述總是與描寫，特別與抒情的筆調結合在一起。為了更好地說明問題，我們再以黃秋耘的散文為例。讀過黃秋耘的《丁香花下》《霧失樓臺》的讀者，大概都有這樣的印象：黃秋耘的散文，大抵以寫人為主。然而他的寫人記事既不同於楊朔的寫人記事，也不同於秦牧的寫人記事，而是有一股淡淡的丁香花般的藝術魅力。這裡的奧妙，主要來自於黃秋耘獨特的敘述。他的散文，總是在樸實自然的敘述中寄託著款款深情，在敘述中形成「抒情的筆調」和空清而韻長的節奏和旋律。因此，讀他的散文，我們往往很難分清哪些是敘述性的語言，哪些又是抒情性的語言，它們總是不可分割地交融在一起。比如《中秋節的晚餐》，文章開頭這樣敘述：

> 有些事物，往往會在一個人的心靈中留下深刻的印象，使他終身都忘記不了。這也許是少年時代一椿充滿著溫柔的傷感的往事，也許是在瀟瀟暮雨中偶然聽到的一支熟悉的樂曲，也許是在風塵僕僕的征途上和旅伴的一夕談話。

接下去，作者用同樣的抒情筆調，敘述在中秋之夜的如水月光下，他和戰士們在一個大祠堂門前的地塘上會餐。這時，他注意到旁邊空著一個席位，地上擺著一雙筷子、一個小小的茶杯。經過瞭解，原來這個空位子是特意留給在戰鬥中犧牲的連隊衛生員林小蘭的。於是，作者被這種純潔而真摯的革命情誼感動了，他的心裏充滿著一種深沉的、強烈的情感，他懷著深深的敬意，記下班長講述林小蘭犧牲經過時的神情和自己的感想：

> 他的聲音是寧靜而嚴肅的，像南國秋夜的氣氛一樣，又是那樣充滿著感情。在柔和的月光下，我情不自禁地偷偷凝視著他的臉，他的兩隻眼睛閃著淚光，他的熱淚沒有淌下來。我們知道，男人的眼淚總是很吝嗇的，特別是一個身經百戰飽經滄桑的男人的眼淚。

這只是隨便抽出來的一個例子，但從摘引的兩段文字中，我們也能感受到作者的筆調凝聚著真摯的內在感情。這裡沒有大起大落、氣沖牛斗式的感情迸發，而是在淡雅委婉、質樸自然而又不露聲色的描述中，簇湧出一股淡淡的、清醇的感情的暖流，真是不絕如縷，敘述中字字有意，筆筆帶情。而值得注意的是，在黃秋耘的作品中，類似這樣以抒情筆調敘述的例子並不是一個兩個，而是存在於他的作品的全部，體現在每個章段以及每個句子中。

在傳統散文中，構成敘述詩性的另一個重要手段，就是對氛圍的渲染。

在我國古典文學的美學範疇裏，「氛圍」往往與「文氣」聯繫在一起。《辭海‧語詞分冊》認為「氛圍」指「籠罩著某個特定場合的特殊氣氛或情調」。而郁達夫說他評價一篇散文的好壞，主要的著眼點是「情調」和「氛圍氣」，倘若一篇散文有「情調」和「氛圍氣」，那麼不管它的文字美不美，前後的意思連續不連續，這是一個好作品。可見，氛圍對於文學創作包括散文的敘述有多麼地重要。為什麼有那麼多的人喜歡汪曾祺的小說，蓋因汪曾祺的小說既是一幅淡雅雋永的水鄉風俗畫，同時他的小說還有一種特殊的氛圍牽引著你。當然，在談到這個問題時應看到，小說中的敘述氛圍與散文的敘述氛圍的表現特徵是不盡相同的。小說中的氛圍與人物的塑造、情節的展開和生活場景的轉換結合在一起。而在散文的敘述中，氛圍往往同特定的情調、心理契機和意象意境融合為一體。比如魯迅寫作《野草》時，他正處於一種矛盾、苦悶和彷徨的心態，他的心靈的底色是寂寥和灰暗的。於是，在敘述中他結合進了諸如黑夜、墳墓、地獄、朽腐、荒野等意象，形成一種陰冷灰暗與奇異瑰麗相交織，同時又透出神秘氣息的詩的氛圍。冰心信奉愛的哲學，她的心靈是透明超脫的，故而她的散文敘述總是飄蕩著如流雲飛霞、繁星閃爍的空靈明淨的氛圍。而何其芳的《畫夢錄》中的敘述氛圍，又有別於魯迅和冰心作品中的敘述氛圍。那是一種如煙似夢般的霧氣，它瀰漫於天地萬物之間，又滲透進作品敘述中的每個角落。它折射出年輕作者孤獨寂寞的心境，再配上「憂愁」而「哀傷」的語境，這就構成了《畫夢錄》既迷離哀傷而又輕柔朦朧的詩性。正是這獨特的詩的氛圍，激發起了當年不少青少年「看霧」、「畫夢」的熱情。至於上面談到的黃秋耘也十分注重敘述中的氛圍的渲染。他的《丁香花下》，是通過丁香花、丁香花的香味，像「丁香花一般憂鬱的姑娘」，以及丁香花叢中的相逢和惜別的敘述來構成詩的氛圍。他的《霧失樓臺》則是借助「霧」與「琴聲」來構成詩的敘述氛圍。而這種詩的氛圍是我們在研究黃秋耘的散文時不能忽略的一個重要方面。

　　散文中的敘述氛圍一方面形成於文本的形式層面，另方面超越了文本形式的限制。雖然在一般情況下，它與作者選定的內容、場景、結構和話語方式必須保持一種統一的對應關係，但由於氛圍既屬於時空範疇又是心理範疇，它有較大的隨機性和可造性，加之它還體現出作者與文本、與讀者之間的一種特殊的關係，因此敘述氛圍常常能夠直接獲得出人意料的詩的審美效果，尤其在優秀的散文家那裡，這種詩的效果會更加明顯。可惜時至今日，人們

對散文敘述氛圍的藝術功效還缺乏足夠的認識，這在一定程度上影響了散文更好地通向詩的境界。

第十章　散文的詩性意象

　　散文的詩性意象，是詩性散文在形式上要重新探討的另一個焦點。如果說敘述是散文藝術革命的一個突破口，那麼對散文意象的研究則是這種藝術革命的深化。誠如大家所知，散文是最少約束，題材又最為廣泛的一種文學體裁。大凡我們在日常生活中接觸到的一切事物，大到宇宙之大，小到蒼蠅之微，無一不可進入散文作家的眼底筆下。然而，散文題材的廣泛和大小並不一定重要，重要的是如何將生活素材和人生經驗轉化為富於藝術質感，使之成為既具情采理趣又充滿著鮮活靈動的形象的「美文」。這其中，既需要作家具備非凡的理解生活、感悟生活的能力，需要巧妙的立意構思、謀篇布局，更需要作家具備發現和捕捉生活中的形象，並將這些形象按照審美詩性的要求巧妙嫻熟地結合在一起的藝術技巧。我將散文作家的這種能力稱之為散文詩性意象的組構能力。

第一節　構成意象內涵諸要素

　　毫無疑問，審美意象的組構是抵達詩性散文的重要環節，但正如散文的詩性、精神性、生命本體、文化本體性等等過去常常被人們忽略一樣，散文的意象過去也極少受到散文研究者的關注。由於「五四」以來，我國的文學理論和批評一直處於西方文學理論的籠罩之下，而在西方的文學理論傳統中，意象一般被視為詩歌的專利，這樣一來，意象自然便成了散文的奢侈品，甚至有人認為意象根本上就與散文無涉。事實上，這對於散文是未必公平的。因為第一，意象不僅僅是詩歌的專有符號，它是一切文學作品的美感和意義

的重要構成元素，當然它也屬於散文，是構成散文的詩性不可或缺的要素。其次，在我國散文的歷史長河中，早就有大量意象的浪花在翻騰閃躍，特別在古代的《莊子》，現代的何其芳、余光中等散文家的散文中，意象不僅豐富綿密，而且這些散文組合建構意象的能力絕不遜色於詩人。其三，在我國古典散文理論中，雖也涉及到了意象這一概念，只不過「古典散文理論強調造意，而忽視造境；講究文章平面的謀篇布局，而忽略立體的時空設計；強調筆法的翻新立奇，而不在乎意象的經營」。〔註1〕所以當我們在探討散文的詩性時，有必要借鑒我國古代和西方的意象理論，並結合散文的創作實際對意象這一概念進行新的整合。因為，意象就是「散文的詩學」，研究意象之於散文的功用和價值，必能「刺激散文新生命的發展」。〔註2〕

那麼，意象這一概念是如何形成的呢？如眾所知，意象從先秦起就是我國古代散文美學的內核。儘管我國古代沒有系統的意象理論，但對「意」和「象」這一術語的論述卻是早已有之。比如我國古老的哲學典籍《周易》就有「聖人立象以盡意」（見《易·繫辭上傳》）的記載，到了晉代的王弼，則有對意、象、言三者關係的精彩論述：「夫象者，出意者也；言者，明象者也。盡意莫若象，盡象莫若言。言生於象，故可尋言以觀象；象生於意，故可尋象以觀意。意以象盡，象以言著」。〔註3〕王弼在前人「意」與「象」的基礎上，進一步闡述了言、象、意三者之間的因因相長、相遞派生的內在聯繫。儘管王弼關於意、象、言的論述主要屬於哲學範疇的辨析，而非關於美學方面的傳達，但他對意、象、言的辨析無疑為「意象」這一概念的誕生奠定了認識論的基礎。當然，在建構「意象」的過程中，功勞最著的當推南北朝的劉勰。在《文心雕龍·神思》篇中，劉勰這樣闡釋意象：「使元解之宰，尋聲律而定墨；獨照之匠，窺意象而運斤」。劉勰不僅創造性地將「意」與「象」組合成一個詞語，從而結束了「意」與「象」分離的歷史，使其成為一個整體的概念。更主要的是，他將「意象」從哲學的範疇引進了審美的領域，並特別強調創作主題在鎔鑄意象中的作用，這就使得意象在文學創作和欣賞中的價值大大地突出了，同時這種意象觀的確立對散文文體的覺醒也有著重要的意義。不過也應當看到，由於中國古典文論的含蓄玄妙、空靈飄忽，強調「象外之象」、

〔註1〕鄭明娳：《現代散文構成論》，大安出版社（臺灣）1989年出版，第282頁。
〔註2〕鄭明娳：《現代散文構成論》，大安出版社（臺灣）1989年出版，第282頁。
〔註3〕王弼：《周易略例·明象》。

「言外之意」，這樣一來，古典文論中的術語便不可避免地帶有含糊、多義和不確定的特徵。大致來說，古代文論中的「意象」概念涵蓋了諸如「比興」、「隱秀」、「喻巧」、「文思」、「氣象」、「興象」、「境象」等等方面的內涵，因此嚴格來說，我國古代文論中的「意象」，與我們今天所理解的現代意義上的意象還有較大的距離。

　　現代意義上的意象內涵的體認，很大程度上得益於20世紀初美國意象派詩人龐德。龐德不僅對意象概念作出了有別於傳統的界定：意象不是一種圖像式的重現，而是「一種在瞬間呈現的理智與情感的複雜經驗」，是一種「各種根本不同的觀念的聯合」。〔註4〕他同時還通過具體的創作實踐來印證他的理論，那首著名的短詩《在一個地鐵車站》就是他的意象理論的最好注腳。當人們的審美眼光從幽靈般的黑黝黝的「面孔」滑向「濕鹿鹿」的「黑色枝條」，再滑向充滿生機的「花瓣」時，人們感受到的難道僅僅是一種鮮明可感的形象嗎？不，那是一種理智與感情交織著的複雜的經驗。這短短的兩句詩，包含著龐德多少內在的、深邃的、難以言說的意念啊！所以，頗具洞察力的韋勒克和沃倫在《文學理論》中認為：「意象是一個既屬於心理學，又屬於文學研究的題目。在心理學中，『意象』一詞表示有關過去的感受上，知覺上的經驗在心中的重現或回憶，而這種重現和回憶未必一定是視覺上的」。〔註5〕也就是說，作為文學作品意義構成的基本要素之一，意象是一個複雜多義的概念，從一般的層面上理解，它不單是詩人或作家「心物交融」的產物，更是「人心營構之象」，即意象首先是一種心理的表象，是詩人或作家在內心對過去生活經驗進行回憶與重現，而後再融進客觀的景物構成形象。換言之，意象是經作者的心理、情感和意識多重綜合而構成的一個或多個詞象組合，是心和概念表象與現實意蘊的統一。同時，它也是一個充分生命化了的具有質感的詞語，它漂浮於感性與理性、形態與意義之間。

　　從意象的類型來看，有視覺意象、觸覺意象、嗅覺意象、味覺意象、聽覺意象等等，此外，還有靜態意象和動態意象。就意象的構成而言，則有單一意象、（或叫「單象意象」）組合意象、意象群乃至系統意象等等。由於上述意象的分類和構成是針對於一般的文學特別是詩歌而言，加之這些問題在韋

〔註4〕韋勒克、沃倫：《文學理論》，三聯書店1984年版，第201、202頁。
〔註5〕韋勒克、沃倫：《文學理論》，三聯書店1984年版，第201、202頁。

勒克、沃倫和鄭明娳等人的論著中都有詳細的分析，〔註6〕故而在這裡我不準備對意象的一般化類型和構成展開進一步的探討，而是側重於考察散文意象的類型及構成因素，以及20世紀的某個時期散文意象的發展流變。

第二節　散文意象的四種類型

　　作為文學作品的基本元素之一，散文的意象與其他文學體裁的意象有相同之處，同時它又有著自己獨特的表現形態。從總體來說，詩歌的意象比較單純凝練、峭拔新尖，其跳躍要大一些；散文的意象則往往借助於虛實結合的記敘與描寫，構成一種雖零散，卻是多重組合的畫面，其思路的推進也較為平緩和連貫。其次，詩歌意較含蓄朦朧、縹緲玄妙，散文的意象雖也有象徵、通感和隱喻之類，不過與詩相比還是要明確顯淺一點。根據散文意象的概念內涵和審美特性，我認為散文的意象主要有如下幾種類型：

　　（一）精緻的或繁富的意象。韋勒克和沃倫在討論文學作品的意象時，引用了威爾斯的意象類型學的理論。威爾斯將意象分為七種類型，精緻意象和繁富意象是其中的兩類。不過按我的理解，精緻意象與繁富意象歸為一類更為合適。它們的特點都是一種齊整劃一的視角意象，而且往往總是與節日慶典或明麗歡快的環境意境結合在一起。這一類型意象不但精緻，裝飾意味較濃，而且意蘊較單純淺顯。「它把兩個含義寬闊而具有想像價值的詞語並置在一起，兩個寬闊、光滑的平面以面貼面的形式接觸」。〔註7〕換言之，這類意象的構成是建立在簡單的價值判斷之上的。比如豔麗的玫瑰之於漂亮的女人，和諧的樂曲之於美麗的心靈等等。儘管韋勒克和沃倫在印證這類意象時選取了彭斯的詩作為例子，但在我看來，精緻或繁富的意象更是屬於散文。我們只要略為考察20世紀的中國散文，輕而易舉就可以找到大量以精緻或繁富入文的例子。比如冰心的散文就是如此。在《笑》這篇較能體現冰心散文審美風格的作品裏，作者逆時序敘寫了三個不同人物對「我」微笑的情景：先是在「雨後」、「清光」和「光雲」的背景下的安琪兒「抱著花，揚著翅兒，

〔註6〕順便指出，鄭明娳教授對散文意象的論述有許多精彩之處，但她只是一般地對意象的類型和構成進行分析（這些分類和構成事實上也適用於詩歌），而未分辨出散文意象與詩歌意象有什麼區別，以及散文意象的獨特之處，這是令人遺憾的。

〔註7〕韋勒克、沃倫：《文學理論》，三聯書店1984年版，第20頁。

向著我微微的笑」。接下來是五年前的古道邊，「流水和新月」裏的農村小孩的「微笑」。最後是十年前，在「麥隴和葡萄架」下，抱花倚門的老婦人對「我」的微笑。在這裡，「雨後」、「清光」「光雲」、「流水」、「新月」、「麥隴」、「葡萄架」以及對「我」微笑的人物手中抱著的花，這些意象都是美的、善的和歡樂的象徵，它們之所以反覆在作品中出現，既可以給讀者造成視覺上的美感，更主要的是這些精緻或繁富意象外表上的「美」與作品主題的「愛」在價值上是一致的，正是這種「美」與「愛」的融合，構成了冰心散文純潔、清麗和脫俗空靈的藝術境界。明白了這一點，我們就不難理解為什麼冰心的散文中有這麼多的星、光、雲、霞、月、影、風、雪等等意象，因為這些意象在價值上吻合了冰心那顆冰清玉潔的「散文心」，借助這些美好的物象，冰心獲得了對大自然的獨特的感悟。在當代的散文作家中，郭風的散文中也有著大量的精緻或繁富的意象。只要翻開他那些頗具詩情畫意的散文，觸目可及的皆是大自然中的美好事物：會跳舞的樹葉、會唱歌的小草，會互相祝福的花兒……此外，還有在岩石之間飛翔的蜻蜓、在草葉上爬行的蝸牛，沿著弔藍的花穗攀上池岸的小螃蟹……這些都是單純美好、天真爛漫的意象。不僅如此，郭風筆下還常常展現出自然界中美麗快樂的色彩：杜鵑花是紅的、辛夷花是雪白的、薔薇是黃色的、太陽花是深紫色的、還有黃、紅、白相間的玫瑰花等等意象。也許，我們可以說冰心、郭風等散文家筆下的精緻或繁富的意象過於淺顯明晰，缺少一種深刻含蓄的意蘊，甚至我們還可以苛刻地指出這類意象由於有一套固定的「套語」，因而多少帶有一些裝飾性的意味，不過我們在指出這類意象不足的同時也應看到，冰心特別是郭風執著於這種意象的經營，其實傳達出了他們對生活的獨特思考和把握，這就是通過精緻或繁富的意象營造一個快樂單純和美麗的童話世界，以此來抗拒現實生活中的種種醜惡，並使美得以昇華。

　　（二）象徵性意象。象徵和意象由於都是通過形象來表達作家的思想或觀念，因此常常被研究者混為一談。其實，象徵和意象是既有聯繫又有區別的。他們的聯繫在於都具有寓一般於特殊、化抽象為具象的特徵。它們的區別在於意象重「瞬間感受」的「呈現」，且以「心象」為基礎，而象徵作為「託物寄興」的一種詩學手段，它更依仗於修辭上的比喻或「暗示」，即以甲事物來暗示乙事物。此外，意象概念的內涵相對較小，而象徵的內涵則要大一些，也穩定牢固一些。按韋勒克、沃倫的說法，象徵「具有重複與持續的意義。一

個『意象』可以被轉換成一個隱喻一次，但如果它作為呈現與再現不斷重複，那就變成了一個象徵，甚至是一個象徵（或者神話）系統的一部分」。〔註8〕亦即說，任何象徵都是建立在意象之上的，沒有意象，也就談不上有象徵。不過就散文創作來說，象徵與意象在很多時候都是結合在一起的，所以我將其稱為象徵性意象。以茅盾的《白楊禮讚》為例，白楊本是一個意象，但經過作者的不斷描寫和反覆呈現，它便有了持續的意義，變成了一個象徵，即以白楊正直質樸嚴肅的形象，象徵著質樸剛強的北方農民。這一類的象徵性意象，在上世紀 40 年代至建國後 17 年間的散文中特別多見。如楊朔的《雪浪花》，以海邊沖擊礁石的「雪浪花」這一象徵性意象，象徵老泰山打江山，建江山的革命精神。《海市》則以海上出現的幻景——海市，象徵欣欣向榮的社會主義新漁村。《香山紅花》以「經過風吹雨打的紅葉，越到老秋，越紅得可愛」的「紅葉」意象，象徵老嚮導的人老心紅。《茶花賦》以早春二月的童子臉茶花，象徵社會主義祖國的青春面貌。再如陶鑄的《松樹的性格》，以松樹象徵共產黨人的高風亮節、無私奉獻的品格。楊石的《山頌》，以大山的意象象徵老區人民的堅韌和偉大，以上這些散文都是以象徵性意象來結構散文藝術的名篇。需要指出的是，上述的象徵性意象雖能加強散文的形象感和詩意，但由於這些作者在運用象徵性意象來表達主題時，過於偏愛傳統象徵或曰公共象徵，而相對來說忽略了對個人象徵的營構，這就在很大程度上削弱了象徵性意象的神秘感和含蓄蘊籍的意味。相較來說，同是運用象徵性意象，何其芳《畫夢錄》中的「墓」、「古宅」、「樓」，劉成章散文中反覆出現的「羊」以及葉夢散文中的「女山」羞這一類象徵性意象，無論從傳達作者的主觀情意，還是從審美的效果來看，都要遠勝於前一類的象徵性意象。

（三）疊合式意象。這類意象組構不同於並置式的組接的手法，後者一般是將兩個意象不加評論地並置在一起，由此產生一種陌生化的審美效果，如龐德《在一個地鐵站》中的「臉孔」和「花瓣」的意象，就是一個典型的並置的意象。再如溫庭筠的詩句：「雞聲茅店月，人跡板橋霜」。這裡的「雞聲」、「茅店」、「月」和「人跡」、「板橋」、「霜」6 個意象，都是並置式的組合。像這樣的例子在詩歌中還有很多，因此能否這樣說，並置式意象組合更多的見諸於詩歌的創作中？而散文作家則更樂意於疊合式意象組構。所謂疊合式的組構，是散文作家根據主題表達的需要，對某一物象進行不同層

〔註 8〕韋勒克、沃倫《文學理論》，三聯書店 1984 年版，第 204 頁。

面、不同時空的累積性描述，即將一個意象疊加在另一個意象上，使作品由
單調漸成豐富，由平面而趨於立體。以王充閭的《小樓一夜聽春雨》為例，
作品的中心意象是「聽雨」，為了突出聽雨的效果，作品先寫夢中聽雨的情
景，再回憶童年對雨的印象，而後借助回憶與聯想，寫了杜甫詩中的「苦
雨」，宋代詩人曾幾「夢回涼冷潤衣襟」的「喜雨」，以及陸放翁「忽聞雨掠
蓬窗過」的「豪雨」，正是通過對「雨」這一中心意象的層層疊加，大大豐
富了雨的寓意，使雨既成為表現主體的對象，又成為負載散文情懷和對古
人思念的情感符號。郁達夫的《故都的秋》也是運用疊合式意象的典範。這
篇散文的中心意象是「故都的秋味」，還有「秋的色，秋的意境與姿態」。作
者巧妙地避開了對人們熟悉的北京那些名勝古蹟的敘寫，卻把視角對準京
城普通人家的庭前院後，特別是存在於北京人感覺上和心靈上的濃鬱秋意，
並在「故都的秋」這一總體意象的統率下，逐次寫了小院品茗及靜觀白光和
牽牛花，槐樹落蕊及清掃的感覺，以及「秋蟬的衰弱的殘聲」、「北國秋雨所
帶來的秋涼」、「北方的棗樹及清秋的佳日」等 5 個畫面，這 5 景如果單獨
分開，自然顯得較為平淡一般化，但若疊合在一起，就構成了北京秋天特有
的那種來得清、來得靜、來得悲涼的秋味。其意象的意蘊也就由單薄變為豐
富，由平淡變為濃鬱了。類似《故都的秋》這樣圍繞一個中心累積疊加意象
的作品，還可以舉出劉白羽的《日出》、黃河浪的《故鄉的榕樹》、朱自清的
《冬天》等等，此處不做詳細分析。

　　（四）潛沉或擴張式意象。與上述三種意象組構相比，這是一種較為複
雜和多義，相對來說也較為高級的意象組合。潛沉，也就是潛沉在「全部視
覺之下」。〔註9〕它訴諸感官以形象性、可感性，但不是簡單地將兩個有價值
的詞語並列在一起，更不會明確清晰地予以呈現。因此，潛沉的意象接近於
隱喻意象。而擴張意象，則是發散式的富於想像力和創造性的意象組構。它
往往以一個意象為基點，而後輻射開來，呈豐富紛紜、綿延不斷的發散狀態。
下面我們先來看潛沉的意象。就散文來說，潛沉的意象在臺灣的散文中較為
普遍。如王鼎鈞《那樹》，其主旨是批判工業社會的發展對生態自然的破壞，
但作者沒有將這種批判淺表化，而是極力渲染老樹悲壯蒼涼的生命歷程，它
的奉獻精神，以及人們對老樹的懷戀。至於老樹的名字叫什麼，老樹具有什
麼品格，甚至老樹象徵著什麼人，這些在作者看來都不重要，重要的是作者

〔註9〕韋勒克、沃倫：《文學理論》，三聯書店 1984 年版，第 201 頁。

對老樹的生命感受和體驗以及老樹這一潛沉意象最深層的隱喻意義——不僅對當前社會中工業文明對傳統文化蠶食的擔憂，也有苦澀心境的揭示，無私奉獻的無奈，自我選擇的自豪。由於作者採用隱喻的形式，在潛沉的層面上，對老樹進行多層次、多側面的描寫。於是，《那樹》也就不同於茅盾筆下的白楊或黃河浪散文中的故鄉榕樹，而有著一種更為深邃，更為隱蔽多義的思想意蘊。這樣的散文，在臺灣還可舉出楊牧的《年輪》，馮青的《消失的街道》，林耀德的《地圖思考》等等。以上分析的是臺灣的散文創作，就大陸的散文創作來說，潛沉式的意象受到青睞應該是 90 年代以後的事情。由於一批被稱為「新生代」散文作家的湧現，他們不再滿足於上世紀五、六十年代甚至 80 年代初期那種結構單一，內涵明確的明喻式意象組構，而傾向於營造晦澀含糊、具有多義性的潛沉式意象，這樣，在 90 年代的新生代的散文創作，比如在《上升》等集子中，我們接觸到了大量這樣的句子：「只看見風的線條，它是飄揚的旗幟，是紛飛的樹葉是蕩漾的黑髮是我手中燃燒著的香煙」。「眩目的陽光呼嘯而來，撒了我一臉一身，我跳起來招招手，更多的陽光撲過來，弄得我鼻子癢癢的」。這裡的意象，無一例外都是隱喻潛沉的，因而也是既多義又綜合的。它為讀者提供了多種解釋的可能性，並激起讀者豐富的聯想，給他們以新奇感。

擴張式的意象，主要以臺灣散文家余光中的散文創作為代表。余光中在《剪掉散文的辮子》中一再強調現代散文的彈性和密度。在他看來，這種彈性和密度不應僅僅指語言的錘鍊加工，還應包括意象的組合創設，即在散文中增加意象的寬度和輻射力，使其更加奇警新尖，更具藝術的衝擊力。於是，我們看到，當他開車在南基島上奔馳時，他的眼前出現了這樣的意象：

> 在純然的藍裏浸了好久。天藍藍，海藍藍，髮藍藍，眼藍藍，記憶亦藍藍，鄉愁亦藍藍復藍藍。天是一個琺瑯蓋子，海是一個瓷釉盒子，將我蓋在裏面，要將我咒成一個藍瘋子，青其面而藍其牙，再掀開蓋子時，連我的母親也認不出是我了，我的心因荒涼而顫抖。臺灣的太陽在水陸的反面，等他來救我時，恐怕已經藍入膏肓，且藍發而死，連藍遺囑也未及留下。〔註 10〕

這篇散文由視覺意象「藍色」寫起，先是自然的藍而後擴張到人身上的藍。

〔註 10〕余光中：《南太基》，《余光中散文選》第二輯，時代文藝出版社 1997 年版，第 27 頁。

接下來連用兩個譬喻性意象，進一步擴張這種藍的感覺。不僅如此，藍的意象中又夾進青藍，而且用極度誇張的手法，寫這藍將「我」「咒成一個瘋子」，使我「藍如膏肓，藍發而死」。長短參差、疊字與排句式行文交替運用，再加上豐富的想像，密集複疊的意象，讀之不僅使人滿眼皆藍，而且感受到一種不同凡響的藍的壓力。余光中的其他散文，也大抵以一個意象為基點，而後一層一層擴張，大面積輻射過來。如《蒲公英的歲月》寫蒲公英的被放逐：「蒲公英的歲月，一吹，便散落在四方，散落在湄公河和密西西比河的水涯……蒲公英的歲月，流浪的一代飛揚在風中，風自西來，愈吹離舊大陸愈遠。他是最輕最薄的一片，一直吹落到落磯山的另一面，落進一英里高的丹佛城」，由蒲公英的飛向四方，到「我」的靈魂的被放逐，我的遠遊，我的胃交給冰牛奶和草莓醬，我的臉交給新大陸的秋天，發交給落磯山的秋天，茫茫雙眼交給青翠的風景。用借代的手法，不斷地將意象擴張，從而產生一種特殊的藝術效果。當然，最能體現余光中這種營構意象特色的，是他的名篇《聽聽那冷雨》，這篇散文的意象可謂五彩繽紛、豐富繁複，其意象的密度就像春草那樣茂盛。然而《聽聽那冷雨》的擴張式意象又有其特點：一是它的隱喻性象徵隨處可見，而且常常將比喻和聯想、烘托等手法一併運用。二是它的通感意象的運用。在作品中，雨既可視，又可聽可觸，可嗅。聽本應側重雨的聽覺意象，但作者卻用觸覺意象「冷」來形容，使聽覺向觸覺、味覺移動，從而打通各個感官的通道，多視角、多層次地渲染了「雨」這一意象。其三，《聽聽那冷雨》中既善於化解古典文學或古籍典故為鮮活的意象，又善於將自我的意境與眼前的景物融為一體。此外，作品中既有杏花、春雨、江南，「整個中國整部中國的歷史無非是一部黑白的片子，片頭到片尾，一直是這樣下著雨的」這樣宏大的意象，又有「古老的琴，那細細密密的節奏，單調裏自有一種柔婉與親切，滴滴點點滴滴，似幻似真」這樣細小的意象。正是歷史與現實的穿插，大小意象的映照，激發起讀者無盡的遐想。很顯然，余光中筆下的「雨」意象與王充閭筆下的「雨」的意象是不同的。王充閭的《小樓一夜聽春雨》，是在「雨」這一中心意象統率之下，將有關「雨」的詩詞和記憶疊合組構在一起，其邏輯線索較為清晰，層次的遞進較為有序；余光中的《聽聽那冷雨》則是將雨編織進一個龐大的整體審美意象系統中，他的思緒是放射性、跳躍性的，所以他散文中的意象也就成了擴張性的意象。

　　從以上對意象類型的分析，可以獲得這樣的認識：散文的意象有淺層和

深層、低級和高級的區別。大體來說,精緻或繁富意象由於較簡單清晰,又多少有裝飾意味,因而是屬於較低級和淺層的意象範疇;象徵性意象中的公共象徵因缺乏獨創性而流於淺顯和落套,個人象徵由於作者對生活的獨特理解和感受,因而是深層和多樣的;疊合式意象組合,可以認為是意象序列中的中間狀態;至於潛沉和擴張意象,無疑是深層的、高級的意象組合甚或意象系統。如果當代的散文作家在此類意象的經營中多花力氣,則當代的散文創作就有可能獲得更豐富多樣的詩性。這也是我之所以用了這麼多篇幅來分析潛沉或擴張意象的原因。

第三節　意象創造的美學原則

　　意象的組構創造是一項十分複雜的審美意識活動,同時也是散文必須面對的一個課題。現代的散文要從一覽無餘的抒情到節制的抒寫,從直白說明到間接呈現,從模仿現實到超越現實,就必須重視對散文意象的組構創造。當然,相較於敘述、描寫和議論,一般修飾手法的運用,以及意境的營造,意象的組構創造無疑是最為複雜最為艱難的。所以在組構創造意象時,要注意到這樣一些問題:

　　其一,意象的組構創造忌單一、直白和落套。意象作為一種瞬間呈現的理智與感情的複雜經驗,是一種視覺、聽覺、觸覺以及各種觀念的聚合,它實際上深含著作者許多內在的、不可言說的理念。我們知道,意象可以作為一種「描述」,一種形象存在,也可以作為一種隱喻給讀者以暗示。從這個意義上說,意象是反映的,又是呈現的;是直接的,又是間接的;是寫實的,又是想像的;是確定的,又是流動的,總之,意象的最美妙的存在狀態,應是它的暗示性、模糊性、多義性和超越性。遺憾的是,20世紀的很多散文作家甚至包括一些散文名家並沒有真正意識到意象的這一特性。他們的散文中不是沒有意象的組合,但總是失之於太淺、太白、太簡單化。明顯的例子是上世紀三、四十年代以後的一些散文,如茅盾的《白楊禮讚》,此文採用了傳統的比興手法,用白楊的外貌和性格比喻北方的農民的外貌和性格,不但意象的組構較單一,內在的意蘊也太明確淺顯。而郭沫若的名篇《銀杏》,意象更是單薄淺顯:「銀杏,我思念你……你這東方的聖者,你這中國人文的有生命的紀念塔,……我是喜歡你,我特別地喜歡你……是因為你美,你真,你善……

你的株幹是多麼地端直，你的枝條是多麼的蓬勃，你那摺扇形的葉片是多麼的青翠，多麼的瑩潔、多麼的精巧呀！」有激情、有形象、有聯想，語言也瑰麗暢達，但此文的致命處在於作者在創造意象時，只注意外在的渲染而不注意對意象的內在意蘊的發掘，加上感情上的一瀉無餘，表達上的毫無節制，這樣，「銀杏」的意象塑造總體來看是失敗的。及至楊朔散文中的那些意象，似乎又失之於老套，所以也就難以引起今天讀者的激動。相反，由於魯迅、沈從文、何其芳、馮至、錢鍾書等的散文中的意象有個人的創造，加之他們散文中的意象較為豐富、多義和深邃，因而即使在今天，仍然能引起讀者閱讀的興趣。至於以余光中為代表的臺灣散文家，因其散文之中的意象化程度更高，其意象的組接創造更為巧妙純熟，故而他們的散文更能獲得大陸讀者的喜愛。

其二，意象與語境的整合。意象建構的意識流動的過程，呈現的是一種整體的活動圖式。即是說，意象個體的生成不能離開整體的意象體系而獨立存在。正如完型心理學的代表人物考夫卡所指出的那樣：「假使有一種經驗的現象，它的每一部分都牽連到其他成分；而且每一成分之所以有其特性，即因為和其他部分具有關係」。這表明，意象個體的生成和功能都受到整體的制約，只有在整體，在整個意象語境的流程中，個體的意象才能顯示其意義。比如說「枯藤」、「老樹」、「昏鴉」……若單獨挑出一詞，它只是一個孤立的意象，並沒有具備審美的意義。而倘若我們將「枯藤」、「老樹」、「昏鴉」……放置進特殊的語境中，不僅讓這些意象個體與整體發生聯繫並由此構成一幅畫，這樣，這些個體意象就進入了特定的審美情境，激發起讀者欣賞的想像空間。散文的創作也是如此。如果余光中只是孤立地呈現「雨」的意象，而沒有調動聽、視、觸、嗅等種種感受，將「冷雨」與遊子的思鄉之情，少年生活的回憶，古詩畫的意境和現實的觀感聚合成一個整體，那麼可以肯定，余光中的「冷雨」或「鬼雨」絕沒有如此大的藝術魅力。同理，為什麼何其芳早期散文中經常出現的「黃昏」、「遲暮」、「秋天」、「白霜」、「冷霧」、「荒野」、「沙漠」、「冷淚」、「墳」、「古宅」、「夢」等意象能夠產生一種揮之不去的孤獨的淒美，因為這些意象與何其芳那時的苦悶寂寥的心境，和作品的整個「獨語」的語境是相生相長、互為聯繫的。於是，在個體意象的騰湧和整體意境的相互作用下，何其芳早期的散文便彌漫著悲愁、憂傷而又輕柔妙曼的氛圍。可見，個體的意象必須作為文學作品整體中的一個要素組合於語境中，意象才能產

生它的審美意義。

其三，時空設計與邏輯思維。散文作家在創造意象時，不能只停留在一個點即單象意象上，而是要讓意識不斷向前延伸、擴張，將幾個意象連接起來，構成一個相對完整獨立的多重意義空間甚至意象體系。此外，還應看到，在建構意象過程中，各個意象的狀態並不是線性平面的，而是呈現一種立體的結構，就像大海中的浪花一蔟一蔟向前奔湧一樣。正由於意象的建構有這樣的特徵，所以，我們將意象的建構稱為時空的建構。這個時空的設計既是物質的，也是虛擬的甚至是夢幻的。我們看到，凡是優秀的散文在意象的時空設計上都有著流動性、開闊性和立體性的特點。以余光中的《聽聽那冷雨》為例，作者以意象線索為藝術結構，由臺北的廈門街到內地的廈門、江南、常州、南京，再由眼前雨引出對少年時代江南杏花春雨的回憶，再聯想到古詩中的雨趣，作品的時間交錯空間跨度相當大，但這篇作品的真正妙處卻在於通過視覺、聽覺、嗅覺、觸覺等感官意象的綜合建構了一個立體的敘事空間。正是這個敘述空間，形成了一種獨特的藝術氛圍，它湧動著、迴旋著、彌漫著，幻化出各種美妙的圖案和色彩，傳達出各種聲響和氣味，使讀者回味無窮，美不勝收。自然，在建構意象的空間層面時，不能夠違背正常的邏輯思維，以及生活的真實性和心理的真實性。只有符合生活、心理和情感的真實性，意象的建構才有堅實的依託，才經得住讀者反覆品味。此外，散文中的意象化固然要大力提倡，但如果意象過於密集，滿紙都是密密麻麻的意象，也未必是好事。過於密集的意象有時會抵消作品的美學效果，甚至會造成文意的阻塞。所以，一方面要求散文的意象化，一方面又要從善如流，有所節制，這樣才不至於適得其反。

意象的類型和構成還不止這些，這裡只是從散文的創作和欣賞的角度對意象作一粗略的探討。這些探討其實都是基於這樣的前提：意象不僅是詩性散文特有的凝聚物，是構成散文美的一個重要組成部分，還是文學的一種內在形式，是文學獲得現代品格的一種重要方法和手段。因此研究意象，既能更好地幫助我們認識文學的內在形式和本質，又可以促進當代散文在現代化的語境中茁壯成長起來，並日益顯示其藝術上自由創造的本質，以期獲得它應有的地位和尊嚴。

第十一章　散文的詩性結構

　　散文的結構作為一種由生活事件各個部分組成的整體存在形態，具有共時和歷時的雙重秉性，表層結構和潛在結構的多重語義。散文結構不應僅僅指文章的外部組織方式，而應是創作主體的意識、情感、思想，特別是獨特的生命體驗轉化為物質形態的一種「有意味的形式」。優秀的散文作品所呈現出來的結構形態，總是主觀和客觀的結合、外部和內部的圓融，規範和獨創的和諧。所以，無論是建構散文的詩學理論，還是研究現代散文的主要構成因素，都不能迴避散文的結構。

第一節　文法與結構

　　正如對於意象、意境等的重視一樣，中國的傳統文論也相當重視文章的結構，只不過，古典文論家心目中的結構，更多的屬於謀篇布局、行文章法一類的「文章做法」，即注重的是形式結構。舉例說，金聖歎在評點《水滸傳》時就特別強調「文法」，即要求小說結構要做到「章有章法，句有句法，字有字法」。為此，金聖歎還結合創作的實際，列出了「倒插法」、「夾敘法」、「草蛇灰線法」、「綿針泥刺法」、「背面鋪粉法」等等文法範例，儘管上述範例有的屬於敘述的方法，有的涉及到人物塑造的技巧，但在金聖歎看來，不論運用哪種「文法」，其歸根結底都是關於結構的問題，即運用各種藝術表現手法，對故事的各個部分進行周密的組織和合理的安排，使文章成為一個骨架勻稱、線條清晰、針線綿密、首尾圓合的有機整體。當然，金聖歎畢竟是一位一流的小說評點家，因而，儘管他的結構觀點源於中國傳統的文章寫作技巧，即

在總體上強調「謀篇布局、結構章法」方面的「文法」，但他同時還注意到了讀者在閱讀過程中的閱讀心理問題。最著名的例子是在《水滸傳》第 22 回寫武松打虎的過程中，每當敘述中出現武鬆手中的哨棒時，金聖歎便在文中夾批「哨棒」兩字，從「哨棒一」到「哨棒十七」。在這裡，金聖歎反覆向讀者提示「哨棒」的存在，而當武松要真正打虎時，哨棒卻折斷了，這就造成了一種緊張的懸念，一種敘述上的內在節奏感，這樣一來金聖歎的小說評點便多少具備了現代敘述學觀念中的敘述結構的某些特徵。遺憾的是，像金聖歎這樣帶有現代敘事意味的文章結構方面的評點，在中國古代文論中，可謂鳳毛麟角。

金聖歎的「文法」點評或者說他的分析敘述結構的方法對於我們理解文章結構有著極大的借鑒意義。可惜的是，現代以來的文論家對此卻認識不足，特別是散文方面的理論家更沒有意識到金聖歎「文法」的價值。而具體到散文結構上，一般都這樣認為：「我國的整個散文創作，尤其是古典散文，在結構上同我國江南園林的布局，大體保持著一致的風格，那就是：在有限中求無限，在統一中求變化，在人工中求自然。造園者，以築山、疊石、迴廊、漏窗、粉壁、洞門……，……造成景觀的藏、露、對、借、轉換，給遊人以曲徑通幽，步移景換之感。散文作者在結構行文時，也總是力求在有限的篇幅裏，寫出深邃，寫出曲折、給人以長久的回味」。〔註1〕或者認為散文結構應講究起、承、轉、合、應有一種嚴謹的結構美。〔註2〕以上的論述，雖也看到了現代散文結構變化和發展的一面，不過從總體上看，他們都是從外在的謀篇布局來把握散文的結構形式的。

正由於中國現代特別是建國後的作家和理論家總是從外在的組織方式來理解散文的結構，這樣自從二十世紀五六十年代以後，散文的結構便不可避免地陷進了程式化和單一化的境地。這一時期散文結構的特點一般是開篇先來一段寫景，中間寫一件或幾件事，再以事來喻某一個人，最後是抒發感情，昇華哲理。這種線性結構或曰蘇州園林式的散文結構，幾乎是六十年代前後的敘事和抒情散文的常見套路，而其代表性的散文作家自然是楊朔。值得注意的是，當歷史進入到新時期以後，仍然有不少散文作家將楊朔的「三段式」

〔註1〕佘樹森：《散文創作藝術》，北京大學出版社 1986 年版，第 75 頁。
〔註2〕曹國瑞：《情有獨鍾——散文奧秘的探詢》，光明日報出版社 1990 年版，第 95 ～100 頁。

奉為典範，而在某些散文研究者那裡，這種精巧別致的園林式結構仍然有極大的藝術魅力。比如，最近一位散文研究者，就這樣論述園林建構式的結構：

　　這是從傳統的散文營構藝術中蛻變出來的一種結構方式，它比較廣泛地存在於散文作品中。構思時，追求一種類似我國江南園林建構的審美效果。「在有限中求無限，在統一中求變化，在人工中求自然」（佘樹森語）。精心設計抑、揚、疏、密、起、承、轉、合，力求在有限的篇幅裏，寫出深邃，寫出曲折。同時，由於作者的情性和審美情趣各異，「園林布局」也體現出不同的美學追求。〔註3〕

我並不否認園林建構式的散文結構自有其美學上的價值和存在的意義，也主張藝術審美上應該有所偏愛，但對於論者認為楊朔的《茶花賦》《荔枝蜜》以及劉白羽的《天地》等作品的結構，都是在有限中求無限，在統一中求變化，在人間中求自然的論斷卻不敢苟同。事實上，這類表面上精巧別致的園林建構式散文結構是最受限制，最缺少變化，同時也是最不自然，最沒有深度的，因此這種結構模式是最不值得倡揚的。

　　與上述過於執著於別致精巧的結構相反的另一種結構觀點，則是無限度地放大散文結構的範疇和功能。舉例說，在臺灣學者鄭明娳的《現代散文構成論》一書中，有一專章論述散文的結構。鄭明娳將散文結構分為「類型結構」、「形式結構」、「情節結構」、「體勢結構」、「思維結構」五大類。類型結構因在作者另一部專著《現代散文類型論》中有所論及而從略。形式結構主要分析散文的題目、開頭、中段和結尾，以及篇中的句型組織。情節結構側重探討生活事件和人物活動與結構的關係。在我看來，上面的三種散文結構的分析儘管新意不多，但還緊扣散文的結構，而接下來關於「體勢結構」和「思維結構」的分析便離題太遠了。體勢結構基本上是散文的「風格論」和「修辭論」，如果將其放置到該書的第一章「散文修辭論」中亦沒有什麼不妥。思維結構的提法本來不錯。作者認為「思維結構隱身於文字之後，超越形式之上而存在」〔註4〕也頗具慧眼，此外對於周作人的《風的話》的解讀也相當精彩，但籠統將思維結構等同於散文作家的生活道路、人生體驗和思想、情感、意識，卻失之於過寬過泛。特別是這一部分中關於周作人生平和思想狀況的介紹居然達到五千字，跡近於一篇「周作人論」，更與散文的結構關係不大。由

〔註3〕祝德純：《散文創作鑒賞》，中國社會科學出版社 2002 年版，第 113 頁。
〔註4〕鄭明娳：《現代散文構成論》臺灣大安出版社 1989 年版，第 252 頁。

此看來，即便像鄭明娳這樣有較好的中國古典文學根底，又有一定的西學學術視野的學者，在對散文結構的把握上尚且顧此失彼，寬緊不當，評判模糊，那麼對於一般的散文研究者，其研究的難度就可想而知了。

第二節　現代散文的四種結構形態

誠如上述，散文結構不能僅僅是一種線性結構，那種認為無論是敘事還是抒情散文，都應有一個一以貫之的事件或物象貫穿其中，而且要按照時間的順序、事件的發展過程來謀篇布局，結構要有頭有尾、嚴謹勻稱、連貫完整的要求是科班的、不符合散文的實際的。在我看來，對散文結構的這種要求不僅有悖於散文這種體裁的現代性訴求，而且在很大程度上束縛了作家的手腳，抑制了作家自由自在揮灑的激情。應當看到，散文結構是一個獨立自足的開放性系統，它總是隨著時代的發展而發展，隨著人們的審美觀念的變化而變化。如果用靜止的、凝固的眼光來看待散文結構，那麼中國當代散文的結構要麼是視角過於固定，線條太單一；要麼是單薄簡陋，蘊含不深。總之一句話，根本不值得去深究。

然而，事實並非如此。

我們看到，自從上世紀 90 年代以來，隨著人的主體的解放、心靈模式的深化、藝術思維的多元化和散文空間的拓展，散文的結構也呈現出多元化的態勢，即由原來的線性結構演變為幅散結構。散文創作的這種革命性的變革，為我的散文結構研究提供了理論的依據。換言之，在下面的散文結構研究中，我將結合 90 年代以來的散文創作實際，先對散文的結構作類型學的研究，而後再借鑒結構主義的觀點，進一步探究散文的表層結構和深層結構。

縱觀上世紀 90 年代以來的散文結構，我們看到，形式結構和情節結構的散文仍然占著相當的比重。也就是說，有不少散文仍遵循傳統的文章做法來結構散文，或圍繞某個事件組織材料，或採用線索串珠式將一些生活片段連綴在一起，或用某個具有象徵意義的物象串起一系列人事，鋪陳而成文章。這類散文的共同特徵是講究開頭和結尾、中段有照應、有伏筆，整篇作品起承轉合、曲折有致、嚴謹精巧。應當承認，側重於形式結構和情節結構的散文由於一般來說篇幅較短，加之主題集中，表意清晰，結構易於把握，因此這類散文頗受到上了年紀的讀者特別是中學教師的歡迎，但在肯

定這類散文的同時也應看到，這類散文的結構畢竟是一種側重於外在層面的「線性結構」或「常規結構」，因此它不是我的研究的重點。我的研究重點是超越「線性結構」和「常規結構」的情緒結構，心理結構、意象結構和寓言群落結構。在我看來，這是一種更高級別的結構。下面讓我們來看看這些結構有哪些表現形態。

一、情緒結構

　　這裡的所謂情緒結構，是指散文作家在創作時，將強烈的情緒投射到自然景物或人事上，形成一種扇面的結構。需要指出的是，這一類散文的情感抒發已不再沿襲以往的抒情套路，即不再採用託物言志、借景抒情之類的觸發式寫法，也擯棄了情感由淺到深，由弱到強的層層推進式抒情，而是讓感情反覆迴旋、自由跳躍、呈現出一種散點透視、凌亂無序的狀態。比如張承志的許多散文就可歸進情緒結構一路。他的名篇《離別西海固》一開篇便夾帶著激憤的情緒：

　　　　那時已經全憑預感為生。雖然，最後的時刻是在蘭州和銀川；但是預感早已降臨，我早在那場潑天而下的大雪中就明白了，我預感到了這種離別。

　　　　西海固，若不是因為我，有誰知道你千山萬壑的旱渴荒涼，有誰知道你剛烈苦難的內裏？

　　　　西海固，若不是因為你，我怎麼可能完成蛻變，我怎麼可能沖決寄生的學術和虛偽的文章。若不是因為你這約束之地，我怎麼可能終於找到了這一滴水般渺小而真純的意義？

　　　　遙遙望著你焦旱赤裸的遠山，我沒有一種祈禱和祝願的儀式。

　　文章將西海固作為感情的支點而散發開去。作者寫沙溝白崖悲愴的大雪，寫「我」在冬夜的山溝小村裏聽農民給我上清史課，寫「我」的導師馬志文對我的啟示，寫西海固的女人為保護經書用菜刀劈死一名軍官……同時，作者也對及時行樂的現代人，對虛偽做作的文壇和無信的讀者表示出極大的憤慨與蔑視。他甚至還將自己比喻為一條生活在無水的旱海的魚，一頭負著沉重的破車掙扎的牛……這所有的一切，都是這樣地沉重絕望，這樣地令人窒息。而且，這一切都是天命、信仰和終極，是無法擺脫、無法改變的。所以，當張承志決定用一種獨特的形式來獨自品味這天命和宿命時，作為讀者的我們似

乎感到有一股心火在蔓延燃燒，我們彷彿看到一個孤獨的魂靈在雄渾的大西北盤旋，這就是張承志的情緒結構。他的散文中的所有敘述，所有描寫，所有議論和聯想，都是建立在這種孤獨悲愴、犀利激憤的情緒結構之上。

趙玫的大多數散文，也可以歸進情緒散文結構一類。她的散文，基本上沒有完整的情節線索，也沒有周密細緻的謀篇布局，讀她的作品，你感覺到的只是一連串細節的隨意組合和彌漫於作品中的或痛苦、或歡欣、或哀怨的情緒，這種情緒不僅凸現了創作主體情感的起伏和內在的生命衝動，而且給作品蒙上了一層感傷朦朧的詩意。而恰恰是這種看似沒有結構的情緒性結構，體現出了趙玫散文獨特的結構方式和話語表達方式。

二、意識結構

這類結構與情緒結構較為接近；或者說，意識結構與情緒結構常常雜糅在一起，但如果細加辨析，可以發現兩者也有一些區別。也就是說，側重於情緒結構的作品一般感情較為濃烈，主觀色彩也較為鮮明，如張承志、趙玫的作品就是如此。而側重於意識結構的作品往往包含著更為豐富的心理內涵，其表敘也較前者冷靜和從容，如劉燁園的《自己的夜晚》就是一篇以意識結構為特徵的作品。作者由「夜色一般潮濕」的「地氣」寫起，聯想到當知青時在南國山坳的茅屋裏讀法捷耶夫致友人的信，以及如何在長沙接頭打聽黃興墓的情景；又聯想到第一次看電影《廣島之戀》，讀《巴黎對話錄》時激動難抑的心情。而後意識又像蒙太奇般閃回與切換，回到現實中「我」在暮色籠罩的產樓前等待著兒子的降臨，並具體細緻描繪了「我」既喜悅又焦灼不安的微妙心理。總之，在作品中，昨日的激情，已逝的青春與愛情，人與人、人與世界的疏離，以及「我」對「自己的夜晚」的深切感受，這一切均隨著意識的流動而交叉閃現，有時又有互為照應互為補充，呈現出一種既具潛在的心理內容，又帶著理性沉思的結構狀態。再如史鐵生的《我與地壇》，它一方面按傳統的結構方法，描述「我」與地壇的「緣分」，以及「我」與地壇中各式人的交往和他們對「我」生命的拯救；另方面在敘事中又將過去時態的「我」與現在時態的「我」交相疊印，讓外在的「我」與內在世界的「我」，讓「我」與地壇形成多重對話。此外，這篇作品在寫母親和人與「欲望」搏鬥時，也採用了意識流的結構手法，這樣，《我與地壇》的結構便呈現出這樣的特點：它一方面細針密線、條分縷析、層層推進，直迫生命的內核；一方面又虛實相

間、伸縮自如，顯示出極大的結構上的張力，這種表面上看起來似乎散漫和不經意，而實則無懈可擊、十分縝密的意識和心理結構形態，的確顯示出史鐵生深厚的藝術功力。

三、意象結構

意象的經營是散文結構具有詩性和現代意味的重要環節。但傳統的散文一般不太注意意象結構的經營，即便有一些散文採用了象徵性意象的結構方式，也多是公共象徵或單層象徵，象徵符號自身的能指和所指意義具有十分明顯的直接對應關係，如茅盾的《白楊禮讚》，楊朔的《茶花賦》《雪浪花》就是採用象徵結構的代表作。而意象結構的功能之一是要打破這種約定俗成的關係，使意象符號的能指和所指不僅具有多層面的意味，而且具有較大的隨意性和模糊性，從而達到一種陌生性的藝術效果。一般來說，散文中的意象結構主要呈現出兩種狀態：一是圍繞某個中心意象展開思緒；二是沒有中心意象、思維呈散點輻射式特徵。前者如臺灣散文家杜十三的《樹》，作品圍繞「樹」這一中心意象，按時間和空間的順序展現了如下意象：窗外的白雲，道路旁的樹，樹在地面上投下的濃蔭。而後是飛來的鳥在樹上築巢，蟬在樹上歌唱。此外還描寫了藝術家拍下的樹的照片，以及照片旁邊古老的掛鐘，正是通過這些意象的組接和轉換，特別是通過現實的樹與藝術的樹的對比，構成了一種極開闊的詩性空間，表達了作者對於生命、死亡等命題的思考。如果說，杜十三的《樹》屬於「定點」意象結構，則余光中的作品更多地屬於「輻射散狀」的意象結構方式。在《蒲公英的歲月》裏，作者將自己比喻為蒲公英，將「我」的被放逐，「我」的遠行喻為蒲公英的四處飛舞：「一吹，便散落在四方，散落在湄公河和密西西比的水湄」。不僅如此，流浪的蒲公英還是「最輕最薄的一片，一直吹落到落磯山的另一面，落進一英里高的丹佛城」，而「在一座紅磚牆上」，一位五陵少年則西顧落日而長吟：「一片孤城萬仞山」。而在《聽聽那冷雨》中，作者的意緒由冷雨輻射開去：這裡既有臺北淋淋漓漓的春雨、大陸江南的杏花春雨，又有美國丹佛城的豪雨；既有米芾父子山水畫中的煙雨，又有王禹偁在黃崗竹樓中感受到的脆雨。此外還有疏雨滴梧桐的淒冷，驟雨打荷葉的意境，月式古屋中聽雨的迷離。這一切散點鋪排、紛至杳來的高密度意象，再配之以「看看」、「聽聽」、「嗅嗅」、「聞聞」、「舔舔」的極具質感的生命感受和心靈體驗，的確構成了一幅立體交叉、別

具藝術魅力的意象結構圖景。

四、寓言結構

　　不同於意象結構的另一種結構，便是寓言結構。在我看來，這是一種更具創意也更為高級的結構。因為現代以來的散文創作，有不少採用了意象或意象群組成結構，而寓言結構主要由虛擬、假定和變形的人事來構成形象體系，它的意蘊更加深遠，也更富形而上的哲學意味。當然，需要指出的是，寓言結構並不是始自今日。早在先秦諸子散文中，就有不少文章採用了寓言結構的方式，比如《莊子》《人世間》《山木》《逍遙遊》以及《韓非子》等等均是如此。不過應當看到，古代散文中的寓言結構往往是先提出主旨，而後再用一連串的寓言故事加以論證；或者先以一連串的寓言開篇，最後才揭示主旨，使人領悟到某種人生經驗或哲學道理。此外，古代散文中的寓言一般呈現出群落結構的特點，而現代散文中的寓言結構一般都繞開了比喻式諧隱，更不願意借助某個寓言故事來昭示某個道理。即是說傾向於寓言結構的現代散文家更熱衷於通過非邏輯的假定、超現實和超時空的變形來展示現代人的生存困境，或對傳統的寓言進行創造性的重構。比如臺灣作家林或的《保險櫃裏的人》，運用超現實的手法，寫人變成保險櫃的一部分，人被自己關起來了，以此來暗示現代人常常陷於自設的陷阱而渾然不覺的尷尬處境，頗有卡夫卡的「城堡」的意味。而林耀德的《寵物化》則借助人養烏龜，烏龜養子這一現代寓言，通過人與動物的超現實結構，警示這樣一個事實：在現代社會中，人與動物都擺脫不了被「圈養」與「出售」的命運。值得重視的是，在80年代以後的臺灣散文界特別是在新生代的散文家那裡，用現代寓言寫散文業已成為一種較為普遍的創作傾向。

　　不過在中國大陸這邊，用現代寓言寫散文還僅僅是個別作家的探索性嘗試。較早有鐘鳴的隨筆體散文。他運用寓言、虛擬和戲謔等手法，使作品具有開放性和變幻性的特色。余秋雨的散文名篇《這裡真安靜》，則可以說是一個側重心理結構的現代寓言。作品借助軍人、女人和文人的「三相結構」，將歷史濃縮成一個具有高度概括性的結構性符號，表達了作者對於民族、世界和人性的深沉思考。當然，在這方面進行有效探索的是張銳鋒。他的特點是借助詩性的智慧和創造性的想像力，對傳統的寓言進行重構。比如《皇帝》這篇作品，張銳鋒從「車夫的故事」、「魯迅講的故事」、「安徒生講的故事」、

「卡夫卡講的故事」、「博爾赫斯講的故事」、「長城講的故事」等多個角度，對「皇帝」這一虛擬性的符號進行解構。全文的主旨是「皇帝」，然而這個「皇帝」卻是建立在一個個富於隱喻象徵色彩的小故事之上，這就有了現代寓言的意味。在《棋盤──寓言之重根》《飛箭》等作品中，張銳鋒則是對人們耳熟能詳的「龜兔賽跑」、「刻舟求劍」等古代寓言進行重新詮釋。這些作品，無論從美學風範、結構形態，還是從它的視野的開放性，內容的多重性、複雜性和形式的多變性等方面來看，都與我們熟悉的傳統散文有著很大的不同。

除了上面列舉的四種結構形態，90 年代以來的中國大陸散文還出現了小說體結構、詩象體結構、戲劇體結構、甚至還有影視體結構，音樂體結構，等等。不過在我看來，在所有的散文結構形態中，最有意義和最具發展前景的是意象結構和寓言結構兩種結構形式。這兩種結構類型的特點在於：輕描述而重暗示，棄淺露而就蘊籍，避單調而趨豐富。因此，毫無疑問，意象結構和寓言結構是現代散文兩種最為基本的結構方式。當然，我在這裡極力推崇上面兩種散文結構並不意味著否定和排斥其他的結構方式。

第三節　散文的雙重結構

按照結構主義的觀點，在敘事作品中，結構不單單是故事的各個部分組成的物質性存在，也不單單是顯在層面的敘事文字。在他們看來，文學作品除了顯在結構外，在敘事文本的字面底下，還深藏著超出特定文本的潛在結構，也就是說，敘事作品中的結構可以分為兩層：一層是顯在結構，即由敘述的順序，作品的各要素和各部分的連接貫通，以及字面意義層次上的文體結構；另一層面是潛在結構，即超越具體的故事順序和表層文字，甚至超越特定文本的文化結構。敘事作品結構的這種雙重性在小說中表現得最為普遍，而在散文結構中，這種情況也時有出現，只不過我們過去在分析散文結構時，只注重對顯在結構的分析。

下面，我們通過對一些具體作品的闡釋來進一步理解這個問題。

陸蠡作於 1938 年的《囚綠記》，是現代文學中的散文名篇。作品寫的是作者寓居北京時的一個十分平常的生活細節：「我」選擇寓所時，發現有一房間靠南邊的窗外，有一片常春藤，「當太陽照過它繁密的枝葉」，便有一片「綠影」透到房間裏來，於是「我」立刻租下這間既狹小又潮濕的房間。「我」之

所以租下這房間，主要是受到「綠」的吸引，因為綠色是寶貴的。這是生命、是希望，它給「我」帶來生的慰安與歡欣。然而不久，由於「有一種自私的念頭觸動了我」，讓「我」從窗口把兩枝漿液豐富的柔條牽進房間，「教它伸長到我的書案上，讓綠色和我更接近，更親密」。然而，被幽囚的「綠友」卻十分固執，它的尖端總是朝著窗外的方向，它並不接受「我」對它的愛撫與垂青。而更讓人沮喪的是，又過了一些日子，常春藤竟漸漸地失去了青蒼的顏色，「變成了柔綠，變成了嫩黃，枝條變成細瘦，變成嬌弱，好像病了的孩子」。後來盧溝橋事件發生了，朋友電催「我」南歸。臨行時，「我」放回常春藤，恢復它的自由，並向它致以真誠的祝福：

臨行時我珍重地開釋了這永不屈服於黑暗的囚人。我把瘦黃的枝葉放在原來的位置上，向它致誠意的祝福，願它繁茂蒼綠。

從顯在結構來分析，《囚綠記》只是單線的情節結構，即整篇作品是按「戀綠擇居」、「囚綠自賞」、「開釋『囚人』」三個過程的敘述來結構文章，但假若進一步分析，我們會發現，除了上面的顯在結構外，「囚綠記」還隱藏著一個潛在結構，即民族的意識和愛國主義的精神。從作品所寫的地點和時間，以及作品中的暗示，我們都能感受到這種潛在結構的存在。也就是說，作家從常春藤被囚於黑暗中的命運，隱喻中華民族被異族侵略；以常春藤的「變成細瘦，變成嬌弱」暗示淪於敵手的祖國的必然命運；以常春藤頑強的「尖端總朝著窗外的方向」，表達了中華民族不屈服於黑暗、不甘於作「囚人」的反抗精神。此外，《囚綠記》還隱約傳達出作者對現實生活的失望，以及他的苦悶、寂寞的情懷。經過這樣的分析，我們可以得出這樣的結論：《囚綠記》的表層結構是抒寫我與植物的關係，而他的深層結構則是關於民族的解放，追求生命的意義和自由的主題。

當然，倘若從結構主義的觀點來要求，則《囚綠記》的潛在結構還缺乏更為複雜的文化心理內涵，這在一定程度上影響了作品的深度。相較而言，周作人的《風的話》的文化心理內涵就豐富得多了。作品的顯在結構十分簡單：開頭寫北京多風，特別是這幾日更是「大刮其風，不但三日兩頭地刮，而且一刮往往三天不停」。而後用了大量的筆墨，寫故鄉紹興的風，寫了北京各種各樣的風和「我」對於風的感受。如果僅僅是在這個層面來理解《風的話》，當然也有不少的收穫。因為此文雖寫於四十年代；卻承接了早期周作人的樸素淡雅平和的風格，敘述從容舒徐，語言淡而有味，既有生活的情趣又有廣

博的知識。然而，從雙重解讀的角度來看，這樣的分析和理解顯然是膚淺的。事實上，《風的話》不僅有著關於自然界的「風」的外在的線索，還存在著內在的心理或潛意識方面的豐富內涵。關於這方面，臺灣的鄭明娳和大陸的學者喻大翔曾有過精緻的分析。鄭明娳認為：《風的話》「暗含雙關之意」，流露作者「彷徨而又矛盾的心理」，以及「在颱風來臨前的心境與思考」。〔註5〕喻大翔則指出：如果「從意象批評的文本隱層入手，可以多少深入到這個不幸智者的內心世界，將他當時隱藏的心理內容盡力挖掘出來」。〔註6〕鄭、喻兩位學者不僅看到了作品中的雙關語，而且將這雙關詞與周氏的深層心理聯繫起來，的確是切中了《風的話》的要害。而要理解這一點，就必須透過作品的字面意義把握其潛在的結構。《風的話》一開篇就寫道：「北京多風」。這個「風」當不是一般的風，而是來自於社會輿論界的風。可以感到，「我」對這風是沒有什麼好感的。接下來，寫故鄉紹興水鄉的風，「雖然覺得風頗有點可畏，卻並沒有什麼可以嫌惡的地方」。因為故鄉的風更多的是自然的風，即便是龍風「也只是短暫時間，不久即過去了」。甚至乘所謂的「踏槳船」，遇著風浪，船底朝天，「也頗有趣味，是水鄉的一種特色」。可見在周作人的潛在意識世界裏，故鄉由於遠離社會政治的風，所以它的人事風物是可愛的、有趣味的。但作者為什麼又說「風總還是可怕的呢？」因為北京有「蒙古風」，這種風不僅聲音可怕，它刮起的土又有特別細，幾乎是「無孔不入，便是用本地高麗紙糊好的門窗格子也擋不住」。自然，北京還有「我」較為喜歡的白楊多悲風的「蕭蕭」風聲，還有輕搖白楊葉子的「微風」，但總的來說，對於北京的風，「我」是不喜歡的，是嫌惡的。這就流露出了作者當時既複雜而又有強烈的感情意向，以及走錯了路、做錯了事而又不可能回頭，也不想改悔辯釋的無可奈何、聽之任之的深層心理狀態。如果再聯繫此文的寫作時間是 1945 年 5 月 11 日，再聯繫周作人的整個人生道路、文學歷程和思想體系，那麼對於作者寫作此文時的複雜心境和感情流程就看得更清楚了。總之，《風的話》以明線寫風，以暗線寫風引起的心理感受和複雜的感情，兩條線一明一暗、彼此呼應和補充，從而構成了一個意義豐富、含蓄蘊籍的完整的藝術世界。

　　類似《風的話》這樣具有雙重結構的散文，在那些優秀散文家的創作中隨處可見。比如，在朱自清的《荷塘月色》中，除了「披上大衫」，沿著小煤

〔註5〕鄭明娳：《現代散文構成論》，臺灣大安出版社 1989 年版，第 268、269 頁。
〔註6〕喻大翔：《用生命擁抱文化》，人民文學出版社 2002 年版，第 222 頁。

屑路來到荷塘欣賞荷花和聯想起江南採蓮風俗的表層結構外，近期有學者指出此文還有一個從「這幾天心理頗不寧靜」，到「月光」抒情再到盡情享受「荷香月色」的潛在心理結構。〔註7〕在沈從文的《雲南看雲》中，作者表面是在寫「雲」，在欣賞雲的單純和美麗，而它的深層結構則是對「逝者如斯」的時間流逝、生命短促的痛惜與遺憾。尤其在冰心的《我的家在哪裏》中，與其說作者是在尋找「家」，不如說她是在總結自己的一生，是對歷史的懺悔和反思，當然也是在尋找理想和精神的歸宿地。這樣，只有幾百字的一篇短小散文，卻具有了海德格爾所說的「還鄉」的抽象哲學意蘊。

　　需要指出的是，散文的潛在結構也和小說的潛在結構一樣，總是植根於特定的文化系統中，並表現出某種特定的社會心理，因此研究散文的潛在結構，一般來說應將散文放到整個社會文化語境中來考察，這樣才能做到既貼近作品的本體，又做出符合作品實析的評判。遺憾的是，以往的散文研究者不僅忽略對散文的潛在結構的分析，更談不上從特定的社會文化心理來研究散文的潛在結構。這樣一來，自然便只能按照作品的字面意義，或根據敘述內容各個單元之間的關係來研究散文的結構。

　　總之，散文結構是一種綜合的藝術，不管從什麼樣的表現層面去理解，它都和作家的經歷、藝術構思、思維取向、審美情趣和潛在意識有著密切的關係。同時還應看到：結構的類型和表現形態往往是多種多樣且變化交錯著的。好的散文一般以一種結構方式為主，同時包含其他結構方式。這種以不同的結構方式互為賓主、互為補充、交相滲透的組織方法，使散文較好地避開了單線條的平鋪直敘，形成了多層次、複合式的結構方式。這當然是許多優秀的散文家努力探索的結果，這也是散文文體走向獨立與成熟的標誌之一。

〔註7〕楊樸：《美人幻夢的置換變形——〈荷塘月色的精神分析〉》，《文學評論》2004年第2期。

第十二章　散文的詩性意境

　　儘管意境是文學研究中的一個古老話題，卻是一個值得反覆探問的問題，特別對於我正在構建的詩性散文來說，繞開「意境」這一詩學的概念簡直是難以想像的。這裡的原因有三：一是作為中國古典文論的核心範疇，意境本身就是一種詩性的呈現，或者說是詩性散文的題中之意；二是在過去，一般人都認為意境是詩歌的專利，至於散文中的意境，充其量也只是一種附屬物或點綴，因此很有重新「確認」的必要；其三是以往的散文研究者談意境，極少將散文的意境和詩歌的意境區別開來，更沒有歸納、概括出散文意境的基本特徵。因此，本文擬就上述的問題展開探討。

第一節　「文境」與「詩境」的異同

　　探討散文的意境，首先要看到，散文意境和詩歌意境在本質上是一致的。即是說，散文作家和詩人一樣，都是以審美的理想和審美的方式探討散文的意境，首先要看到，散文意境和詩歌意境在本質上是一來觀照自然、社會和人生，都在追求唐代詩人王昌齡所說的物境、情境和意境的結合，並儘量使主觀之內情和客觀之外境達到交融。但是，倘若細加體察，我們又可發現因文類的不同，散文的意境即「文境」與詩歌的意境即「詩境」又存在著不容忽視的差異。這種差異，主要表現在三個方面：

　　造境與寫境。王國維在《人間詞話》中說：「有造境，有寫境，此理想與寫實兩派之所由分。」王國維在這裡指的是詩詞的造境與寫境，他認為造境是理想的，而寫境則傾向於寫實的筆調。我認為，如果我們尋此思路，以造

境與寫境來區別詩歌和散文的意境營造，也許對這兩種文類的藝術特徵和審美方式會有新的認識。因為詩歌文類的獨特性和規定性，決定了詩歌更趨向於「造境」。即是說，由於詩歌是一種高度集中明煉、且懸浮於「日常生活」之上的文類，所以詩人在創造意境時，更喜歡借助想像、象徵或幻想，營造出一個個飄忽空靈、可感而不可觸的虛化的理想境界。所以，司空圖早就指出：「詩家之景如藍田日暖，良玉生煙，可望而不可置於眉睫之間也」。〔註1〕「詩境」之妙處，正在於其既不脫離現實，又不黏合於現實，即所謂不即不離，似與不似之間。對於詩來說，寫得太實太細太具體，可能會使意境頓失，更不可能產生什麼「言外之味，弦外之響」。而與詩歌的造境不同，散文更側重於「寫境」。它偏重於實情實境的敘述，特別是對生活場景和生活細節的描繪。雖然散文也需要想像聯想，也有意象的營造、以及借助外景來抒發感情，等等，但這所有的一切都發端於「實境」，都是透過具體真實和確定性的描述，而後才形成一種情與景匯、意與象通的藝術境界。

關於詩歌與散文在創造意境上的差異，文學史上有大量的例子可資證明。比如李白的詩《夜下獨酌》和臺灣散文家張秀亞的散文《杏黃月》，兩者都是以月亮作為書寫對象，都有著極冷清寧靜的意境，但兩者的意境的構成，又有很大的不同。讀李白的詩，我們首先感受到的是詩人瀟脫不羈的浪漫情懷和超拔的想像力：

　　　　花間一壺酒，獨酌無相親。舉杯邀明月，對影成三人。月既不
　　解飲，影徒隨我身。暫伴月將影，行樂須及春。我歌月徘徊，我舞
　　影零亂。醒時同交歡，醉後各分散。永結無情遊，相期邈雲漢。

在詩中，孤獨的詩人無親無友，於是舉杯邀請天上的明月到凡間與我一同飲酒。儘管月亮、影子與我作伴的時間很短，但「月既不解飲，影徒隨我身」、「我歌月徘徊，我舞影零亂。」你看，我、明月和月光下我的影子是多麼地相融相偕忘情啊！以至於月亦忘了月，我亦忘了是我，影子也不再是影子。不僅如此，我和月亮與影子還約定：下次再到「雲漢」上痛飲。詩的意境十分詭異、飄忽和空靈，它不僅流露出了「詩仙」企望脫離現實生活乘風而去的理想，而且它的「造境」高度凝煉概括，思緒呈跳躍狀態，而時空則相互交錯，總之其意境是「抽象虛化」的。而張亞秀的《杏黃月》雖然也有豐富的想像，比如由「魚鱗上的銀光，在暮色中閃閃明滅」，想像到「那不是人生的希望嗎？

─────────────────

〔註1〕司空圖：《與極浦書》。

閃爍一陣子，然後黯然了，接著又是一陣閃光」。還有由「杏黃色」的月光，想像到她當年那件杏黃的衫子。此外，還有大量的意象的描寫，如「水草，是的，她覺得心上在生出叢密的水草，等等，同時作者還運用了通感手法來緣情賦景，等等。但我們更應注意的一點是，張秀亞在營構散文的意境時，融進了許多寫實的因素。或者說，她是以日常生活為基礎來展開她的藝術想像和「寫境」的。具體的例子是作者用大量的筆墨來描寫門外街上「開始嘈雜」的人聲和乘涼的人們，描寫女孩和老人關於月光的對話和簫聲，特別是由「杏黃月」聯想到年輕時校園的浪漫歲月。這些都是基於作者的個體經驗，而且都十分具體可感。很顯然，它們是《杏黃月》的意境不可分割的一部分。可見，散文的意境一般是由「寫境」構成的。當然，不論是詩還是散文，在創造意境時常常採用虛實結合的手法，既不存在絕對的「寫實」，也不存在絕對「寫虛」。因此，所謂的「造境」與「寫境」之說，也只能是相對而言。

　　凝煉集中與鬆散隨意。這是詩歌與散文在創設意境過程中的第二個區別。如眾所知，詩歌的特點是在表現生活時要求做到高度的濃縮集中和概括。為了用最少的字，最節約的詩行表達最豐富的感情和生活內容，它的用詞造句極為簡潔凝煉，意境的展開較為迅速，且從意象的組合到意境的拓展存在著較大的跳躍性和斷裂性，遠遠超出了一般邏輯思維的軌道。而與之相比，散文由於本質上的自由散淡，不修邊幅，這樣散文的意境也就較為疏散和隨意。它的意境的展開較平實舒緩，從意境初展到拓展到層深有著明顯的鋪排和渲染的過程。而且它還特別注意細節、物象、意象的相互照應和連接的綿密。以上引的李白的詩為例，此詩的主旨是「行樂及春」和「永結無情」，描狀的是「醒」和「醉」兩種人生情態。為了達到這一境界，詩人先寫孤獨的我，再寫我、明月和影子「三人」對飲的情景。在造境上，這一層次是從「花」聯想到「春」，從「酌」聯想到「歌舞」；同時，這一段的描寫都是圍繞著「我、月、影」三者展開。第二段的「飲」是「酌」的延伸照應，並由月和花發出「行樂及春」的議論。第三段緊接上段，從「行樂」聯想到「我歌」與「我舞」，以及「醒時」和「醉後」的兩種人生情形。最後落筆於「雲漢」，寄望於無情的明月和影子，與我能再次在月下做有情的交換。全詩想像峭拔，神思飛動，意境既搖曳多姿、交互綜錯，又高度地凝練集中。這樣的造境，的確惟有李白這樣的「詩仙」才能做到。再看《杏黃月》，作者一開篇便寫眼中景：「杏黃色的月亮在天邊努力地爬著，企望著攀登樹梢，有著孩童般的可愛的神情」。

接下來是寫炎熱的空氣，寫「桌上玻璃缸中的熱帶魚，活潑輕盈地穿行於纖細碧綠的水藻間，鱗片上閃著耀眼的銀光」。而後筆調又收回來，描寫「杏黃月漸漸的爬到牆上尺許之處，淡淡的光輝照進了屋子，屋子中的暗影挪移開一些，使那冷冷的月光進來」。而當作品中的「她」在月光下讀著老同學「畫有星芒」的信時，淡淡的憂鬱感不期然地襲上心頭：「也許……也許……」。她臉上的笑容，只一現就閃過去了，像那熱帶魚的鱗片，倏然一忽，就被水草遮掩住了」。有景、有情、有飄忽的意象，有人生哲理的沉思，以及由這一切構成的怡靜、溫馨和籠罩著淡淡愁緒的意境，但這意境並不是高度集中凝練，不是跳躍和斷裂的，而是隨著行文的逐漸展開，由一個個優美的畫面構成。它們之間雖有內在的邏輯聯繫，但在結構上，畫面與畫面之間的關係呈鬆散隨意的狀態。而這，正是散文描情繪景的特點。所以，欣賞散文的意境，有時就如走在山陰道上，你可以悠閒隨意地欣賞自然界的一幅幅丹青，沒有喧囂浮躁，沒有任何功利之心，這樣自然就能進入散文意境的堂奧。

單維視角與多維視角。詩由於受到篇幅、句式、韻律等的限制，在造境時，一般採用的是單視角、短鏡頭的展示方式。尤其是那些古典詩詞，展示的往往是一些片斷景色，有時一首詩甚至一句詩便是一幅畫。而散文因為不受篇幅長短的制約，不受句式、韻律、節奏等的束縛，加之表達上極其豐富、自由、靈動，這樣散文在寫境時，往往採用「多角度、長鏡頭地攝入，展示寬廣的、立體的表現空間。」〔註2〕而且其意境往往由多幅色彩各異、景深不一的畫面構成。最明顯的例子莫過於寫雨景。孟浩然的《春曉》，杜甫的《春夜喜雨》，杜牧的《清明》，或從聽覺，或從視覺，或從雨的形態來寫雨境，儘管這些詩語淺情深、意境感人，但若從表現手法看，它們所切入的視角都較為單一，所展示的畫面的層深也不是十分豐富多樣。而臺灣散文家余光中的名篇《聽聽那冷雨》，他不但從視角，還從聽覺、觸角、嗅覺、味覺等方面來寫雨。因此他所創造的雨境既是多維視角，而且是長鏡頭和全方位的展示。再如同寫岳陽樓，杜甫的《登岳陽樓》裏雖有「吳楚東南拆，乾坤日月浮」的名句，境界開闊雄渾，展示了詩人闊大的氣度胸襟，但由於杜甫的詩只是單視角地展現登上岳陽樓所見到的洞庭湖景色，所以它的意境雖高度濃縮卻不夠豐富多樣。而范仲淹的名文《岳陽樓記》所展示的意境雖分散卻更有層次感。其間既有「銜遠山，吞長江，浩浩蕩蕩，橫無際涯」的雄渾壯闊，又有「淫雨

〔註2〕祝德純：《散文創作與欣賞》，中國社會科學出版社2002年版，第99頁。

霏霏，連月不開，陰風怒號，濁浪排空」的陰冷灰暗；既有「春和景明，波瀾不驚，上下天光，一碧萬頃；沙鷗翔集，錦鱗游泳；岸芷汀蘭，鬱鬱青青」的澄明鮮亮和充滿生機，又有「長煙一空，皓月千里，浮光躍金，靜影沉璧」的空靈寂靜的夜境。此外還有漁歌的對答等等，正是這些色彩各異、紛繽多姿的畫面，構成了散文《岳陽樓記》層次豐富、內涵深邃的意境。

在中國現當代散文中，類似《岳陽樓記》這樣運用多維的長鏡頭，通過幾幅畫面的疊合構成意境的作品並不少見。如冰心的《笑》，展示了三幅微笑的畫面：一是在雨後的「清光」的背景下，安琪兒向著我「微微的笑」；二是五年前，在古道邊偶遇的孩子「抱著花，赤著腳，向著我微微的笑」；三是十年前，在茅舍中抱花依門的老婦人對我的「微笑」。三次微笑，三幅畫面，三種情景疊合在一起，便構成一個「光明澄靜，如登仙界，如歸故鄉」的散文藝術境界，表達出了一個深摯的「愛」的主題。再如朱自清的《冬天》，敘寫發生在「冬天」裏的三個生活情景：父子四人圍著「小洋鍋吃白水豆腐」；朋友三人月下泛舟游蕩西湖；妻兒四人在台州過冬的經歷。初看所敘三件往事，並沒有什麼聯繫。到了結尾，作者才點明了文章的線索和主旨：「無論怎麼冷，大風大雪，想到這些，我心上總是溫暖的」。三段往事，三種生活情景，在「溫暖」這一感情線索的貫穿下，疊合構成了一個與自然界的「冬天」有著巨大反差的人類情感的溫馨散文境界。這樣的營造意境的方法，的確與詩歌大異其趣。

散文意境可以說是散文作家把握自然和社會人生，並將主觀內情與客觀物境交織滲透而構成的藝術境界。在審美形態上，如果說「詩境」更側重於造境，它以濃縮集中為要旨，以深藏含蓄為詩味濃醇之所在，以追求韻外之致，象外之象，言外之味，弦外之響為高格，那麼，「文境」更偏向於寫境，它性愛隨意散淡自由，不曲意追求含蓄深藏，卻更樂於自然平實和酣暢淋漓。它的基本特點在於以求「實」之境，傳融「情」之「理」，使人如入真景，如臨實境，繼而獲得美的享受和生活的啟迪。自然，以上的區分只是從相對、大體方面而言，其旨在於提供一種思路，一種框架，使人們對「究竟什麼是散文的意境」，「散文的意境有什麼樣的美學特徵」有一個基本的認識。

第二節　詩性意境的營構創造

王國維在《人間詞語》中說，「尼采謂：『一切文學，余愛以血書者』。後

主之詞，真所謂以血書者也」。又說「故能寫真景物，真感情，謂之有境界，否則謂之無境界」。王國維在此處所說的真景物，真感情主要是就詩歌而言。其實，散文作為偏重於自我表現，特別強調個性的文體，它的意境更要求有真情和真景的融入。不但要有真情真景，而且要真實與真誠。散文的意境創造，要儘量避免兩端：一是浮情和矯情；二是內容上的虛假蒼白。楊朔的《雪浪花》，過去一直被當作吸收傳統散文的觸景生情、情景交融的手法，營造出如詩如畫的散文意境的典範。現在看來，楊朔散文在營造意境方面的致命傷，就在於內容上的虛假，感情上的矯情。比如《雪浪花》結尾對「老泰山」退場的意境喧染，便很能說明問題：

> 西天上正鋪著一片金光燦燦的晚霞，把老泰山的臉映得紅彤彤的。老人收起磨刀石，放到獨輪車上，跟我道了別，推起小車走了幾步，又停下，彎腰從路邊掐了枝野菊花，插到車上，才又推著車慢慢走了，一直走到火紅的霞光裏。

不可否認，楊朔是一個寫作態度十分認真嚴肅的散文家。他對於散文的詩的意境的孜孜不倦的尋求也並非毫無意義。但由於時代的侷限和對散文意境認識的偏差，楊朔不幸掉進了「虛假」和「矯情」的陷阱。請看：在滿天霞光映照下，老泰山的臉是「紅彤彤」的。他停車、彎腰、掐花，而後將花插到車上，爾後是悠然自得地走進霞光裏。也許有人會說這是天真浪漫，說明「老泰山」有一顆愛美的童心。但若從文學的真實性的原則來考量，將一個大字不識的老漁民寫得像城市裏的兒童和姑娘一樣，試問這樣的天真浪漫能站得住腳嗎？如果再聯繫到楊朔寫作此文時的社會和時代背景，這樣的描寫就更顯得虛假和矯情。因而儘管表面上「看起來很美」，其實是「謂之無意境」。因為誠如王國維所言：「詞以境界為上，有境界者自成高格」。而所謂的高格在我看來就是高尚的人格，是創造意境時的真實與真誠。楊朔的《雪浪花》一類的散文由於充滿著浮情和矯情，自然也就談不上有什麼「高格」，有真正的「境界」。由此可見，從創造真正具備詩性的散文意境的角度來看，楊朔式的營造散文意境的方法是失敗的，也是今天的散文作者要儘量迴避，要吸取的教訓。

相比而言，香港散文家黃河浪的《故鄉的榕樹》在創設意境時就要真實和真誠得多。作品以故鄉的榕樹為中心意象，由眼前「住所左近的土坡上，有兩棵蒼老蓊鬱的榕樹」起筆，先以「鉛灰色的水泥樓房」與「搖曳賞心悅目

的青翠」作對比，這一方面表明了作者對紛亂嘈雜的現代都市的厭倦；一方面又流露出對大自然的嚮往和對質樸溫馨的故鄉的思念。轉入正題後，作者更是運用融情入景的寫法，層次清晰地展示了故鄉的風情景物：「流過榕樹旁的清澈的小溪，溪水中彩色的鵝卵石，到溪畔洗衣和汲水的少女，在水面嘎嘎嘎地追逐歡笑的鴨子」，以及「榕樹下潔白的石橋」。作品還特意描述了橋頭那棵「駝背」的老榕樹，追憶童年與小夥伴爬上榕樹玩「划船」的情形。至於了故鄉的風俗民情，比如關於老榕樹的傳說，女人們在榕樹下燒香求神，村民在榕樹下乘涼、閒談、彈唱。這所有的一切描述，可以說都是「真景物，真感情」的融入與流露。因此這樣的作品「謂之有境界」。它一方面牽動著遊子的心弦；另方面又彷彿自然流淌的山澗泉水沁人肺腑，使人心曠神怡。在我看來，《故鄉的榕樹》在創設意境方面的成功，一是以「故鄉的榕樹」為中心意象，作品中的所有描述和意境喧染均是圍繞這一中心意象展開；二是採用「同體分解式疊合」的寫境法，即在總體意象範圍中選取幾個小的生活景觀和畫面疊合組構成一個大的整體審美意境；第三，更為重要的是，作品不僅文思流暢，自然優美，結構上玲瓏剔透，而且描述真切動人，感情真摯溫醇。這樣，榕樹靜默、草木無語、大地無言。而鄉音、鄉愁，還有未泯的童心，還有大自然，卻奇妙地水乳交匯、融為一體了。

　　如果說，真實與真誠，是營造散文意境不可或缺的重要因素，那麼，生命情調的灌注，則是散文意境顯示出蓬勃生氣，具有一種「飛動之美」的根源之所在。這是由於，藝術的「真」，既是生活的真，也是生命力的高揚。關於這一點，我國一代美學宗師宋白華先生曾有過精闢的論述，他認為當意境中「物象呈現著生命靈魂的時候，也是美感誕生的時候」〔註3〕又說：「中國人撫愛萬物，與萬物同節奏；靜而與陰同德，動而與陽同波（莊子語）。我們的宇宙即是一陰一陽、一虛一實的生命節奏，所以它根本上是虛靈的時空合一體，是流動著的生動氣韻」。〔註4〕在這裡，宋白華將文學的意境與中華民族的審美心理結構，與中國人特有的詩化宇宙觀、哲學觀聯繫了起來。其實，在中國哲學中，生命現象與宇宙的變化流遷從來就密不可分。老子說：「道生

〔註3〕宗白華：《論文藝的空靈與充實》《宗白華全集》第二卷，安徽教育出版社 1994 年版，第 349 頁。
〔註4〕宗白華：《中國詩畫中所表現的空間意識》《宗白華全集》第二卷，安徽教育出版社 1994 年版，第 441 頁。

一，一生二，二生三，三生萬物。」〔註5〕莊子說：「生之氣也，氣之聚也，聚則為生，散而為死」。〔註6〕老子的「道生」說和莊子的「氣聚」說，都說明了生命的本源來自於宇宙的變化流遷。也正因此，錢穆在《中國文化特質》一文中指出，宇宙即「天地之合是一大生命」，而人則是由「此大生命而行之使之」形成的「小生命」。而每一個「小生命」，同時便是那個「大生命」的象徵。正由於意識到人的「小生命」與「大生命」的同構關係，所以在中國的古代文學藝術中，無論是文學、舞蹈、繪畫還是雕刻，無一不呈現出一種「飛動之美」的生命形態，無一不體現出一種個體精神的超越，體現出中國人對於生命過程生生不息的恒久信念。

由此可見，生命的律動和灌注，是中國文學藝術的一大特徵，當然也是創造文學意境的重要元素，是文學意境的本質特徵之一。而散文作為中國文學的「正宗」，作為一種歷史悠久的文學樣式，它更不應該忽視生命的灌注，更應在創造意境時注進一種躍動蓬勃的生命感。事實上，散文史上已有大量的例子表明，只有充滿著鮮活的生命力的情景世界，才可能有意境，否則就是無意境。張岱的名文《湖心亭看雪》，寫「湖亭一點，與余舟一芥，舟中人兩三粒而已。」可謂有生命灌注。沈從文的「湘西」系列散文，狀物寫境中處處透出一種生命的大悲憫，於是他的散文的意境富於藝術的質感和彈性。

「文化大散文」的代表作家王充閭的《讀三峽》，也同樣是意境創造中躍動著生命情調的佳構。作家這樣來感受三峽：

> 始讀之，止於心靈對自然美的直接感悟，目注神馳，怦然心動。再讀之，就會感到主觀的生命情調與客觀景物交融互滲，物我融成了一體。卒讀之，則身入化景，濃酣忘我，「沖然而澹，脩然而遠」，進入《易經》上講的那種「天地氤氳，萬物化醇」的靈境，此刻該是「此中有真意，欲辯已忘言了」。

這裡所展示的，是關照三峽的三種境界：一是「心靈對自然美的直接感悟」；二是「生命情調與客觀景物交融互滲」；三是「身入化景，濃酣忘我」。雖然這三重意境的體驗化用了王國維的大學問者必須具有的「三種之境界」說，也類於禪門公案的「見山是山，見水是水」；「見山不是山，見水不是水」的自然觀照過程，但重要的是，在《讀三峽》的意境中，有著作者獨到的人生

〔註5〕老子：《老子》四十二章。
〔註6〕莊子：《知北遊》。

體驗，並處處蕩漾著生命的情調和心靈的感悟。這樣《讀三峽》所展示的意境，便不僅僅是人的自然化，或是自然的人化和社會化。事實上，它是自然與人同一，人之生命即自然之生命。也因此，比之於同類散文，它的內涵更豐富，空間更廣闊，給人的想像更深遠，自然也更富於靈氣與韻味。

　　散文創作中的意境創造，除了要真實與真誠，要有生命的灌注外，我認為還必須注意一點，即散文意境要有靈趣。詩歌意境當然也講究靈趣。比如唐代皎然在《詩式》中，就提出詩的意境要「採奇於象外，狀飛動之趣」。嚴滄浪也在《詩話》中謂：「盛唐諸人，唯在興趣」。但若從文體的本質來考慮，則靈與趣更應屬於散文。如眾所知，散文是一種最具個人性、心靈性和自由性的文學樣式，因而它特別推崇心靈，也因此才有袁宏道的「獨抒性靈，不拘格套，非從自己胸臆中流出，不肯下筆」〔註7〕之論，但對散文意境之創造而言，單有性靈還不夠，還必須有「趣」。「趣」是什麼？按袁宏道的理解，「趣如冊上之色，水中之味，花中之光，女中之態，雖善說者不能下一語，唯會心者知之」。〔註8〕也就是說，「趣」是一種「羚羊掛角，無跡可尋」的朦朧的藝術美感或美質。更具體說，趣既是藝術的審美趣味，是人心的自然要求，更是一種自然而然、無拘無束的心境和自然天成的藝術境界。從這一角度看，趣與靈是同一相通的；或者說趣是靈的一種表現，它們共同構成了散文意境那種既自然隨意，而又生機盎然的難以言說的美感。比如我們在前面提到的張岱的《湖心亭看雪》，其意境就充滿靈趣。在文中，張岱先是從大處著筆，渲染出一片廣漠空曠的湖山雪境：「大雪三日，湖中人鳥聲俱絕」。這裡展示的是一個「千山鳥飛絕，萬徑人蹤滅」的意境。正是在這樣靜寂慌寒的大背景下，「余挐一小舟，擁毳衣爐火，獨往湖心亭看雪」。而這時，「湖上影子，唯長堤一痕，湖亭一點，與余舟一芥，舟中人兩三粒而已」。作者用「一痕」、「一點」、「一芥」、「兩三粒」幾個數量詞，點染出了一個空靈靜謐的意境。然而，文章並未到此為止，「我」到了亭中，突然發現竟有人像「我」一樣喜歡野趣。在這大雪天的夜晚，跑到亭中來喝酒。於是大驚且大喜：「湖上焉得更有此人！」於是同飲而別。歸來途中，舟子喃喃曰：「莫說相公癡，更有癡似相公者」。很顯然，這裡的「癡」不是一般的癡情，而是滲透進一種靈性，有一種快樂的生活情趣在裏頭。由於有湖心亭喝酒的鏡頭，再加上這「癡」，於

〔註7〕袁宏道：《敘小修詩》。
〔註8〕袁宏道：《敘陳正甫會心集》。

是原先靜止的畫面便「動」了起來，其意境不但不像柳宗元《江雪》那般孤寂，而且有一種味外之趣，一種貼近日常生活的溫暖之感。由此可見，優秀散文的寫境，總是率情任性，清新空靈、神韻飄舉，且常常是兼雅趣與諧趣於一身。張岱的散文是如此，明清大多數「性靈小品」也概莫能外。

以上是就古代的散文而論，在現當代散文創作中，在寫境方面洋溢著靈趣的作品也不在少數。如《故鄉的榕樹》中就有這樣富於童心靈趣的描寫：

> 我從榕樹枝上摘下一片綠葉，捲製成一支小小的哨笛，放在口邊，吹出單調而淳樸的哨音。小兒子歡跳著搶過去，使勁吹著，引得誰家的一隻小黑狗循聲跑來，搖動毛聳聳的尾巴，抬起烏溜溜的眼睛望他。

> 而我的心卻像一隻小鳥，從哨音裏展翅飛出去，飛過迷蒙的煙水、蒼茫的群山，停落在故鄉熟悉的大榕樹上。

如此的童心，如此富於生活情趣的畫面，再伴之纏綿深長的鄉思，以及飄逸的想像，別具韻味的故鄉風情景物，這樣自然就構成了一個趣味盎然的意境。與黃河浪相比，臺灣散文家張曉風在築構「靈趣」意境方面做得更為出色。張曉風天生感覺靈敏，對自然景物體察入微，尤其是想像力極為豐富，善於將日常生活中的靈趣凝於筆端，並經過心靈的吐納，幻化為一個個色彩紛繽、詩意蔥蘢的靈趣意境，在《山水的聖諭》中，她這樣寫道：

> 剪山為衣，搏山為缽，山水之衣缽可授之何人？叩山為鐘鳴，撫水成琴弦，山水的清音誰是知者？山是千繞百折的璇璣圖，水是逆流而讀或順流而讀都美麗的迴文詩，山水的詩情誰來領管？

> 俯視腳下的深洞，浪花翻湧。一直，我以為浪是水的一種偶然，一種偶然攪起的激情。但行到此處，我竟發現不然。應該說水是浪的一種偶然。平流的水是浪花偶而憩息的寧靜。

「剪水為衣，博山為缽」。「叩山為鐘鳴，撫水成琴弦」。山是「千繞百折的璇璣圖」，水是「美麗的迴文詩」，這樣經由想像與智慧而融鑄的意象，都表達出作者對大自然的真愛，折射出她對人生萬物的靈性，而且都飽含著生活的趣味。如她筆下的春天便與眾不同：曾經是白雪皚皚的山頭，不經意間就遭到花草樹木的暗襲，於是，「噗哧一聲」，雪終於被撐破，含苞待放的花兒迫不及待地探出小腦袋。一陣春雪像一首山歌「從雲端唱到山麓，從山麓唱到荒林」。最後唱入籬落，唱入一隻小鴨的黃蹼，唱入溶溶的春泥——軟如

一床新翻的棉被的春泥」。這樣的境界，有景有物，有人有事，有趣有味，而且靜中見動，虛實相生。它體現出了張曉風深厚的古典文學素養和超強的感悟自然山水的能力，這其實也是廣大讀者喜愛她的散文的一個重要的原因。

　　散文的意境創造，途徑是多種多樣的，但主要之點在於要真實與真誠，要有生命灌注和靈趣，並善於處理景、物、我三者的關係。同時還要看到，散文意境作為抒情型作品的獨特審美形態，它是一個多層次、多緯度的複雜結構。這正如宗白華先生所說：意境不是單層的平面的自然的再現，而是一個境界層深的創構。從直觀感相的描寫，活躍生命的傳達，到最高境界的啟示，可以有三個層次」。〔註9〕我在上面關於散文意境的探討，其實便是循著宗白華先生指引的「三層次」說逐漸推進的。當然，由於散文意境的豐富性和複雜性，上述的探討難免有片面和不夠清晰準確的地方，但我認為從這樣的視點來把握散文的意境，比泛泛且陳陳相因地用諸如「借景抒情」、「託物寄情」「情景交融」等術語來概括，要更貼近散文的本性，對於散文的創作也更有價值和意義。

第三節　散文意境的誤讀

　　以往對散文意境的研究，除了沒有認真區分散文意境與詩歌意境的差異，未能緊扣散文意境的特徵進行探討外，還普遍存在著散文意境的誤讀。這種「誤讀」主要表現兩方面：一是強調散文應以追求意境為上；二是認為只有借景抒情的作品才有意境。下面擬就上述兩個問題談點看法。

　　散文應以追求意境為上，其源可追溯到唐宋八大家散文，中經「五四」時期朱自清的《荷塘月色》一類作品的強化，在上世紀60年代楊朔的手裏達到頂峰。新時期以來，儘管楊朔的散文遭到了諸多指責，不過他關於追求和創造散文的詩的意境的主張，還是得到了大多數散文研究者和散文寫作者的認同。我在這裡指出這個問題，並非反對散文需要有詩的意境，而旨在表達這樣的意思：並不是所有的散文都需要詩的意境；同時，散文的意境也不是評判一篇散文優劣的唯一標準。上世紀90年代以來，有不少「學者散文」如張中行、金克木等的散文並沒有刻意去追求詩的意境，但他們卻擁有大量的

〔註9〕宗白華：《中國藝術意境之誕生》，《美學散步》，上海人民出版社1981年版，
　　　第63頁。

讀者。再比如王小波的《一隻獨立特行的豬》《沉默的大多數》，韓少功的《夜行者夢語》等一類傾向於精神思考的散文，也與詩的意境無緣，但它們卻成為這一時期散文園地中的精品。正是考慮到當代散文創作的這種現實，我十分贊同散文家梁衡的觀點。他在一篇談散文的文章中這樣說：

　　　　有一種理論，認為散文必須創造出一個美好的意境才稱得上好散文。許多評論大談意境，我覺得這可能是劃地為牢，人為地束縛了散文的手腳。

在我看來，議論類、幽默類，以及傾向於介紹知識和文化反思的「學者散文」與「文化散文」一般不需要詩的意境。即便是記敘類和抒情類的散文，也不一定非要去託物言志、借景抒情，更不需要借助誇張的浪漫的修辭手段或意象來強化感情，營造一個「情景交融」的意境。其實，散文的意境，應是水到渠成、自然而然形成的。刻意地追求詩的意境難免會導致虛假和做作；而將意境無限地泛化，甚至認為沒有意境就沒有散文，沒有散文的發展，則明顯是過分擴大了意境的作用，其結果必將是「人為地束縛了散文的手腳」。

　　如果說，以追求意境為上的觀點在一定程度上泛化了散文意境，則只有借景抒情才有意境的觀點卻正好相反，是窄化了散文的意境。誠然，那些採用借景抒情或融情於景、情景交融的作品一般來說都具有詩的意境。但不可否認，有一些散文，它沒有採用借景抒情的表現手法，也沒有十分浪漫的想像和奇特的意象組合，但它同樣具有催人淚下的意境。最明顯的例子是朱自清的《背影》，朱自清曾自謙地說這篇作品「只是寫實，似乎說不到意境上去」。〔註10〕不錯，《背影》沒有刻意去營造意境，作者沒有渲染車站周圍的風景，也沒有讓父親去買一束花，而是寫父親「蹣跚地走到鐵道邊，慢慢探身下去」，而後又穿過鐵道，爬到那邊月臺。「他用兩手攀著上面，兩腳再向上縮；他微胖的身子向左邊傾，顯示努力的樣子，這時我看見他的背影，我的淚很快地流下來了」。誠如梁衡所說：「這個意境大概不美，但卻催人淚下」。這裡涉及到兩個問題：其一，是散文的意境，並非一定要借助美的景物和美的形象描寫才能完成，有時，表面上不美的景物和形象也能產生藝術上的美感，並最終形成美好的散文意境。其二，衡量一篇散文有沒有散文意境，關鍵是要有來自於肺腑的真感情。感情越真切，感情的內涵越深廣厚重，它營構出來的

〔註10〕朱自清：《關於散文寫作》，見俞元桂主編：《中國現代散文理論》，廣西人民
　　　　出版社1983年版，第158頁。

散文意境就越能打動人心，它就能達到「看似無境勝有境」的境界。這方面的例子，除了朱自清的《背影》，我們還可以在巴金、孫犁、宗璞等人的散文中感受到。

　　總體而言，意境是構成詩性散文的一個重要方面，我們應給予足夠的重視。但在具體研究散文的意境時，又要具備一種科學客觀的態度：既要肯定意境對於散文創作的功用和價值，也要看到這個在上世紀 60 年代曾一度大紅大紫的散文範疇畢竟有其消極陳腐的一面。我們特別要清醒地認識到：散文的本質是自由隨意，無拘無束的，是以心會心，為情而造文。如果為了追求詩的意境而刻意求之，則是為文而造情，那無異於劃地為牢，將美好的意境的營造變為散文創作的桎梏。在我看來，假如我們能以辯證的態度來看待散文的意境，則對散文意境的創造不但可以使當代散文變得更加優美動人，也可以豐富詩性散文的外延和內蘊，使詩性散文真正達到一種既飄忽空靈、流動凝晶，同時又具備堅實、深邃且充滿活力的文學境界。

第十三章　散文的詩性語言

　　海德格爾曾說過：語言是存在的家。所謂「存在的家」的語言，顯然不是傳統的語言學家所認可的那種語言，也不是我們經常說的做為日常生活的「交際工具」的語言。海德格爾所說的「語言」，乃是一種將語言提升到本體存在，提升到人的生命本真和心靈深處的語言。即是說，「存在的家」的語言，是一種真正的詩性的語言，它是人的本性，人的生命活動與心靈活動的呈現，它一頭扎根於人類古老傳統的岩層，一頭連接著現代人的生存狀態和精神生活。也許正是意識到這一點，維柯說：詩性即人性。

　　是的，詩性即人性；而人性必然是含孕著詩性的語言。詩性的語言，將引領著現代人在語言的虹橋上邁進詩意的人生。那麼，做為一種古典、優雅的文學的代表，散文的語言毫無疑問也應是詩性的。但是，我們的散文做到這一點了嗎？

　　讓我們來看看。

第一節　直抵存在與人心的詩質語言

　　以海德格爾的詩性語言觀來考量過去的大量散文創作和散文研究，應該說，我們的失望遠遠大於期待。過去的許多散文寫作者一般都缺乏使自己的語言成為詩性語言的藝術自覺，而我們的散文研究者，對散文語言的詩性特徵更是缺乏應有的敏感和認識；或者更準確說，傳統的散文研究者根本就否認語言具有存在意義上和作為有意味的符號系統的詩性。不錯，過去的散文理論家也反覆地告誡作家們說散文應是「美文」，應講究文采和鍊字鍊詞。不

過，他們強調散文語言的優美性，主要是從語言作為表達思想的一種工具，即從修辭的層面上來理解語言，所以，他們要求散文語言要做到準確生動、樸素優美、簡潔形象，正是遵循著這樣的文學標準化的美學原則，他們特別推崇這樣的散文語言：

> 這些青翠的竹子，沿著細長的滑道，穿雲鑽霧，呼嘯而來。

竹子是「青翠的」，滑道是「細長的」，再加上動詞「穿」、「鑽」，形容詞「呼嘯」，這樣的散文語言確實既準確生動、簡潔形象，又富於語言的氣勢，把竹子下山的情狀繪聲繪色地表達出來，因此它受到了一些散文研究者的高度評價。但是，倘若從詩性語言的角度來考察，我們又感到這樣的散文語言似乎缺乏了一點什麼東西，這一點東西是什麼呢？在我看來，就是語言作為存在的本質，作為人類文化活動的最為基本的表現。由於缺少了最為本源性的東西，加之一味順從標準語的原則，所以上述的散文語言固然優美卻是淺表和單調的，是一種非詩性的語言。

如果說，上面的例子雖然表明人們對散文的詩性語言存在著諸多的誤解，但多少還對散文的詩性語言保留著一點幻想和敬意的話，那麼在大量的文論或創作談中，我們看到的是對散文語言的不敬和貶抑。比如臺灣詩人覃子豪就這樣認為：「散文的句子累贅，詩的句子簡練；散文的句子長短不一，詩的句子有均衡之美；散文的句子時而簡單，時而複雜，而詩的句子有其一致性和調和；散文的句子是說明，詩的句子是表現；散文的句子是敘述，詩的句子是抒情；散文的句子是直陳，故缺少變化，詩的句子是表現，故有變化之巧妙」。〔註1〕類似這樣揚詩歌語言而貶散文語言的例子，還可以舉出許多，甚至即便像鄭明娳這樣對散文有著較深入理解的學者，也認為散文的語言是一種接近實際的語言，它的特點是文字平穩、落實、流利和連貫，而且以「合律為多」。〔註2〕但是散文的語言真的就是一種遠離詩性，沒有跳躍激蕩，沒有節奏韻律，也沒有「破體」的循規蹈矩的平淡世俗化的語言嗎？如果我們回到古典，回到傳統並結合現代哲學和現代語言學的特殊語境來考察中國散文的語言，我們會發現事實並非如此。

如眾所知，中華民族的文明體系和思維結構與西方有著極大的不同。西

〔註1〕覃子豪：《詩的表現方法》，轉引自鄭明娳《現代散文構成論》，臺灣大安出版社 1984 年，第 2、3 頁。
〔註2〕鄭明娳：《現代散文構成論》，臺灣大安出版社 1984 年，第 3、6 頁。

方主要以邏輯思維為基點構成人類的文明歷史，而中華民族則是以詩性智慧為中心構成獨具特色的中華文明，以及由此形成的詩性文化。這種詩性文化的特色是重體驗和感悟，講究生命氣韻的流動貫通，注重以心去統攝、去體味天地間的萬物萬象。而與這種詩性文化相對應，漢語作為「儲蓄傳統的水庫」（伽達默爾語），它與重在認知的科學語言相比，似乎蘊含著更多的「詩性資質」。也就是說，由表意性、象徵文字構成的漢字，是一種更側重於情緒、直覺、想像和隱喻暗示，因而是一種更貼近人的心靈，更具意象化和審美性的詩的語言。而這種詩性的語言，不僅僅存在於那些家喻戶曉的唐詩宋詞中，事實上，從我國第一部散文總集《尚書》開始，就已經有了詩的萌芽。《尚書》的語言雖然詰屈聲牙、古奧難懂，但透過那些簡單質樸的語言，我們仍然能夠感受到一種詩性。那是一種源於人類童年的心智，是建立於感性基礎上的形象思維，一種既粗糙笨拙但又體現出廣闊的想像力，並凝結著我們先民的詩性智慧的散文語言。當然，真正開創我國詩性散文先河的，應推莊子的《逍遙遊》。雖然《逍遙遊》不是詩，卻比許多冠之以詩的作品更具詩味：「北冥有魚，其名為鯤。鯤之大，不知其幾千里也；化而為鳥，其名為鵬。鵬之背，不知其幾千里也；怒而飛，其翼若垂天之雲」。這不正是所謂的「無韻之詩」嗎？而《逍遙遊》的這種詩性，既來自於作者超拔的想像力，也來自於他那或笨拙，或犀利，或汪洋恣肆，又極富節奏感的語言。及至到了唐宋散文，詩性散文更成為當時散文的主要審美形態。我們在韓愈的《祭十二郎文》，歐陽修的《秋聲賦》，蘇軾的《赤壁賦》等作品中，一方面可以領略到如詩如畫的詩的意蘊和詩的境界，另方面又可以感受到儀態萬方，琅琅上口的詩的語言。這些例子都表明：無視我國古代散文的優秀傳統，無視傳統散文的語言中包含著極濃的詩性，自然只能得出散文缺少抒情變化，只是對日常生活的敘述的結論。而這，不但將對散文造成極大的傷害，影響了我國當代散文的發展，而且與我國散文的實際情況相去甚遠。

　　傳統散文理論在語言研究方面的缺失，不僅在於忽略了漢語具有的「詩性資質」，而且沒有意識到語言是人類文化活動的最為基本的表現，是一種如蘇珊·朗格所說的符號化了的人類情感形式的創造和凝結。尤其是，沒有意識到語言是人的存在的家園。事實上，散文的語言不僅僅只有「世俗語言」的一面，更多的時候，散文的語言呈現的是一種「詩歌的語言」。也就是說，在許多優秀的散文中，我們感受到的語言是一種來自於存在的本源，來自於

人的內在根性的本真語言，它是人的存在與語言的遭遇，是詩與思的交融與凝結，也是活潑潑的生命對於世界的體驗與自由自在的創造。因此，這樣的詩性語言就如海德格爾所闡釋的農鞋，它不僅僅是概念、工具，而是「迴響著大地無聲的召喚，顯耀著大地對成熟的穀物的寧靜的饋贈」。〔註3〕它包孕著無限的流動性和可能性，召喚著讀者共同進入一種存在的澄明。正是在這個意義上，我們說語言成為存在的家；而人就居住在語言中。由於看不到散文語言的這一根本性的特點，所以傳統的散文研究自然只能從現實生活中既定的權威和準則，或從普通性、大眾化的公共通用的標準來要求和評價散文的語言，殊不知，這種「世俗語言」雖簡單淺白和符合規範，卻是一種失去了生命本真，一種缺乏創造力，想像力和詩性的語言。因此，毫無疑問，我們所要研究和倡揚的散文詩性語言，是一種不同於傳統的散文觀的語言。換言之，這是一種建立在人的存在和生命的本真的基礎之上，同時又吸收了漢語的「詩性資質」的散文語言。這種散文語言是對以往的文學標準語的偏移、扭曲、變形和陌生化，所以從某種意義上來說，這也是一種顛覆了以往的散文話語的「革命性」的語言。

第二節　語言的感性化與理性化

當我們從人的本性出發，以詩性智慧作為原點，將語言看作人的存在的家園，看作生命與心靈的對話時，事實上，我們已進入了散文詩性語言的第一個層面——語言的感性化。

是的，感性是構成散文詩性語言的第一個要素。這是因為：第一，美是感性的完善。審美的對象不是別的，只是燦爛的感性。藝術的特點就在於把它的意義全部投入到感性之中。先賢們對於感性之於審美和藝術的重要性還有諸多論述，在這裡無須一一羅列。第二，感性源於生命。它是一切生命主體的本質力量，又是人類生命健全存活的「最美麗的花朵」。〔註4〕散文既然以表現生命為其主要的思想指向，那麼它自然就不能拒絕感性的語言。第三，也是最主要的一點，由於科學技術日升月異的發展，現代人越來越淪為科學

〔註3〕海德格爾：《藝術作品的本源》，見《詩·語言·思》，文化藝術出版社1991年版，第35頁。
〔註4〕阿恩海姆：《視角思維》，光明日報出版社1986年版，第341頁。

技術的奴隸：電腦代替了人的活動和感覺，電視機使人與人之間的交流日益減少，而長期沉溺於感官方面的物質享受，又使人的審美感受變得越來越粗糙。總之，信息時代導致了人類生命的萎縮和感性生活大面積的流失，以及文學語言的乾涸。所以，強調散文的詩性語言，首先就是要解放現代人在現代文明中那些被壓抑的感情，同時要反對人工的語言，計算機的語言以及過於理性的標準語言，並通過強調作家在創作活動中那種天然的、直覺的、個體化的密切介入，使散文的語言成為既具藝術的理性，又有充滿著生命的激情的溫暖可感的語言。這是余光中的《聽聽那冷雨》：

> 聽聽，那冷雨。看看，那冷雨。聞聞嗅嗅，那冷雨。舔舔吧那冷雨。雨氣空濛而迷幻，細細嗅嗅，清清爽爽新新，有一點點薄荷的香味……
>
> 雨天的屋瓦，浮漾濕濕的流光，灰而溫柔……
>
> 至於雨敲在磷磷千瓣的瓦上，由遠而近，輕輕重重輕輕，夾著一股股的細流沿瓦溝的屋簷潺潺瀉下，各種敲擊音與滑音密織成網……。

冷雨可以聽、看、嗅、舔，這便是散文的感覺化的語言。當然，散文的詩性語言不似詩歌的語言那樣天馬行空，高度概括凝練。散文的詩性語言是建立「在常軌感情以內的感知知覺為基礎的」，〔註5〕它強調感覺的細膩、準確和生動，所以，在余光中的《聽聽那冷雨》中，我們看到的雨不僅「空濛而迷幻」，而且浮漾著「流光」，同時還是「灰」色的；我們感到的雨是「濕濕」且「溫柔」的；我們還聞到了雨的「清清爽爽新新」的「薄荷的香味」，聽到雨「輕輕重重輕輕」敲擊屋瓦的聲音，而且，「各種敲擊音與滑音密織成網」，而正是這種統攝視覺、觸覺、嗅覺、聽覺，既寫實又虛擬，既在常軌之內又超越常軌的感覺化語言，給讀者的感官形成了極大的衝擊。

在當代的散文作家中，劉亮程的散文感覺和余光中一樣也特別出色。劉亮程的散文吸引讀者的，首先是他對大自然的那種細膩、具象和個性化的感覺，而讀者正是通過他的感性化語言領悟到他對嚴峻生命的深沉思考：

> 寒風正從我看不見的一道門縫吹過來。冬天又一次來到村裏，來到我的家。我把怕凍的東西一一搬進屋裏，糊好窗戶，掛上去年冬天的棉門窗簾，寒風還是進來了。它比我更熟悉牆上的每一道細

〔註5〕孫紹振：《審美形象的創造》，海峽文藝出版社2000年版，第535頁。

微裂縫。冬天，有多少人放下一年的事情，像我一樣用自己那隻冰手，從頭到尾地撫摸自己的一生。

我不再像以往，每逢第一場雪，都會懷著莫名的興奮，站在屋簷下觀看好一陣，或光著頭鑽進大雪中，好像有意要讓雪知道世上有我這樣一個人，卻不知道寒冷早已盯住了我活蹦亂跳的年輕生命。冬天總是一年一年地弄冷一個人，先是一條腿，一塊骨頭，一副表情、一種心情……爾後整個人生。（劉亮程《寒風吹徹》）

劉亮程的散文語言乾淨平淡、自然質樸，他沒有為了使語言生動形象而大量堆形容詞和動詞，也沒有費盡心機錘鍊某個「文眼」，但我們卻實實在在被他的語言所震撼、所征服。這裡的根本原因，在於他的心靈的豐富性，特別在於他是用整個生命來感受體驗大自然和日常生活中的細節。在他的筆下，「寒風」同樣是有生命和感性的：它比我更熟悉牆上的每一道縫縫，它還盯住我活蹦亂跳的年輕生命，並且隨時準備弄冷一個人，先是一條腿，一塊骨頭，而後是整個人生……。正是借助於感性的力量，我們才在他那不動聲色的敘述中，在平靜如水的文字背後感受到一種透骨的寒氣，同時也領略到什麼才是真正的散文詩性語言。

倘若說，劉亮程的散文是借助感性的生命體驗和冷靜純淨的表達來構成散文的詩性語言，那麼在趙玫、蝌蚪等女性作者那裡，這種感性的詩話語言又呈現出不同的情采和韻味：

每一個黃昏都總是如期地抵達，而我們已相距遙遠。在那個清晨，他或許又獨自爬上那片荒草灘，去赴我們神聖的誓言。他說黃昏，他說黃昏已經是生命中的永恆，他把枯草帶回來，他說他渴望那樣就是擁有了我……（趙玫《草藍中的野花》）

如此地聽著你的歌。如此得知你並不遙遠。哪怕天邊。那怕盡頭。哪怕隔世哪怕你的傾訴是從那寂靜的暗夜傳來。而我聽到你，時時刻刻。我聽到你，聽到你如歌的慢板，和你永恆的長笛。我與你相伴。我們相信黃昏，我們相伴走在近夜的黃昏中，看升起的星月。（趙玫《黃昏的原則》）

厚厚的絨布窗簾在動。窗戶縫很大，風總在鑽。你看著顫動的絨布，總覺得那雙手就在後面。你想保留這種感覺，不去把窗戶糊嚴。

　　　那兒有一隻眼，茫無所見。他看的是另一個世界，它看的是自
己的心。一隻小狗冰涼的鼻子。

　　　月亮很淡，若有若無，像夢。

　　　你起身倒水的時候，覺得臉盆那兒有一張嘴唇，很厚道。(蝌蚪
《家·夜·太陽》)

　　趙玫的散文語言，十分典型地體現出其散文創作的審美情趣及其詩性的追求，
那便是以十足感性的文字，通過一種濃得化不開的自我傾訴，反覆地渲染因
離別、思念或期待而引起的痛苦、孤獨、哀怨的情緒，並由此築構了一種獨
特的語感和氛圍。也許讀趙玫的散文，你會覺得她的語言不夠簡潔凝煉，甚
至覺得她的情感渲泄缺少必要的節制，但你卻不得不承認她的散文語言有一
種別人所不具備的詩的魅力，而這，正是她推崇直覺，注重感性的情緒流動
的結果。與趙玫相比，蝌蚪的散文語言不似趙玫那樣朦朧而抒情，但她對窗
簾，對小狗的鼻子和一張嘴唇的感覺，都是既新鮮而獨特的。而所有的這些
感覺，都傳達出年輕作者那種躁動不安的生命律動，並以一種相當感性的形
式直接訴諸讀者的心靈。

　　就語言的感性層面來說，強調在場感和視角與意識的對位也十分重要。
因為在場感便是共時，是體驗，它意味著作者已進入了某種狀態，抵達了某
種形式，並在內心尋找一種與事物融為一體的語言。這種語言與回憶、交代、
說明的語言是完全不同的，而視角與意識的對位，則可以使這種在場感顯得
更真實和豐富。比如有一篇叫《藏歌》的散文開頭就頗具在場感。

　　　寂寞的原野是可以聆聽的，惟其寂靜才可聆聽，一條彎曲的河
流，同樣是一首優美的歌，倘河上有成群的野鴿子，河水就會變成
豎琴。牧場和村莊也一樣，並不需風的傳送，空氣便會波動著某種
遙遠的類似伴唱的和聲。因為遙遠，你聽到的已是回聲，你很可能
弄錯方向，特別當你一個人在曠野上。你走著，在陌生的曠野上。
那些個白天和黑夜，那些個野湖和草坡，灌木叢像你一樣荒涼，冰
山反射出無數個太陽。你走著，或者在某個只生長石頭的村子住下，
兩天，兩年，這都有可能。有些人就是這樣，他盡可以非常荒涼，
但卻永遠不會感到孤獨，因為他在聆聽大自然的同時，他的生命已
經無限擴展開去，從原野到原野，從河流到村莊。他看到許多石頭，
以及石頭砌成的小窗——地堡一樣的小窗。他住下來，他的心總是

　　一半醒著，另一半睡著，每個夜晚都如此，這並非出於恐懼，僅僅
　　出於習慣。

這樣的語言，與我們熟悉的那種散文語言應該是不同的。它與傳統散文語言的區別主要有兩點：其一，是滲透進了生命的情調和心靈的體驗。它的精神是在場的，而生命卻是無限地擴張。其二，這是一種由內視角展開的敘述與描寫，也就是從事物的內部而不是外部展開的敘述與描寫，這樣它的敘述描寫便與小說一樣靈動且自由，每一個視點都是開放的，都包含著各種可能性。而這樣的語言效果，顯然是那些注重於鍊詞鍊句的傳統散文語言所不能達到的。

　　當然，就散文的詩性語言來說，僅僅有天然的、本能的、個體密切介入的感性活動還是不夠的。藝術之所以稱之為藝術，就在於它既是感性的，又是理性的；既是自我的，又是社會和整個人類的。所以，馬爾庫塞在反對語言中的「理性專制」，號召在審美活動中藝術家要「解放在文明中被壓抑的感性」的同時，又不遺餘力創建了一種「藝術理性」。馬爾庫塞的理論對於我們建構散文的詩性語言無疑具有啟示性的意義。即是說，一切的藝術活動包括散文的創作必須具有一種「藝術理性」，但藝術理性又必須以感性為客體對象，藝術理性離不開創作主體的直覺、感知和體驗，這樣，藝術理性才能閃射出想像、幻想和激情的光芒。我們高興地看到，自上世紀90年代以來，我國的散文創作中這種既具感性又兼備理性的散文詩性語言日漸增多了。比如，在史鐵生、張煒的散文中，隨處可以見到這樣的文字：

　　要是以這園子裏的聲響來對應四季呢？那麼，春天是祭壇上空漂浮著的鴿子的哨音，夏天是冗長的蟬歌和楊樹葉子嘩啦啦地對蟬歌的取笑，秋天是古殿簷頭的風鈴聲，冬天是啄木聲。以園中的景物對應四季，春天是一徑時而蒼白時而黑潤的小路，時而明朗時而陰晦的天上搖盪著串串楊花；夏天是一條條耀眼而灼人的石凳，或陰涼面爬滿了青苔的石階，階下有果皮，階上有半張被坐皺的報紙；秋天是一座青銅的大鐘。冬天，是林中空地上幾隻羽毛蓬鬆的老麻雀。（史鐵生《我與地壇》）

　　城市是一片被肆意修飾過的野地，我最終將告別它。我想尋找一個原來，一個真實。這純稚的想念如同一首熱烈的歌謠，在那兒引誘我。市聲如潮，淹沒了一切，我想浮出來看一眼原野、山巒、

　　看一眼叢林、青紗帳。我尋找了，看到了，換回的只是沒完沒了的
默想。遼闊的大地，大地邊緣是海洋。無數的生命在騰躍，繁衍生
長，升起的太陽一次次把它們照亮。（張煒《融入野地》）

同樣有許多感性的生活細節的把握，同樣閃爍著詩性的光輝，然而史鐵生、
張煒的詩性語言與趙玫、蝌蚪的詩性語言卻有極大的不同。史鐵生的詩性語
言是在從容舒緩的行文中，讓個體生命直接去面對生與死、苦難與困境、卑
瑣與崇高，它在感性細膩的敘事，在生命的夢想和幻想中，展開對人類的困
境和命運的理性思考。而張煒則是將情感和生命放回到樸素的大地，讓詞語
在大地，在與本源性的事物的聯結中獲得新生。因此，張煒的散文語言有自
己的生命質地和色彩，它是生命在作品中活躍的閃跳，是幻化了的精氣，更
是作家心血斑斑的披瀝。當然，它不僅僅是感性的抒寫，它有強大的精神理
性作支撐，這就是對某種原初的、本源的事物的執著探尋。張煒的散文，正
是因了這種源於大地的詩性語言而獲得了某種神秘感和聖潔感，而讀者也是
在這種語言的牽引下融入了「野地」，甚至成為了野地的一部分。

　　史鐵生、張煒的散文語言實踐給了我們某種有益的啟示：散文語言的功
能，絕不僅僅具有工具的作用；散文語言的錘鍊，也不是無休無止的「造句
活動」。散文的語言既是形式也是內容，是作家的個性氣質、生命情調的顯現，
也是傳統文化的凝結。散文的語言要活躍、純真、樸素自然和渾然一體，關
鍵是要尋找到一個產生語言的原初性背景，並將生活深處的原生美，將那些
最美麗又最雜亂無章的潛在語言結構或語言氛圍呈示出來，這樣散文的語言
才有可能既獲得感性的美，又達到真正審美意義上的「真」的境界。

第三節　隱喻性與陌生化

　　散文的詩性語言，在很大程度上是對於語言「異質層面」的認同，同時
也是對文學標準語的背叛。即是說，詩性語言之於散文，就如同巴赫金的複
調對話和狂歡化語言之於小說一樣，它們追求的都是一種特殊的言語行為和
語義邏輯，是不能用傳統的散文理論來進行分析的語言異質面。當然，就散
文來說，作家似乎不太熱衷於運用種種語言策略，破壞既有的語言秩序、規
則和邏輯。相對於小說和詩歌，散文的語言革命是較為溫和的。因此，很多
作家喜歡用暗示性的表達，使語言回到它的原初狀態，回到那種既生氣勃發、

充滿激情，又含蓄潛沉、具有多義性和不確定性的感性神秘的狀態。

我們知道，文學作品的內容有顯在結構和潛在結構兩個系統，同理，文學作品的語言也有顯與隱的雙重美學特徵。「顯」指的是文學語言的表層的詞彙和句法，它是語言的指涉與社會交際層面，一般來說呈現出確定性、封閉性和單一性的形態。「隱」是語言的深層表徵，它包括隱喻、意象、象徵、陌生化等等語言因素，隱的語言呈現出暗示性、未完成性、開放性和多義性的特徵。我們所指的散文詩性語言，主要的研究對象是語言的隱性狀態，而在這其中，又特別強調隱喻性語言。

雅各布森在他的經典論文《隱喻和轉隱的兩極》中，對隱喻和轉喻有過深入的探討。在雅各布森看來，隱喻和轉喻雖然都是一種表達的替換方式，但隱喻選擇的是暗示替代的相似性原則，而轉喻則「遵循相鄰關係的原則」，即不直接描述事物，而是描述與這個事物相鄰近的事物。舉個簡單的例子：「太陽是紅的」，是轉喻性的比喻，它是基於太陽與現實生活中某種事物的相鄰屬性派生出來的，並不含隱喻的成分；而「血淋淋的太陽」，則不僅描繪出了太陽的顏色——紅色，並且給人一種心理上的暗示，使人聯想到某個可怕的時代，這樣便有了隱喻的意味。過去的散文理論一直認為，隱喻屬於詩歌的專利，而散文與小說更多地採用轉喻性的修辭。事實上，建國以後很長一段時間裏，我國的散文創作的確極少採用隱喻來表情達意。然而，自上世紀90年代以後，情況就很不同了。在許多作家尤其是年輕作家的散文中，我們除了可以讀到以往常見的轉喻性的語言修辭外，同時還接觸到了大量的隱喻性語言。比如「他穿著一件綠色的運動衣，正如一棵年輕的樹」，而且這「年輕的樹向我跑來」。用借代來替代喻體，於是明喻便成為了隱喻。這樣，樹的比喻也就有了許多的可能性。這是一種情況。另一種情況，是以幾個提喻性的隱喻貫穿全篇，形成一種特殊的詩的語言氛圍。馬莉的許多散文就是如此：

> 在南方的一年四季裏幾乎都可以聽到使我們時而不安時而驚恐時而撼人心扉的雷聲，雷聲彷彿是天空對大地仁愛的表達，它向所有生長著的事物訴說，也向所有熱愛勞動的人們訴說。這種來自天上的聲音彷彿是瞬間就可以穿透人心靈的風景，輕而易舉地就可以把我們帶到一次冒險的邊緣。一隻蝙蝠，一隻又一隻美麗的黑色的蝙蝠，就這樣在雷聲響徹的夜晚開始出沒，它們沒有影子，也沒有聲音，只有天邊的雷聲轟鳴著無窮無盡的危險的快樂。此刻，我

　　對你的敘述將伴隨著轟鳴的雷聲與一隻小小幽靈的飛翔。這是一次
　　黑色的飛翔。在一個伴隨濕潮的天空底下那沉悶陰暗的夏天傍晚，
　　遠道而來的雷聲的轟鳴是一種讓你立刻就想投身到另一個人的懷
　　抱中去的渴望。（馬莉《蝙蝠在雷聲響徹的夜晚出沒》）

「轟鳴的雷聲」、「美麗的黑色蝙蝠」、「黑色的飛翔」、「沉悶陰暗的夏天的傍晚」，所有這些都是雅各布森所說的「提喻性」隱喻語言，它不僅營造了一個撼人心扉的南方雨天的獨特語境，渲染了一種幽暗神秘的氛圍，而且，這雷聲和蝙蝠也是一種心理的暗示，一種渴望冒險的衝動。你看，「那些黑色的生命倒立在炎熱的天空之下，像被懸置的命運帶著冰冷的死亡詩意在祈禱另一個明亮的夜晚的來臨。是的，這種黑色的小動物只在夜間啟示它的生命的價值與活力，而白天，它們則生活在迷惘的靜止與記憶之中」。由雷聲，到蝙蝠，到黑色的飛翔，再到蝙蝠夜間倒立的姿態，於是，我們觸摸到了生命，感受到了死亡的詩意和語言的魅力。於是，當雷聲響徹的夜晚再度降臨，當看到「一隻蝙蝠的死亡伴隨的是花朵瘋狂的開放然後安靜的枯萎，是一首詩歌的誕生，是一片樹葉跌落在芬芳的空氣中並且小心地漫舞著，是一對情人在河流邊草叢中的呻吟和一個孩子的將要誕生……」。是的，當看到這一切的時候，我們的確感到了蝙蝠的堅韌無畏，生命的絢爛和輝煌，以及人的生存的嚴峻和記憶的美麗。而這些感悟和人生的啟示皆來自於那些隱喻性語言。從這個意義上來說，隱喻絕不僅僅屬於一種修辭技巧，不僅僅是一個語言問題，而是一個詩學問題。隱喻不屬於日常生活的維度，它是對於世界本體的言說，它隱藏著內在的心靈和生命的體驗，同時離不開超拔的想像和幻想。此外，隱喻還常常和意象、象徵、通感互相滲透，互為轉化，並共同築構了一種超越理性語言的詩性語言。關於這個問題，我在《散文意象論》一文中有過詳細的論述，此處從略。

　　要是說，隱喻是詩性語言的一種心靈性展示，是詩性語言的潛在性結構的呈現，則陌生化是構成散文詩性語言的另一個重要方面。陌生化，指文學語言組織的新奇性和反常態性，它主要是從讀者的閱讀效果方面來說的。根據俄羅斯形式主義理論家什克洛夫斯基的說法，陌生化是與「自動化」相對立的一種語言創新。自動化的語言是那種由於長久使用而形成了「習慣」的語言。這種語言缺乏新鮮感和原創性，所以散文作家在創作時要用全新的眼光來觀察世界，要通過語言的變形或重新組裝使語言變得新奇和陌生。比如：

「只看見風的線條，它是飄揚的旗幟是紛飛的樹葉是蕩漾的黑髮是我心中燃著的香煙」。「眩目的陽光呼嘯而來，灑了我一臉一身，我跳起來沖它招招手；更多的陽光撲過來，弄得我鼻子癢癢的」。「風」是有線條的，而且是各種各樣的事物且有各種各樣的形體；「陽光」則會打招呼，會跳躍，有個性和生命。這是通過極個體化的方式，借助通感、意象、錯覺、幻夢等表現手法和新尖的語言，傳達出了年輕作者對於人生和大自然的微妙感受。如果按「習慣」語言的標準來衡量，這樣的語言是不合邏輯的，但正是這些新鮮和奇特的語言，刺激了讀者在「習慣」語的氛圍中漠然和麻木了的神經。再如「那些淡到幾乎沒有細節的下午」，「慢慢地牆壁和松板鬆軟地變成了一塊餅乾我想在水裏用不了多時就淡化了」。以及「於是這個夏天我一帆風順的瘦下去」，「肥沃的手」等等，這些語言，或者運用語言的指代，或者在賓語之前插進「我想」，或者借助語言的特殊配搭組成句子，總之，正是這種反常規、反邏輯、反習慣的語言組合，使語言產生了一種陌生化的效果。同時由於陌生化的過程中有感覺的彌漫、意象的跳躍，以及鮮活生命的滲透，因而這樣的語言自然也是一種詩性的語言。

臺灣的著名詩人和散文家余光中十分重視散文的詩性語言，並在《剪掉散文的辮子》一文中提出了「彈性」、「密度」、「質料」三條散文的語言準則，雖然余光中沒有從語言的隱喻性、陌生化方面展開闡述，但他的三條要求特別是「彈性」和「密度」其實包含了「隱喻」和「陌生」的內容，我們只要看看他的《聽聽那冷雨》《丹佛城》《蒲公英的歲月》《南太基》等散文，就可以感受到他的散文語言的詩性力量。余光中的散文語言，不但精練個別的字和詞，講究文體的多姿多彩，而且他的散文中有大量的隱喻性和陌生化的語言，余光中之所以能成為一流的文體家，成為「語言的魔術師」，其中一個主要的原因，就是他的語言是由感覺性、隱喻性和陌生化構成的詩性語言。

隱喻性和陌生化的語言是一種及具張力的詩性語言，但它的本質並不是以極度的誇張悖論和破壞舊的語言法則為目的，而是以高度的具體性和意味性來激發讀者的聯想，進而理解詞語在語義場內所產生的作用。從這個角度看，隱喻性和陌生化的這種「具體性和意味性」在文學特別是散文中更具有本體的意義，它是散文的詩性來源和主要的載體。在上世紀 90 年代以後，隱喻性和陌生化語言在我國的散文隨筆中大量湧現，這表明當代散文的語言已突破傳統散文語言的「明」和「實」的限制，而具備了詩的純粹性和審美性。

第四節　音樂性──詩性語言的旨歸

「每一件文學作品首先是一個聲音的系列，從這個聲音的系列再生出意義」。〔註6〕韋勒克的這句話，雖然主要是針對詩歌而言，不過在我看來，這句話同樣適應於散文的語言。

音樂性在散文語言中具有重要的作用，這是不言而喻的。不過自「五四」以降，詩歌的音樂性從來都受到人們的高度重視，而散文尤其是散文語言的音樂性卻一直被人們所忽略，以致於葉聖陶老先生在致王力的信中也表示憂慮：聲音之美不只及於詩，也當及於文；不只及於古文，更當及於今文。他還批評當下一些文章「僅供目冶，違於口耳」，缺乏音樂之美，而究其原因，皆因「今人為文大多說出算數，完篇之後，憚於諷誦一二遍」。〔註7〕

其實，古代的文論家是相當重視文章的聲音節奏的，這可拿朱光潛的話作證。朱光潛在《散文的聲音節奏》一文中這樣寫道：

> 從前人做古文，對聲音節奏卻也很講究。朱之說：「韓退之，蘇明允作文，敝一生之精力，皆從古人聲響處學」。韓退之自己也說：「氣盛則言之短長，聲之高下，皆宜」。清朝「桐城派」文家學古文，特重朗誦，用音就在揣摩聲音節奏。劉海峰談文，說：「學者求神氣而得之音節，求音節而得之字句，思過半矣」。姚姬傳甚至謂：「文章之精妙不出字句聲色之間，捨此便無可窺尋」。

為什麼古人那麼講究文章的聲音節奏？這是因為漢語文學語言的音樂性，具有其他語種的文學語言的音樂性所不能比擬的藝術魅力。比如豐富的樂音，整齊的音節，不同的聲調，多樣的押韻方式等，這些都可將漢語言獨特奇妙的樂感體現出來，特別是「文氣」和「單音節性」，更是漢語言文學的特產。關於「文氣」，我們姑且不論，而就「單音節性」來說，林語堂曾有過十分精彩的闡述：

> 這種極端的單音節性造就了極為凝煉的風格，在口語中很難模仿，因為那要冒不被理解的危險，但它卻造就了中國文學的美。於是我們有了每行七個音節的標準詩律，每一行即可包括英語白韻詩兩行的內容，這種內容在英語或任何一種口語中都是絕難想像的。無論是在詩歌裏還是在散文中，這種詞語的凝煉造就了一種特別的

〔註6〕韋勒克、沃倫：《文學理論》，三聯書店，1984年版，第166頁。
〔註7〕王力：《龍蟲並雕齋文集》第一冊，中華書局1982年版，第472頁。

　　　　風格，其中每個字，每個音節都經過反覆斟酌，體現了最微妙的語
　　　　言價值，且意味無窮。

林語堂從漢語的「單音節性」入手，探討了中國文學的美在語言層面上的體
現，而且認為這種語言的音樂美在別的語種中是「絕難想像的」。不僅如此，
林語堂還將中國散文作家的講究詞法，追求漢語的「語音價值」與社會傳統
和中國人的心理習慣聯繫起來：「先是在文學傳統上青睞文縐縐的詞語，而後
成為一種社會傳統，最後變成中國人的心理習慣」。〔註8〕由此可見，林語堂
並沒有就語言談語言，而是將漢語語音節奏和韻律的美與中國文化的根性結
合起來，這是他的高明之處。

　　既然漢語言的音樂性是別的語種難以比擬的，那麼，落實到散文創作上，
這種語言的音樂性又是如何體現出來的呢？

　　首先應該看到，講究散文的音樂性，是中國散文的一個優良傳統。我們
看韓愈、歐陽修、蘇軾、袁宏道、張岱等的散文語言，均表現出抑揚頓挫、音
節變化、語調流轉、優美和諧的音樂美，只可惜建國後的大陸散文家沒有很
好地繼承這一優良傳統，這就不可避免地造成了散文語言詩性的流失。其次，
還應看到，散文語言的音樂性雖包含排比對偶但不等於排比對偶，就現代散
文的語言來說，音樂性更在於長短參差，可伸可縮、形神兼備、生氣灌注、流
轉自如，試看莊子《齊物論》中南郭子綦說的一段話：

　　　　子綦曰：夫大塊噫氣，其名為風。是唯無作，作則萬竅怒呺呺。
　　　而獨不聞之翏翏乎？山林之畏佳，大木百圍之竅穴，似鼻、似口、似
　　　耳，似枅枅，似圈，似臼，似窪者，似污者；激者、謞者、叱者、吸
　　　者、叫者、譹者、宎者、咬者。前者唱於，而隨者唱喁；冷風則小和，
　　　飄風則大和；厲風濟，則眾竅為虛。而獨不見之調調之刁刁乎？

莊子的散文語言，之所以是詩性語言的典範，不僅在於他極盡描寫之能事，
綜合地運用了比喻、擬人、排比等修辭手法，訴諸讀者的聽覺、視覺、觸覺，
把無形無狀的風聲寫得有聲有色，可觸可摸。更在於他以非凡超拔的想像力
和對節奏、韻律的精妙體悟，描狀出了風的高低、粗細、徐疾的各種聲調，並
匯合成了一曲美妙絕倫、盪氣迴腸的天籟。這天籟既如千軍萬馬奔騰，「鼓氣
以勢為美」，又似千萬管絃繁奏中，最後歸於「希聲窈渺處」。〔註9〕這樣富於

〔註8〕林語堂：《中國人》，學林出版社1984年版，第222～223頁。
〔註9〕劉大櫆：《論文偶記》。

音樂感的詩性語言，實在值得現當代散文作家認真學習。

在學習和繼承古典散文表情達意的優良傳統這一點上，我認為臺灣的余光中是做得相當出色的一位散文家。余光中的散文十分講究語言的質料、密度和彈性，他樂於且善於將中國的文字壓縮、錘扁、拉長、磨利，將其拆散又合攏；同時，他還特別注重文字的節奏和韻律，他的散文語言，有的採用對偶排比，句式整齊、語調均衡，給人一種氣勢旺盛、典雅華麗的感覺。如「他鄉生白髮，故國見河山。可愛的是祖國的山不改其青，可悲的是異鄉人的髮不能長保其不白」。有時，他採用長短參差、奇偶交錯的句式，調配出一種特別的聲律。如「白。白。白。白外仍然是白外仍然是不分郡界不分州界無瑕的白」。「雨是一種單調而耐聽的音樂是室內樂是室外樂，戶內聽聽，戶外聽聽，冷冷，那音樂」。當然，余光中更喜歡通過同音字的重複或雙聲疊韻來強化散文語言的音樂效果。如「留下他，留下塔，留下塔和他」。「今夜的雨裏充滿了鬼魂，濕漓漓，陰沉沉，黑森森，冷冷清清，淒淒慘慘切切」。「聽聽，那冷雨。看看，那冷雨。嗅嗅聞聞，那冷雨，舔舔吧那冷雨」。此外，他還注意通過平仄、押韻使語言讀來琅琅上口，悅耳動聽，有一種「可吟唱性」。

與余光中一樣，賈平凹的散文語言也講究音樂的美。同時，賈平凹也喜歡用疊韻疊字和同音重複來創造語言的音樂形象。不過，賈平凹語言中的音樂性又有別於余光中的音樂性。余光中喜歡像一個魔術師那樣來擺佈他筆下的文字，他的音樂性中時常穿插進現代詩的筆法。而賈平凹卻是為了情緒而追求旋律，他的語言中有野性與淳厚的韻致，甚至還有一種憨憨一種暮暮的大智若愚般的感覺：

> 我們看時，那竹簾窗兒裏，果然有了月亮，款款地，悄無聲兒地溜進來，出現在窗前的穿衣鏡上了；原來月亮是長了腿的，爬著那竹簾窗兒，先是一個白道兒，再是半圓，漸漸那爬得高了，穿衣鏡上的圓便滿盈了。(《月迹》)

> 溝是不深的，也不會有著水流。緩緩地湧上來了，緩緩地又伏了下去；群山像無數諾大的蒙古包，呆呆地在排列。八月天裏秋收過了種麥，每一座山都被犁過了，犁鉤隨著山勢往上旋轉，愈旋愈小，愈旋愈圓。天上是指紋形的雲，地上是指紋形的田，它們平衡著，中間是一輪太陽；光芒把任何地方也照見了，一切都亮亮堂

堂。……路如繩一般地纏起來了：山椏上，熱熱鬧鬧的人群曾走過去趕廟會。路卻永遠不能踏出一條大道來，凌亂的像一堆細繩突然扔了過來，立即就分散開去，在窪底的草皮地上縱縱橫橫了。(《黃土高原》)

這樣的散文語言，在余光中那裡是極難見到的。它的特點是既著力於動詞的錘鍊，又注意形容詞和虛詞的配搭，再加上雙聲疊韻的反覆運用，於是，就形成了一種可稱之為發纖濃於古樸，寄至味於野趣的特殊的語言旋律。這種語言表面看起來模模糊糊，而其內裏卻很「秀」，並有極強的節奏感和韻律感。正是上述諸多因素，構成了賈平凹淡而有味的詩性散文語言。

余秋雨的散文語言又有別於余光中與賈平凹的語言。他是在生命的樂章，在線條織成的華采中體現出音樂的節奏和韻律：

白天看了些什麼，還是記不大清。只記得開頭看到的是青褐渾厚的色流，那應該是北魏的遺存。色澤濃厚沉著得如同立體，筆觸奔放豪邁得如同劍戟。那個年代故事頻繁，馳騁沙場的又多北方驃壯之士，強悍與苦難匯合，流瀉到了石窟的洞壁。當工匠們正在這些洞窟描繪的時候，南方的陶淵明，在破殘的家園裏喝著悶酒。陶淵明喝的不知是什麼酒，這裡流蕩著的無疑是烈酒，沒有什麼芬芳的香味，只是一派力，一股勁，能讓人瘋了一般，拔劍而起。這裡有點冷，有點野，甚至有點殘忍；

色流開始暢快柔美了，那一定是到了隋文帝統一中國之後。衣服和圖案都變得華麗，有了香氣，有了暖意，有了笑聲。這是自然的，隋煬帝正樂呵呵地坐在御船中南下，新竣的運河碧波蕩漾，通向揚州名貴的奇花。隋煬帝太兇狠，工匠們不會去追隨他的笑聲，但他們已經變得大氣、精細，處處預示著，他們手下將會奔瀉出一些更驚人的東西；

色流猛地一下渦漩捲湧，當然是到了唐代。人世間能有的色彩都噴射出來，但又噴得一點兒也不野，舒舒展展地納入細密，流利的線條，幻化為壯麗無比的交響樂章。這裡不再僅僅是初春的氣溫，而已是春風浩蕩。萬物蘇醒，人們的每一縷肌肉都想跳騰。這裡連禽鳥都在歌舞連繁花都裏捲成圖案，為這個天地歡呼。這裡的雕塑都有脈搏和呼吸，掛著千年不枯的吟笑和嬌嗔。這裡的每一個場面，

都非雙眼能夠看盡.而每一個角落,都夠你留連長久。……

色彩更趨精細,這應是五代。唐代的雄風餘威未息,只是由熾
熱走向溫煦,由狂放漸趨沉著。頭頂的藍天好像小了一點。野外的
清風也不再鼓蕩胸襟。

從個人氣質來說,余秋雨是一個情感型,才子型的散文家,所以他的散文語
言既是文化詩性的,又是歷史詩性和哲理詩性的。他借助著超拔的文化想像
力,通過色彩的流動和顏色的變化,復活了壁畫上的人物和歷史,並賦予這
些人物和歷史以鮮活靈動的生命。而余秋雨散文語言的音樂感,便產生於這
些華采的語言樂章,產生於生命、色彩和線條組成的語言激流中。

上面列舉的是當代散文家對於語言的音樂性的追求,在現代散文家中,
在語言的音樂性方面用力較多的是徐志摩。徐志摩的散文之所以具有鮮明的
詩性特徵,其中一個原因就是他特別注重散文語言的音樂美,並將其視為構
成詩性散文不可或缺的重要因素。比如,在《北戴河海邊的幻想》中,他一口
氣用了17個「忘卻」的排比句,以近似於詩句的連綿不絕的語調造成了一種
音樂性。在《巴黎的鱗爪》裏,他的語言同樣有很強的節奏感:

香草在你的腳下,香風在你的臉上,微笑在你的周遭。不拘束,
不責備你;不督飭你,不窘你,不惱你,不揉你。它摟著你,可不
縛住你:是一條溫存的臂膀,不是根繩子。它不是不讓你跑,但它
那招逗的指尖卻永遠在你的記憶裏晃著。多輕盈的步履,羅襪的絲
光隨時可以沾上你記憶的顏色。

但巴黎卻不是單調的喜劇。賽因河的柔波裏掩映著羅浮宮的倩
影,它也收藏著不少失意人最後的呼吸。流著,溫馴的水波;流著,
纏綿的恩怨。咖啡館:和著交頸的軟語,開懷的笑響,有踞坐在屋
隅裏蓬頭少年計較自毀的哀思。跳舞場:和著翻飛的樂曲,迷醇的
酒香,有獨自支頤的少婦思量著往跡的愴心。浮動在上一層的許是
光明,是歡暢,是快樂,是甜蜜,是和諧。……

儘管有點濃得化不開,但由於大量運用比喻、對偶、排比等修辭手段,
加之長句與短語的搭配,音調的高低起伏,因而讀起來疾徐有致,琅琅上口,
有一種內在的韻律節奏,一種「音節的韻稱與流動」。也正因此,沈從文認為
徐志摩的散文創作是把「屬於詩所專有,而為當時新詩所缺乏的音樂韻律的

流動，加入散文內」。〔註10〕自然，不獨徐志摩如此。在現代的散文家中，朱自清、沈從文、何其芳、柯靈等散文家也都十分重視散文語言的音樂性。這些作家在創作上的可貴處，是把追求散文語言的音樂美視為構成詩性散文的一個重要方面。這樣，他們的散文語言也就超越了那些既不講究語言的「質料」，又不善於調配語言聲調的「大白話」語言，而具備了某種詩性。也是因為如此，他們才告別了粗糙平庸，成為一個優秀的散文家。

總而言之，音樂是一切藝術的靈魂，而一切藝術又以逼近音樂為旨歸。美學家克羅齊說：一切藝術都是音樂。因為音樂不但表現了作家的內心生活，而且它憑藉其優美悅耳的旋律直接滲透到鑒賞者內心。所以，無論是詩歌、戲劇、小說或散文，均與音樂有密切的聯繫，均應以音樂的境界為最高境界。而就散文來說，強調語言的音樂性，一方面可以使散文語言更具彈性和質感，更加優美精緻；另方面還可加強散文語言的可吟詠性和耐讀性，使散文更容易為廣大讀者所接受。從這個角度上說，語言的音樂性的確是構成詩性散文的一個不可或缺的環節，同時也是提高當代散文質量的一個至關重要的方面。

〔註10〕沈從文：《論徐志摩的詩》，《現代學生》二卷二期。

附錄一　《我與地壇》：詩性散文的經典文本

　　《我與地壇》是史鐵生寫於 20 世紀 90 年代初的一篇作品。它是史鐵生的散文代表作，也是 20 世紀中國最為優秀的散文之一。這篇作品我前前後後讀了許多遍。我之所以特別推崇偏愛它，不僅僅因為在這篇作品中史鐵生對於苦難有著與別人完全不同的理解，也不僅僅因為這是一篇關於生與死的冥想曲。對我而言，《我與地壇》的真正意義在於：這是一個詩性散文的經典文本，是一篇經得起反覆細讀的作品。當然，解讀這篇作品有多種多樣的角度，比如從生與死，從母愛，從宗教等角度，都有可能探測出作品的豐富內蘊。不過在這裡，我想採用傳統的細讀和整體感知相結合的方法，從「人類困境與拯救」的視角來解讀這篇作品，並試圖通過這種解讀讓讀者感受到作品的內在和綜合的詩性。

　　毫無疑問，史鐵生不僅是一個重視個體的經驗與個體的生活苦難的作家，同時也是一個關注人類生存困境的作家。他對人類的生存困境始終保持著高度的興趣與敏感，並投注進全部的心力去探索這種困境，同時尋求人類擺脫這種生存困境的拯救之道。在當代的散文家中，像史鐵生這樣專注、這樣執著於人類生存困境的拯救的作家，應當說並不多見。這正是史鐵生的《我與地壇》之所以詩性豐盈的基本前提。

　　史鐵生為什麼如此專注，如此執著地要把「人類困境」引進散文？因為在史鐵生看來，人類的生存無論何時何地都面臨著三種困境：「第一，人生來注定只能是自己，人生來注定是活在無數他人中並且與他人無法溝通，這意

味著孤獨。第二，人生來就有欲望，人實現欲望的能力永遠趕不上他欲望的能力。這是一個永恆的距離，這也意味著痛苦。第三，人生來就不想死，可是人生來就是走向死亡，這意味著恐懼」。〔註1〕概而言之，孤獨、痛苦再加上恐懼，這就是史鐵生經常思考的人類的困境。不過按我的理解，除了這三重困境，還應加上一重困境。即大自然的神秘和不可知，這也許是人類面臨的更為深廣、甚至是永遠也無法破譯逾越的困境。為什麼世界上那麼多一流的科學家最後都走向自殺？因為當他們對大自然瞭解越多，越是感到大自然的宏偉莊嚴、井然有序和神秘莫測，就越敬畏和崇拜大自然，同時越發感到人的渺小與無能為力，所以他們選擇了自殺來擺脫這種困惑。當然對於史鐵生來說，事情還沒有嚴重到自殺的地步。但當他面對大自然時，常常感到自己的渺小無助並由此產生無法擺脫的困惑，或者說濃厚的宿命思想，這也是一個不爭的事實。所以我認為，就史鐵生的創作和《我與地壇》來說，他面對的不單是三重而是四重人類生存的困境。

面對人類生存的四重困境，史鐵生何為？他的拯救之路在哪裏？下面，讓我們結合《我與地壇》這個文本，來具體細緻地探討這一問題。

《我與地壇》有兩條敘述線索：第一條線索主要表現我與地壇的宿命和神秘的依存關係。這一層面敘述的內容較抽象，帶有形而上的哲學意味，體現的是人與古園即自然的合一與和諧。第二條線索主要講述我與地壇中的幾個人物的關係以及由此引起的一系列思索，這是作品的主體部分。這一層面是實寫，較為具象且有較強的現實性，這裡涉及的是如何面對生存和以健全的心理來與人相處並從別人身上獲得生命能量的問題。

這篇作品由七個部分構成。第一部分敘述我與地壇的「緣分」，讓讀者知道地壇是我的「心魂」之所在。作品一開篇就寫道：地壇實際上是「一座廢棄的古園」，它「荒蕪冷落得如同一片野地」，而且「很少被人記起」。然而對於我來說，地壇卻有一種特別的意義：「彷彿這古園就是為了等我，而歷盡滄桑在那兒等了四百年」。這就不僅僅是緣分，而是有一種宿命的味道，還有感同身受的相憐相知。因為地壇是冷落荒蕪的，而我則在「活到最狂妄的年齡上忽地廢了雙腿」。所以地壇離我很近，我也特別鍾情於地壇。這是由相同的命運和處境而產生的一種特定的「語境」。

接下來的一段是敘述交代，也是寫景抒情；或者說，這一段是將敘述、

_____

〔註1〕《史鐵生作品集》第2卷，科學出版社，第432頁。

描寫與抒情高度融合的精彩片段。作者選取的景物既富於隱喻意味，而其用詞更為考究，古殿簷頭用「剝蝕了」，朱紅門壁用「淡褪了」，玉砌雕欄高牆用「坍圮了」，而老柏樹是「愈見蒼幽」，野草荒藤則是「茂盛得自在坦蕩」。從這裡的取景與用詞，可見史鐵生文筆的多變和老辣。正是在這樣的背景下，作者進而寫道：「十五年前的一個下午，我搖著輪椅進入園中，它為一個失魂落魄的人把一切都準備好了。那時，太陽循著亙古不變的路途正越來越大，也越紅。在滿園彌漫的沉靜光芒中，一個人更容易看到時間，並看見自己的身影」。雖然那時我處於「失魂落魄」的生存困境中，但因有「太陽」的映照烘托，我仍然感到了生命的活力，而且我的心態是沉靜坦蕩的。我不僅能夠清醒地回望自己的來路，全面省思我為什麼要活和怎樣活，還能夠充分地享受和把握「時間」。正是因此，我一進入園子就不願意離開，我發自內心地感謝上帝為我安排了這樣一個「寧靜的去處」。像上面的「茂盛得自在坦蕩」、「沉靜光芒」、「自己的身影」一樣，這裡的「去處」也是一個富於詩的隱喻性的詞語。它既是指地壇是一個客觀存在的地方，同時也暗示地壇是一個自在自足之所，是安放我的靈魂，寄託我的精神的理想之所。

然而，我最初搖著輪椅進入地壇，僅僅是一種逃避，是對不幸命運與生命痛苦的逃避。接下來，作者沒有進一步敘述我為什麼要逃避，而是筆鋒一轉，又展開了對地壇中的景物的描寫。不過此處的景物描寫與上面的描寫不同，上面的描寫對象主要是建築物，其主旨在於突出地壇的古老與滄桑，而此處的描寫對象是蜂兒、螞蟻、瓢蟲等各種小昆蟲以及樹幹上的蟬蛻，草葉上的露珠，這些描寫都十分具體、細緻和傳神，充分體現出了史鐵生善於觀察景物，並將景物生動逼真地描繪出來的高超寫作能力。自然，史鐵生從來就不是為了景物而寫景物，他的景物描寫都寄寓著特定的生活內涵。正如作者所說：「這都是真實的記錄，園子荒蕪但並不衰敗」。這其實暗含著史鐵生的人生軌跡和對生命的理解：儘管我殘廢了雙腿，但我絕對不放棄對生命的追求，就如這園子，雖然荒蕪但仍生機勃勃。正是這種難以言說的生命的律動，生命的執著，給讀者以人生的啟示和心靈的震動。

在交代了我與地壇的「緣分」和進入地壇的最初動機，以及對地壇的各種景物進行了精彩的描寫後，文章便自然而然地切入了主題：「記不清都是在哪些角落裏了，我一連幾小時專心致志地想關於死的事，也以同樣的耐心和方式想過我為什麼要生」。作者認為，一個人出生了就不再是一個可以辯論的

問題，而是上帝交給他的一個事實。而當上帝交給我們這個事實時，就已經確定了它的結果。「所以死是一件不必急於求成的事，死是一個必然會降臨的節日」。而當我如是想的時候，我便安心多了，死也不再那麼可怕，這真是對人生的徹骨理解。不僅如此，當我日復一日、年復一年地留連於地壇，當地壇的每平方米草地幾乎都留下我的車輪印的時候，事實上，我已和地壇疊印在一起，地壇已成了我生命的一部分。正由於我與地壇已經達成了一種神秘的契合感應，所以我對生存有了一種深刻而真切的理解，同時能夠以豁達超脫的態度面對死亡。

「剩下的就是怎樣活的問題了」。作者認為這不是一下子就想得透的問題。所以，「十五年了，我還是總得到那古園裏去，去它的老樹下或荒草邊或頹牆旁，去默望，去呆想，去推開耳邊的嘈雜，理一理紛亂的思緒，去窺看自己的心魂」。既然生和死是無法選擇的，那麼活呢？活在很多時候也是無法選擇的。但作者認為，我們要活得明白，活得有價值，要找到活下去的理由和根據，而地壇，不僅使史鐵生找到活下去的勇氣，而且使他窺見了「自己的心魂」。在這裡，「心魂」這個詞有它的特別的意義。它一方面表明史鐵生是用整個生命，整個靈魂來擁抱地壇；另方面暗示我與地壇已經達成了一種神秘的契合，一種物我兩忘的自適狀態。總之，這裡有一種生命和心情滲透其間。

儘管時間在無情地流逝，儘管古園中有的景物被人肆意破壞，但有些東西是永恆的，任誰也改變不了的。作品接下來一連用了七個「譬如」的排比句，寫了地壇中的落日、雨燕、雪地上孩子的腳印、蒼黑的古柏，這些描寫不但優美且帶著很濃的抒情調子，同時既搖曳多姿又顯得很有氣勢。特別是這一部分的結尾，作者特意寫了地壇裏清純的草木和泥土的微苦味道，並說「味道是最說不清楚的，味道不能寫只能聞，要你身臨其境去聞才能明瞭。味道甚至是難於記憶的，只有你又聞到它你才能記起它的全部情感和意蘊」。正因這「味道」，所以，「我常常要到那園子裏去」。為什麼要特別突出味道？因為味道是微苦的，而史鐵生的生命世界也是帶著苦澀意味的。更為主要的是，作者的生命、感情和靈魂已經和古園合二為一，它包含著瞬間與永恆，荒蕪與生機，寧靜與湧動，博大與細緻，所以這樣的「味道」自然是難以說清的，自然只能去聞去感受，而當你用整個身心去體驗去品味的時候，你便獲得了一種「整體的感知」。成熟的作家，往往會在一些細節、

一些關鍵處反覆渲染，以此引起讀者的特別注意。這種情況，我們過去曾在昆德拉的小說，在韓少功的散文中遇到過。現在，我們又在史鐵生的散文創作中獲得這樣的閱讀體驗。

從第二部分開始，作品便集中思考人類困境的拯救問題。

拯救人類擺脫困境的第一條途徑是母愛。因為母愛最偉大最無私也最溫馨，所以將一個絕望生命引出困境的，首先不能不是母愛。這一部分寫得自然、樸實、深沉和含蓄。平心而論，在 20 世紀的散文中，有過朱自清寫父親的名篇《背影》，但尚未見過哪個散文作家寫母親像史鐵生寫得這樣質樸感人。作者首先告訴讀者母親是一個怎樣的母親。她不是那種光會痛愛兒子而不懂得理解兒子的母親。作品通過母親猶猶豫豫想問我而沒有問，通過母親知道應給我一些獨處的時間，通過她無言地扶我上輪椅車等一系列細節來表現母親的這一性格特徵。作品特別寫了這樣一件事：有一回我搖車出了小院，想起一件什麼事又返身回來，看見母親仍站在原地，還是送我去時的姿勢，望著我拐出小院去的那處牆角，對我的回來竟一時沒有回應。更多的時候，母親到園子裏來找我，她來找我又不讓我發覺，只要見我好好地在園子裏，她就悄悄轉身回去，而當她見不到我的時候，她一個人在園子裏反覆地尋找，步履茫然又急促。作者還寫了母親經常自言自語：「出去活動活動，去地壇看看書，我說這挺好」。這所有的一切敘述和描寫，都很詳細具體。這裡既有生動感人的生活細節，有關於母親形象的「定格」，更有對母親的坐臥難寧、兼著痛苦與驚恐與一個母親最低限度的祈求的心理描寫。然而，也許是「心裏太苦了，上帝看她受不住了，就召她回去」。雖然經歷了生生死死的生命體驗和宗教精神的安撫，史鐵生能夠以一種達觀超脫的心態來對待母親先我而去這一事實，但當我再次搖著輪椅來到地壇，我才感到事情並不那麼簡單：「母親已經不在了」。「可是母親已經不在了」。「母親不能再來這園中找我了」。同一意思的不斷反覆，既表達了兒子對母親猝然去世的痛惜之情。在修辭上，由於反覆的渲染，加之將母親的形象與地壇合二為一，一同成為我生存下去的力量源泉，這樣，母親留給讀者的形象也就特別深刻。

在這部分，作者還審視了我過去的行為，並對我過去的自私任性進行了自責和懺悔。在剛患病的時候，我以為自己是世界上最不幸的一個。我不僅脾氣壞到極點，而且經常像發了瘋一樣地離開家，從園子回來又中了魔似的什麼都不說。殊不知，「兒子的不幸在母親那裡總是要加倍的」。可惜，「那時

她的兒子還太年輕，還來不及為母親想，他被命運擊昏了頭」。正是因此，當一位朋友說他寫作的動機是為了母親，我才會「心裏一驚，良久無言」。而當我的小說第一次獲獎，而母親卻無緣分享我的一點點快樂和激動，我才更加負疚和自責。其實，兒子想使母親驕傲，而母親卻未必希望兒子出名。「母親生前沒給我留下過什麼雋永的哲言，或要我恪守的教誨，只是在她去世之後，她艱難的命運，堅忍的意志和毫不張揚的愛，隨光陰流轉，在我的印象中愈加鮮明深刻」。也就是說，經過省思和懺悔，紛紜的往事才在我眼前幻現得清晰，母親的苦難與偉大才在我心中滲透得深切。在這裡，我們感受到了作者的真誠坦蕩和人格的力量。

總體來看，這一部分主要寫了母親的苦難和毫不張揚的愛以及母親對我的生存的啟示：（1）我們每一個人都應勇敢地去承受苦難，不要抱怨命運；（2）不管碰到什麼困境，都應堅韌地去生活，而且活得有價值，有意義；（3）愛不僅是偉大的、無私的，也是含蓄的，包容的，毫不張揚的。我認為上述幾方面是這部分的主要理解點。

順便提及，這部分母親的形象之所以寫得這樣深刻感人，不僅僅在於作者選取了一些富於典型性的生活細節來塑造母親，還在於作者切入到母親的內心世界，細緻、準確地描寫了母親的心理活動。如寫母親無言地為我準備輪椅，寫母親送我出門時的喃喃自語。這些既是自我安慰，是暗自的禱告，是給我的提示，也是尋求與囑咐，其心理內容實在是太豐富了。此外，這部分還採用了「意識流」的表現手法，如寫母親去世後，我再次來到園子裏，腦子裏不斷幻化出過去母親尋找我的情景，等等。從以上的敘述描寫以及採用的表現手法，可以看出史鐵生在散文文體和散文藝術表現上的「自覺」。

如果說第二部分寫母愛是實寫，詳寫，它對應的是第二條線索，那麼，第三部分關於「四季」的生命夢想和哲學思考便是虛寫，它對應的是第一條線索，即我與「心之家園」的關係。

因為這一部分可以說是哲理的詩，是生命的夢想，是帶著禪意的浪漫曲，加之文字不太長，故此照錄如下：

> 如果以一天中的時間來對應四季，當然春天是早晨，夏天是中午，秋天是黃昏，冬天是夜晚。如果以樂器來對應四季，我想春天應該是小號，夏天是定音鼓，秋天是大提琴，冬天是圓號和長笛。要是以這園子裏的聲響來對應四季呢？那麼，春天是祭壇上空漂浮

著的鴿子的哨音，夏天是冗長的蟬歌和楊樹葉子嘩啦啦地對蟬歌的取笑，秋天是古殿簷頭的風鈴響，冬天是啄木鳥隨意而空曠的啄木聲。以園中的景物對應四季，春天是一徑時而蒼白時而黑潤的小路，時而明朗時而陰晦的天上搖盪著串串楊花；夏天是一條條耀眼而爬滿了青苔的石階，階下有果皮，階上有半張被坐皺的報紙；秋天是一座青銅的大鐘，在園子的西北角上曾丟棄著一座很大的銅鐘，銅鐘與這園子一般年紀，渾身掛滿綠鏽，文字已不清晰；冬天，是林中空地上幾隻羽毛蓬鬆的老麻雀。以心緒對應四季呢？春天是臥病的季節，否則人們不易發覺春天的殘忍與渴望；夏天，情人們應該在這個季節裏失戀，不然就似乎對不起愛情；秋天是從外面買一棵盆花回家的時候，把花擱在闊別了的家中，並且打開窗戶把陽光也放進屋裏，慢慢回憶慢慢整理一些發過黴的東西；冬天伴著火爐和書，一遍遍堅定不死的決心，寫一些並不發出的信。還可以用藝術形式對應四季，這樣春天就是一幅畫，夏天是一部長篇小說，秋天是一首短歌或詩，冬天是一群雕塑。以夢呢？以夢對應四季呢？春天是樹尖上的呼喊，夏天是呼喊中的細雨，秋天是細雨中的土地，冬天是乾淨的土地上的一隻孤零的煙斗。

因為這園子，我常感恩於自己的命運。

我甚至現在就能清楚地看見，一旦有一天我不得不長久地離開它，我會怎樣想念它，我會怎樣想念它並且夢見它，我會怎樣因為不敢想念它而夢也夢不到它。

作品以樂器，以聲響，以園中的景物，以心緒，以藝術形式，以夢來對應四季，比喻和象徵四季，於是，虛無的、看不見摸不著的時間便有了色彩，有了形狀，變得具體可觸了。作者不僅借助想像表達了對時間的感受，而且在對四季變換，對時間的不同感受中隱含著對生命的不同況味和理解。也就是說，作者是從生命的內在本質，賦予了四季以人格化的力量，並通過詩的夢想，把生命表現得深沉、遼闊而神秘。正是由於這園子，由於這夢想，「我常感恩於自己的命運」。在這裡，我們看到，「心之家園」與命運的無常無奈獲得了和解，「自然之神」與生命感受達到了高度的統一。讀著這樣寧靜、和諧而又頗具哲學意味的文字，我們自然而然會想起荷爾德林的詩，想起海德格爾的「人，詩意地棲居」之類的格言。

在對「四季」進行了一番生命夢想後,作者又回到了第二條線索,即對園子中各種人物的敘述描寫。從文思的展開,從結構邏輯來看,第四部分本應承接第二部分,但史鐵生卻故意插進一段虛寫,讓思路蕩開去,而後再收回來。粗粗看來,這樣的安排似乎不合文章法度,但細加品味,卻發現這正是史鐵生的高妙之處。它體現了史鐵生在文章布局方面的大將風度:於自由灑脫與不經意間使作品的思想意向和文章的結構達成了一種和諧,體現出了一種無技巧的技巧、無法度的法度。

這一部分主要通過園子中各種人物對待生活,對待生命的態度,進一步探討如何擺脫生存困境的問題。

使人類擺脫困境的第二條途徑是愛情。作品先是集中寫了一對十五年來堅持到園子中來散步的中年夫婦,對他們散步的時間,散步的方向,散步的形態和表情,甚至他們衣服和雨傘的顏色,都寫得極其精細。十五年間,他們逆時針繞著園子走著,由「一對令人羨慕的中年情侶不覺中成了兩個老人」。面對著這種平靜的、不帶任何功利色彩的執著專注的愛,我無疑被深深打動了。所以在本部分結尾,作者以他一貫的樸素從容又不乏深情的筆調寫道:

> 有那麼一段時間,這老夫老妻中的一個也忽然不來,薄暮時分惟男人獨自來散步,步態也明顯遲緩了許多,我心懸了很久,怕是那女人出了什麼事。幸好過了一個冬天那女人又來了,兩個人仍是逆時針繞著園子走,一長一短兩個身影恰似鐘錶的兩支指針;女人的頭髮白了許多,但依舊攀著丈夫的胳膊走得像個小孩。「攀」這個字用得不恰當了。或許可以用「攙」吧,不知有沒有兼備這兩意思的字。

由於人是孤獨的,所以渴望愛,渴望獲得別人的理解和支持。而在所有的愛中,愛情又是最為迷人最能給人以心靈和感情的慰籍。因為愛情是一個靈魂對另一個靈魂的尋找,是把心交給另一顆不需要設防的心。因此,惟有真正的、不講功利,沒有背叛的愛情才有可能使處於互相隔膜、無法達到心靈溝通的人類的生存有些許亮色,使孤獨的心靈有所安慰,使無盡的「欲望」純潔高尚起來。如果一個人在茫茫人海中真正找到了愛這樣一種「自由的盟約」,那麼即使我們最終無法擺脫命定的三種困境,我們仍然能夠在真愛的指引下走向夢想,在必死的途中舞蹈高歌。於是,當死神之吻輕輕降臨時,我們會問心無愧,自豪地宣稱:「我已經愛過了」——這就夠了!我以為,這就是史

鐵生用工筆劃描繪一對夫婦的專注執著的愛情的深刻用意，這也是人類擺脫困境的第二條途徑。

人類擺脫生存困境的第三條途徑，是盡情地享受生活和追求生命的過程。在這一層次，作品寫了不同性格、不同類型的幾個人。先是一位熱愛唱歌的小夥子，他每天上午都到園子裏唱「藍藍的天上白雲飄，白雲下面馬兒跑……」或者「賣布——賣布嘞，賣布——賣布嘞」，往往一唱就是半小時或者一個上午。年輕的歌唱者天天來練唱歌，也許有一天他能幸運考上哪家專業文工團，也許他最終什麼也得不到。這就涉及到人生的態度，生命價值的問題。蒙田說：「生命無所謂好壞，是好是壞全在你自己」。的確，對於這位小夥子來說，參與本身就體現了生命的價值。至於我雖然與小夥子天天見面，卻從未有過結識和交談的願望，最後終於失之交臂，這則從另一個側面說明了人與人之間的難以溝通。

作品中還寫到一個老頭——一個真正的飲者。他在腰間掛一個扁瓷瓶，瓶裏裝滿了酒。他往往走上五六十米路便選定一處地方，一隻腳踏在石蹬上或土埂上或樹墩上，解下腰間的酒瓶，並眯起眼將周遭景物細看一遍，然後以迅雷不及掩耳之勢倒一大口酒入肚，把酒瓶搖一搖再掛向腰間，再平心靜氣往前走。作者這麼細緻描寫飲酒老頭隨便的衣著，走路的姿態和飲酒的情狀，其旨在於突出一種自由自在、放蕩不羈的人生。而寫那位捕鳥的漢子，寫他專門捕一種鳥，為了這種鳥他一等就是好幾年，其他的鳥撞在網上他都摘下來放掉。則是告訴人們生活中有許多事情需要我們去等待，需要選擇，更需要執著和癡情。至於寫穿過園子去上班的優雅女工程師，其動機和內涵則頗為複雜。為什麼我認定這位中年女性必定是學理工的知識分子呢？也許在作者看來，學理工的較自然樸素，因此更匹配這園子的幽靜、清淡和幽雅的情調吧？但為什麼我又要猜想她丈夫是什麼模樣，為什麼想見他又希望那個男人最好不要出現，甚至還擔心這位優雅的女工程師一旦落進廚房究竟是什麼模樣？這裡除了本能地對美的衛護和暢想外，是不是還有因自己雙腿高度癱瘓而在心理上引起了某種不平衡？

值得一提的是，作品還特別詳寫了一位有天賦卻被埋沒了的長跑家。「第一年他在春節環城賽上跑了第十五名，他看見前十名的照片都掛在了長安街的新聞櫥窗裏，於是有了信心。第二年他跑了第四名，可是新聞櫥窗裏掛了前三名的照片，他沒有灰心。第三年他跑了第七名，櫥窗裏掛前六名的照片，

他有點怨自己。第四年他跑了第三名，櫥窗裏卻只掛了第一名的照片。第五年他跑了第一名——他幾乎絕望了，櫥窗裏只有一幅環城賽群眾場面的照片。最後一次參加環城賽，他以三十八歲之齡又得了第一名並破了記錄，有一位專業隊的教練對他說：『我要是十年前發現你就好了』。他苦笑一下，什麼也沒說」。作者以一種健康的心態，以富於人性的情懷來寫園子中的各種人，於是就如寫園中生機勃勃的自然景物一樣，我也從園子中不同的人身上感受到了生活的無限機趣和生命的價值。就拿被埋沒的長跑家來說，儘管屢受命運的打擊嘲弄，但他並未放棄努力，他仍然不懈地追求他的人生理想和價值。作品寫長跑家的意義在於：（1）命運是無常和無奈的，儘管如此我們仍然要抗爭，即「先別去死，再試著活一活看」。（2）生命的價值在於過程，而不是結局。過程往往比結局更美麗，也更具有哲學意味。總而言之，作品寫園子裏的眾生相表面看來似乎是信筆拈來，十分隨意，而事實上卻是經過反覆選擇和斟酌。這其中的每一個人都有他的寓意和寄託，都體現了某種人生態度或生活理想。更為主要的是，從人生來看，園子裏的這些人對我來說是一個啟示，一個生存方面的鼓舞。從文章的內容來看，這一部分的「實寫」也十分必要。它不僅引進了社會氛圍，擴大了文章的視野，使園子裏的小社會和社會大園子聯繫起來，而且避免了沉溺於一己的苦難而不能自拔的侷限。自然，我與地壇裏的這些人能在同一地點、同一時間流程裏相識相遇，這本身也是一種緣分，一種宿命。

第五部分還是寫園子中的人物，不過此處寫的是一個小孩——一個漂亮而弱智的不幸的小姑娘。為什麼作者要單列一部分來寫這位小姑娘？因為這位不幸的小姑娘和我一樣同是上帝的犧牲品，所以小姑娘的不幸命運自然就獲得了我特別的憐憫並引起了我心靈的共震。

這部分主要是對於「差別」的思考；或者說，在作者看來，承認差別，是人類擺脫困境的第四條途徑。

我們看到，小姑娘出現在我們眼前時，她正在撿樹上落下的「小燈籠」。作品特意寫小姑娘的嗓音很好，「不是她那個年齡常有的尖細，而是很圓潤甚或厚重」，特別是對於兄妹情誼的描寫十分動人，體現出一種人性的溫暖。然而接下來的描寫卻令人心痛：「那是禮拜日的上午。那是一個晴朗而令人心碎的上午」，頗似魯迅的「窗外有一棵棗樹，另一棵還是棗樹」的語言的有意重複，帶給讀者的不僅僅是一種語言的節奏感和韻味，而是一種觸目驚心的生

活現實和人生體驗。因為正是在這樣一個陽光明媚的美好上午，我卻發現小姑娘原來是個弱智的孩子。當我意識到這一點時，「我幾乎是在心裏驚叫了一聲，或者是哀號」。我甚至開始懷疑上帝的居心。最後，目送著哥哥帶著妹妹無言地回家去，我也只能無言以對。

值得一提的是，正如「上帝」和「命運」這兩個詞不斷出現一樣，在《我與地壇》中，史鐵生也讓「無言」這個詞一再出現。「無言」是一種生命的體驗，是一種沉默的姿態。「無言」也是一種無奈，是孤獨的暗示。當然，無言並非放棄思考，放棄對生命的追求。所以，當小姑娘無言的回家後，作者認為要是上帝把漂亮和弱智這兩樣東西都給了這個小姑娘，就只有無言和回家去是對的：

誰又能把這世界想個明白呢？世上的很多事是不堪說的。你可以抱怨上帝何以要降諸多苦難給這人間，你也可以為消滅種種苦難而奮鬥，並為此享有崇高與驕傲，但只要你再多想一步，你就會墜入深深的迷茫了：假如世界上沒有了苦難，世界還能存在麼？要是沒有愚鈍，機智還有什麼光榮呢？要是沒有了醜陋，漂亮又怎麼維繫自己的幸運？要是沒有了惡劣和卑下，善良與高尚又將如何界定自己又如何成為美德呢？要是沒有了殘疾，健全會否因其司空見慣而變得膩煩和乏味呢？我常夢想著在人間徹底消滅殘廢，但可以相信，那時將由患病者代替殘廢人去承擔同樣的苦難。如果能夠把疾病也全數消滅，那麼這份苦難又將由（比如說）相貌醜陋的人去承擔了。就算我們連醜陋，連愚昧和卑鄙和一切我們所不喜歡的事物和行為，也都可以統統消滅掉，所有的人都一樣健康、漂亮、聰慧、高尚，結果會怎樣呢？怕是人間的劇目就全要收場了。一個失去差別的世界將是一條死水，是一塊沒有感覺沒有肥力的沙漠。

看來差別永遠是要有的。看來就只好接受苦難——人類的全部劇目需要它，存在的本身需要它。看來上帝又一次對了。

於是就有一個最令人絕望的結論等在這裡：由誰去充任那些苦難的角色？又有誰去體現這世間的幸福，驕傲和快樂？只好聽憑偶然，是沒有道理好講的。

就命運而言，休論公道。

那麼，一切不幸命運的救贖之路在哪裏呢？

　　　　設若智慧或悟性可以引領我們去找到救贖之路，難道所有的人
　　都能夠獲得這樣的智慧和悟性嗎？
　　　　我常以為是醜女造就了美人。我常以為是愚泯舉出了智者。我
　　常以為是懦夫襯照了英雄。我常以為是眾生度化了佛祖。

這一段的內蘊十分豐富，也可以說它濃縮了史鐵生哲學思考的精華，同時體現出了史鐵生思想觀念中濃厚的宿命色彩。也就是說，由於自身的不幸遭遇，加之長時間在地壇裏冥思苦想和仰望星空，這使史鐵生越發認定有一個「上帝」即宿命的存在，而作為個體的人是無法知道也無法反抗上帝或命運的，所以「就命運而言，休論公道」；但另方面他又深信人靠生活的經歷，靠生命的感悟和體驗是可以「識破」命運的。「識破」體現出了一種審美的意義，也是生命追求的價值之所在。事實上，史鐵生的許多散文，正是為了尋找這種「識破」的路徑。這一方面體現出了史鐵生精神世界的矛盾；另方面也可以看出史鐵生並不是一個徹底的宿命論者和悲觀論者，而是一個樂觀進取的生命擁有者。

　　不僅如此。經過了痛苦的思考，史鐵生終於想通了這樣一個道理：「差別」是一種客觀存在，是無法改變的。差別是上帝為了這個世界的總體和諧而故意製造出來的一個事實。要是這個世界上沒有差別，那麼「人間的劇目就全要收場了，一個失去差別的世界將是一條死水，是一塊沒有感覺沒有肥力的沙漠」。如此看來，「差別永遠是要有的。看來只好接受苦難——人類的全部劇目需要它，存在的本身需要它。看來上帝又一次對了」。

　　史鐵生以其冷靜和從容，以他的洞察和睿智，對苦難作出了迥異於世俗的獨特理解：他發現苦難也是財富，虛無即是實在。而生存，不僅需要勇氣，需要選擇，需要承擔責任，更需要承認差別。他對苦難的理解，對差別的承認，源於他對生命的熱愛和對生活的執著，也源於他的平常心。在這裡，史鐵生化哲學的思考為詩性的抒情，將個體的苦難和人類共有的苦難，以及對上帝的肯定和救贖之路的懷疑彙集於一個調色板裏，在生命的苦澀荒涼和精神的重重矛盾中，靜靜地感受著大地的永恆，傾聽著時間在自己生命上的滑過。

　　總之，對苦難的獨特理解，對差別的承認，以及對救贖之路的懷疑，就是這一部分的主要內容。至於結論，則是「就命運而言，休論公道」。明白了這一點，不僅是作者，即使是讀者的我們也就坦然了。

「設若有一位園神，他一定早已注意到了，這麼多年我在這園裏坐著，有時候是輕鬆快樂的，有時候是沉鬱苦悶的，有時候優哉游哉，有時候恓惶落寞，有時候平靜而且自信，有時候又軟弱，又迷茫。其實總共只有三個問題交替著來騷擾我，來陪伴我。第一個是要不要去死？第二個是為什麼活？第三個，我幹嘛要寫作」。

讀者也許已注意到，第六部分一開始，作者便採用了與「園神」對話的敘述方式，描述了我這麼多年來在園子裏的心理活動和精神狀態，並點出了這篇作品的主題：一是要不要去死；二是為什麼要活？三是幹嘛要寫作？接下來，作者又引入了第二人稱「你」，通過「我」與「你」的對話和交叉出現，集中探討了第三個問題。即上帝雖然安排了一個有差別的世界，從而達到了整體的和諧；但上帝同時又給每個人分配了屬於自己的角色，所以我們必須趁「活著」做點什麼事。需要說明的是，這裡的「你」並非一個具體的人物指稱。「你」其實就是「我」的主體的延伸，是「我」的影子。史鐵生為了使敘述更加生動靈活，更加豐富多彩，也可能是為了縮短作者與讀者之間的心理距離，故意將「我」一分為二，使「你」與「我」互為因果，互相補充，相映成輝。史鐵生散文中的這種敘述方式，是直接從巴赫金的「複調理論」中獲得啟示，還是受到我國三十年代的「獨語」散文的影響，我們不得而知。

這一部分，作者通過對幹嘛要寫作的追問，肯定了欲望的合理性，亦即是說，正視和肯定欲望，是人類擺脫困境的第五條途徑。

誠如上述，史鐵生在思考人類的困境時，將不敢正視欲望和難以滿足欲望視為造成人類困境的第二個因素。為此在《我與地壇》的第六部分，他反覆強調了人對欲望的追求：「說到底是這麼回事，人真正的名字叫做：欲望」。「算了吧你，我怎可能自由呢？別忘了人真正的名字是：欲望」。儘管欲望是「罪孽又是福祉」，欲望有可能使人變為「人質」，使人變得不自由，不過從主導觀念來看，史鐵生還是充分肯定欲望的。因為第一，欲望是人生而有之的本能傾向，作為一種自然屬性和人的基本權利，欲望是上帝賜予人類的「愛的語言」（見《務虛筆記》），它不僅不應被否定，被消滅，相反，應得到充分的尊重。第二，欲望不僅是人先天的本能，還是人後天的種種夢想、憧憬與追求。我們每個人都有自己獨特的欲望，正是在欲望的渴求中，人不斷地從人生的這一扇門走向那一扇門。機器人沒有欲望，石頭也沒有欲望，所以它們既沒有夢想，沒有精神上的痛苦，卻也沒有自由與幸福。從這個意義上說，

欲望不僅是物質的、肉體的，欲望也不僅僅是某種生理的現象，欲望其實蘊
含著精神方面的因素，不過我們過去只看到前者而看不到後者，這無疑是片
面的。第三，按史鐵生的理解，欲望不僅是任何社會秩序建立的參照物，欲
望還是宇宙所共有的一種神秘的力量，這是欲望作為形而上的意義。在《務
虛筆記》中他認為：「差別」構成了矛盾，矛盾產生了運動，有運動就有了方
向，而方向說到底就是欲望。總之，欲望是永遠的「動」。它既推動作為個體
的人去追求，去創造，去享受生活的過程，去獲得生命的價值，同時也是推
動社會前進的動力。

這一部分可以說是「我」與「你」，也是作者自己與自己的對話。它一方
面充滿了對抗與矛盾，另方面又體現出一種撲朔迷離的意識的流動。這些，
在一定程度上增添了理解文本的難度。

第七部分也最後的一部分，這一部分雖只有幾百字，但寫得最為精彩。
據說張承志曾說過，即使沒有前面那些文字，單憑這幾百字，《我與地壇》也
是無與倫比的傑作。

這一部分的開始還是採用我與地壇對話的敘述方式，而調子卻是抒情
的，或者說是傾訴式的，既自然親切而又透出淡淡的感傷：「它們是一片朦
朧的溫馨與寂寞，是一片成熟的希望與絕望，它們的領地只有兩處：心與墳
墓」。《我與地壇》給我們的整體感受，不也是「一片朦朧的溫馨與寂寞」，
是「成熟的欲望與絕望」嗎？優秀的作品，總是能通過特定的語感和語調透
露出某種信息。

「如今我搖著車在園子裏慢慢走，常常有一種感受，覺得我一個人跑出
來已經玩得太久了」。花開花落，方顯出生命的可貴和燦爛。正如自然界的花
草會衰落凋謝一樣，人生也終有落幕，走到盡頭的一天。但凋謝落幕也是一
種真實，一種美麗，一種蒼涼。所以，當有一天夜晚，我獨自坐在祭壇邊的路
燈下看書，忽然從那漆黑的祭壇裏傳出陣陣嗩吶聲，這嗩吶聲「時而悲愴時
而歡快，時而纏綿時而蒼涼」。而且我還聽出它「響在過去，響在現在，響在
未來，迴旋飄轉亙古不散」。這時，我才真正意識到我該回去了。在有限中感
受到無限，又在無限中把握了有限，我終於大徹大悟：生命的意義就在於人
既能擁有欲望，又能超越欲望；既能創造美麗的過程，又能平靜地去欣賞過
程的美麗與悲壯。惟其如此，人才能擺脫「人質」的可悲境地，才能活得充實
而自由。當然，儘管意識到我該回去了，但我還是十分留戀，留戀這個世界

上的一切美好的事物。

史鐵生不但把生命的苦澀和悲痛比喻為孩童無意間的一次離家嬉戲，而且還進而將人生想像為孩子、情人和老人的三種形態。孩子和老人代表人生的兩極：一個是剛從死裏來；另一個則是要到死裏去。而情人呢？儘管他們一刻也不想分開，但不管多麼美好浪漫的時光也是稍縱即逝。所以，不管我是像那個孩子，還是像那個老人，抑或像一個熱戀中的情人，其實結局都是一樣的。所以，「當牽牛花初開的時節，葬禮的號角就已吹響」：

> 但是太陽，他每時每刻都是夕陽也是旭日，當他熄滅著走下山去收盡蒼涼殘照之際，正是他在另一面燃燒著爬上山巔布散烈烈朝暉之時。那一天，我也將沉靜著走下山去，扶著我的拐杖。有一天。在某一處山窪裏，勢必會跑上來一個歡蹦的孩子，抱著他的玩具。
>
> 當然，那不是我。
>
> 但是，那不是我嗎？
>
> 宇宙以其不息的欲望將一個歌舞煉為永恆。這欲望有怎樣一個人間的姓名，大可忽略不計。

有人說，這一段文字稱得上是經典的文字，每一個字都找不到別的字來替代，每一次閱讀都會有新的感動。的確如此。這一段可以說是詩，是寓言，是美妙的天籟之音，也是作者「心魂」的永恆的歌舞。在這裡，生命不是斷裂的、孤立的，而是不斷的循環運動著的，即「生」就是「死」，「死」就是「生」，所以我們盡可坦然以對。不但如此，在本文的結尾，作者還從「他者」的角度來審視自我，並發出「那不是我」，「那不是我嗎？」這樣富於現代哲學意味的發問。很顯然，史鐵生的《我與地壇》是在「回家」的途中，在生命的循環運動中來追問和探詢人的存在的意義，這樣他的散文也就像海德格爾的哲學一樣具有「詩性之思」的特質。

至於作品的最後為什麼要用「宇宙以其不息的欲望將一個歌舞煉為永恆。這欲望有怎樣一個人間的名字，大可忽略不計」作結，確實頗令人費解。如果聯繫到第六部分對欲望的敘述描寫，我們可否這樣理解：人是在欲望的驅動下，從開始到結束不停地「舞蹈」下去的。由於欲望是人的一種本能，同時欲望又「存在於整個宇宙的信息之中」（史鐵生語），故而欲望是一個永恆，一種整體性的存在，而個人只不過是這個整體中的一個環節，一個瞬間，所以對人世間的許多事情包括自己的名字，「大可忽略不計」。但儘管生命十分

短暫，個人相當渺小，我還是因了對「生」與「死」、對生命的意義和欲望的新理解而獲得了活下去的勇氣，並在一定程度上擺脫了生存的困境，在精神和靈魂上獲得了新生。

上面我從人類生存困境的拯救的視角，通過母愛、愛情、生命過程的追求、承認差別和肯定欲望等五個方面，對《我與地壇》進行了一番頗為細緻的解讀。我知道這並不能囊括這篇傑出作品的全部思想內涵，但我認為這是一個較為獨特別致，基本上能夠自圓其說的解讀視角。在我看來，文學作品有許多解讀的視角和路線，重要的是你能夠自圓其說，言之成理。當然，誠如上述，在解讀這篇作品的過程中，我也感受到這篇作品的重重矛盾；或者說，在內心深處，史鐵生從一開始就認為人類的困境是與生俱來的，是命定的，無法擺脫和拯救的，但他還要努力，去擺脫和識破。這是他的宿命，是他的精神矛盾的根源，也是他為人與為文的高貴之處。

正由於感到個體的渺小，感到人在命運面前的無能為力，所以史鐵生要求助於宗教。因為宗教既是一種普世的愛的理想，也是一種信仰，一種對永恆不變的終極意義的尋找。我們知道，一個健全的社會，必須有兩種東西作為基石：一是法律；二是信仰。同樣，一個有道德感使命感，力圖超越人生困境的作家，他除了需要責任和選擇，需要對生命的熱愛外，他還需要精神的依持。而這個依持，就是信仰，是宗教。一個作家，一旦在靈魂的深處建立起了一種宗教感，他實際上也就獲得了一種道德和價值的底線，一種近乎神性的寫作感，他就能夠在看似平淡無奇的日常生活中激發出美好的情感和生命的創造力。當然，必須指出的是，史鐵生散文中的宗教不是像西方的基督教、阿拉伯的伊斯蘭教或印度的佛教那樣有具體的教義和嚴密組織的宗教。嚴格來說，史鐵生的宗教只是一種宗教感或宗教精神，是一種廣義的、帶有西方泛神化色彩的精神傾向或近於原始的情緒。比如，對上帝、命運的虔誠或惶恐，對井然有序的宇宙的敬畏和發問，對大自然的嚮往與禮讚，等等，正是在這種宗教精神的作用下，個體的有限融進了天地萬物的無限之中，並發現了萬物其實與我一體。的確，有了這樣的宗教感，人就能一方面看到了自己的渺小和無力；另方面又不自暴自棄，仍然執著於對人類生存困境的拯救，仍然對人世間的一切事物採取一種既洞察又寬容的理解，仍然對生命的過程充滿著一種美好的期待。在我看來，史鐵生的創作之所以能從感傷走向寧靜沉思，之所以給人一種藝術的「通脫」感，其中一個根本的原因，就在於他的

散文中有一種類乎「飄飄何所似，天地一沙鷗」，「俯仰終宇宙，不樂復如何」的宗教情懷。

總而言之，《我與地壇》是一篇真正的優秀之作，是「詩性散文」的經典性文本。從內容看，它由個人的嚴酷命運上升到對整個人類的生存困境的思考，於是，它超越了一己的悲歡，而被賦予了一種闊大的精神境界和深刻的人性內涵。這樣闊大深刻而又帶著荒涼苦澀的人生況味的散文，我們曾在魯迅的《野草》中感受過，遺憾的是在當代的散文中我們還從未讀到過這樣的作品。再從作品的感情基調和美學風範看，它一方面有著真誠坦蕩的感情流露，自然樸素的理性思考；一方面又彌漫著一種揮之不去的滄桑之感——那是寧靜從容中的激情，寂寞底色下的血色，溫馨輝煌中的荒涼苦澀。自然，那也是矛盾中的希望與絕望，是朦朧中透出的詩性。而這一切，是最能打動和吸引讀者的。而從語言來看，《我與地壇》的語言表面上看樸素無華，不動聲色，但它的內蘊卻十分豐富。那是一種帶著生命的本真，感情的原色，又有幾分靜思玄想的語言，也是一種從靈魂深處流出來的「心裏話」。它不需要任何偽裝，它更鄙視任何粗痞惡俗。而它在敘事、描寫和抒情時的那種舒徐平緩、綿長而柔韌的語感語調，尤其是它的質地的純淨，都體現出了詩的特質。也許正是由於這種詩性，韓少功才給予這篇作品以如此高的評價：「他的精神聖戰沒有民族史的大背景，而是以個體的生命為路標，孤單深入，默默探測全人類永恆的純淨和輝煌」。「他的輝煌不是因為滿身披掛，而是因為非常簡單非常簡單的心靈則誠，立地成佛，說出一些對這個世界誠實的體會」。〔註2〕

在我看來，這是對《我與地壇》的既簡潔而又十分到位的評價。這自然也是我對這篇作品的價值的總體性評價。

〔註2〕韓少功：《夜行者夢語——韓少功隨筆》，東方出版中心 1996 年版，第 7、8頁。

附錄二　構建自主性的中國現代散文理論話語

　　任何一門學科的建立，都應有屬於自己的自主性和自足性理論話語。然而在 20 世紀的中國文學中，現代散文創作雖取得了巨大成就，但與之相比，20 世紀的散文理論研究卻一直處於邊緣的位置。即是說，儘管早在五四時期，散文便與小說、詩歌和戲劇並舉，獲得了獨立的地位，成為文體「四分法」中的「一體」，但散文理論長期以來卻是竹簾深鎖，猶抱琵琶半掩臉，既未獲得過獨立的品格，更沒有形成過完備的散文理論話語。那麼，為什麼 20 世紀其他文體都有自己較為成熟完備的理論話語，而惟獨散文沒有確立自己的自主性理論話語，甚至其定義和評價標準長期處於混亂與斷裂之中？這是需要每個散文研究者認真反思探究的問題，也是當前賡續傳統文脈，展示文化自信，構建本土化與自主性的中國文學理論話語體系無法繞開的命題。

　　如眾所知，散文在中國源遠流長、歷史悠久、積累豐厚。它不僅博大精深，是中國文學的正宗，而且它是中國人的文化讀本，是中華民族精神的主要載體。從這個意義上說，散文是中國真正的特產；也可以說是中國最大的一筆文體遺產。正因散文是受西方理論話語影響最小的一種文體，故而構建「中國學派」，構建「學術中的中國」，也需要散文的助力。本文著眼於當代文學學科建設，立足文體學意義所限定的散文文體的特殊性，以構建中國現代散文理論話語為重點，冀期讓散文這一既古老又年輕的文體，在構建中國特色話語體系的語境中，重新煥發其生命活力，並成為一種有價值的文學經驗和新的學術話語的參照。

一、中國現代散文理論現狀及存在問題

中國現代散文，指的是五四文學革命至今的散文；中國現代散文理論，指的是這一歷史時期的散文理論及批評。這一歷史時期又分為現代和當代兩個時段。而就中國現代散文理論來說，百年來的散文理論大體上可分為四個時期。

第一個時期，即 1917 年至 30 年代初期的散文理論，這時期是現代散文理論的草創和多元活躍期。而對後來的散文創作和研究產生較大影響的，主要是以下幾種理論：

周作人的「美文」散文理論。1921 年，周作人提出了著名的「美文」概念。這一概念的提出，主要得益於兩方面的啟發：一是晚明的小品和中國「文」的傳統；二是外國的「絮語散文」。他說：「外國文學裏有一種所謂論文，其中大約可以分作兩類。一批評的，是學術性的。二記述的，是藝術性的，又稱作美文，這裡邊又可以分出敘事與抒情，但也很多兩者夾雜的。這種美文似乎在英語國民裏最為發達」。〔註1〕周作人的「美文」理論，一方面將散文從先秦以來文史哲不分的「雜文學」中分離出來；另方面確定了現代散文的審美標準，即現代散文必須是「美文」。同時，周作人還將敘事、抒情和議論視為現代散文的三大要素，後來文學史教材中通用的敘述散文、抒情散文和議論散文的「三分法」，正是沿用了周氏的散文理論。所以說，在建設現代散文理論方面，周作人的貢獻最大。

郁達夫的「個性」本位說。郁達夫的散文批評以「自我」為本位。在《中國新文學大系・散文二集》導言裏，他明確指出：「五四運動的最大的成功，第一要算『個人』的發見。從前的人，是為君而存在，為道而存在，為父母而存在的，現在的人才曉得為自我而存在了。」在這樣「人的解放」的背景下，他斷定：「現代的散文之最大特徵，是每一個作家的每一篇散文裏所表現的個性，比從前的任何散文都來得強。」〔註2〕在這裡，郁達夫所說的「個性」，是建立在自我之上的，它包括三個層次的內涵：一是個人性；二是人格色彩；三是個人文體。難得的是，這「個性」還滲透進「散文的心」，還「調和」了

〔註1〕周作人：《美文》，俞元桂主編《中國現代散文理論》廣西人民出版社 1984 年版，第 3 頁。

〔註2〕郁達夫：《中國新文學大系・散文二集》導言，俞元桂主編《中國現代散文理論》廣西人民出版社 1984 年版，第 445、446 頁。

人性、社會性與大自然。所以，「一粒沙裏見世界，半瓣花上說人情，就是現代的散文的特徵之一。」〔註3〕在郁達夫看來，這種處處不忘個性自我，也不忘人性、社會性與大自然的散文寫作，是一種有「目的意識」，有「智的價值」的寫作。在五四時期，郁達夫就有如此清醒睿智且包容性極大的散文觀，實屬難能可貴。

　　林語堂的「閒適筆調」說。在五四時期和30年代中前期，林語堂也是散文理論批評的重要倡揚者。他承續晚明小品和周作人的「言志性靈」理路，在提倡「幽默」、「閒適」、「性靈」的同時，又特別提出「筆調」這一散文特有的批評術語。在《論小品文筆調》一文中，他以西人的小品文為例，認為小品文的筆調即「個人的筆調」。按林語堂的理解，筆調既是區分文體的標準和尺度，又是一種語體，比如有「閒適筆調」、「娓語筆調」、「言志筆調」。林語堂力主閒散自在的筆調：「此種筆調，筆墨上極輕鬆，真情易於流露，或者談得暢快忘形，出辭乖戾，達到如西文所謂『衣不紐扣之心境』」。〔註4〕在林語堂看來，小品文的「筆調」，首先應是「以自我為中心，以閒適為格調」〔註5〕，與他的「閒適話語」聯為一體。其次是感情的真與筆墨上的輕鬆。第三必須具有幽默情趣。總之，散文小品如果有「個人筆調」，就能夠自由輕鬆瀟灑成文，不僅有其獨特的美姿，且能與讀者「相視莫逆，意會神遊」。

　　魯迅的「匕首投槍」說。周作人、郁達夫、林語堂等人的散文觀，傾向於性靈、個人情感的表達和審美抒情，這是五四散文理論批評的主流。然而，在主流之外也存在著不同的聲音。比如魯迅，就十分反感「性靈」、「漂亮」、「超然」、「閒適」的文章，甚至斥之為「小擺設」。在《小品文的危機》一文中，他指出：「生存的小品文，必須是匕首，是投槍，能和讀者一同殺出一條生存的血路的東西；但自然，它也能給人愉快和休息，然而這並不是『小擺設』，更不是撫慰和麻痹，它給人的愉快和休息是休養，是勞作和戰鬥之前的準備。」〔註6〕毫無疑問，魯迅的散文觀不是唯美的、抒情的，而是屬於社會

〔註3〕郁達夫：《中國新文學大系·散文二集》導言，俞元桂主編《中國現代散文理論》廣西人民出版社1984年版，第451頁。

〔註4〕林語堂：《論小品文筆調》，見俞元桂主編《中國現代散文理論》廣西人民出版社，1984年版，第65、66頁。

〔註5〕林語堂：《〈人世間〉發刊詞》，俞元桂主編《中國現代散文理論》廣西人民出版社1984年版，第64頁。

〔註6〕魯迅：《南腔北調集·小品文的危機》，《魯迅全集》第四卷，人民文學出版社

學的散文批評。因此，他強調小品文應具備匕首與投槍那樣的戰鬥功能。但在肯定這一點時也應看到：「匕首投槍」說只是魯迅散文觀的一個方面，而不是全部。因為在總結五四第一個十年的文學成就時，魯迅也看到：「散文小品的成功，幾乎在小說戲曲和詩歌之上。這之中，自然含著掙扎和戰鬥，但因為常常取法於英國的隨筆（Essay），所以也帶一點幽默和雍容；寫法也有漂亮和縝密的，這是為了對於舊文學的示威。」〔註7〕在這裡，魯迅一方面看到散文小品的成功，是「掙扎和戰鬥」的結果；一方面又肯定「幽默和雍容」；寫法也有「漂亮和縝密」的散文小品同樣功不可沒。遺憾的是，長期以來，出於某種政治功利的需要，我們只突出前者，而有意忽視或遮蔽後者。現在，該是糾偏廓清誤解，全面認識魯迅散文觀的時候了。

除了上述幾種代表性的散文觀，五四時期，較有影響的還有朱自清的「表現自己」說，劉半農的「文學的散文」，王統照的「純散文」，胡夢華的「絮語散文」，以及梁實秋的「文調」說，等等。但客觀地說，五四至 30 年代中前期的散文理論批評儘管自由開放、五花八門，但與散文小品創作的巨大實績相比，整體上還是薄弱的。具體表現在：其一，無論是理論建設還是作家評論，這時期的理論文章比較少，與創作的繁盛形成巨大的反差。其二，儘管五四以後的第一代散文批評家學養深厚，且有著良好明銳的鑒賞力，但他們基本上都是作家，散文理論批評只是副業，要他們將不確定、主觀性和隨意性較大的感性思維或形象思維，轉化為確定的、周密嚴謹的邏輯思維，本就勉為其難，更遑論靜下心來構建散文理論體系。其三，這時期的散文理論批評，大多屬於「印鑒批評法」和「隨想式」的，不論理論家還是作家，他們往往即興提出某個觀點或術語後便停下來，沒有興趣和耐心再進一步將其學理化、系統化，如王統照提出「純散文」這一概念後，便再沒有「接著」說下去。胡夢華的「絮語散文」理論，也是如此。尤其不可思議的是，被視為「對現代散文藝術定位的第一塊基石」〔註8〕的《美文》，居然只有 800 多字，而且是隨隨便便寫下的。由此可見，百年來人們對散文理論建構是輕慢的，隨意的，即便是偶而為之，也從未將其上升到學科建構的高度來思考問題。

1981 年，第 576 頁。

〔註 7〕魯迅：《南腔北調集・小品文的危機》，《魯迅全集》第四卷，人民文學出版社 1981 年，第 576 頁。

〔註 8〕范培松：《中國散文批評史》，江蘇教育出版社 2000 年版，第 32 頁。

　　第二個時期，上世紀 30 年代中期至 70 年代末期，這時期是散文理論的萎頓和沈寂期。

　　30 年代中期以後，隨著散文創作社會性、政治化的強化與個性、審美和文體雅致的消失，散文理論批評也發生了轉向：時代性、社會性和政治性逐漸改變甚至取代了思想性和文學性，理論批評的觀念與方法也日趨單一和封閉。儘管三、四十年代也有關於雜文理論、報告文學和通訊特寫的討論，但總的來說都是自說自話，並未形成共識，更談不上理論上的對話與建構。相較而言，上世紀 60 年代初的「散文筆談」，多少有回歸到五四散文本體的意味，尚有其散文理論話語上的意義。

　　1961 年的「散文筆談」，策劃和主持者有意避開敏感的政治話題，而是將話題集中於散文的文體建設方面，比如散文的體制、定義，關於散文的「形散神不散」問題，關於散文的「詩化」理論主張等。參與這次討論的既有著名作家，也有研究散文的學者。代表性文章有老舍的《散文重要》，師陀的《散文忌「散」》，吳調公的《什麼是散文》，余南飛的《「定體則無，大體須有」》，李健吾的《竹簡精神》，柯靈的《散文──文學的輕騎兵》，肖雲儒的《形散神不散》，菡子的《詩意和風格》等，雖然這次討論談的基本是散文的常識，而且大多以心得體會、創作經驗為文，探討的僅僅是散文淺層次的問題，遠未達到理論話語建構的深度和系統性。但在上世紀 60 年代前後，在傳統散文文體面臨深重危機，通訊特寫和報告文學一枝獨大，散文淪為「輕騎兵」和「戰鬥號角」的關鍵時刻，一批有識見的作家和學者本著對散文文體的尊重，提出散文要自由自在，不拘一格，既可以是「匕首和投槍」，也可以是「風俗畫」和「小夜曲」。〔註9〕不僅呼籲散文風格要多樣化，他們還認為獨特的散文風格是作家的人格和個性的表現，強調散文要「有自己的閱歷、思想、個性、文風」，因「散文是最有風格的文體。」〔註10〕所有這些，都預示著散文企圖擺脫通訊特寫和報告文學束縛的努力，預示著散文形式的多樣化，以及個性和自我主觀抒情的增強，這不但提升了散文的審美功能，而且表明散文正在向五四時期的「美文」傳統，向散文的本體回歸。從這一意義上說，上世紀 60

〔註9〕柯靈：《散文──文學的輕騎兵》，見范培松《中國散文批評史》，江蘇教育出版社 2000 年版，第 385 頁。

〔註10〕菡子：《詩意和風格》，見范培松《中國散文批評史》，江蘇教育出版社 2000 年版，第 385 頁。

年代前後的「散文筆談」，對於當代散文理論批評的發展具有過渡性的積極推動作用。

第三個時期，上世紀 80 年代至 90 年代末期，這時期是散文理論的啟蒙、自我與個性的回歸，以及文類文體的再度確認期。

與小說、詩歌和戲劇的熱鬧相比，上世紀 80 年代的散文理論批評與散文創作一樣，從總體看是平靜甚至平庸的，既沒有大的論爭，沒有思潮，沒有熱點，也缺乏系統深刻的散文理論和主張。這一階段，在理論建設方面，貢獻最大的當推巴金和林非。1987 年，三聯書店出版了巴金的回憶錄《隨想錄》，在《說真話》《寫真話》《再論說真話》（三篇寫於 1980 年 9 月至 10 月）等文中，巴金一方面否定了過去的「自我」，希期在「生命的盡頭」，在自己將「燒成灰燼的時候」〔註11〕，能夠召回一個新的「自我」；另一方面，鑒於「17 年」散文過於突出宣傳功用，不敢說真話的弊端，巴金痛恨「瞞」和「騙」，力倡散文要說真話，抒真情，要將散文「當作我的遺囑來寫」。巴金這些「隨想」無疑都帶有集體啟蒙和自我啟蒙的性質，是發自一個有良知、有激情和勇氣的老作家的肺腑之聲，正因如此，巴金的一系列「真話論」發表後，立刻產生了廣泛影響，促進了當代散文創作和理論批評的發展。在 80 年代，除了巴金講「真話」的呼籲獲得共振共識外，林非的「真情實感」論（或稱「內心體驗說」）也有較大影響。「真情實感」論承接巴金的「真話」論又有所發揮。在《散文研究的特點》中，林非認為，散文創作要想獲得成功，必須「通過自由自在地抒發真情實感的途徑。」〔註12〕在《散文創作的昨日和明日》中，他又進一步闡釋了「真情實感」論：「散文創作是一種側重於表達內心體驗和抒發內心情感的文學樣式，它對於客觀的社會生活或自然圖景的再現，也往往反射或融合於對主觀感情的表現中間，它主要是以從內心深處迸發出來的真情實感打動讀者。」〔註13〕應該說，林非的「真情實感」論不僅是散文的核心概念，而且在八、九十年代獲得很多人的認同。因它是貼近散文本體，能真正體現出散文特性的真切之論。當然，由於對「真情實感」論的闡釋還不是很全面和深入，加之未能區分小說、詩歌和散文在表達感情上的不同，這一散文理論話語在新世紀受到了一些學者的批評。但「真情實感」論在撥亂

〔註11〕巴金：《隨想錄》，三聯書店 1987 年，第 50、319 頁。
〔註12〕林非：《散文研究的特點》，《文學評論》1985 年，第 6 期。
〔註13〕林非：《散文創作的昨日和明日》，《文學評論》1987 年，第 3 期。

反正、正本清源上的作用和價值，即便在今天也不容低估。而對於本命題來說，林非的意義在於早在80年代末期，他就難能可貴地在思考散文的理論建設問題。在《關於當前散文研究的理論建設問題》一文中，他認為應從範疇論、本體論、創作論、鑒賞論和批評論等方面來建設系統性的散文理論。這是很有見地，也是頗具前瞻性、建設性的散文理論主張。因為在整個80年代，還沒有人站在這樣的理論高度，提出建構有中國特色的散文理論體系問題。

上世紀80年代的散文理論批評，值得關注的還有如下幾個方面：一是對「17年散文」的重新認識和評價，這方面主要集中在對60年代初提出的「形散神不散」、「詩化散文」觀點的批評和重新認識，以及對楊朔和劉白羽散文的再評價。二是對「散文命運的思考」、以及對「散文解體論」的批判。三是文學史寫作。這方面的成果當推林非的《現代散文六十家劄記》《中國現代散文史稿》，這兩部著作在現代散文史研究領域中，可以說是拓荒之作。四是以俞元桂、姚春樹、汪文頂為代表的福建師大散文研究團隊，整理發掘五四至1949年的散文理論史料，並編輯出版了《中國現代散文理論》一書。整體看，這時期雖有成績，但不足和弊端也顯而易見。主要是散文研究尚未完全擺脫政治文化和社會學批評的束縛，研究者思維較保守機械，視野不夠寬廣，創新意識不足，尤其是對文體審美缺乏應有的熱情與敏感，更缺乏建構散文理論話語的自覺與雄心，只滿足於研究散文技巧等細枝末節問題。正是上述這些不足，導致了80年代散文理論批評的冷落和平庸。

90年代以後的散文理論批評，引人注目的熱點是關於「大散文」的討論。「大散文」是賈平凹在「美文」雜誌「發刊詞」中提出的一個口號，它「鼓呼掃除浮豔之風；鼓呼棄除陳言舊套；鼓呼散文的現實感，史詩感，真情感；鼓呼更多的散文大家；鼓呼真正屬於我們身處的這個時代的散文！」〔註14〕作為一種「鼓呼」，賈平凹提出的「大散文」觀念，其實是一種新思維，一種面向現實和史詩的寫作姿態。它不但針對國內散文界的浮靡甜膩之風，提倡散文寫作的風骨、氣度、境界與蒼茫勁力，而且號召作家回到中國「文」的傳統，從元氣淋漓的先秦兩漢散文中尋找變革的力量。因此，「大散文」觀念對於推動時代之文，重建這個時代的文章觀應該說是功不可沒。但「大散文」觀念也遭到一些學者的反對。其代表性的反對者是散文理論家劉錫慶。他針

〔註14〕賈平凹：《散文研究》，河北大學出版社2001年，第5頁。

鋒相對地指出：「作為一種『旗幟』一種『倡導』，『大散文』無任何新意。」
〔註 15〕又說：「『文體』不宜混同，混同『異質』文體只能增添混亂，延緩其
健康發展的文體界劃科學，是向後看，開倒車。」〔註 16〕劉錫慶從學院派的
精英立場出發來規範散文，捍衛散文的尊嚴，極力主張「淨化」散文的文體。
他對散文文體的「清理」，對「藝術散文」的維護當然有其道理，但他無視 90
年代散文的繁榮實際上是「思想凸現，抒情淡出」，即「大散文」繁榮這一基
本事實，而執著於「藝術散文」這一端，又是偏頗的；這種「只見樹木，不見
森林」，削足適履的批評，也許正是劉錫慶的「淨化論」無法獲得學界認同的
原因。90 年代還有對余秋雨的「文化大散文」的爭論和批評，但因批評中屬
雜了太多個人情緒，甚至意氣用事和人身攻擊，無益於散文理論話語的建構，
此不贅言。

　　第四個時期，新世紀至今，這時期可以說是散文理論話語開始進入建構
期。進入新世紀以來，散文理論呈現出新的變化與新的格局。比如關於「新
散文」，關於「在場主義散文」，關於「現代主義散文」，關於「複調散文」的
爭論，等等。但標誌著散文觀念新變和理論自覺的，是一批不甘於散文研究
的平靜和平庸的中青年學者（也有個別老一輩學者），開始著手進行散文理論
話語的建構。就散文專著來說，王兆勝的《新時期散文的發展向度》，陳劍暉
的《中國現當代散文的詩學建構》，孫紹振的《審美、審醜與審智》，吳周文的
《散文審美與學理闡釋》，丁曉原的《精神的表情：現代散文論》，周海波的
《新媒體時代的文體美學》，黃科安的《現代散文的建構與闡釋》，喻大翔的
《用生命擁抱文化——中華 20 世紀學者散文的文化情懷》，蔡江珍的《中國
散文理論的現代性想像》等，都是這一時期的重要理論成果；從論文方面看，
較有代表性的有孫紹振的《建構當代散文理論體系觀念和方法論問題》，范培
松的《論 20 世紀 90 年代學者散文的體式革命》，王兆勝的《20 世紀中國散文
研究》，陳劍暉的《中國散文理論的存在問題及其跨越》，吳周文的《「載道」
與「言志」的人為互悖與整一》，丁曉原的《文體哲學：散文理論研究深化的
可能與期待》，劉俐俐的《論建立當代意識的散文批評視野》等等，這些專著
和文章，都體現出了較自覺的散文理論話語的建構意識，其散文觀念、思維

〔註 15〕劉錫慶：《當代人的「情感史」和「心靈史」——當代散文答問之一》，《湖南
　　　　文學》1995 年第 7～8 期合刊。
〔註 16〕劉錫慶：《當代散文：更新觀念，淨化文體》，《散文百家》1993 年第 11 期。

方式和研究方法，都不同於以往的散文研究。尤其可喜的是，在散文理論話語的建構過程中，還出現了一些新的理論範式。

　　一是「審美、審醜與審智散文」研究範式。這一散文研究範式的建構者孫紹振認為，五四以來的百年散文，「從審美的敘事抒情散文，到亞審醜的幽默散文，再到超越審美、審醜的審智散文，既是邏輯的展開，又是歷史的發展，邏輯的起點和終點。」〔註17〕孫紹振這一理論範式，既接通了哲學，又以西方文論為參照，展示出極為廣闊的前景。二是王兆勝提出的「形不散─神不散─心散」研究範式。這一研究範式，一方面批判借鑒了「形散神不散」的合理內核；一方面又以新的思維作出了全新的闡釋。即既要以自然為本位，用天地之道反觀人類之道，以此思考和批判科技文明和人類的侷限性，還要有一顆「盡善盡美」的心靈，有嚮往美好世界的夢想。此外，散文研究者還要有寬容平和的心態和與人為善的胸懷與大愛。三是陳劍暉的「詩性散文」研究範式。他在《中國現當代散文的詩學建構》《詩性散文》兩部專著中，提出了「詩性散文」這一概念，在「詩性散文」這一核心範疇下，又分衍出「主體詩性」、「文化詩性」、「形式詩性」三個子概念。由於「詩性散文」建立於傳統文學之上，有較為宏闊的現代批評視野，加之有支撐這一理論建構的核心範疇和子概念，因此，該範式提出後便引起了散文界的廣泛注意。〔註18〕不過，在肯定新世紀的散文實績的同時，也應清醒看到，雖然新世紀的散文研究有發展和新變，但與小說詩歌相比，散文理論批評整體上還是落後和貧瘠的，真正有影響的研究成果還不多，研究理念和方法也不夠多樣，即便出現了一些理論範式，也還不夠完備周全，還需要獲得更廣泛的認同。

二、中國「散文」術語之辨及其重新定義

　　「散文」這一術語的出處與內涵，一直是散文界糾結不清且爭議頗多的話題。由於學界的見仁見智和認識的模糊，這不但使散文術語的內涵、外延與出處似是而非、迷霧重重，難以達成共識，而且直接影響了散文理論話語的建構和學科的建設。因此，筆者以為在建構散文理論話語之先，必須清理地基，儘量揆清散文術語的來龍去脈及其相關問題。

〔註17〕孫紹振：《審美、審醜與審智──百年散文理論探微與經典重讀》，廣東人民
　　　　出版社 2014 年，第 39 頁。
〔註18〕三種散文范式理論，可參陳鷺的《新世紀散文研究范式之建立》，《南方文壇》
　　　　2013 年第 2 期。

　　從辭源學角度來考察「散文」術語的發生和演變，此前學界較有代表性的說法大致有兩種：一種是「散文」一詞來自國外；另一種是「散文」一詞的出現始於南宋羅大經的《鶴林玉露》一書。前者以郁達夫為代表；後者以 1980 年商務印書館出版《辭源》「散文」條目為據。在《中國新文學大系・散文二集・導言》中，郁達夫說：「中國古來的文章，一向就以散文為主要的文體……正因為說到文章，就指散文，所以中國向來沒有『散文』這一個名字。若我的臆斷不錯的話，則我們現在所用的『散文』兩字，還是西方文化東漸後的產品，或者簡直是翻譯也說不定。」〔註 19〕其實，郁達夫的「臆斷」和「簡直是翻譯」的推測是根本站不住腳的。因為第一，散文在西方是弱勢文體，並沒有成為一種獨立文體，而在中國古代，散文和詩歌都是強勢文體，五四後更是文學的一個獨立門類。第二，五四後受西方「絮語散文」，即受「Essay」影響的畢竟只是「閒聊體」一路的散文。第三，郁達夫之所以敢於作出如此離譜的「臆斷」，是由於他沒有分辨開中國古代的「文章」和「現代散文」的區別。要之，現代的「散文」這一概念，應是西方的「外援」和中國古代文章作為「內應」相互作用的產物。而且還應看到，西方的「絮語散文」大約出現於 16 世紀的文藝復興時期；而我國「散文」這一概念在 12 世紀中期便廣為應用，在時間上比西方要早得多。

　　稽考中國古籍，「散文」這個術語，首創於佛門。不過作為文章術語，「散文」到了宋代才開始被提及。如北宋時期的山水遊記作家沈括，在《夢溪筆談・補筆談》就使用了「散文」一詞。沈括之後，蘇軾的學生畢仲游在《西臺集》中，也有「散文」之說。及至南宋，鄧肅、周益公、朱熹、東萊先生、楊東山、羅大經、王應麟等，也都使用過「散文」概念。現在流行的關於「散文」概念的源頭或南宋時期便出現「散文萌芽」的說法，一般都依據《辭源》「散文」條目的說法，即普遍認為「散文」一詞，最早見於南宋羅大經所著《鶴林玉露》，之所以有此誤解，是由於此後的散文研究者多沿襲陳柱《中國散文史》（1937 年出版）關於「散文」的說法所致。因該書卷二有云：「山谷詩騷妙天下，而散文頗覺瑣碎局促。」該書卷六又引周益公言：「四六特拘對耳，其立意措辭，貴渾融有味，與散文同。」說羅大經首創「散文」一詞，是不確切的，有誤讀之嫌，但若說羅大經記錄、引用、整理周益公等諸家的「散

〔註 19〕郁達夫：《中國新文學大系・散文二集》導言，俞元桂主編《中國現代散文理論》廣西人民出版社 1984 年版，第 441 頁。

文」概念，有傳播、擴大「散文」影響之功，在筆者看來較為符合實際。因為自羅大經之後，「散文」一詞便被廣泛使用，或與「四六」對舉，或與「詩歌」並稱，而對「散文」情有獨鍾，使用頻率最高的，應屬稍晚於羅大經的王應麟，他不僅多次運用「散文」概念論述和區分文體，明確地把「散文」作為文章規範的一種，而且將「散文」與「散語」兩個概念加以區別。在《辭學指南》卷二說：「東萊先生曰……（表）其四句下散語須敘自舊官遷新官之意」，「制頭首句四六一聯，散語四句或六句……後面或四句散語，或只用兩句散語結」〔註20〕。「散語」是與韻語相對的，乃指文中不講對稱的散行文字。「散語」既有非正統、非主流的文化因子，又有隨意、自由散漫的特點。而「散文」則是相對完整的文章。「散語」作為「散文」的補充和延伸，不僅具有文體學上的意義，而且體現出中國散文的特色。遺憾的是以往從事散文研究的學者，對王應麟的「散語」之說並未給予足夠的重視。

宋代之後，直接使用「散文」一詞者更為普遍。如金代王若虛《滹南集》卷三十七：「散文至宋人始是真文字，詩則反是矣。」又說：「歐公散文自為一代之祖，而所不足者精潔峻健耳。」王若虛「散文」觀之精妙處，在於提出了散文的「真文字」，那麼什麼是「真文字」？《滹南集》卷三六《文辨》三：「所謂天文豈有定法哉？意所至則為之題，意適然殊無害也。」卷三四《文辨》卷一：「夫文章唯求真是而已，須存古意何為哉？」所謂求真，就是文無定法，就是「意適然」，散文一旦有了「真文字」，真性情，又何必非「存古意」不可？這大概是最早從學理上認識關於散文的「真」，也是最貼近散文本性的論述了。明代是文體學繁榮發達時期，其間出現了許多文體學專著，雖然散文只是其中的一體，但出現的頻率並不低。如《文章辨體匯選》，便有11處使用了散文概念。及至清代，方熊的《文章緣起》，涉及散文術語的同樣有11處。由此可見散文術語在明清文體學界不但通用，而且已有較大的影響。而到五四以後，散文術語則成為一種獨立文體的專有名稱。

考究了「散文」術語的產生和發展演變後，還有幾個問題需要進一步加以辨析。

其一，散文之「散」，並非零散、雜亂無章，而是有著特定的含義。《說文》林部：「棥，分棥也。」散字本為棥，取其離散之義；而用之於文，則與駢合相對應。而「散」與「駢」主要是以形式與文句來區分。駢文在古代又稱

〔註20〕《辭學指南》卷二，四庫全書影印本948冊，282頁。

麗辭，在形式上由字數相等的對偶句構成，因講究四字句與六字句相對偶，故駢文又稱四六對偶文，此種文體在六朝時期最為盛行。而散文則是用字數不相等的「散語」或「迭用奇偶」的句子所構成。中唐韓愈、柳宗元等倡導的「古文運動」，便是一次提倡質文並重、反「駢」倡「散」的散文運動。

其二，「古代散文」術語，主要還是與韻文相對。劉勰在《文心雕龍‧總術》中說：「今之常言，有『文』有『筆』，以為無韻者『筆』也，有韻者『文』也。」〔註21〕劉勰所言之「文」即韻文，包括詩、賦以及頌、銘等長行的用韻文章；「筆」主要指散文，其中又包括大量不同體裁的文學散文和非文學散文。所以，若從文體角度講，「古代散文」是一個相當龐雜的概念。其中有許多問題至今仍眾說紛紜、混淆不清。譬如，古代散文中哪些是屬於文學的散文，哪些又是屬於非文學的散文。再如，「賦」體是屬於詩歌一類的韻文範疇，還是屬於散文的範疇？等等。由此看來，在語言上看句式的散儷與語言的押韻與否，才是區別韻文與散文的重要標準。

其三，五四以前，「散文」屬於古典散文術語，也可以說是一個「雜文學」或「大散文」、「廣義散文」概念，它包括非文學之文和文學之文。五四以後，「散文」主要指「美文」、「文學散文」或「藝術散文」，即偏重於狹義的散文。它是新文學的一個獨立門類，是與小說、詩歌、戲劇並列的一種文體。當今學者討論的「散文」術語，實際上都是五四以後歸趨於文學化的現代散文。

以往關於「散文」定義的混亂和互不搭界，以及對於散文的種種誤解，既源於各自闡釋立場與視角的不同，也與沒有很好理解「古文」與「今文」、「廣義散文」與「狹義散文」有關。下面茲舉幾例來說明問題。

1979 年出版的《辭海》，對散文術語作了如下的界定：

> 篇幅一般不長，形式自由，可以抒情，可以敘事，也可以發表
> 議論，甚或三者兼有。

這個定義，除了「形式自由」貼近散文文體外，其他幾點並沒有說出散文的特徵。「篇幅一般不長」，小小說、短詩、短劇一般篇幅也不長，所以，「短」並不能作為散文文體的特點；何況，上世紀 90 年代以來，不少「大散文」動輒幾萬字乃至十幾萬字。再說「可以抒情，可以敘事，也可以發表議論」，哪一種文體，都有上述功能與表達方式，這裡顯然是用一般的文學特點來概括散文的特點，太籠統，太一般化了。

〔註21〕劉勰：《文心雕龍》，中華書局 2014 年，第 246 頁。

　　文論家吳調公是較早給現代散文下定義的學者。在 1959 年出版的《文學分類的基本知識》「散文的分類」一節裏，他給「散文」下的定義是：

> 散文是一種最不受文體約束的樣式，它可以運用各式各樣的方法來構成形象：可以敘述事情的發展演變，可以描寫事物，可以發抒自己對事物或景物的情感，也可以闡明事物或道理的意義並發揮自己的見解或主張。

這個定義與《辭海》較為接近，也可能《辭海》的定義受到了吳調公的影響，因吳氏的定義更早。但為什麼非要「運用各式各樣的方法來構成形象」不可呢？難道散文不是以生活的片斷，以不連貫的事件和人物、事物的側影來表達思想和感情嗎？再說，實際上許多散文並不像小說那樣需要塑造各種形象。因此筆者認為，吳調公的散文定義，一是語言不夠簡潔；二是未能體現出散文文體的特殊性。

　　文學理論家童慶炳在《文學理論教程》裏，對散文術語亦有所表述：

> 文學散文是一種題材廣泛、結構靈活，注重描寫真實感受、境遇的文學樣式。它的基本特徵主要包括，題材廣泛多樣、結構自由靈活，描寫真實感受。

童慶炳取泛化的散文定義，他肯定自由多樣和真實感受，這是此定義的可取之處，但它同樣存在著不足：其一是相同的意思重複，這對於定義概念無疑是致命傷；其二是未能從深層揭示出散文的豐富內涵。

　　百年來，尤其是新時期以來，先後有林非、佘樹森、劉錫慶、范培松、汪文頂、吳周文、傅德明、樓肇明、王兆勝、陳劍暉、南帆、喻大翔、袁勇麟、黃科安、陳亞麗、段煉，包括臺灣的余光中、楊牧、鄭明娳等，都試圖定義散文術語，但各家的理解，可謂五花八門、眼花繚亂、自說自話，既沒有統一的標準，也沒有「共同說」或「接著說」。這就難怪有的散文研究者感到絕望，甚至斷言散文的定義就是無定義。因此，在筆者看來，要構建散文的理論話語，當務之急是回到散文自身，確立一個相對科學周全、能夠獲得散文研究者普遍認同的散文術語。

　　筆者此前也曾思考過散文術語及其相關問題。從散文的本質和特點著眼，我們認為散文術語可以這樣定義：

> 散文是一種與小說、詩歌和戲劇並列，取材廣闊、結構靈活、形式多樣，不受固定模式約束的文體。它以自由的精神，鮮明的個

性，真實的感情，優美的散體語言，詩性智慧地表現了現實生活和
歷史圖景。它是人類心靈和文明的一種實現方式。

與筆者以往的散文定義相比，這個定義補充了幾點：一是強調散文是「與小
說、詩歌和戲劇並列」的一種文體，這主要從學科建設和建構理論話語著眼；
二是突出散文的「個性」、「真實的感情」、「自由的精神」和「散體語言」；三
是將散文的內涵和目標提升到表達「人類心靈和文明」的高度，這主要是從
開拓當代散文的視野和境界，豐富散文的精神內涵的角度來考慮。四是基本
上與雜文、報告文學、傳記文學進行區分，因為新時期至今的「寫作學」教材
裏已將它們一一從「四分法」的「散文」範疇中分離出去，而單獨成體了。此
外，這個定義與以前的定義相比也更為概括簡潔，更能體現出散文的本來屬
性和特點。當然，儘管筆者一直在思考和試圖完善散文的定義，但因才力之
不逮，這個關於真我性、自由性與人文性的定義，可能還存在不少漏洞，更
不可能在短期內獲得廣泛的認同。但筆者堅信要規範學科建設與建構散文理
論話語，就不能放棄阿里士多德說的對「所是」的追問，不能停止對散文術
語及其相關問題分析性的確證。

三、建構散文文體的核心概念

黑格爾在《小邏輯》中指出，「概念就是存在的本質與真理」。又說：「概
念是自由的原則，是獨立存在著的實體性的力量。概念又是一個全體，這全
體中的每一個環節都是構成概念的一個整體，而且被設定和概念有不可分離
的統一性」。〔註22〕概念特別是核心概念是理論話語建構的基石，是邏輯學和
認識論的統一。概念是從具體的事物抽象出來的，它不但體現著事物的本質
與真理，而且區別於別的事物，具有別的事物不可替代的特殊性。所以，「在
每門別的科學中，它所研究的對象和它的科學方法，是互相有區別的；它的
內容也不構成一個絕對的開端，而是依靠別的概念，並且在自己周圍到處都
與別的材料相聯繫」。〔註23〕在這裡，黑格爾特別強調事物即科學的特殊性，
也就是這一事物與別的事物的聯繫與區別。

散文作為現代文學中一個獨立的門類，作為「四體」中的「一體」，它當
然有自己的本質特徵，有屬於自己的核心概念。如果說，小說的核心概念是

〔註22〕黑格爾：《小邏輯》，賀麟譯，商務印書館1980年，第324、327頁。
〔註23〕黑格爾：《邏輯學》，楊一之譯，商務印書館1996年，第23頁。

「人物」、「虛構」、「懸念」、「講故事」、「類型環境」、「情節」、「敘事」等；詩歌的核心概念是「意象」、「意境」、「象徵」、「構思」、「格律」、「隱喻」、「暗示」、「肌理」、「張力」等；戲劇的核心概念是「人物」、「戲」、「聚焦」、「性格衝突」、「矛盾激化」等，那麼散文的核心概念應是「自由」、「個性」、「真實」、「真情」、「趣味」、「人格」、「文調」、「氛圍」等。當然，本文討論的是文體學意義限定的散文文體特徵，如果從文化學上看，散文還具有「母體」、「載道」、「言志」、「教化」、「典藝」等重要特徵。但這些不是本文討論的話語範疇。上述不同文體的核心概念表明，建構文體學意義上的散文理論話語，不能孤立地、靜態地研究散文，而是要對散文發展的特殊規律有準確的把握，不僅要找出其（各種文體的）獨特性，還要把這種獨特性放在與小說、詩歌、戲劇的聯繫和轉化中，作整體的、動態的系統性審視，並在洞察其差異、矛盾的同時，揭示其聯繫和轉化。

根據散文的本體和獨特性，筆者認為可從「自由」、「個性」、「真實」、「真情」、「趣味」、「人格」等概念入手，對散文理論話語進行建構。

「自由」。散文是一種最自由自在、最不受約束規範的文學品種。這是散文首要的、也是本質的特徵。我們不妨看小說，它在敘事和結構上有著十分嚴格的要求；詩歌則是典型的「帶著鐐銬的跳舞」，而戲劇的「三一律」戲律規範同樣令人怯步。唯有散文，如萬斛泉源，隨物賦形，當行則行，當止則止，沒有成規和定法。散文的這種自由屬性，其實南宋時期的王應麟已注意到，「散語」就是這種自由屬性在語言上的表現。五四時期，散文小品的成功，其中一個重要原因，就是散文這種文體在思想和表現形式上比較自由。誠如錢理群等在《中國現代文學三十年》中所分析的：「『五四』時期散文格外發達，甚至成績超出其他文體，原因在於這種文體比較自由」。〔註24〕正是看到自由之於散文的重要性，魯迅在《怎麼寫》中認為：「散文的體裁，其實是大可以隨便的」。〔註25〕梁實秋也說：「散文是沒有一定的格式的，是最自由的，同時也是最不容易處置」。〔註26〕在五四時期，肯定散文自由屬性的還有朱自清、郁達夫、鍾敬文、葛琴、李廣田等。不過上述諸家談論散文和「自由」，

〔註24〕錢理群等：《中國現代文學三十年》，上海文藝出版社 1987 年，第 169 頁。

〔註25〕魯迅：《怎麼寫》，《魯迅全集》第四卷，人民文學出版社 1981 年，第 24、25 頁。

〔註26〕梁實秋：《論散文》，俞元桂主編《中國現代散文理論》，廣西人民出版社 1984 年版，第 35 頁。

更多的著眼於散文的體裁和形式。筆者以為，這只是表面的、淺層次的自由。散文的自由，更重要的是思想的自由和心靈的自由。試看莊子的散文，他的散漫自由的文章表現形式和奇特的想像，主要得益於他散淡的人生態度和自由的心靈。他嚮往「乘物以遊心」（《人間世》），「上與造物者遊，而下與外生死，無終始者為友」（《天下篇》）的自由無待的「至人」境界，厭惡「終身疲役，而不見其成功，然疲役，而不知其所歸」（《齊物論》）的人生境界，他將之稱為「天刑」。莊子的這種「無己」、「無功」、「無名」，追求個體生命的心靈自由的人生態度，正是散文的精髓之所在。再看魯迅，他的《野草》之所以是20世紀散文創作的高峰，原因無他，蓋因魯迅的心靈質量是高的，同時又是充分自由的。可見，散文的旗幟上飄揚著自由二字，它是散文寫作的榮耀和紋章印記，也是散文的理想和夢想。所以說，自由是散文理論話語建構的沃土和邏輯前提。

個性。與其他文體相比，散文是一種更為「自我」，更為「個人化」的文體。它更看重個人的日常生活經驗和內心體驗，包括個人的氣質、性格，個人的思考感悟方式和具有自身特點的表達語式等等。也許正是看到這一點，郁達夫在《中國新文學大系‧散文二集》導言裏，對「個性」作了充分的論述，並認為這是古代散文與現代散文的一個方面的根本區別。不過，在將個性作為散文的核心概念時，應注意幾點：一是區分「個人親歷」與「個人體驗」的不同。散文的取材，一般都是與作者有著直接關聯的、來源於作者個人的生活經歷。但「個人親歷」並不完全等同於「個人經驗」。「個人親歷」是沒有經過抽象整合的個人生活經歷的實錄，是原始的、粗糙的一堆生活素材；而「個人經驗」則是對「個人親歷」的一種抽象整合。它一方面具備「個人親歷」的即時性和臨場感；另一方面又加進了不少作者主觀想像的成分，因而是一種建立於「個人親歷」之上，又綜合了各種個體經驗的藝術化表達。二是要盡量避免「惡劣的個性化」。新世紀以來，有一些散文作者打著「個性化」的旗號，大量描寫、展示醜惡的事物和生活現象，以此來證明散文的「真實」和「個性」，這是不可取的。個性對於散文來說固然不可或缺，但個性不是瑣碎的私人生活的大劑量展示，更不是粗鄙醜惡的生活現象的堆砌羅列。也就是說，優秀的個性化，應是向美、向善、向真的，而且他的個性與現實社會和人類的普遍命運，必定有著某種內在精神的息息脈通，並對美醜與善惡有著獨立的思考和價值判斷，這樣他的散文才有個性化獨特的品質。三是個性一

方面是對自我世界的體驗和真實呈現，它忠實於自己的心靈和感受，是個體的感情和人格的自由自在的釋放；一方面，個性又離不開生命本體。即散文的個性，要與深層的生命意識相補互融，散文一旦擁有了生命意識，作者就能以有限的個體生命來敏感地、深刻地體驗無限的存在。如此，散文的個性也就是作家的生命形式。

真實。散文的「真實性」一向被視為散文的基石。真實，不但是散文的核心概念之一，也是散文區別於其他文體、辨析度較高的特徵。散文的真實性，主要的來源有三方面：一是散文起源於應用之文。應用之文要求記敘必須真實、準確、簡潔；二是史傳的傳統，即「美物者，貴依其本；贊事者，宜本其實」。〔註27〕三是文體自身的規定性。小說的生命是虛構，而散文主要是如實記錄親歷的人事和眼前的景物。但應看到，真實不是固化的、一成不變的。同時，「即時性」與「回憶性」的錯位，也使散文不可能在絕對的意義上做到「完全真實」。由於散文在很大程度上，是屬於一種「過去時態式」的「回憶性文體」。它的所長不是即時、迅速地反映現實中的人事。更多的情況下，它是借助作者的回憶，對逝去生活的打撈與還原。而按照一般的心理表徵，時間差越長，空間距離越大，作者的主觀性就越強，其回憶就越容易造成錯位和誤置。換言之，由於時空的錯位，回憶的缺失，主觀想像的介入與變形，作家已不可能原原本本地復原記憶中的生活。此外，不容忽視的一點是，自上個世紀90年代以來，散文觀念的改變，跨文體寫作的盛行，散文也變得越來越「法無定法」、敢於「破體」了。總之，當下散文的觀念和藝術形式已呈現出多元化傾向，並具備了越來越明顯（一定）的現代性品格。在這種新形勢下，散文作家應敢於擺脫傳統「真實」觀的束縛，要尊重「文變染乎世情，興廢繫乎時序」〔註28〕的規律，善於變革創新，順勢而為，在「真實」觀的基礎上，嚴格地加上「有限度的虛構」、「有限度的想像」，或稱「假性虛構」。

真情。真實與真情都有一個「真」字，但兩者還是有區別的。「真實」側重於記敘和描寫人事與景物，它是對於事物的一種觀念和立場，同時也涉及散文的表現手法；「真情」指的是某種情感真切、直接的流露和表達，它具有主觀性和心理特徵。按蘇珊·朗格的說法，情感「是人對客觀現實的一種特殊的反映形式，是人對客觀事物是否符合自己需要所做的一種心理

〔註27〕左思：《三都賦》序。
〔註28〕劉勰：《文心雕龍·時序》，中華書局2014年，第258頁。

反應。」〔註 29〕情感不獨散文所專屬，小說、詩歌、戲劇等文體也都離不開情感因素。但必須承認，散文中包含更為豐富突出的情感結構，甚至可以說，情感結構在某種程度上就是散文的底色和生命。從此層面看，「真情」是與「真實」同一等級的散文核心概念。正因情感對於散文是如此地重要，所以王若虛認為，只要有了「真文字」、「真性情」，又何必一味崇古。不過在強調散文情感的重要性時，應突出一個「真」字，以此區別於「假情」、「矯情」和「偽抒情」。誠如上述，20 世紀 80 年代，林非曾提出著名的「真情實感」散文概念，且產生廣泛的影響，但情感既有實的，也有虛的；既有顯的，也有隱的。此外，情感還可分為自然的、個人的情感，藝術的乃至屬於全人類的普遍感情。因此，用「真情實感」有圓鑿方枘之嫌，而用「真情」，即真誠、真文字、真性情，真的情感結構，則較為貼切。它一方面可區別於「真實」；另方面也更圓融和富於彈性。

　　趣味。以往的散文研究，對真、情和理較為重視，而對趣與味一般忽略不計。其實，「趣味」也應是散文的一個核心概念。因為小說、詩歌、戲劇是不太追求趣味的，而對於散文來說，有趣味的散文必定魅力大增。林語堂、梁實秋、豐子愷、汪曾祺、余光中、賈平凹、王小波等的散文，皆因有趣味而廣受讀者喜愛。我們再看散文史，晚明的散文家便十分重視散文中的「趣」。袁宏道曾在文章中反覆談趣：「世人所難得唯趣」。或「趣之正等正覺，最上乘也」。〔註 30〕在袁宏道等的倡導下，晚明小品的確處處體現出一種趣。至於「味」，主要見諸於古代詩論。不過饒有意味的是，五四初期，在倡導「美文」的同時，周作人也注意到了「味」。他認為散文小品須有味。儘管「氣味這個字彷彿有點曖昧而且神秘，其實不然。氣味是很實在的東西，譬如一個人身上有羊膻氣，大蒜氣，或者說有點油滑氣，也都是大家所能辨別出來的」。〔註 31〕周作人還歸結出散文的「澀味」與「簡單味」，認為有「澀味」的散文才耐讀，才可以造出有雅致的俗語文來。總結以上，可見「散文味」一方面源於作家獨特的藝術創造；一方面是散文特有的文體氣質在欣賞者心中喚起的一種審美體驗和感覺。不過為了表述的方便，這裡將「趣」與「味」合併在一起作

〔註29〕蘇珊・朗格：《情感與形式》，中國社會科學出版社 1986 年，第 16 頁。

〔註30〕袁宏道：《序陳正甫會心集》。

〔註31〕周作人：《中國新文學大系・散文一集》導言，俞元桂主編《中國現代散文理論》，廣西人民出版社 1983 年版，第 433、434 頁。

為一個核心概念使用。因為從散文史來看，「趣」與「味」往往是你中有我，我中有你，很難分開。

　　人格。這個概念是中外散文的一個核心概念。法國布封提出即「人」即「文筆」（風格）之後，英式隨筆創始人蒙田和日本文藝理論家廚川白村對隨筆的解釋，十分強調隨筆體散文所表現的「人格」意蘊與色彩。在中國，從莊子《漁父》記載孔子「修辭立其誠」的主張，到魏晉時期提出人物品藻，再到五四新文學時期胡夢華等人對現代散文「人格色彩」的專門描述，構成了歷史上散文人格審美的脈絡。散文作者的人格，涵蘊在文本的字裏行間。其實，「自由」、「個性」、「真實」、「真情」、「趣味」，都是在新文學誕生之後的現當代散文所注重的文體概念，這些概念中，「自由」是作者寫作的精神自由在文體上表現的自由，「個性」是作者表現自我印烙在文本上的個人性，「真實」講的是自我所見的人事與親驗經歷是「真實」，「真情」是散文中表現作者內心真實而煥發出來的真誠與真摯的情愫，是巴金所說的那種把心交給讀者。「趣味」是自古以來散文文體中古今知識分子寫作所表現出來的文人氣、書卷氣及其相關的「散文味」。這些方面都歸趨於散文家的人格的自審與外顯，都歸趨於散文文本的作者的「自我表現」。一般來說，散文中表現的作者人格，區別於官場人格與商場人格，大多取知識分子的精英人格的立場。

　　以上主要從散文的本體、文體的特殊性等方面確立了散文的六個主要核心概念。除此之外，還可以列出「氛圍」、「筆調」、「格調」、「風致」，以及「心體互補」、「情智合體」等概念，這些概念可作為散文的次要或二級核心概念。它們同樣是散文不可或缺的重要元素，也是評判一篇散文是否優劣、是否有藝術魅力的參考依據。這些次要或二級概念雖與小說和詩歌有瓜葛但更屬於散文，倘若將它們整合起來，能從多個不同的側面呈現散文文體的本質特徵，從而共同建構起「人本主義」即「自我表現」的散文文體美學。

四、文學批評的自主性與散文理論話語建構

　　自五四以降，中國文學理論和批評常常陷入一種兩難的衝突中：一是新學與舊學的衝突；一是西學與中學的碰撞。以新學反舊學，雖有偏頗之處，畢竟符合時代潮流和國家的現代性訴求，其利大於弊。以西學抗中學，則往往是脫離中國國情，削足適履，弊大於利。由於自五四特別是上世紀 80 年代西方文論大量湧入，一些人視自己的文學傳統和經驗若敝屣。因為排斥中學，

追逐新潮，盲目照搬，一些學者寫文章，必以西方學者為圭臬，要麼是福柯和德里達如何說，要麼是羅蘭・巴特和哈羅德・布魯姆怎麼講，全然喪失了中國文學傳統的立場和自主性。這種文學上的「去中國化」所造成的後果，就是文學理論建構的「失語」與「失根」，即「非漢語化」和「非中國化」。因此，筆者以為，當下的文學理論話語建構，必須解決這樣兩個迫切的問題：一個是如何回到傳統中尋找自己的力量，以此重建我們時代的文論觀；另一個是重建中國文學的主體性自覺和自信，用中國的話語闡述中國的立場，以此重新獲得中國文學理論的「身份認同」。應該說，在這兩方面，中國散文都大有可為。因為第一，散文理論批評也是建構中國文學理論話語體系的一個組成部分，缺少了散文理論批評，這個話語體系是有欠缺、不完備的；遺憾的是至今散文理論批評仍處邊緣，尚未被真正納入「中國文學理論話語體系建構」的大視野中。第二，中國古代文論特別是散文資源非常豐富，這些這對於當前的文學理論本土化建設來說，是一個文學的富礦，一筆寶貴的文體遺產。

中國散文理論批評對於「中國文學理論話語體系建構」的啟迪和滋養意義；或者說，散文理論話語建構的自主性、本土化建構途徑，可重點考慮幾個方面。

首先，借鑒中國古代豐厚的散文理論資源，重新認知構建散文理論話語的文化根基。在我國古代，由於散文是文學的正宗，享有較高的地位，所以古代的文論，主要是關於散文和詩歌的論述，而小說和戲劇理論則十分薄弱，且直到明清才出現。古代涉及的散文文論，從孔子的「辭達而已矣。」韓愈的「惟陳言之務去」。蘇軾的「隨物賦形」，到李贄的「童心說」，袁宏道的「性靈說」、「唯趣說」，王夫之的「文質說」，劉大櫆的「義理、考證、文章」，姚鼐的「陽剛陰柔說」。還有專門的著述，如曹丕（《典・論文》）、陸機（《文賦》）、劉勰（《文心雕龍》）、李淦（《文章精義》）、吳納（《文章辨體》）、徐師曾（《文體明辨》）劉熙載的（《文概》）等。中國古代的散文理論，可謂百花齊放，宏文讜論，美不勝收。所以，在建構具有中國特色的文學理論話語體系時，我們是否可以將西方文論與中國古代散文理論融會貫通，予以吸納。比如，將西方的「靈感」說與我國的「性靈」說互融互補，並在藝術靈感與藝術直覺的平衡，在突出自我與個性，調動創作主體的積極性、能動性過程中，建構一種新的文學理論。再如關於「真」，中國古代散文理論也多有論及，如果比較

其與亞里士多德對真的理解，以及柏拉圖的「摹本的摹本」的說法的異同，同樣是一個饒有興味的問題。還有中國文論中的「怨」這一話語，它與西方話語中的「反諷」與「隱喻」有著共通之處，假如將這兩種不同文化語境下的話語轉換融通，也許能整合出一個理論新境。概而言之，構建我國當代文學理論體系的大廈，要借鑒西方的文論，但學習和借鑒不能失重，不能在全盤照搬中「強制闡釋」本土文學，而是要尊重傳統，立足本土，以我為主，進而在跨文化交流中實現異質文論間的互涵互補，實行「拿來主義」的平等對話。

　　其次，注入與整合散文的「原型」精神。中國從先秦開始，就有一個「文」的傳統，也存在著一種獨一無二的、往往被學界忽視的散文「原型」精神話語。這種散文的精神話語，主要體現在幾個層面：其一，自由無待，隨物賦形。這方面的代表人物是莊子和蘇軾。莊子把用於表現「散木」、「散人」之「散」，即表現「無用」的語言形式稱為「卮言」。而他的散漫無拘束的文章形式和超拔的想像，表現的正是他自由自在、無拘無束的散文精神。蘇軾的散文，「如萬斛泉源，不擇地而皆可出，在平地滔滔汩汩，雖一日千里無難。及其與山石曲折，隨物賦形，而不可知也。」〔註32〕同樣體現出一種散文精神。其二，崇尚自然，物我合一。莊子反對以人為中心的功利主義態度，主張「喪我」、「棄知」、「物化」。因此，他認為文章應「以寓言為廣。獨與天地精神往來而不敖倪於萬物。」〔註33〕莊子這種應於化而解於物，不與天地爭鋒的散文精神，在後代的歐陽修、蘇軾等的散文中，都有著十分充分而又空靈的表現。其三，詩性智慧。這也是構成中國散文精神內涵的一個重要方面。詩性智慧，它的前提是「詩性」，是創造性、想像性和審美性的融合；而智慧，它是對於知識的反思和超越，也是一種滋潤僵硬知識和理論的調和劑。由於詩性智慧突出地表現為詩與思相通，散文與禪宗一體的藝術呈現，因而它同樣是構建當代文學理論話語的有益之津梁。其四，是「造氣」、「造勢」之內功。曹丕在《典論·論文》裏說：「文以氣為主」。以後的文論家又將「氣」引申為「氣勢」。所謂「氣勢」，指文學作品尤其是散文裏所表現出來的一種充盈流轉的精神活力，是以作者的氣質、才性、習染、志趣、德操等主體精神因素為支撐的風骨底氣，呈現在散文中間則是作者的精神氣象。上述四方面的「原

〔註32〕蘇軾：《自評文》，李壯鷹主編《中國古代文論》，高等教育出版社2015年版，第317頁。
〔註33〕莊子：《莊子·雜篇·天下》。

型」精神，就是中國散文傳統精神元氣的標識，也是散文文體內在的張力，即是劉勰所說的「神思」之力，也如劉熙載所說的文章可「飛」。顯然，在理論建構中滲透進散文「原型」精神，不僅能開闊理論的視野，豐富理論的內涵，而且有助於通過本土化的理論建構，向世界展示中國散文的智慧。

第三，從文學傳統和文體層面看，加強散文理論話語建構，尤其是重視散文敘事與散文抒情兩方面話語的建構，對於建設本土化的文學理論批評也大有益處。以建構敘事學傳統為例，從甲骨文、鍾鼎文的文史敘事，到《史記》的誕生，我國敘事學傳統方面的建構便基本完成了。《史記》一方面在前代史書體制和敘事的基礎上，創立了紀傳體通史；另方面又善於運用多種敘述手法來寫人記事。比如《淮陰侯列傳》，司馬遷主要運用第三人稱的敘述方法，敘述了韓信作為平民時的三件小事。接下來仍用全知的客觀敘述視角，記敘戰爭的場面和蒯通勸說韓信謀反。但到了文章結尾，作者又改用第一人稱敘事，對韓信其人其事進行品論。不獨敘述視角不拘一格，在《淮陰侯列傳》中，司馬遷還採用了「互見法」的敘述方式，讓各種人物穿插其間。這種靈活多變的敘述方式，再加上精彩戰爭場景的描述，豐滿的細節描寫和心理剖析，以及對比、排比、鋪陳、烘托、比擬等修辭手法，如此一來，《淮陰侯列傳》等「紀傳」，便既具震懾人心的思想力量，又體現出了一種文學敘事之美。這種敘事的傳統，在韓愈、張岱等人的散文中，也有著十分出色的表現。如果我們抓住這一點，並在建構散文理論話語時，在批判中借鑒與整合西方的敘事理論，就不會言必馬爾克斯、博爾赫斯、海明威、福克納，以及託多羅夫、熱奈特、布斯、巴爾等，也就不會數典忘祖。再如中國有一個以詩歌、散文為主導的抒情傳統，這個傳統完全不同於西方以戲劇為主導的抒情傳統。過去我們對詩歌的抒情傳統研究較多，而對散文的抒情傳統則不夠重視。有感於此，筆者以為，加強散文抒情傳統與方法的研究，包括動態審美「有我」之境的研究與靜態審美「無我」之境的研究，還有融情於景的抒情研究、融情於議論和敘事的研究，以及古典「詩教」（溫柔敦厚）式抒情研究、英式隨筆式「裸真」抒情研究等等，也應是建構散文理論話語中的一些子命題。此外，中國的散文理論，無論是古代劉勰、韓愈、蘇軾、袁宏道、劉大櫆、姚鼎，還是現代的梁實秋、林語堂、朱光潛、汪曾祺、余光中，等，都十分重視前述的「自由」、「個性」等幾個關於文體話語的關鍵詞，以及散文的文采、氣勢、節奏、情調、韻味等，這些都散見於他們的著述之中，內容非常豐富且用

形象思維進行生動的描述，這是散文理論話語具有感性特點和流脈優勢之所在。倘若建設本土化的文學理論話語體系，能夠吸納散文理論的這些特點和優勢，則對我們的文學理論話語的闡釋，就有可能改變論說抽象教條、缺乏文學話語情趣、語言表述刻板僵硬的弊端。

第四，強調文人情趣，追求閒情逸致。這也是中國傳統散文理論的一大特色，這一特色實質上是強調散文「寓教於樂」的休閒功能，因散文特別強調讓讀者在審美體驗和審美感受中獲得陶冶、教化和愉悅。在這方面，不論是古代在仕與不在仕的士大夫，還是現代的散文家和文論家，可謂是靈犀相通，心嚮往之。他們一方面重視養氣，即孟子的「吾善養吾浩然之氣」。〔註34〕韓愈的「根之茂者其實遂，膏之沃者其光曄」。〔註35〕另一方面，則喜歡寄情於山水民間，講究閒情逸致，注重文章的情趣。正所謂「山林之人，無拘無縛，得自在度日，故雖不求趣，而趣近之」。〔註36〕正是這種「求趣」而輕「載道」，無拘無縛，自在自得的散文觀和人生態度，使得晚明小品明心見性，可近可親，獨具一格。因此，我們建構本土化的文學理論話語體系，不能高高在上，只關注宏大話題和前沿問題，而應放大視野，多元互補，既看到各種文體間有明確的分工和別的文體無法取代的獨特價值，又要注意到本土化文學理論話語建構的多元化、開放性和複雜性。尤為重要的是，不管承續何種傳統，講述何種文學經驗，關鍵是看這種理論的創新性、鮮活性和人文趣味，以及它與讀者、與當下現實生活的血肉關係。而這，正是散文理論話語建構之於當前建設本土化的文學理論話語體系的啟示。

散文理論話語建構剛剛起步，而全局性建設本土化的文學理論話語體系，構建「學術中的中國」與「中國學派」則方興未艾。可以預見，這個建構的過程不可能一蹴而就。這就需要我們靜下心來做大量基礎性的工作，比如清理地基，辨析術語，確立散文核心概念和散文文體理論方面的研究。就散文文體研究而言，還必須進行多方面的開拓。如散文「自敘傳」敘事研究、散文的篇章修辭研究、散文的「格式塔質」研究、散文的「語言指紋」研究、散文文本製作研究、散文文本跨文體研究、散文文體的演變史研究、散文的「母體文化」研究、散文文體美學研究等，這些需要散文研究的專家學者運用哲學、

〔註34〕孟子：《孟子·公孫丑上》。
〔註35〕韓愈：《答李翊書》。
〔註36〕袁宏道：《敘陳正甫會心集》。

美學、敘事學、心理學、語言學、審美學、寫作學、行為學等學科的理論與方法，予以開拓性的深入研究。同時在文學理論的建設中，我們還應該平等對待不同的文體，既要重視主要文體的引領作用，又不忽略邊緣文體的價值。我們堅信：只要散文研究者勠力同心，尊重傳統，立足本土，堅持自主自足，擁有足夠的文化自覺與自信，並在此前提下，對西方文論進行創造性的中國式「再語境化」，最終建構起一種不失自己文學傳統，融「新舊」與「中西」為一體的文學理論話語體系和文學寫作模式。如果做到這些，那麼 21 世紀的中國文論將有可能鳳凰涅槃，並在與世界學術話語的平等交流與對話中，創造包括散文理論話語在內的中國文學理論的輝煌。